U0785419

中华现代学术名著丛书

南朝文学与北朝文学研究

曹道衡 著

商务印书馆
创于1897 The Commercial Press

图书在版编目(CIP)数据

南朝文学与北朝文学研究 / 曹道衡著. —北京:商务印书馆,2015(2023.9 重印)
(中华现代学术名著丛书)
ISBN 978-7-100-10420-3

Ⅰ.①南… Ⅱ.①曹… Ⅲ.①中国文学—古典文学研究—南北朝时代 Ⅳ.①I206.2

中国版本图书馆 CIP 数据核字(2013)第 273760 号

权利保留,侵权必究。

本书据江苏古籍出版社 1998 年版排印

中华现代学术名著丛书
南朝文学与北朝文学研究
曹道衡 著

商 务 印 书 馆 出 版
(北京王府井大街 36 号 邮政编码 100710)
商 务 印 书 馆 发 行
三河市春园印刷有限公司印刷
ISBN 978-7-100-10420-3

2015 年 4 月第 1 版　　开本 880×1240 1/32
2023 年 9 月第 3 次印刷　　印张 10¾
定价:89.00 元

曹 道 衡

(1928—2005)

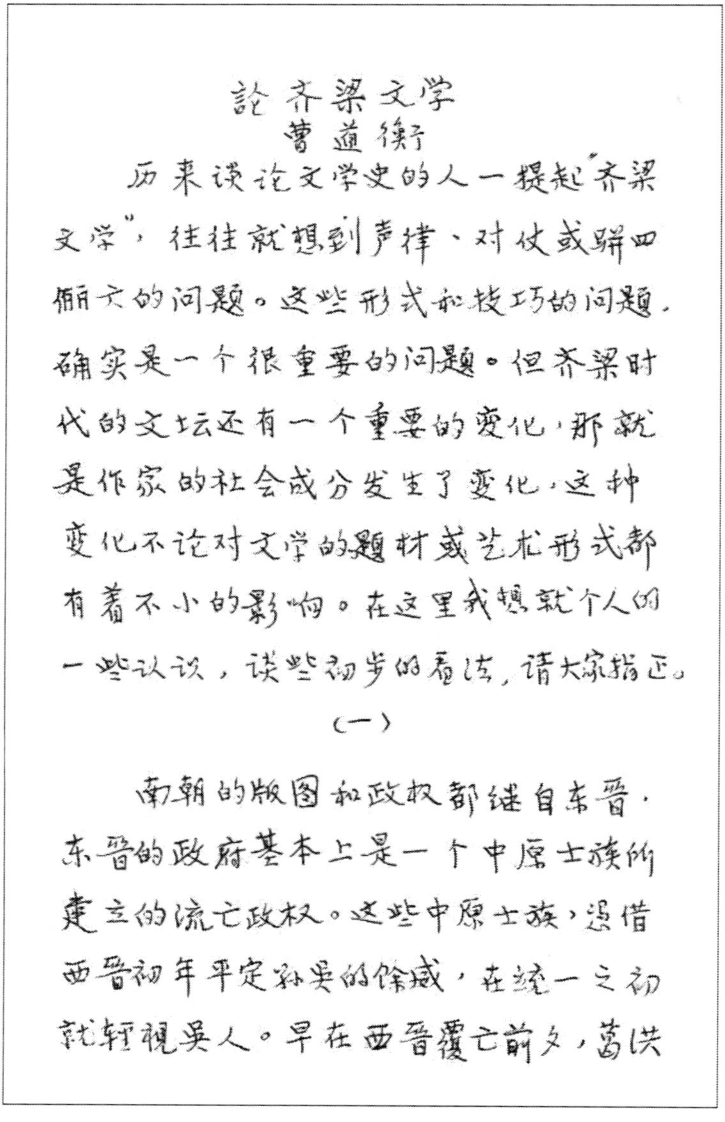

論齐梁文学

曹道衡

历来谈论文学史的人一提起"齐梁文学"，往往就想到声律、对仗或骈四俪六的问题。这些形式和技巧的问题，确实是一个很重要的问题。但齐梁时代的文坛还有一个重要的变化，那就是作家的社会成分发生了变化，这种变化不论对文学的题材或艺术形式都有着不小的影响。在这里我想就个人的一些认识，谈些初步的看法，请大家指正。

（一）

南朝的版图和政权都继自东晋，东晋的政府基本上是一个中原士族所建立的流亡政权。这些中原士族，凭借西晋初年平定孙吴的馀威，在统一之初就轻视吴人。早在西晋覆亡前夕，葛洪

作者手迹

出版说明

百年前,张之洞尝劝学曰:“世运之明晦,人才之盛衰,其表在政,其里在学。”是时,国势颓危,列强环伺,传统频遭质疑,西学新知亟亟而入。一时间,中西学并立,文史哲分家,经济、政治、社会等新学科勃兴,令国人乱花迷眼。然而,淆乱之中,自有元气淋漓之象。中华现代学术之转型正是完成于这一混沌时期,于切磋琢磨、交锋碰撞中不断前行,涌现了一大批学术名家与经典之作。而学术与思想之新变,亦带动了社会各领域的全面转型,为中华复兴奠定了坚实基础。

时至今日,中华现代学术已走过百余年,其间百家林立、论辩蜂起,沉浮消长瞬息万变,情势之复杂自不待言。温故而知新,述往事而思来者。“中华现代学术名著丛书”之编纂,其意正在于此,冀辨章学术,考镜源流,收纳各学科学派名家名作,以展现中华传统文化之新变,探求中华现代学术之根基。

“中华现代学术名著丛书”收录上自晚清下至20世纪80年代末中国大陆及港澳台地区、海外华人学者的原创学术名著(包括外文著作),以人文社会科学为主体兼及其他,涵盖文学、历史、哲学、政治、经济、法律和社会学等众多学科。

出版“中华现代学术名著丛书”，为本馆一大夙愿。自1897年始创起，本馆以“昌明教育，开启民智”为己任，有幸首刊了中华现代学术史上诸多开山之著、扛鼎之作；于中华现代学术之建立与变迁而言，既为参与者，也是见证者。作为对前人出版成绩与文化理念的承续，本馆倾力谋划，经学界通人擘画，并得国家出版基金支持，终以此丛书呈现于读者面前。唯望无论多少年，皆能傲立于书架，并希冀其能与“汉译世界学术名著丛书”共相辉映。如此宏愿，难免汲深绠短之忧，诚盼专家学者和广大读者共襄助之。

商务印书馆编辑部

2010年12月

凡　　例

一、“中华现代学术名著丛书”收录晚清以迄20世纪80年代末，为中华学人所著，成就斐然、泽被学林之学术著作。入选著作以名著为主，酌量选录名篇合集。

二、入选著作内容、编次一仍其旧，唯各书卷首冠以作者照片、手迹等。卷末附作者学术年表和题解文章，诚邀专家学者撰写而成，意在介绍作者学术成就，著作成书背景、学术价值及版本流变等情况。

三、入选著作率以原刊或作者修订、校阅本为底本，参校他本，正其讹误。前人引书，时有省略更改，倘不失原意，则不以原书文字改动引文；如确需校改，则出脚注说明版本依据，以“编者注”或“校者注”形式说明。

四、作者自有其文字风格，各时代均有其语言习惯，故不按现行用法、写法及表现手法改动原文；原书专名（人名、地名、术语）及译名与今不统一者，亦不作改动。如确系作者笔误、排印舛误、数据计算与外文拼写错误等，则予径改。

五、原书为直（横）排繁体者，除个别特殊情况，均改作横排简体。其中原书无标点或仅有简单断句者，一律改为新式标点，专名号从略。

六、除特殊情况外，原书篇后注移作脚注，双行夹注改为单行夹注。文献著录则从其原貌，稍加统一。

七、原书因年代久远而字迹模糊或纸页残缺者，据所缺字数用“□”表示；字数难以确定者，则用“（下缺）”表示。

目　　录

第一章　绪论

南北文风的异同是历来研究南北朝文学史的人早已注意到的老问题。但是,在从来的文学作品选本和文学史著作中,所着重选录和论述的,大抵仅仅限于南朝的作家和作品,涉及的北朝作品甚少,充其量不过是一些乐府民歌和极少数几篇骈体应用文和为数更为式微的文人诗,与同时的南方作家作品相比,几乎还不到十分之一①。这种情况可以说是比较自然的,因为当时北方作家和作品存留者本来很少,好作品也确属罕见,因此不受后人的重视也不足怪。我们试看《隋书·经籍志》中所著录的北朝魏、齐、周三代人的文集,其数量就远不足与南朝相比,甚至其总和还不如南朝四代中存书最少的陈代,这就很清楚了。这种情况,似乎并不限于文集,同样地像传统所分的“经”、“史”、“子”三部分典籍,情况和“集部”也没有多大区别;特别像“经部”,其悬殊程度尤为突出。这一切是不是说明北朝的文化远不如南朝发达呢?如果是这样,又由于什么原因呢?这个问题十分复杂,很有探讨的必要。因为《隋书·经籍志》所著录的书籍,大抵是隋代统一中国以后,把北方旧藏的图书和收缴到南朝所存的藏书以及在民间搜集起来的书一起藏于洛阳。其中北朝藏书中,隋的代周是出于宫廷政变,根本没有在京城

① 这样说当然不包括由南入北的某些作家如庾信、王褒和颜之推等。

长安动用武力，自然谈不上什么破坏；周的灭北齐，其实也是势如破竹，在齐都邺城未遭抵抗，也不会对图籍有什么损毁。至于南朝的藏书，情况就不同了。根据《隋书·牛弘传》所载牛弘上表隋文帝建议广收典籍的奏疏中说，北朝的国家藏书，本来很不丰富，比南朝相差甚远。南朝的藏书经晋、宋、齐直到梁代，其藏书数量相当可观。所以《隋书·经籍志》中经常说：某书若干卷；又注云：梁若干卷。其中梁代卷数远多于隋时所存卷数。如"建安七子"中的《陈琳集》，梁代有10卷，到隋时只存3卷；《应玚集》梁代有5卷，隋代只存1卷；晋代《左思集》，梁代有5卷，隋代只存2卷；《陆机集》，梁代有47卷，隋代只存14卷。其他作家的集子，梁代尚存而隋代已佚的为数也很多，"经"、"史"各部的情况也大致相类似。我们知道，造成这种情况的原因是因为梁代末年图书经历了两场浩劫：一次是"侯景之乱"和梁将王僧辩平乱时的战火，焚毁了建康宫殿中的不少藏书；一次则是王僧辩把残余的部分送到了江陵，梁元帝萧绎曾命庾信、颜之推等人加以整理，但不久又因西魏军攻克江陵，萧绎在被俘杀的前夕放火烧毁藏书，以致受到了更惨重的损毁。这样，隋代的藏书就比梁代要少得多。产生这种情况的原因，还由于北朝各代的鲜卑族统治者对典籍的收藏很少关心过，除了魏孝文帝以外，前此的献文帝以前各朝和后此那些出身"六镇"军阀的北齐、北周统治者也是这样。这在某种程度上也可以说是北朝文化不如南朝发达的一种表现。但一个时代的文化兴衰，并不完全决定于几个帝王的意志，如果据此笼统地断言北朝文化落后，恐也不完全确当。因为迄今所见北朝的书法、雕塑等等都有其不同于南朝的特色。北朝学者所作的《水经注》、《洛阳伽蓝记》和《齐民要术》，都有很高的学术价值。这说明北朝统治者虽大多不重视学术和文化，而私家的著述还是存在，也未必没有人进行过文学创作，只是由于种种原因未能保存下来。因为后来的学者和文人在搜集、整理和使用这些图书时，可能还存在有“重南轻北”的偏向，这很值得研究。因为像唐初孔颖达所主持编撰的“五经正义”，其所采的说法大抵出于南朝学者，而对北朝人的学说所取甚少。其实像北周的经学家熊安生卒于周武帝宣政元年(578)，下距隋文帝代周不过三四年光景，他关于《周礼》、《礼记》的著作，在《隋书·经籍志》中就不见著录，贾公彦作《正义》也未加采择。至于文学方面，保存作品较多的类书《艺文类聚》，成于南方人欧阳询之手，其所收主要为南人之作，更不足怪。甚至出身弘农杨氏的作家杨炯在《王子安集序》中批评当时一些文人说：“好异之徒，别为纵诞，专求怪说，争发大言，乾坤日月张其文，山河鬼神走其思。长句以增其滞，客气以广其灵，已逾江南之风，渐成河朔之制。”孔颖达和杨炯都是北方人，尚且这样对待北方的学术文化，这就关系到一个时代的风气的背景了。不过，从杨炯的话看来，他虽然不赞成“河朔之制”，却也承认“河朔”文风与“江南”存在着不同。这个问题似可进一步探讨。在这里，笔者想试图从现有材料提出一些看法，来分析南北文风不同的原因。

第一节　南北文风异同说的提出

南北朝时代南北文风有别的说法，是古人早已指出了的。较早地提出这一看法的是《隋书·文学传序》，原文云：

自汉魏以来，迄乎晋宋，其体屡变，前哲论之详矣。暨永明、天监之际，太和、天保之间，洛阳、江左，文雅尤盛。于时作者，济阳江淹、吴郡沈约、乐安任昉、济阴温子升、河间邢子才、巨鹿魏伯起等，并学穷书圃，思极人文，缛彩郁于云霞，逸响振于金石。英华秀发，波澜浩荡，笔有余力，词无竭源。方诸张、蔡、曹、王，亦各一时之选也。闻其风者，声驰景慕，然彼此好尚，互有异同。江左宫商发越，贵于清绮，河朔词义贞刚，重乎气质。气质则理胜其词，清绮则文过其意。理深者便于时用，文华者宜于咏歌。此其南北词人得失之大较也。若能掇彼清音，简兹累句，各去所短，合其两长，则文质斌斌，尽善尽美矣。

主持《隋书》修撰工作的是唐初魏征，他出身于北方士族，却又兼擅诗歌和应用文字。他在叙述南北文风时，既要符合于南北文学发展的实况，又不得不考虑到北魏中期以前在文学方面基本上没有产生什么作家作品的事实而使北方士族太失体面，因此这段叙述不能不从北魏孝文帝元宏迁都洛阳，开始大力推行汉化后说起。所以他对自汉迄刘宋的文学情况只能轻轻地一笔带过，说到南朝文学，也只从江淹、沈约和任昉讲起，连卒于南齐时的谢朓、王融等人也没有提到。他这样做法，也有其理由。因为《隋书》的修撰是在唐初，而南朝诸史中，《宋书》成于齐梁间的沈约，《南齐书》成于梁代的萧子显，北朝诸史中《魏书》成于北齐的魏收，都在唐以前；至于南朝的《梁书》和《陈书》、北朝的《北齐书》和《周书》则也都成于唐初，和《隋书》差不多是同时修撰的。这样做可以避免和前人的重复，却又避开了北魏中期以前文学衰微的阶段。然而这只能在文字上给人一个南北并重的印象，还是避免不了问题的实质。

因为北方自从西晋灭亡以后起，由于各族军阀的割据和混战，始终没有建立起一个比较稳定的文化中心，再加上汉族士大夫与各族军阀间的心理隔阂，由战乱频繁所造成的村居生活等等复杂的情况，纵使有人想致力于文学创作，也往往受到诸如典籍缺乏、交流困难等等的限制，很难使其文学才能得到充分的发挥和提高。而且即使这些村居的士大夫中确实产生了比较优秀的作品，也会因为缺乏交往和传播，只能藏在家中，而在当时战乱频繁的条件下，私家藏书更易在兵火中散失。即使未遭兵火，也会由于后人的不加珍惜而丢失。如《魏书·崔玄伯（宏）传》："始玄伯因苻坚乱，欲避地江南，于泰山为张愿所获，本图不遂，乃作诗以自伤，而不行于时，盖惧罪也。及浩诛，中书侍郎高允受敕收浩家，始见此诗。"这首诗究竟有多高的艺术价值，这很难说，但它毕竟还是保存不下来，说明在北朝，作品的保存是何等不易。所以从十六国时代一直到魏孝文帝以前，各种学术著作和文学创作，几乎寥若晨星。由于缺乏传统的凭借和参照，即使在北朝后期，文学创作已初步兴起之后，还是很难和南朝相抗衡。这一点，北齐魏收在《魏书·文苑传论》中就丝毫不否认这事实，他认为在北魏之末，尽管"文雅大盛"，仍是"学者如牛毛，成者如麟角"。不过，数量和质量之间总是有着辩证的关系，从事文学创作的人多起来，又有了像洛阳和后来的邺城这样的文化中心，也就使文学发展和提高的条件大为改善。据唐代来到中国的日本僧人空海在《文镜秘府论·四声论》中引隋人刘善经的话说："从此以后，才子比肩，声韵抑扬，文情婉丽。洛阳之下，吟讽成群。及从宅邺中，辞人间出，风流弘雅，泉涌云奔，动合宫商，韵谐金石者，盖以千数，海内莫之比也。郁哉焕乎，于斯为盛。"这段话对北朝后期文学的成就似乎有些夸大，认为"海内莫之比也”，似乎此时北齐文学已经超过了南朝，恐怕未必尽然。平心而论，到了南北朝后期，北方文学确有其特色，不但不是一片荒漠，也不能说完全是南朝文学的附庸。但是，当时的北方文人，由于齐、周的对峙，北齐文人和北周文人对待南方文风的态度有所不同。刘善经和魏征都是北齐人的后裔，《隋书·文学传序》中在批评了萧纲、萧绎、徐陵、庾信之后，又说：“周氏吞并梁、荆，此风扇于关右，狂简斐然成俗，流宕忘反，无所取裁。”这几句话是反对南朝文风，也是对庾信、王褒的否定。正因为北齐文士这样评价南朝和庾信，因此刘善经所说的邺下文人“海内莫之比也”，正是河朔文人的观点。我们应该承认，这时期北朝作家在形式和技巧方面基本上模仿南朝，较少创新；但由于他们不像南朝后期文人那样享受优厚待遇，终日诗酒流连，而是更多地参加各种社会实践，有的甚至还经历过戎马生涯，对现实的感受较深，因此文风确有其清刚雄浑之气，能反映更多的生活题材。这就使北朝后期文人的创作成就，从总体上说，并不见得比南朝“宫体”诗人们逊色。所以一到隋代统一之后，像卢思道、杨素、薛道衡诸人的创作，实际上超过了出身南方的江总、虞世基诸人；就以帝王来说，隋炀帝杨广的诗，也还有一些佳作和名句，这比陈后主陈叔宝要高出一筹①。至于入唐以后，在一个时期内，较有成就的作家大多是北方人。这些现象说明刘善经和魏征的话并非完全虚构，而有其事实根据。目前有些人因为我们过去对梁陈“宫体”的评价过低而要反其道而行之，竭力抬高“宫体”而贬抑北朝作品，则是大可不必的。评价一个时代的

① 关于这一点，我们且不论《隋书·文学传》中提到的《饮马长城窟行》一类诗，即以《苕溪渔隐丛话后集》引《艺苑雌黄》所记杨广佚句“寒鸦千万点，流水绕孤村”二句，已非陈叔宝所能及。

作品不应把眼光局限在某些技巧方面。更应该看到北朝文学的清刚之气,确曾影响到盛唐诗人。因此探讨南北文风的异同及其融合过程,显然颇有必要。

近代以来,首先提出南北文风不同之说的,当推刘师培,他作有《南北学派不同论》,其中有一部分专论文学,称《南北文学不同论》,他在此文中畅论自魏晋至南朝齐梁的各大家并分作几大派别。然后,他又说:

> 梁陈以降,文体日靡。惟北朝文人,舍文尚质。崔浩、高允之文,咸硗埆自雄。温子升长于碑版,叙事简直,得张、蔡之遗规;卢思道长于歌词,发音刚劲,嗣建安之逸响。子才、伯起,亦工记事之文,岂非北方文体固与南方不同哉!自子山、总持,身旅北方,而南方轻绮之文,渐为北人所崇尚。又初明、子渊,身居北土,耻操南音,诗歌劲直,习为北鄙之声,而六朝文体,亦自是稍更矣。隋炀诗文,远宗潘、陆,一洗浮荡之言,惟隶事研词,尚近南方之体。杨、薛之作,简符隋炀,吐音近北,摛藻师南。故隋唐文体,力刚于颜、谢,采缛于潘、张,折衷南体北体之间,而别成一派。唐初诗文,与隋代同,制句切响,言务纤密。虽雅法六朝,然卑靡之音,于焉尽革。

刘师培这段话,用简洁的文字综述了南北文风的差别和其融合过程,基本上是正确的。但他对江总和沈炯二人的论述,似尚可商榷。江总入北在隋文帝灭陈之后,此时北朝文风已与南朝比较接近,薛道衡在陈亡前所作,已颇近齐梁;而江总在北方时间并不久,又被准许南归,似对北方人并未产生影响。至于沈炯虽曾一度被扣留于关中，但他文风的变化，恐怕未必由于北朝人的影响。因为沈炯留在北方不过两年左右，据《陈书》本传，他在北方即使有作品，亦随即弃毁，根本不存在“耻操南音”的问题。沈炯文风的变化，恐怕应归结为生活经历的变化。因为南朝宫体诗人在经历“侯景之乱”后，也有人能写出比较苍凉悲壮的诗歌，如庾肩吾的《乱后行经吴御亭》这样的诗，就是明显的例子。又如迄今所见梁代诗人所作的四首《燕歌行》，萧子显之作就和战争无关，因为作于“侯景之乱”以前；庾信、王褒和萧绎三首乃同时所作，庾信和王褒已经历战乱，所以已具悲凉之气；而在江陵坐山观虎斗的萧绎之作，这种气息就远不如庾、王。这说明庾信和王褒的诗风变迁，实际上也不完全由于到了北方，而是生活经历本身的变化。沈炯确有些悲凉之作，但那是由北回南后痛定思痛之故，似不能把诗风变化完全归结为地区的原因。作品风格的变化总是由于其内容的变化，而作品内容又总是决定于作者所处的社会环境及其个人经历。

刘师培关于南北文风不同的论述，有他的独到之处，那就是他并不局限于南北朝本身，而是一直上溯到先秦汉魏，并且指出了从汉魏以来北方文人和南方文人之间已经在融合而且保持各自的某些特色又互相影响的问题。但他的局限则在于过分地强调了地理环境的影响。他认为北方“土厚水深”，因此人们“多尚实际”；南方“水势浩洋”，所以人们“多尚虚无”。这实际上是继承了《管子·水地》篇的见解，用各地水土的差别来解释人们心理和性格的不同。这显然是难以令人信服的。因为务实和幻想都有其各种复杂的社会的和个人的原因，绝非自然环境所能决定。“土厚水深”之区有时也可以产生玄虚的思想家及富于浪漫色彩的诗人；水乡泽国同样可以有实干家及写实的作家。有时在同一个人身上，在某一种状况下比较务实,而在另一种状态下则又多幻想的情况也很不少。试想极富浪漫色彩的《天方夜谭》,出现在干旱的阿拉伯地区;而以经验主义为特色的哲学家却多出现于英国这样的海岛中,就说明了“务实”和“虚无”的问题很难用自然环境来解释。

关于南北文风的不同,的确由来已久,从先秦时代起,南方的哲学家和文学家就存在着不同。这是由我国幅员辽阔,各地生活方式、风俗习惯以及各地居民的种族成分等众多的原因造成的。但这种不同,决不是绝对的,更重要的还在于他们各自不同的处境和个人教养、经历等等因素。这些不同又常常由于交通频繁,互相争论及影响而趋向融合。一般来说,像哲学、文学等意识形态部门,随着社会和这些学科的发展,越到后来,就越少受自然环境的影响,而决定于社会及个人的因素。像我国的南北朝时代,文学的发展已经达到了相当高的阶段,更难用自然环境来解释。当时南北文风的差别,主要在于两个政权的长期对峙,经济、政治、文化各方面都产生许多差别,文人们的生活方式和心理状态由之各各不同,不能不影响其创作风格。这种差别,恐怕还不限于南北两个地区,就是在南方和北方各地,也会有所区别。在这里,北朝著名的文学家邢劭有一段话说得很好。他说:

> 昔潘、陆齐轨,不袭建安之风;颜、谢同声,遂革太原之气。自汉逮晋,情赏犹自不谐,江北江南,意志本应相诡。(《萧仁祖集序》,见《全北齐文》卷三)

邢劭这篇文章已经残缺,他为什么提出这个论点,已难确考。我们知道:邢劭和魏收是北齐两大文学派别的首脑。邢劭爱慕南朝的沈约，而魏收则效法任昉，两人尽管争论得十分激烈，以致形成派别，但他们又都是南朝文人的崇拜者，他为什么在这里要强调起南北文风的差别来呢？笔者认为：邢劭这段话，可能是有所针对而发的。因为萧仁祖即萧悫，他有一首《秋思》诗，其中有两句非常有名，即"芙蓉露下落，杨柳月中疏"。这两句诗据《颜氏家训·文章》载，当时寓居北齐的南方文人如颜之推、诸葛颍等人都很赞赏，相反地，北方籍文人如卢思道等，却很不以为然。同样地，在南方深受推崇的梁代诗人王籍的"蝉噪林愈静，鸟鸣山更幽"两句，也遭到北方文人魏收等反对。这说明北朝文人的艺术趣味和南朝不同。萧悫是流寓北方的梁代宗室，他请邢劭给文集作序，不但说明他的文学见解与邢相近，还可能有借重邢劭在北方的威望之意。邢劭在这篇序中称赞萧悫的作品"可谓雕章间出"，接着就论南北文风应该有别。这用意可能是在两种意见之间进行调和。邢劭的论点，实际上已经说明了一点，即既应承认不同的存在，又要看到对方的长处而加以吸取。在这方面，魏收的意见可能不完全一样，因为邢劭崇拜沈约，推崇沈约提出的"易见事"、"易识字"和"易读诵"；但魏收仰慕任昉，任昉作诗好用典。像萧悫、王籍的名句，都不用典。然而魏收作文虽学任昉，诗却很讲究雕藻，他的《棹歌行》、《挟瑟歌》诸作，其实也富有南方诗歌的色彩，只是像《棹歌行》，就暗用了陶渊明《桃花源记》和晋陶侃在武昌种柳的典故；《挟瑟歌》中"白马金鞍"来自曹植《白马篇》，"红妆玉箸"又和梁刘孝威《独不见》中同用"玉箸"典，疑皆有所本。这种诗风亦与南朝无甚区别。他和邢劭的争论，实际上不过是意气之争，不完全反映南北文风之争。据唐刘悚《隋唐嘉话》载，徐陵出使北齐南归时，魏收曾把自己文章交徐陵带到江南为他扬名，但徐陵竟投入江中，说

是"为魏公藏拙"。这故事也许出于传说，但至少反映出这样的情况，即北方文人还在虚心学习南方，而南方文人却仍对北方文人有些轻视。这是西晋灭亡以来长期分裂的结果。

第二节　关于南北文风差别的时间断限

在文学史上，各地文风的统一和区别都是相对的。一般说来，在国家处于统一的中央集权统治下，文风就会趋向统一，在这种条件下，文风也就趋向一致，即使某些地区之间存在着小的差异，那也只是个别文人集团之间在若干问题上的见解分歧，与南北之别无关，而且有些学派或文派虽以地区命名，而这些派别的成员也往往未必出身该地。在割据分裂的局面下，由于各地社会状况、生活方式等等客观情况的不同，也会促使文风发生显著的地区差异。但这种差异，也会由于使节和商贾的频繁来往，书籍及各种艺术形式的交流，造成彼此互相影响而逐步走向融合的趋势。这种互相影响而日趋融合的情况，早在秦始皇并吞六国，实现大一统局面之前已经开始了。近年来考古方面的发现，证明了许多远离中原的地区，其出土的文物已明显地受到中原商、周文化的影响。例如：在春秋时代，楚国是被看作"蛮夷"的。但《左传》和《国语》中都记载在楚国的君主和群臣中，有许多人都很熟悉中原古代的文化。如《左传》载，楚庄王在邲之战大破晋军之后，曾向臣下大谈《周颂》的内容；《左传》还曾讲到楚国的左史倚相能读"三坟五典，八索九丘"。《国语・楚语》中讲到了楚国教育贵族子弟的教材，很多是周代的典籍；左史倚相还讲述过卫武公的事迹等等。在当时看来比楚国更僻远的吴国还产生了季札这样熟悉周文化的人。到了战国,南北的交通尤为频繁,楚国似乎也不再被看作蛮夷了。《孟子》所载的《沧浪歌》已属骚体,并且亦见于《楚辞·渔父》,这是南风北渐的明证;至于孟子对陈良的称赞,却又说明了儒家学说已在楚国流行,所以屈原作品中存在着明显的儒家思想色彩,决不是偶然的。后来荀况作为一个地道的北方人,却终老于南方;他的弟子李斯是楚国人,却又是辅佐秦始皇统一六国的主要人物。这些都说明了即使在割据状态下,文化上的融合和认同的趋势仍然是主流。但另一方面,各个地区的特色和传统,即使在统一的皇朝下,仍然可以存在,所以汉初物色制礼作乐的人物,还得到鲁地寻访;而汉代治《楚辞》的人,又大多在楚国的旧地。不过,这是统一时间还较短之故,在经过一段时间之后,这种差别也会趋于消失。例如:汉代关于"五经"的传授,并不都起于孔子家乡的鲁地,而是散在各个地区,如《公羊传》被称为"齐学","韩诗"出于燕人韩婴,"毛诗"出于赵人毛苌,而传《易》的施雠、孟喜一个是沛人,一个是兰陵人,在战国时均属楚地。这是因为战国儒家,本是"显学",早在秦统一以前已普及全国各地。这正如在大一统局面出现之后,还是会有像佛教中禅学和艺术方面的绘画均有"南宗"、"北宗"之别一样,但这种南北之别,仅仅意味着学派创始人的籍贯或居住地,和这一派别的众多成员无关。又如书法方面,有"碑"和"帖"的区分,学碑者多效法北魏碑志,学帖者多师法东晋王羲之父子,但学碑体的未必都是北人,学帖体的也不一定是南人。因此就总的倾向而论,在秦汉以后,不论学风和文风都以认同和融合为主导倾向,至于南北朝和宋金对立时所出现的文风差别,实际上只是当时政治形势所造成的,其表现形式虽有很大差异,但从语言和心理素质方面说还是大同小异，只是在一个时期以内，在艺术技巧方面和反映的具体内容有所不同。所以刘师培在论南北文风的不同时，虽不局限于南北朝，而一直上溯到汉魏和先秦，但对统一的秦汉时代，就谈得较少，这是很有见地的。因为先秦时代的文风，也有过南北之别，但这是统一以前的事，其原因与南北朝很不相同。秦汉统一以后，南北文风已经实现了融合，所以汉魏作家实在已经很难说谁是纯粹的南方文风，谁又是地道的北方文风。即以三国分裂之后而论，在西晋作家中，傅玄是北地泥阳（今陕西耀县）人，陆机是吴（今江苏苏州）人；一个由魏入晋，一个由吴入晋，身世完全不同。二人的诗歌当然有区别，但这种区别就很难说主要是由于地区的不同，而更多是因为各人经历和性格的差异。像傅玄的《吴楚歌》，就纯属“骚体”。以散文而论，羊祜《让开府表》和李密《陈情表》，也只是个人之间的差别，看不出魏、蜀之分。又如刘师培所举南方文风中各派的代表人物，情况也很复杂，例如他把东晋的孙绰、许询算作南文之一派，但孙绰祖籍太原，许询祖籍高阳（今属河北），都是北方人；颜延之、谢灵运、鲍照等人的祖籍亦属北方。尤其是孙绰的祖父孙楚，刘师培认为是和刘琨、卢谌一样是“北方文人”的代表。其实从西晋末到东晋中期，孙氏的家学并未断绝。《世说新语·文学》记载，东晋时褚裒对孙盛论南北学术的不同，把孙盛作为北方学术的代表。孙盛和孙绰是堂兄弟，他们一个作为北方学风的代表，另一个却是南方文风的代表，这也说明所谓南北朝以前的南北学风和文风的不同，不全在于籍贯。至于南北分裂以后，籍贯和居地就成了比较重要的因素。更可以令人注意的是在南北分裂的几个阶段中，文人的居住地区往往会对他的创作起着非常不同的作用。例如：西晋末年从洛阳避地到冀州的作家左思和因战乱避祸回故乡安平（今属河北）的张载、张协兄弟，都是当时杰出的作家，但他们的作品留传至今者大抵都作于离开洛阳之前，似乎左思一到冀州，张载、张协一回安平，就此销声匿迹，再无一字留传。我们很难断言三人离开洛阳后不久都已去世或从此搁笔不再写作。相反地，从故乡闻喜（今属山西）避难到南方的郭璞，其有价值的作品差不多是入南以后所作，至于从家乡闻喜经盐池等地过洛阳南下途中所写的赋，作为研究当时的社会状况及郭璞个人的生平，不失为很重要的资料，但其文学价值都算不得上乘。至于他的《尔雅注》、《山海经注》等学术著作，亦完成于入南之后。这时留居北方的作家，只有刘琨和卢谌二人有作品传世，而他们的作品却显然多数为温峤奉命到江南去时带去的，只有刘琨《赠卢谌》的那首五言诗（"幄中有悬璧"）可能是他死后卢谌、崔悦上表晋帝为刘琨鸣冤时派人送到南方，由晋代官府保存下来。至于《晋书·刘琨附刘群传》载，温峤上表所称"姨弟刘群、内弟崔悦"等人，"并有文思"，但他们的作品，也没有得到保存。这也不能说这些人从来都没有写过文章。至于刘宋后期，由于今山东一带落入北朝手中而入北的人，情况就有所不同。例如刘芳入北以后，就成了北方的经学大师，有"刘石经"之誉。他虽然不是作家，却说明此时北朝对学术和文化已比较重视，和北魏初年大有不同。至于年纪小于刘芳的文人刘孝标，在北方时不论学术和文艺都不见有什么贡献，但到南方后，在学术和诗文方面都有很突出的成就。刘孝标是在宋明帝泰始初年入北的，当时年八岁，当生于宋孝武帝大明三、四年（459—460），他于齐武帝永明年间还南，这时年已二十多岁，文化教养当已在北方时奠定基础。据说他回南后自以学识不博，又曾努力读书，但这只能是加深修养。这说明当时北方的情况比东晋初年已有变化，而学术和文艺的水平比起南方来还有逊色。到了南北朝后期，情况又有所不同。北朝温子升的作品传到南方，得到了梁武帝的赞赏，比之为曹植、陆机；邢劭的文学才能也颇为南方人所知。又如陈代作家张正见，本是北方人，他父亲在梁代入南，估计此时张正见已经出生。他的文风可以说是很典型的梁陈宫体诗。至于南方人到北方的，如王褒、庾信、颜之推、诸葛颍、萧悫等人，都无不有作品传世，像庾信最有名的作品，大抵都产生在入北以后，并且他的文集还是以北周藩王宇文逌所编的本子为基础。这种情况说明了北方的创作环境不但不同于南北分裂之初，也比魏孝文帝迁洛前后有重大的改善。因此，我们研究南北文风的不同，似乎不能仅仅着眼于南北朝后期南北几位著名作家的对比，而应该上溯到西晋覆亡后南北分裂局面开始出现的时候。这是因为北方文学的兴起，虽然始于魏孝文帝迁洛以后，但在此以前也存在着文学的伏流。如果没有这股伏流，就很难出现魏孝文帝对文学的大力提倡；同时如果没有这股伏流，即使有人提倡，也是很难奏效的。除了北朝文学存在着几个不同的阶段外，南朝文学的发展也明显地存在着几个不同的阶段，从东晋的玄言诗到刘宋元嘉诗风，又从元嘉诗风到南齐的永明诗风，再从永明发展到梁中叶至陈代的"宫体诗"，各有其不同的特色，而这些特色的形成，又有其种种原因。这些原因虽关系到多种文化部门的影响，却又与当时的门阀世族及其生活方式分不开。因此我们谈论南北朝时代的历史断限，一般都是从公元 420 年左右宋武帝刘裕取代东晋和北方的鲜卑拓跋氏基本统一黄河中下游地区开始，直到公元 589 年隋文帝灭陈统一中国为止。但是这种分期方法对于我们论述南北文风的异同和融合有一定的困难。因为文风的形成归根结蒂有其社会原因，而南北两地人们的社会组织、生活方式以及各种意识形态的区别，都于南北开始分裂时已经形成；而南北文风的融合，又基本上完成于隋代。其中南方出身的王胄、虞世基等人和北方出身的杨素、薛道衡等人大都卒于隋炀帝时代。所以我们的论述也就不能不从公元316年长安陷落，晋愍帝被俘说起，直到公元618年隋炀帝被宇文化及所杀而唐高祖在长安代隋称帝为止。

第三节　怎样看待南朝文学和北朝文学

关于南北朝文学的评价问题，长期以来，人们总是重南轻北，认为只有南朝有文学，北朝充其量是南朝文学的附庸。这种看法，并不是短期内形成的。因为从北周开始，由于江陵的被攻克，庾信、王褒等人的到达关中，已经使北周境内文风发生了变化，原来宇文泰和苏绰所提倡的复古文体被文人们弃而不顾，甚至连宇文泰的几个儿子都纷纷学起他们的文风来。隋文帝代周后，对这种文风并不满意，曾采纳李谔的意见，用行政手段严禁文风浮华，但收效甚微。他的两个儿子杨勇和杨广（炀帝）都是南朝文风的崇拜者。炀帝即位之后，就大力提倡南朝的文化。他甚至把窦威、崔祖濬两个史官加以杖责，原因就在两人对南方人轻视。他认为“自平陈之后，硕学通儒，文人才子，莫非彼至”（见《全隋文》卷五）。这是文化较落后的征服者往往被先进的被征服者所同化的规律在起作用。大业四年（608）开始实行的进士科考试，更助长了南朝文风的统治地位。这种考试到唐代尤被重视。应进士科考试的人，必须要作诗赋和策论，其中诗赋自然要讲声律，就是策论也大抵是骈体文。在这种情况下，人们自然而然地要取法南朝的文风，于是许多人都以梁昭明太子编纂的《文选》为学习榜样。据《太平广记》卷447引唐张鷟《朝野佥载》记载，“唐国子监助教张简，河南缑氏人也，曾为乡学讲《文选》”云云。这则故事本身是关于狐狸精变作人形的荒诞之说，但值得重视的是唐时一个乡学中也讲《文选》，说明李善《上〈文选〉注表》中所说的“后进英髦，咸资准的”并不是一句夸大的话。后来出身北方大族赵郡李氏的李德裕，在反对专重进士科的奏章中，甚至自称家世不藏《文选》。其实李德裕并不是不能写诗文，他现有的作品中，也未始没有南朝文人的影响。他这种对《文选》的敌视，也是反映了他作为北朝大族对一味重南轻北的反感。李德裕的时代已到晚唐，还是有一部分北朝旧姓仍持有这种看法。然而，科举制度是关系到仕进的，禄利之途既开，日渐形成社会风气，并不可能由一两个人的反对而能有所改变。直到宋代，据陆游《老学庵笔记》载，人们还流传着“《文选》烂，秀才半”的俗语。当然，到宋以后，由于科举的改以策论为主，再加上理学家的反对骈俪之文以及“古文运动”的日益得势，南朝文学的影响也就逐渐衰歇。但宋以后人们对南朝文风的批评，丝毫没有提高北朝文学的地位。因为北朝人现存的作品，较为受人重视的作品大抵是在形式上取法南朝，也是讲究声律、对仗的文字，同样地在他们反对之列。因此，从唐以迄现代，北朝文学始终不受重视。因此我们现在常见的许多文学史著作，讲到南北朝文学时，往往只是讲南朝，对北朝则仅仅庾信、王褒、《水经注》、《洛阳伽蓝记》和《颜氏家训》等。在这些作家、作品中，庾信、王褒和颜之推本是入北的南方人。《水经注》虽是北魏郦道元所作，而文中着重举例的往往是《江水》中关于长江三峡的描写，其实这段文字却出于南朝宋盛弘之的《荆州记》。这种情况当然和北朝文学作品传世者较少有关。但我们在文学史的编著中,往往过于强调作家、作品,特别是大作家和传诵名著有关,而对史的脉络往往注意不够。其实文学史著作的任务不仅在介绍作家和作品,而在于论述其发展变化的规律或原因。因此对北朝这样虽然出现作家较少,而在文学史的发展中处于一个特殊环节的情况,也决不允许轻易地一笔带过。以60年代初中国科学院文学研究所中国文学史编写组所编著的《中国文学史》为例,其中《北朝作家》一章是由笔者所写。此章共分四节,第一节只是简略地叙述了一下魏齐周隋四代的社会和政治情况;第二节是《水经注》和《洛阳伽蓝记》;第三节是《庾信》;只有第四节《北朝其他作家》中才讲到了北朝一些作家的诗文,而其中多半篇幅只讲颜之推和王褒这两位由南入北的作家,而对邢劭、魏收和卢思道等人只提到其名字,至于温子升,甚至连名字也没有提及。在那一节中对杨素、薛道衡等颇具特色的作家,评价过低,甚至认为他们的《出塞》诗,和南朝江淹、吴均之作“区别不大”。这样的评语显然不妥,这是由于自己当时的研究很不深入所致。

最近十几年来,关于南北朝文学的研究,也和其他学科一样,取得了长足的进展。但在一些论著中,忽视北朝文学的倾向,仍多少地存在着。例如:胡国瑞先生的《魏晋南北朝文学史》中说:

> 自永嘉之乱以后,广大的北方地区,进入长期的种族残杀恐怖中。随着经济的惨遭破坏,文化亦严重低落。魏晋之间已经繁茂的文学根株,被逃亡的士大夫移植到江南而继续开花结实,北方文坛遂成一片荒芜。(上海文艺出版社1980年10月版,第146页)

胡先生这个论点基本上是传统的看法，说北朝文学的衰落是由于“种族残杀的恐怖”，对某一个时期来说是正确的。例如十六国的前赵、后赵以及前秦灭亡直到北魏统一北方之前，确有这情形。但在北魏灭夏和北凉以后，特别是孝文帝迁洛以后，经济的恢复是相当迅速的。从《洛阳伽蓝记》中所载尔朱荣入洛以前，洛阳的仓库充实，经济繁荣景象，应该是真实的。但自从“六镇”军人起义，尔朱荣趁北魏朝廷的混乱率兵入洛，一手残酷镇压葛荣起义军，一手又野蛮屠杀洛阳的王公大臣，造成北朝内部的不断混战。尔朱荣死后，尔朱兆等又起兵叛乱，不久又被高欢镇压下去，而接着出现的是高欢和宇文泰的争夺战。这些战争对生产的破坏也很严重，其残酷并不亚于十六国时代。然而正是在北齐和北周对峙的情况下，北朝的文学才真正达到兴盛，并出现了不少有成就的北方籍作家。可见，北朝文学的落后于南方，原因比较复杂，并不能简单归结为战争和经济破坏。当然，造成文化衰落的根本原因还在于战争和经济破坏，但事情并非这样直接和简单。所以胡先生的说法可谓“语焉不详”，并不能算完全不对。

最近几年来，还有些研究者鉴于过去对“宫体诗”的评价不足，于是就要反其道而行之，认为南朝后期的诗歌并未衰落，北朝后期的诗歌也没有赶上南方。这种说法，似未免有些偏激。事实上“宫体诗人”在诗歌的形式和技巧上有他们的贡献，同时以萧纲为代表的一些作家写妇女题材的诗歌，确有细腻入微的长处，不能以封建礼教的观点来轻易否定，这都没有疑问。但文学作为一种社会意识，它所反映的生活题材应该是广泛的。我们并不主张文学只应该去写民生疾苦和阶级斗争，但也不应该简单地认为它只能写某些窄狭的生活题材和咏物之作。在文学的风格方面，细腻精致不失为一种长处；但雄浑苍凉也同样应该得到重视。何况南北朝后期文人的诗歌，情况也不能一概而论，北方薛道衡的《昔昔盐》，和南朝的“宫体诗”实已无甚大区别，他的《人日思归》作于出使陈朝时，也被南人所叹服；相反地，像徐陵的《出自蓟北门行》、沈炯的《长安还至方山怆然自伤诗》诸作，也不是全无北方那种豪放之气。如果像江淹所说的那样“论甘而忌辛，好丹而非素”，恐怕也是大可不必的。何况南朝后期文风的缺点，即使像虞世南这样的由陈经隋入唐的文人，也有所觉察（见唐刘肃《大唐新语》），更不必矫枉过正。

近年来对北朝文学不如南朝兴盛的原因，还有一些不同的解释，似乎更难成立。例如有人认为北朝文学的衰微是由于十六国和北朝的统治者尊崇孔子，士人们多致力于经学。这完全不合当时的史实。因为历代皇帝不管哪个民族，只要占据中原某地，总要摆出一副“尊孔”的样子，但是这仅仅是为了迎合汉族士大夫的心理，是否收到实效，要看具体情况。至于北朝的经学是否发达，那只要查一下《隋书·经籍志》就很清楚。众所周知，北朝人的“经部”著作，比起“集部”来还更要稀少。北朝早期的经学家据《魏书·儒林传》，均无著作，即使个别人写了书，也和“经”无关。只有崔浩一人有著作，据《魏书》本传，他的著作不少，传到隋代的只有《周易注》，但同时还有他编的《赋集》，说明通经并不影响他致力文学。继之而起的高允，也是经学和文学兼治。至于北方经学的兴起，基本上也在孝文帝迁洛以后，在这里，由南入北的“平齐民”刘芳有比较重要的作用。这说明“经学”和文学在北朝决非不相容，倒是同步发展的。关于这个现象，我们在下面要详细论述，不必在此多谈。

第四节　对北朝文学评价不高的原因

历来论者对北朝文学评价不高,这当然和北朝作品留存得很少有关。这只要看《隋书·经籍志》关于“集部”著录的情况就很清楚。不过《隋书·经籍志》中所以会出现南朝人著作远比北朝人多的原因,恐怕与北朝几个政权都没有像南朝那样大力搜集整理图书有关。因此我们还不能说北朝人的创作原来就非常少。因为在印刷术发明以前,书籍的流通颇为困难,流传不广的书,往往最易散佚,这是一个很可考虑的问题。由于书籍流传不广,人们难于得到艺术上的借鉴和学习榜样,也就很难提高其写作技术,这和南方之书籍得到广泛传抄和借阅的情况也很不一样。但我们现在所更应注意的则是在现存资料的条件下,怎样评价北朝时代所产生的文学遗产。

关于北朝文学的评价问题,《隋书·文学传序》说的“词义贞刚,重乎气质”,“便于时用”的情况,应该是有道理的。只是我们过去对这些文章没有给予充分注意而已。这个问题由来已久,早在南北朝时代当人们提出“文笔之分”的时候已肇其端。例如范晔在《狱中与诸甥侄书》中自以为“性别宫商,识清浊”,又认为“手笔差易,文不拘韵故也”。但他现存的文章主要是一部《后汉书》,据《文镜秘府论·天卷·四声论》引隋刘善经的话说:“令读范侯赞论,谢公(谢庄)赋表,辞气流靡,罕有挂碍,斯盖独悟于一时,为知声之创首也。”值得注意的是刘善经本为北人,且十分推崇北齐文风,但他对范晔的称赞,集中于那些论赞,这和《文选》所录《后汉书》文字完全相同。这实际上就说明所谓“文笔之分”,已为南北文人所一致同意。在南北朝人看来,“文”的地位比“笔”高。如萧绎《金楼子·立言》中对“文”和“笔”的态度很明显。他认为“笔退则非谓成篇,进则不云取义,神其巧惠,笔端而已”。这种看法并非始予萧绎,例如任昉这样享有重大文名的人,尚且因为人们中流传“任笔沈诗”的话而引以为耻,晚年努力学作起诗来。这风气也波及了北方,如魏收和温子升、邢劭争胜时,也断言要能作赋,才算“大才士”,而看不起“章表碑志”之类文章(见《北史·魏收传》)。在这种风气影响下,北朝文人有的就舍其所长,而向南朝去学习。其实北朝人对某些文体的写作,未必没有长处。例如碑志一类文章,在北方有其悠久的传统。相反地,南朝对立碑的限制却十分严格。《文选》任昉《为范始兴作求立太宰碑表》李善注引《晋令》曰:“诸葬者不得作祠堂碑石兽。”又引《陈留志》曰:“阮略字德规,为齐国内史,为政表贤黜恶,化风大行,卒于郡。齐人欲为立碑,时官制严峻,自司徒魏舒已下,皆不得立。齐人思略不已。遂共冒禁树碑,然后诣阙待罪。朝廷闻之,尤叹其惠。”这种禁令虽始于西晋,而到任昉代范云作表时,仍未取消。事实上我们现在所能见到的南朝碑志远比北朝碑志为少。现在我们所见的魏碑,称得上好作品的并不多,但确实也不无特色。例如:魏孝文帝的《吊比干文》,浑厚朴茂,别具一格;《郑羲碑》的叙事也简明扼要,虽不太重文采,却也显出刚健之气。这些碑志大抵都是纪事之文,因此北朝的纪事文学形成了较好传统。所以刘师培称赞“温子升长于碑版,叙事简直,得张、蔡之遗规”,决非过誉。试看他的《韩陵山寺碑》气势宏大,而雕藻亦不在南朝文人之下。其实他的文章并不限于碑志,例如《北齐书·神武纪》所载他为魏孝武帝致高欢的书信,说得不卑

寄簃文存	沈家本
中国婚姻史	陈顾远
中国法律在东亚诸国之影响	杨鸿烈
孔门理财学	陈焕章
上海工业化研究	刘大钧
乡村建设理论	梁漱溟
中国经济原论	王亚南
金翼	林耀华
幼稚园教材研究　幼稚教育新论	张雪门
近代中国留学史　近代中国教育思想史	舒新城
THE ECONOMIC PRINCIPLES OF CONFUCIUS AND HIS SCHOOL	Chen Huan-Chang
孔门理财学	陈焕章
THE GROWTH AND INDUSTRIALIZATION OF SHANGHAI	D. K. Lieu
上海工业化研究	刘大钧
THE FINANCING OF PUBLIC EDUCATION IN CHINA	Ronald Yu Soong Cheng
中国教育财政之改进	陈友松

【第六辑 四十种】

齐如山国剧论丛	齐如山
先秦文学 中国文学史讲义	游国恩
中国文学批评史（上、下）	罗根泽
中国文学发展史（上、下）	刘大杰
宋元明讲唱文学	叶德均
晚照楼论文集	马茂元
汉书窥管	杨树达
欧化东渐史	张星烺
西域史地考古论集	黄文弼
中国疆域沿革史	顾颉刚　史念海
先秦诸子系年	钱　穆
古器物中的古代文化制度	徐中舒
中国社会之史的分析（外一种：婚姻与家族）	陶希圣
唐代长安与西域文明	向　达
古代神话与民族	丁　山
小屯、龙山与仰韶	梁思永
中国史纲	张荫麟
岳飞传	邓广铭
胡惟庸党案考	吴　晗
等不等观杂录	杨文会
欧阳竟无内外学	欧阳竟无
中国佛教史	蒋维乔
中国宗教思想史大纲	王治心
理学纲要	吕思勉
汉魏两晋南北朝佛教史	汤用彤
两汉经学今古文平议	钱　穆
墨学源流	方授楚
中国哲学大纲	张岱年
中国伶人血缘之研究　明清两代嘉兴的望族	潘光旦
中国乡约制度	杨开道
藏族宗教史之实地研究	李安宅
中国封建社会	瞿同祖
法律教育	孙晓楼
财政学总论	陈启修
社会主义经济论稿	孙冶方
变态心理学派别	朱光潜
旧石器时代之艺术	裴文中
中国教育财政之改进	陈友松
THE SYSTEM OF TAXATION IN CHINA IN THE TSING DYNASTY, 1644-1911	SHAO-KWAN CHEN
清代中国的税收制度	陈兆鲲
VILLAGE AND TOWN LIFE IN CHINA	L.K.Tao Y.K.Leong
中国的乡村与城镇生活	陶孟和　梁宇皋

MODERN DEMOCRACY IN CHINA　Mingchien Joshua Bau
中国民治主义　鲍明钤

THE GOVERNMENT AND POLITICS OF CHINA　Ch'ien Tuan-sheng
中国的政府与政治　钱端升

THE POST-WAR INDUSTRIALIZATION OF CHINA, INDUSTRIAL CAPITAL IN CHINA　H. D. Fong
战后中国之工业化 中国之工业资本　方显廷

LAW AND SOCIETY IN TRADITIONAL CHINA　T'ung-Tsu Ch'ü
中国法律与中国社会　瞿同祖

【第四辑 三十种】

中国旧小说考证	胡　适
文心雕龙札记	黄　侃
卢前曲学论著三种	卢　前
孟姜女故事研究及其他	顾颉刚
中国目录学史	姚名达
校雠学	向宗鲁
唐五代西北方音	罗常培
中国文法要略	吕叔湘
清史探微	郑天挺
中国文化史（上、下）	陈登原
中国文化与中国的兵	雷海宗
佛学研究十八篇（校点本）	梁启超
中国景教	朱谦之
德国古典美学	蒋孔阳
神学四讲	赵紫宸
法律哲学导论	居　正
民国司法志	汪楫宝
国际法大纲	周鲠生
罗马法原论（上、下）	周　枏
马克思的政治思想	吴恩裕
欧美各国现行宪法析要	龚　钺
经济史：历史观与方法论	吴承明
从古典经济学派到马克思	陈岱孙
中国历史上的基本经济区	冀朝鼎
中国教育改造	陶行知
平民教育与乡村建设运动	晏阳初
中国教育制度沿革史	郭秉文

COTTON INDUSTRY AND TRADE IN CHINA　H. D. Fong
中国之棉纺织业　方显廷

KEY ECONOMIC AREAS IN CHINESE HISTORY　Ch'ao-Ting Chi
中国历史上的基本经济区　冀朝鼎

THE CHINESE SYSTEM OF PUBLIC EDUCATION　Ping Wen Kuo
中国教育制度沿革史　郭秉文

【第五辑 三十种】

词史	刘毓盘
元白诗笺证稿	陈寅恪
上古音研究	李方桂
从诗到曲（上、下）	郑　骞
训诂学概论	齐佩瑢
唐代进士行卷与文学 古诗考索	程千帆
南朝文学与北朝文学研究	曹道衡
先秦政治思想史	梁启超
中国史学通论	朱希祖
隋唐史	岑仲勉
中国地理学史（先秦至明代）	王成组
中国妇女生活史	陈东原
基督教与中国文化	吴雷川
中国天主教传教史概论	徐宗泽
道教史	许地山
论道	金岳霖
文化与人生	贺　麟

司马迁之人格与风格 道教徒的诗人李白及其痛苦	李长之
明清史讲义（上、下）	孟　森
国史要义	柳诒徵
中国南洋交通史	冯承钧
通史新义	何炳松
魏晋清谈思想初论	贺昌群
中国救荒史	邓云特
认识论	张东荪
科学方法论 科学概论	王星拱
中国哲学史大纲	胡　适
知识论（上、下）	金岳霖
法相唯识学	太　虚
陈康：论希腊哲学	陈　康
康德的知识学	齐良骥
中国文化的展望	殷海光
中国道教史	傅勤家
监狱学	孙　雄
中国法制史概要	陈顾远
新政治学大纲	邓初民
财政学	何　廉　李　锐
中国之棉纺织业	方显廷
中国田制史	万国鼎
南洋华侨与闽粤社会	陈　达
文化人类学	林惠祥

【第三辑 三十五种】

中国小说史略 （外一种：汉文学史纲要）	鲁　迅
现代吴语的研究	赵元任
古典新义	闻一多
谈艺录	钱锺书
唐诗综论	林　庚
中古文学史论	王　瑶
中国近三百年学术史（新校本）	梁启超
通鉴胡注表微	陈　垣
隋唐制度渊源略论稿 唐代政治史述论稿	陈寅恪
中国古代社会研究	郭沫若
古史辨自序（上、下）	顾颉刚
安阳	李　济
绿营兵志	罗尔纲
东汉的豪族	杨联陞
佛道散论	蒙文通
中国哲学史（上、下）	冯友兰
艺境	宗白华
西方美学史（上、下）	朱光潜
近代唯心论简释	贺　麟
康德学述	郑　昕
历代刑法考（上、下）	沈家本
中国商事法	刘朗泉
中国近百年政治史	李剑农
中国政治思想史（上、下）	萧公权
中国国民所得（一九三三年） （外一种：国民所得概论）	巫宝三
中国棉纺织史稿	严中平
当代中国社会学	孙本文
乡土中国 生育制度 乡土重建	费孝通
滕固美术史论著三种	滕　固
中国古代服饰研究	沈从文
A GRAMMAR OF SPOKEN CHINESE 中国话的文法	Yuen Ren Chao 赵元任

《中华现代学术名著丛书》

【第一辑 四十种】

马氏文通	马建忠
国故论衡	章太炎
王国维文学论著三种	王国维
吴梅词曲论著四种	吴　梅
中国中古文学史 汉魏六朝专家文研究	刘师培
中国文学批评史（上、下）	郭绍虞
甲骨文字释林	于省吾
中国俗文学史	郑振铎
汉语语音史	王　力
红楼梦辨	俞平伯
中国韵文史	龙榆生
汉魏六朝诗论丛	余冠英
台湾通史（上、下）	连　横
秦汉史	吕思勉
中国史学史	金毓黻
史学要论	李守常
中国通史简编（上、下）	范文澜
国史大纲（上、下）	钱　穆
中国史纲（一、二卷）	翦伯赞
春秋史	童书业
魏晋南北朝史论丛	唐长孺
明清社会经济史论文集	傅衣凌
西夏史稿	吴天墀
中国伦理学史（外一种）	蔡元培
新唯识论	熊十力
东西文化及其哲学	梁漱溟
科学与玄学	罗志希
中国艺术精神	徐复观
论逻辑经验主义	洪　谦
九朝律考	程树德
比较宪法	王世杰　钱端升
中国法律与中国社会	瞿同祖
中国民治论	鲍明钤
中国官僚政治研究	王亚南
通货新论	马寅初
中国经济思想史	唐庆增
中国厘金史	罗玉东
北平生活费之分析	陶孟和
论社会学中国化	吴文藻
第四种国家的出路	吴景超

【第二辑 三十种】

目录学发微 古书通例	余嘉锡
积微居小学金石论丛	杨树达
现代中国文学史（外一种:明代文学）	钱基博
等韵源流	赵荫棠
诗言志辨 经典常谈	朱自清
话本小说概论（上、下）	胡士莹

不亢，委婉曲折，富有《左传》中所载那种辞令之美。北朝的应用文字是有传统的，早在十六国时代，据《周书·王褒庾信传论》说，各个割据政权下，都有若干人善于写这类章奏符檄之文。现在我们在《晋书》的《载记》部分，还可以看到一些应用文字如慕容垂上给苻坚的表和苻坚答慕容垂的书信都颇有文采，这些文章虽不一定是他们自己所作，然而代笔者的文章也可以显示当时不乏能文之士。这时西北的凉州一带，曾是汉族张氏所建立的前凉政权所在；敦煌、酒泉又是西凉李暠所据之地，在这些地区，由于西晋灭亡时有许多士大夫逃奔凉州，因此在河西地区造成了一个北方的文化中心，较之黄河中下游一带，有更多的能文之士，如前凉张骏，西凉李暠、刘昞都有文章和学术著作。张骏今存诗二首，还有上晋帝的表；李暠也有上表，并能作赋。刘昞的《人物志注》迄今保存，他所作的《酒泉铭》虽已亡佚，但唐初尚存，被《周书·王褒庾信传论》称为"清典"，是十六国文章中杰出之作。后凉的宗敞在吕隆投降后秦之后，曾到长安上书为王尚申冤，文笔颇为姚兴所称赏，据吕超说，当时人把他的文才比拟于三国的陈琳、徐幹，西晋的潘岳、陆机。这话也许有点夸大，至少说明他的应用文字达到了很高的水平。另外，关中一带，在氐族苻坚、羌族姚兴等统治下，也产生了不少文人，著名的志怪小说《拾遗记》，据云出王嘉之手；苏蕙的《织锦回文诗》，也被南朝文人用作典故。出身关中而后来归附赫连勃勃的胡义周（一说其父胡方回）所作的《统万城铭》，今存《晋书·赫连勃勃载记》，也有很好的文采，为《周书·王褒庾信传论》所称赞。后秦僧人僧肇所作的《肇论》是佛教哲学名著，文笔也为历代所称赏。这些都说明在十六国时代，北方还是有不少文人，只是所作文章以应用文和说理文居多，诗赋较少，这也许和当时的战乱频繁，文人们无暇从事创作，即使有人写了，也难于保存有关。

在北魏拓跋氏统一北方以后，确有一段时间文化比较衰落，这和拓跋氏入据中原前受汉化影响较浅有关。直到魏道武帝拓跋珪时，曾出使后秦的贺狄干，因为一度被拘留长安，学了儒家经典，衣服举止近于汉人，因此被杀。但拓跋氏既已入据中原，如果完全不任用汉族士大夫，也很难进行统治。这时北魏的诏令、奏议一般都很质朴，缺乏文采。所以刘师培说崔浩、高允之文“咸硗埆自雄”，这是对的。但这不等于说这两个人不会写华丽的文字，例如崔浩所作册封沮渠蒙逊为凉王的文章，高允所作的《鹿苑赋》，文采就比他们一般的文章为强。这是因为对文化水平较低的拓跋氏帝王来说，使用辞藻和典故，反而增加他们的困难。至于册封沮渠蒙逊之文，要送到当时文化较高的凉州，不能不维持“天子”的尊严；而《鹿苑赋》又是辞赋，并作于高允晚年，北魏文化已有所提高。这说明北朝文学自有其家世相传的伏流，并非北方人在战乱之后，就都不能作文采斐然的文章。只是当时的条件，使他们的文采无法施展，而且即使有所作，也很难保存。

其实北方文学还是有其特长的，那就是当时的纪事之文。现在我们来看《水经注》和《洛阳伽蓝记》，其中写景之作，当然有不少出色的篇幅为人们所称道。但在这两部书中，记事之文也不容忽视。如《水经注》中写到某一地点的有关史事或传说时，文笔简练，时有精彩的文字；《洛阳伽蓝记》对一些人物如王肃、李崇及魏末元氏诸王的豪侈生活写得尤为生动传神。更应该强调的是魏收的《魏书》。这部史书，过去常被人目为“秽史”而不予重视。其实作为史书，其许多长处都不容抹杀。关于此书的长处，周一良先生在《魏收之史学》中说“魏收之书，详略得当，近于实录”，又说“更以宋齐诸史本纪核《魏书》诸帝传,详略悬殊,而记载大事皆能简当扼要,惟十六国列传稍嫌琐碎耳,岂崔鸿书本如是耶”。(《魏晋南北朝史论集》,中华书局1963年版,第270页)钱锺书先生在《管锥编》中谈到北朝散文时也说:“《(洛阳)伽蓝记》雍容自在,举体朗润,非若《水经注》之可惋在碎也。魏收《魏书》叙事佳处,不减沈约《宋书》;北方‘笔’语,当为大宗。”(中华书局版,第四册,第1509页)这些话都是很精当的。现在看来,《魏书》中写史事的精彩篇幅很不少,如《高允传》记崔浩被魏太武帝拓跋焘下狱诛杀时,审问高允关于修史情况的一段对话;《李彪传》记李冲弹劾李彪时的情景;《奚康生传》记奚康生因元叉隔离胡太后和孝明帝元诩母子而发怒被杀经过以及写到孝文帝迁洛后和诸王群臣从容游宴的情景,都生动如在目前。这种笔法在史传文学中,可谓上乘之作。自然不应以人废言。

北朝文学中还有一些近于俗赋或游戏文字,也很有文学价值。如卢元明的《剧鼠赋》,写老鼠可憎之状,颇能给人以深刻印象,只是近于当时的俗体,在史书中没有载录,幸而唐人徐坚在《初学记》中载有此文,其长处颇为钱锺书先生所称赞。《洛阳伽蓝记》卷二载有杨元慎借口为梁将陈庆之治病对南方人所作的调侃语,尽管带有地区的偏见,而嬉笑怒骂,自成一种文体,也带有俗赋的气息。这些文体,历来很少受人重视,但它们上承曹植《鹞雀赋》传统,下开敦煌发现的俗赋先河。但较之后者,似更多文采。这类作品,其实南朝也有,如袁淑的《鸡九锡文》、卞彬的《蚤虱赋》等,实为寓庄于谐,意在刺世,似应给予足够的重视。

总的来说,北朝人的文章,还是以当时人称之为“笔”的记事文和应用文为多。这部分文章,古代一些重视辞采、声律的人往往因为是“笔”而很少重视；提倡散体的人，又因其带有骈俪气息而加以排斥。到了现代，一些文学史研究者又拘于现代的文学概念，把史传和应用文排斥在文学之外。于是北朝人的文章就很少能为文学史研究者所注目。

但是，正如我们在前面所说，文学史研究的任务，不能仅仅局限于若干有名的作家、作品，更不等于名作欣赏。像文学这种语言艺术，正和其他艺术一样，开始时都有其一定的实用目的。后来由于社会的发展，人类需要的多样化，日渐分化成为一个独立的部门，它虽然给人以美感享受，却同时总要表现一定的思想，反映一定的社会生活，尤其在阶级社会里，也不可能有真正超阶级的艺术。因此迄今为止所能见到的一些作家和作品，都无不具有政治倾向。尤其我国古代的作家，更是被视为“文人”，即文学和文章之间并无明确的界限。在一些作家的文集中，往往有许多是政论文、学术文和应用文。这不仅北朝如此，南朝和唐宋以后人的文集也无不如此。那些学术文和政论文，有些本来就有很高的文学价值。即以我国古代的散文而论，最早的源头一般都推《尚书》，这都是一些古代的政府文告。先秦的诸子散文都是学术文，《战国策》是当时的政论文。《左传》中记事之文属于史传文学，而记言的部分，也常是当时的应用文。这种情况到后来也继续存在，例如南朝作家中，像任昉和徐陵如果把他们的应用文弃置不顾，那么他们在文学史上的地位也就会大大降低。这些政论文、学术文和应用文虽然和纯文学作品有所不同，但其关系还是十分密切，常常互相影响的。例如我们常读的丘迟《与陈伯之书》，这是骈体文的一篇代表作，但它本身却是一篇应用文；孔稚珪的《北山移文》，可能是一篇游戏文字，但所用的文体，都是“檄移”一类公文的形式。至于史传文学，情况更为特殊，我们一般的习惯，大抵对史传文学只讲到《史记》和《汉书》；也有些时候，涉及《后汉书》和《三国志》，对晋以后的“正史”就不大谈到。不过在研究我国文学史时，还不能不注意到史传文学和小说的关系。大家都知道，著名的志怪小说《搜神记》的作者干宝，也是编年史《晋纪》的作者；作《续齐谐记》的吴均，同时作有《齐春秋》。唐传奇的文体受史传的影响十分明显，而传奇小说，却又影响了唐代的“古文运动”。这一切说明把“笔”的部分排斥在文学史之外，就会影响到对许多文学史现象的研究。其实我们在文学史研究中，从来也不可能真正把“笔”排除在外，例如《水经注》和《洛阳伽蓝记》，人们都不可能置于不论。如果真是这样，那么连柳宗元那些游记所继承的来源也无从谈起了。

如果我们站在“史”的角度来考察南北朝文学，便不能把眼光局限于盛衰的现象，而更要着眼于盛衰的原因。我们可以而且也应该承认，北朝的文学不如南朝发达。不过，南朝文学的兴盛有它种种的原因；北朝文学比较的衰微，也同样有它种种的原因。这当然不是三言两语所能说明的。对这些问题，笔者准备分作几个方面来加以论述。

第二章　历史的回顾

第一节　统一的中华文明之形成

世界上任何土地广大、人口众多的国家或民族，其形成都有一个漫长的历史过程，决不是一下子就出现的。关于我国文明的形成，近代中外学者有过种种猜测，有主张土著说的；有主张西来说的；也有主张是以殷族为代表的东方部族和以夏和周为代表的西方部族融合说的。关于这些说法，只能由考古学的研究去判断。在这里，我们只能从有文字记载以来的材料加以论述。至少从现有的资料来看，商周二代的文化虽有不同，但基本上已属同一文化体系，具有明显的继承关系。但直到春秋战国，各地的生活习俗、心理状态都还有其不同，所以表现在《诗经》中的十五《国风》，虽然在文字上已经过人们加工而趋于一致，但反映的生活却不一样。左思《三都赋序》说："见'绿竹猗猗'，则知卫地淇澳之产；见'在其版屋'，则知秦野西戎之宅。"事实也确实如此，试看《郑风》、《卫风》中的情歌和《秦风》中的《小戎》、《无衣》；《唐风》中的《蟋蟀》和《陈风》中的《株林》，其心理状态也颇不一样。在《诗经》中所收集的诗歌，其产地不外黄河中下游沿岸的今陕西中部、山西南部河南和山东等地，只有《周南》和《召南》涉及汉水流域等地。《春秋》

和《左传》二书所记当时的史事，基本上还只是以这些地区为主，但已经出现了关于楚国的记载，这样中原文明已普及到长江流域的中部。春秋后期，加上吴、越两国，文化已普及到长江下游的江苏、浙江等地。但在当时，楚、吴、越等国还被中原人看作“蛮夷”，多少有些歧视的心理。特别值得注意的是有关燕国和今河北省一带的记载，在《左传》和《国语》等书中还绝少提到。春秋时代诸侯的会盟，也不见燕国参加。这是因为燕国和中原诸侯间还有“山戎”等族的阻隔。这说明今河北一带在春秋时代和中原文明还存在着差异。

战国时代的情况和春秋时代有很大不同，中原文化已普及到远比春秋时代要广大的地区。这时越灭了吴，而楚又灭了越。在南方已经出现了屈原、宋玉等大作家，在中原人心目中，楚国人已不再是什么“蛮夷”。在当时人看来，“横则秦帝，纵则楚王”，而楚国的版图也由原来的长江中游向东扩展到今江浙一带；南边扩展到沅湘流域；西边曾一度进入滇、黔；北边则已占有了今山东和河南的一部分。同样地，西方的秦国也逐步吞并了附近各部落，并灭蜀国，把四川并入了它的版图。北方的赵国则由于赵武灵王的“胡服骑射”，把今山西北部纳入自己的辖区；燕国也成了战国七雄之一，其所辖范围也已包括现今辽宁的一部分。同时，在原来的中原地区，还存在着许多不同种族的居民，如“陆浑之戎”、“阳拒泉皋伊洛之戎”等，这时都已被中原文明所同化。《尚书・禹贡》所载的版图，基本上反映了战国时代人心目中的“天下”，而在当时的思想家中，不论儒家、法家或墨家等虽然政治理想各不相同，但有一点却基本上一致，就是向往着天下的一统。道家的思想不像儒、法诸家那样强烈，但似乎也认为天下应归一统，所以有“天下往”，“以身托天下”等等论点。战国时代的交通比春秋有了很大的发展,“士”的流动性极大,有许多人往往“朝秦暮楚”,到处游说。这些活动在某种程度上也加强了各地的文化交流。

但战国时代虽然已经有了统一的要求,而实际上还没有统一,各地的文化也有所不同。现代的学者根据考古发掘的文物,提出了“楚文化”、“齐文化”、“三晋文化”和“秦文化”等论点,这是很有道理的。当时各地的生活方式、语言文字以至心理状态都有较大的区别。以关于世界的设想而论,邹衍关于“大九州”的推想和屈原的《天问》、《招魂》中所写的内容就不一样;《山海经》中所描述的世界更是离奇。以关于古代历史而论,《孟子》和《尚书》中关于尧舜禅让的故事,充满了理想化的色彩;而晋代汲郡出土的魏国史书《竹书纪年》则谓“舜囚尧,复偃塞丹朱,使不与父相见也”(《史记·五帝本纪》正义引)。《晋书·束皙传》还记载《竹书纪年》认为“益干启位,启杀之。太甲杀伊尹。文丁杀季历”。这种关于上古的设想,其实反映了产生于邹鲁一带的儒家和发源于三晋一带的法家的观点不同。像《竹书纪年》中的记载,颇有些与《韩非子·奸劫弑臣》等篇相类似的思想。鲁国与齐国相近,而为楚所灭,因此儒家的“仁政”理想,在齐、楚境内有较大影响。正由于这原因,在战国时代把实行法家思想统治的秦国看作“虎狼之国”的是楚人屈原和齐人鲁仲连,至于“三晋”受秦军的杀掠,较齐、楚尤甚,而对秦的敌视,似还不如齐、楚。这正是一种心理状态的差别。

当然,到了战国时代,各个学派已不完全受地域的限制。赵人荀卿成了儒家的著名人物,而又终老于楚。他的学生韩非和李斯,一个是韩人,一个是楚人。近现代许多学者认为以老、庄为代表的道家思想带有南方色彩,这应该是对的,但这种思想也同样为韩非这样的法家所利用，在《韩非子》中，有《解老》、《喻老》诸篇。至于以《吕氏春秋》为代表的“杂家”之出现，实际上是为政治的统一作思想准备。这时代的滔滔洪流已经是趋向统一，思想界的状况也是如此。连《庄子·天下》篇也认为：“天下之人各为其所欲焉，以自为方。悲夫，百家往而不反，必不合矣。后世之学者，不幸不见天地之纯，古人之大体，道术将为天下裂！”这种言论说明争鸣中的诸子百家已经都提出了“合”的问题，只是怎样“合”，却仍有不同看法。

春秋战国的长期混战和分裂，当然是统一的一种障碍。但通过春秋时各国间频繁的聘享、会盟，战国时游说之士的遍游各国，以及商业的发展和几个大都会的形成，也使各地的人们加强了接触和联系，为了交流思想，增进了解，必然使语言也逐步趋向统一。这种统一，当然是比较迟缓的，不像政治和思想意识方面那么迅速。但列国间人已多少能熟悉一些别国的语言，《左传·庄公二十八年》载，楚军伐郑，郑方却“县门不发，楚言而出”，楚国主帅认为“郑有人焉”，就退兵。这说明当时郑国人已能讲“楚言”。至于上层人物，甚至能熟悉邻国的诗歌。《襄公十四年》载，晋同率诸侯的军队伐秦，到了泾水边上，晋国叔向见鲁国的叔孙穆子，叔孙穆子向他背诵了《邶风》中的《匏有苦叶》。战国时代这种语言方面的融合更为加强。《孟子·滕文公下》载，孟子和戴不胜谈话，用了一个譬喻，说是“有楚大夫于此，欲其子之齐语也”。这当然是一种假设，但当时为了外交上的需要，学习别地的方言，大约是免不了的。因为当时各地语言的隔阂还是十分严重。《战国策·秦策三》载范雎用的一个比喻：“郑人谓玉未理者璞，周人谓鼠未腊者朴。周人怀璞，过郑贾曰：‘欲买朴乎？’郑贾曰：‘欲之。’出其朴，视之，乃鼠也。因谢不取。”这种语言上的差异,既妨碍上层人物的交往,也给普通百姓带来很多不便。于是语言上的趋向统一,也是无可避免的。语言的趋向统一,也会促进文学形式方面的渐趋一致。例如:商周诗歌基本上是四言诗,而屈原的《离骚》、《九歌》与《九章》则为“骚体”;然而《天问》、《招魂》等篇仍可以看出与四言诗的血缘关系,就是《九章》中的《橘颂》,也可以看出从四言体演化而来的痕迹。另一方面,荆轲刺秦王前在燕国送别时唱的《易水歌》,又和楚歌无甚差别。荀卿的赋,和屈、宋不同。从《荀子·赋》篇的文体看来,其中对《诗经》的继承关系,较之屈、宋要明显得多。这和他出身北方,恐怕不无关系。《荀子·成相》篇所采用的又可能是楚地的民间说唱文学形式。近年来出土的《睡虎地秦简》中,有一段《为吏之道》,其形式也和《成相》篇类似。这大约是秦国占领楚地后,依据楚人习俗而作。诗、赋这些韵文和语音的关系较之散文更为密切。因此那些作品较之散文更易看出其异同。

战国时代人们所渴望的统一,终于在秦始皇的并吞六国中实现了。但是,统一的实现毕竟要通过暴力,这是无可避免的。然而使用暴力,也无可避免地会遇到抵抗。从《史记·王翦列传》看来,秦国在吞灭六国时遭到抵抗最强烈的应该是楚国。这是因为“三晋”在战国时代已遭到不断的打击而被削弱,燕国本来弱小,而齐国最后亡,却是大势已去,无可避免。所以王翦认为要灭楚非用六十万兵力不可。即使是这样,楚人对秦的统一似乎反感最甚。所谓“楚虽三户,亡秦必楚”,后来陈胜,吴广起义,打的是“张楚”的旗帜,起义军方面开始时还得立楚王之后为“义帝”作为号召。在秦末的农民起义中,孔子的后裔也参加了进去,作为陈胜的博士,死于陈。值得注意的是《礼记·中庸》中记孔子和子路的对话。孔子说:“宽柔以教,不报无道,南方之强也,君子居之。衽金革,死而不厌,北方之强也,而强者居之。”《中庸》是否先秦人作,是可以怀疑的,因为文中说“今天下车同轨,书同文,行同伦”;高山则不称泰山而举“华岳”,至少是秦统一以后的人所作。但它确实反映了南方各地人(包括鲁人)对秦代一味使用暴力的不满。其他地区人民对秦代的暴虐统治当然也不满,其强烈程度也许不如楚地。

从今天来看秦的统一,似应有辩证的观点,既不能像古人那么一味否定,也不能像有个时期那样简单地加以肯定。从历史的发展来看,统一总是进步的,即使过度地使用暴力,在当时确实使不少人遭受许多不必要的痛苦,而从长远的观点看来,则其历史作用又不完全都是消极的,还要作具体的分析。例如:秦始皇的穷兵黩武,北伐匈奴,南平百越,为了调发兵力和运送粮草,加重了人民的负担;又严刑峻法来推行其政策,在当时确实给广大人民带来不少痛苦,然而对巩固国家的统一和安全,却又有其不可抹杀的功绩。同样地,在文化上,短暂的秦代确实没有产生什么重要的思想和文艺成果,而“焚书坑儒”对文化所造成的损失尤为严重。不过,秦始皇统一中国后,统一了文字,又“筑驰道”,便利交通,并对今四川等地实行移民,把原来经济和文化比较发达的地区的大批人迁入蜀中,这些人中有许多成了当地的富豪。这不光是促进了经济的发展,也使各地文化交流得以加强,为后来蜀地涌现司马相如等文豪准备了条件。

秦末农民大起义中推翻秦皇朝的主力军都是楚国旧地人,所以当汉高帝统一中国建立汉朝以后,在各种制度方面,可以说是兼采了战国时各国的遗产。例如在政治制度方面,基本继承秦制;在朝廷礼仪方面,则由叔孙通等人采用儒家的学说来制定;在文艺方面则由于他是楚人，继承楚文化最多。《汉书·礼乐志》：讲到高帝的唐山夫人作《安世房中歌》时说："凡乐，乐其所生，礼不忘本。高祖乐楚声，故《房中乐》楚声也。"现在我们可以看到的刘邦自己所作歌如《大风歌》是骚体；《史记·留侯世家》所载《鸿鹄歌》虽不是骚体，但他自己明确地说是"楚歌"；后来戚夫人的《舂歌》，赵王如意所作的歌，大约都属"楚歌"。汉初"楚声"的盛行，恐怕不能简单地归结为刘邦个人的爱好，而是汉初将相大臣，大抵出身丰、沛，均为楚人，再加上刘邦采纳了娄敬的建议，把楚地的昭、屈、景等大族迁到关中都是原因。更有一点值得注意的是刘邦原来很看不起儒生，而后来却改变了看法，这和陆贾这位楚人有很大关系。《史记·郦生陆贾列传》："陆生时时前说称《诗》、《书》。高帝骂之曰：'乃公居马上而得之，安事《诗》、《书》！'陆生曰：'居马上得之，宁可以马上治之乎？……乡使秦已并天下，行仁义，法先圣，陛下安得而有之？'"于是陆贾就作了《新语》，这部书实际上开了汉人总结秦亡原因的风气。后来贾谊、贾山、董仲舒等人都是沿着这一方向逐步推广儒家影响的。汉武帝采用董仲舒的建议，罢黜百家，独尊儒术。董仲舒的话说："《春秋》大一统者，天地之常经，古今之通谊也。今师异道，人异论，百家殊方，指意不同，是以上亡以持一统；法制数变，下不知所守。臣愚以为诸不在六艺之科孔子之术者，皆绝其道，勿使并进。邪辟之说灭息，然后统纪可一而法度可明，民知所从矣。"这种建议，实质和《史记·秦始皇本纪》所载李斯建议秦始皇焚书，禁"《诗》、《书》、百家语"的政策是一致的。不过汉代并没有烧书，更没有因藏书杀人，只是断绝了儒家以外各派学说的"禄利之途"。然而，这样的政策却取得了成功。这原因当然很复杂，但有一点是肯定的，即秦始皇当年的手段过于残暴；而董仲舒的学说其实是综合了儒家、法家和阴阳家各派的思想，容易为各地居民所接受。从学术本身的发展来说，“焚书坑儒”当然是荒唐的，“罢黜百家”也不会有什么好作用。事实上这种“定于一尊”也只能是暂时的，相对的。因为正如《韩非子·显学》篇所说，儒家本身在战国时代已有八派之分。当汉代设立“五经博士”之初，各部经书差不多都有几家不同的学说，全都属“六艺之科”、“孔子之术”，不能加以禁绝，尤其“古文经”的出现，更使经学本身成了争议纷纭的学术部门。但不管怎么说，学术文化领域基本上实现了各地区的互相融合，新产生的各派学术显然具有许多共同之处，例如强调国家的统一，以及我国传统的许多道德观念，都是在这个时代形成的，并且深入人心。汉代的统一不但形成了一个统一的中华文明，而且把这种文明真正地推广到了更大的地区，例如西南各省、五岭以南以及东北、西北和今内蒙古的不少地区，在秦代虽已曾纳入朝廷的版图，而到汉代却已和中原地区相融合，成为中国不可分割的部分，而各地人民之间已经具有了共同的心理素质。因此所谓南北文化的区别，到汉代已经只有相对的意义，从根本上讲应该是已经融合了。至于南北朝时代所谓南北之分，是在特殊的历史条件下形成的。

第二节　大一统时代的地区差别

我国的统一虽于秦汉时代已基本完成，但各地区之间经济和文化的发展还是不平衡的，各地的生活习惯更不能完全一样。因此，地区的差别并不会因统一而消失。《史记·货殖列传》记载当时各地人民的生活和经济情况就各各不同,大体上说,当时经济和文化最为发达的还是关中地区和黄河以南、长江以北的地带,这里人口比较集中,又是中华文明的发祥之地。其他地区尽管也在迅速地发展,一时还没有完全赶上。当时在农业方面,南方和河北似还与上述地区有差距。《盐铁论·通有》篇:"荆、扬南有桂林之饶,内有江湖之利,左陵阳之金,右蜀汉之材,伐木而树谷,燔莱而播粟,火耕而水耨,地广而饶财;然后鲎窳偷生,好衣甘食,虽白屋草庐,歌讴鼓琴,日给月单,朝歌暮戚。赵、中山带大河,纂四通神衢,当天下之蹊,商贾错于路,诸侯交于道;然民淫好末,侈靡而不务本,田畴不修,男女矜饰,家无斗筲,鸣琴在室。是以楚、赵之民均贫而寡富。宋、卫、韩、梁好本稼穑,编户齐民,无不家衍人给。"这段话出于主张重农抑商的儒生之口,显然带有偏见。不过当时的水利和农业技术的推广,确实主要在关中和"宋卫韩梁"等地。如果统计当时在文化上较有贡献的人物,似乎也以黄河沿岸,长江以北的人物为多。例如:贾谊、晁错、枚乘、邹阳以及关中的司马迁等,出现在河北的董仲舒和四川的司马相如、王褒、扬雄等,长江以南虽然也出现过一些人物,但毕竟较少,而且像严忌、朱买臣等虽然治《楚辞》,能作辞赋,但朱赋已全佚,严忌《哀时命》等作也不大为人们所喜爱。不过在当时,地区和学术、文化的关系已不很密切,现在所见汉人拟作的《楚辞》,如贾谊、东方朔等均非楚国旧地的人物;从《楚辞》发展而来的汉赋,代表作家中也只有枚乘是淮阴人,属楚国旧地,而司马相如、王褒、扬雄等大家却出身蜀地。《盐铁论·杂论》叙述汉昭帝时出席一次关于国家经济和对外政策的大辩论,当时持儒家观点批评朝廷的人物中,有"贤良茂陵唐生"、"文学鲁万生"、"中山刘子雍"、"九江祝生"等,他们来自各自不同的地区,而思想上基本一致。他们和朝廷那些大臣的政见分歧,本质上反映了社会上各个不同阶层和集团的利益。在这场争论中,双方各有是非,不可一概而论。但那些儒生的言论,有些也确有其道理,例如《禁耕》篇云:“夫秦、楚、燕、齐,土力不同,刚柔异势,巨小之用,居句之宜,党殊俗易,各有所便。县官笼而一之,则铁器失其宜,而农民失其便。器用不便,则农夫罢于野而草莱不辟。草莱不辟,则民困乏。”这里涉及一个因地制宜的问题。在一些时候,统一的皇朝为了加强中央集权,往往颁布一些只适应于某些地区,而不适应于另一些地区的法令。在统一开始实现时,还不大被人所觉察。历代关于“封建”和郡县之争,开始时大约只是为了维护一家一姓的统治,而不是为了施政的方便。早在秦始皇统一天下之初,就有人提出“诸侯初破,燕、齐、荆地远,不为置王,毋以填之”的建议。当时提这种建议的人未必是想恢复战国时代的割据,而是考虑到当时条件下维持统治有一定的困难。但李斯对他的驳斥是考虑到封王会再度出现分裂割据,比较更能从长远考虑。秦亡以后,汉高帝之所以一度分封诸功臣,显然是由于当时这些异姓功臣都拥有实力,不得不采用权宜之计,而后逐个消灭。至于消灭了异姓诸王后所封的同姓诸王,当时可能有别的打算(如加强对远地的镇守和对内挟制诸吕等),但实行的效果并不好,给后来的文、景诸帝增加了许多困难。最后还是在削平吴楚“七国之乱”及实行“众建诸侯而少其力”的政策下实现了真正的中央集权。这种中央集权制在历史上起着极大的进步作用。由于汉代进一步从中原移民到西北和东南,仅武帝元狩四年一年,就把中原贫民725 000人迁到陇西、北地、西河、上郡、会稽诸郡,这些地方的生产力也随之得到提高。据《汉书·地理志》,当时建都所在的关中地区,在西汉末年，京兆尹辖区凡195 702户，682 468口；左冯翊235 101户，917 822口；右扶风216 377户，836 070口。其他地区如河内郡（今河南黄河以北地区）241 246户，1067 097口；河南郡（今洛阳一带）276 444户，1 740 279口；东郡（今豫东鲁西）401 297户，1 659 028口；颍川（今河南禹县一带）432 491户，2 210 973口；汝南（今河南东南部）461 587户，2 596 148口；南阳（今河南南阳一带）359 316户，1 942 051口。其他如今山东境内的济阴郡290 025户，1 386 278口；琅玡郡（今诸城一带）228 960户，1 079 100口。今山东一带，分的郡数较多，但一般都在50万人以上。至于今苏皖北部一带，人口也很密集，如临淮郡268 283户，1 237 764口；沛郡409 074户，2 030 460口；地居鲁南苏北间的东海郡，358 414户，1 559 357口。相对来说，南方地区的人口还是要少得多。江南只有会稽郡达到223 038户，10 320 604口；至于相邻的丹阳郡只有107 541户，405 171口；以湖北江陵为中心的南郡125 579户，718 540口；江夏郡（今武汉一带）56 844户，219 218口。今河北一带人口更要少些，如巨鹿郡，155 951户，827 177口；涿郡195 607户，782 764口；上谷郡36 008户，117 762口；渔阳郡68 802户，264 116口。今山西境内的太原郡169 863户，680 488口，北部的云中郡，人口仅173 000多人；雁门、代郡稍多，也不过290 000或290 000多人；只有南部的河东郡236 896户，962 912口。东汉的情况，与西汉不完全一样，首先是光武帝迁都洛阳之后，政治重心的东移，使人口东迁，再加上所谓的“羌乱”，更迫使关中一带人口东逃。据《续汉书·郡国志》所载各地户口数目，大抵为顺帝永和五年（140）的统计数字。这时郡的建置也和西汉不大一样，有些郡被分为了两郡，因此很难逐个对比。如：关中的京兆尹，仅53 299户，285 574口；左冯翊37 090户，

145 195口；右扶风17 352户，93 091口。东汉都城所在地河南尹208 486户，1 010 827口；河内郡159 770户，801 558口；河东郡93 543户，570 803口。人口都有减少。至于颍川郡、汝南郡，人口似亦无增加反而减少。但有些郡人口却有增加，如南阳郡、南郡。人口增加较多的郡，似以南方为最显著，如零陵郡212 384户，1 001 578口；长沙郡255 854户，1 059 372口；豫章郡406 496户，1 168 906口；原来的会稽郡，分为吴、会稽二郡合计287 254户，1 181 978口。至于今河北各地，由于“国”的设置不同，情况较难相比，但有些郡则增加较明显，如渤海郡，户数由西汉的256 377变成132 389，而口却由905 119增加至1 106 500；渔阳郡由西汉的68 802户，264 126口变为68 456户，435 740口。这种数字可能不太确切，因为当时人民为逃避徭役和赋税逃入深山沼泽等交通不便之地而没有户籍的人并不太少，有不少郡并未遭“羌乱”，但人口反而比西汉减少，恐怕也可怀疑。但总的来说，有两点是肯定的：一是人口在南方增长较快，而西部则在减少；二是今河南东部和苏皖北部等地还是人口最密集之区，特别是颍川、汝南二郡，最为显著。到了西晋时代，由于《晋书·地理志》只记各州户数，不记口数，而且一个州所辖郡数不一，不能作精确比较，当时洛阳所在的司州户数为475 800；原来人口较密的豫州辖区比司州小，因此户数为116 796；南方的荆州357 548户；扬州311 400户；北方的冀州306 000户；幽州59 020户；并州59 300户。这个数字也可以看出，当时尽管有了三国时代的人口大迁徙，黄河以南到长江以北的地区，还是人口最密集，经济和文化最发达的地方。但是黄河以北和长江以南地区的人口在增长，经济和文化在上升，使朝廷也不能不加以注意了。特别是经过三国鼎立之后，人们看到了吴、蜀之地，人口和经济、文化并不如北方，但仍能各自割据几十年之久，于是就不能不考虑怎样使一些离中原较远的地区得以安定。首先注意到这个问题的是西晋的陆机，他的《五等论》看起来与三国魏曹冏的《六代论》及《晋书·刘颂传》所载刘颂的上疏，都主张实行分封制，不免有“开倒车”之嫌。但用意不全相同。曹冏当时作《六代论》，其实是针对司马氏篡权而发；刘颂则是从晋代魏的经验中得出这结论，无非是防止权臣篡位。陆机文章中当然也有这一层意思，但他认为“五等之君，为己思治；郡县之长，为利图物。何以征之，盖企及进取，仕子之常志；修己安民，良士之所希及。夫进取之情锐，而安民之誉迟。是故侵百姓以利己者，在位所不惮；损实事以养名者，官长所夙夜也。君无卒岁之图，臣挟一时之志。五等则不然，知国为己土，众皆我民，民安己受其利，国伤家婴其病”。这里有多方面的原因。一方面是他看到了东汉以来官吏的贪赃枉法，激起民变；另一方面是离朝廷越远的地区往往吏治尤其黑暗；当然，更重要的原因还在于随着各地经济的发展，文化的提高，也出现了不少当地的高门。对于这些人来说，在分封制统治下，仕进的机会可能比在中央集权制统治下要优越一些，成名的机会也多一些。这情况，早在东汉初年的王充，已经看到了汉时中华文明已广被各地，不像上古那样窄狭。他在《论衡·恢国》篇中，论到东汉时代各地文化发展的情况说：“夏禹倮入吴国，太伯采药，断发文身。唐虞国界，吴为荒服，越在九夷，罽衣关头，今皆夏服、褒衣、履舄。巴、蜀、越嶲、郁林、日南、辽东、乐浪，周时被发椎髻，今戴皮弁；周时重译，今吟《诗》、《书》。”在同书《超奇》篇中，他又谈到了他家乡会稽一带的文人，言谈中就不免有不受重视而感到不平之意。他说：“古昔之远，四方辟匿，文墨之士，难得记录。且近自以会稽言之，周长生者，文士之雄也……长生之才，非徒锐于牒牍也，作《洞历》十篇，上自黄帝，下至汉朝，锋芒毛发之事，莫不记载，与太史公《表》、《纪》相似类也。上通下达，故曰‘洞历’。然则长生非徒文人，所谓鸿儒者也。前世有严夫子（庄忌），后有吴君高，末有周长生。白雉贡于越，畅草献于宛。雍州出玉，荆、扬生金。珍物产于四远幽辽之地，未可言无奇人也。”王充曾游学洛阳，师事班彪，而据李贤《后汉书·王充传》注引袁山松、葛洪的说法，他的书曾受到过蔡邕的高度评价。但中原士大夫们，总不免有其传统的优越感，看不起别的地区人士。从《后汉书》注引袁山松的话可以知道，王充之书，虽作于东汉章帝时代，而其流传中原却到了蔡邕、王朗等人南游之后，那就是说到了东汉末甚至三国初。直到东汉末，中原士大夫们还在作《汝颍优劣论》，争论汝南和颍川的人才优劣，而其实河北和江南都已出现了许多名士。中原大族对河北的士人似乎还不敢过于轻视，因为在东汉初期已经出现了像博陵崔氏（崔篆、崔骃、崔瑗）、范阳卢氏（卢植）这样的人物，但有时也不免有所讥讽，如晋张敏《头责子羽》（见《世说新语·排调》注引）对张华的口音就有轻视之意。对江南似乎歧视得更甚。这大约是三国时代河北和中原地区同属于魏，而江南属吴有关。其实江南在东汉时，已经产生了许多名士，例如最有名的高士严光，据《后汉书·逸民传》载，他是会稽余姚（今属浙江）人，早年曾和光武帝一同游学。光武即位后，他在今山东一带钓鱼，光武帝多次去征聘，才把他请到洛阳。“司徒侯霸与光素旧，遣使奉书，使人因谓光曰：‘公闻先生至，区区欲即诣造，迫于典司，是以不获。愿因日暮，自屈语言。’光不答，乃投札与之，口授曰：‘君房足下，位至鼎足，甚善！怀仁辅义天下悦，阿谀顺旨要领绝。’霸得书奏之。帝笑曰：

‘狂奴故态也。’车驾即日幸其馆，光卧不起。帝即其卧所，抚光腹曰：‘咄咄！子陵不可相助为理邪？’光又眠不应，良久乃张目熟视曰：‘昔唐尧著德，许由洗耳。士故有志，何至相迫乎？’帝曰：‘子陵，我竟不能下汝邪？’于是升舆叹息而去。”严光是光武帝的故交，在皇帝面前也显得十分狂傲。这当然是因为士大夫们大抵有一定的经济基础，不一定要靠朝廷俸禄，相反地，皇帝有时却要借重他们，“求之若不及”，但有的是“聘而不肯至”，有的“至而不能屈”。这些名士，当然全国各地都有，而江南也不乏其人。在《后汉书》的《儒林》、《文苑》二传中南方籍的文人和学者也为数不少。其中包咸是会稽曲阿（今江苏丹阳）人；程曾是豫章南昌（今属江西）人；黄香是江夏安陆（今属湖北）人；王逸是南郡宜城（今属湖北）人；高彪是吴郡无锡（今属江苏）人等。这种人的出现，说明南方的文化已大为提高。东汉末年的黄巾大起义和军阀混战，在南方所遭兵灾比中原要轻些。《三国志·魏志·杜畿传》载，杜畿子杜恕曾说：“今大魏奄有十州之地，而承丧乱之弊，计其户口，不如往昔一州之民。”相反地，同书《吴志·鲁肃传》载，鲁肃到江南去以前，曾说：“吾闻江东沃野万里，民富兵强，可以避害。”到时避乱前往江南的，不但有仕吴的鲁肃、周瑜诸人，后来回到中原仕魏的华歆、王朗等，开始也曾到江南。那些避难过江的人物中，大部分有一定的经济实力，因此能在江南立足，如周瑜、鲁肃等人，还为孙吴的建国贡献了不少力量。但是，江东本地的豪门正在不断地发展和壮大，逐渐在排斥北方流寓人士的权力。关于这一点，高敏先生在《试论孙吴建国过程中北方地主集团与江东地主集团之间的矛盾斗争》（见《郑州大学学报》1994年第1期）已说得很清楚。陆机《吴趋行》中说：“邦彦应运兴，粲若春林葩。属城咸有士，吴邑最为多。八族未足侈，四姓实名家。”《文选》李善注引张勃《吴录》曰：“八族，陈、桓、吕、窦、公孙、司马、徐、傅也。四姓，朱、张、顾、陆也。”陆机说的“八族”，大部分在后来的江南都不很显赫，可能只是在一时曾较有实力。但四姓直到南朝，还是江南的望族。所以连中原人左思在平吴前所作《吴都赋》中，也夸称江南高门有“虞、魏之昆，顾、陆之裔”。

在黄河以北地区，在地理位置上本来相当重要，当年汉光武帝取天下，就用过河北的力量，后来袁绍和曹操曾谈论天下事，袁绍就要据河北以制天下，曹操虽不表同意，但事实上他击败袁绍后，仍以邺为根据地，说明河北这个地区仍然十分重要。曹操击败袁绍下令说：“袁氏之治也，使豪强擅恣，亲戚兼并下民，贫弱代出租赋，炫鬻家财，不足应命。……无令强民有所隐藏而弱民兼赋也。”（《三国志·魏志·武帝纪》注引《魏书》）不过，河北高门士族仍颇得任用如崔琰、崔林（今山东武城，旧属冀州），卢毓（涿郡涿），邢颙（河间鄚）等。这些家族，后来都成了北方的世家，一直维持至唐代。河北的经学传统本来比较久，传《诗经》的毛、韩二家，本起自河北，后来河北又出了大儒卢植，再加上郑玄晚年在邺城讲学，对河北影响甚大。文学方面则自崔骃、崔瑗、崔琦以后，像郦炎、张超等人亦为世人所熟知。这些黄河以北地区的世家大族因为是在三国时早已属魏，在心理上与中原世族间的矛盾比起江南来要小得多，从现有的史料看来，彼此间似乎没有太大隔阂。

西晋时代，地区之间的心理隔阂似乎以北方和南方之别较为突出。《世说新语·言语》：“蔡洪赴洛，洛中人问曰：‘幕府初开，群公辟命，求英奇于仄陋，采贤俊于岩穴。君吴、楚之士，亡国之余，有何异才而应斯举？’蔡答曰：‘夜光之珠，不必出于孟津之河；

盈握之璧，不必采于昆仑之山。大禹生于东夷，文王生于西羌。圣贤所出，何必常处？昔武王伐纣，迁顽民于洛邑，得无诸君是其苗裔乎！”同书《方正》：“卢志于众坐问陆士衡：‘陆逊、陆抗是君何物？’答曰：‘如卿于卢毓、卢珽。’士龙失色，既出户，谓兄曰：‘何至如此，彼容不相知也。’士衡正色曰：‘我父祖名播海内，宁有不知，鬼子敢尔！’议者疑二陆优劣，谢公以此定之。”又同书《简傲》：“陆士衡初入洛，咨张公所宜诣，刘道真是其一。陆既往，刘尚在哀制中。性嗜酒，礼毕，初无他言，唯问：‘东吴有长柄壶卢，卿得种来不？’陆兄弟殊失望，乃悔往。”《晋书·周处传》：“及吴平，王浑登建邺宫，酾酒既酣，谓吴人曰：‘诸君亡国之余，得无戚乎？’处对曰：‘汉末分崩，三国鼎立，魏灭于前，吴亡于后，亡国之戚，岂惟一人！’浑有惭色。”这种隔阂，显然是北方人以征服者自居，而南方人心中不服之故。但这种矛盾，在后来的种种事件中证明，也无非是一些意气用事，而到西晋后期的战乱面前，他们还是能团结一致的。这是因为从秦汉以来，维护国家的统一和团结，已经深入人心。所以陆机被谗，被成都王司马颖杀害，他临死还说：“自吴朝倾覆，吾兄弟宗族，蒙国家重恩，入侍帷幄，出剖符竹。成都命吾以重任，辞不获已，今日受诛，岂非命也。”对他这种态度，连唐太宗也说他“奋力危邦，竭心庸主”。周处则是在平氐人齐万年的战争中英勇献身的，死得尤为壮烈。即使在东晋初年，中原的皇朝受到了毁灭性的打击，吴人还是拥护晋朝的。《世说新语·言语》：“元帝始过江，谓顾骠骑曰：‘寄人国土，心常怀惭。’荣跪对曰：‘臣闻王者以天下为家，是以耿、亳无定处，九鼎迁洛邑，愿陛下勿以迁都为念。’”东晋初年，南北士族之间，也还是有矛盾，不过这种矛盾并没有发展到冲突的地步，有时只是心理上的彼此轻视。《世说新语·方正》：

“王丞相初在江左,欲结援吴人,请婚陆太尉。对曰:‘培塿无松柏,薰莸不同器。玩虽不才,义不为乱伦之始。’”语气虽似卑谦,实则是拒绝。同书《排调》:“陆太尉诣王丞相,王公食以酪。陆还,遂病。明日,与王笺云:‘昨食酪小过,通夜委顿。民虽吴人,几为伧鬼。’”按:《一切经音义》引《晋阳秋》“吴人谓中州人为伧”,这几乎是调侃了。即使像周处子周玘,对过江北人极为不满,曾策划杀北人,与南人戴渊等辅政,但仍不敢动晋朝皇帝。他死后,儿子周勰又想作乱,但他叔父周札反对,密谋也很快失败。这说明在种族斗争十分激烈的时代,南人和北人之间的矛盾不应激化也不可能被激化。在这方面,顾和曾说顾荣和王导“协赞中宗,保全江表”(《世说新语·言语》),其功确不可没。这说明三国的南北分裂和西晋末年的再一次南北分裂是不同的。前者只是已经形成统一的民族内部的政权斗争;后者则是在当时尚未完成融合的种族之间的斗争,所以对人们造成的心态也和前者大有区别。

第三节　从汉至西晋的几个不同地区文化状况

从秦汉统一中国以至西晋灭亡,当时全国的经济中心既在黄河以南,长江以北的中原地区,政治中心也始终离不开长安和洛阳两地,只有“建安”时代曾经一度建都许昌,而文人们则大抵聚居于曹操的封地邺城。但是这两个城市本来离洛阳都不算远,基本上还是中原地区。在封建社会,帝王建都之地,同时是文人荟萃之区,因为当时的文人,其谋生之道无非两端,一是做官,二是去当那些藩王或权贵的门客。这前一条路是始终存在的;而后一条路,往往不是每一个时代都有。例如西汉时代,在武帝初年以前,还多少存在过。《盐铁论·晁错》:"日者,淮南、衡山修文学,招四方游士,山东儒学咸聚于江、淮之间,讲议集论,著书数十篇。然卒于背义不臣,谋叛逆,诛及宗族。"其实还不止淮南和衡山两国。早在汉初,楚元王刘交的宾客中,就有《鲁诗》的传授者申培。后来在吴王刘濞发动叛乱前,枚乘就曾几次上书劝阻,说明这位辞赋大家,早年也曾到过吴国,他的上书,至今还保存着。梁孝王刘武也是好客的,枚乘、邹阳、司马相如都曾当过他的宾客。至于淮南王刘安的门客所著书如今存的《淮南子》和《楚辞》中的淮南小山《招隐士》,都是当时藩国的文学之士所作。但这种状况没有维持多久,由于吴楚"七国之乱"的平定以及汉武帝实行"推恩"政策,使诸侯王国逐渐削弱,诸王国日趋削弱,并且藩王已经不再拥有实权,因此也没有能力再招纳宾客著书和创作。因此创作和学术活动都集中到了京城长安。这对于学术和文艺创作客观上也起过一定的积极作用。因为当时的学者和文人大抵都到京城做官,这样可以互相交流,而且书籍也容易被收入"金匮石室",作为国家藏书而易于保存。因此在西汉时代,文化学术的中心基本在关中。这种情况在东汉迁都洛阳以后,确有改变,但关中地区在东汉还曾经有过一段时期比别的地方要兴盛,如著名的学者兼文学家班彪父子及经学家兼史学家马融都是关中人;大科学家兼文学家张衡,也曾去关中学习过。只是由于东汉中叶以后,由于羌族起义,使关中残破,关中的许多士人大抵逃向东方。到了三国和西晋,关中所出人才相对地较少。但在西汉时,则由于朝廷和太学都在长安,求官和求学都得来到长安,所以一时全国的人才都涌向这里,司马相如、王褒、扬雄的辞赋,司马迁的《史记》等都是在长安写成的;各派经学的传人,也是在这里讲授他们的学说;中国各种典籍的首次编校整理工作,也是由刘向、刘歆父子在这里完成的。所以在西汉时代,关中人往往轻视外地人。例如《盐铁论·国疾》载桑弘羊曾说:“世人有言:‘鄙士不如都士。’文学皆出山东,希涉大论。”其实桑弘羊自己是洛阳人,并非关中人士,却也说出这句话来。又如汉武帝时立了功勋的弘农杨氏,曾请求把函谷关东移,以便使自己成为关中人。这种优越感在东汉迁都以后,一时尚未消失。当时杜笃作《论都赋》,就有劝朝廷把都城迁回长安的意思。但事实上东汉皇朝并无这种打算,所以班固作《两都赋》,就是对这种思想的批驳。东汉迁都洛阳,显然有其原因,因为关中的农业在战国至汉初,曾经是富裕的,但随着人口的集中到关中,粮食供应就要依赖东方各地,为了供应的方便,迁都洛阳也是势所必然。

东汉以后的文化中心,已随着政府而迁到了洛阳。这时,西汉以来的国家藏书,也随之迁移,所以班固以兰台令史的身份来修史,得以看到许多国家的藏书和档案。和西汉的长安一样,这时各地人才集中到洛阳。许多有价值的学术著作和文学作品大都作成于洛阳,或成书以后送到洛阳上献朝廷,才比较容易得到保存。如许慎的《说文解字》,就是成书后,由于本人老病,派他儿子许冲送到洛阳的。学术著作是这样;文学作品也多与洛阳有关,《古诗十九首》中写到“上东门”、“游戏宛与洛”等等,虽属无名氏所作,仍和这个文化中心有关。这时外地的人要学习五经等学术,也无不要到洛阳去游学。例如会稽人王充,是到洛阳去师事班彪的;河朔文人崔骃的成名,也在洛阳。东汉末年的战乱,一度使洛阳遭到破坏,但后来曹丕还是建都洛阳,西晋仍之。西晋灭亡以后,洛阳几经易手,又大遭破坏,但北魏孝文帝为了推行汉化,仍然要把都城迁到洛阳。这也可以看出这个文化中心在人们心目中的地位。所以南朝时代,上层人物间的语音仍通用洛阳音。北魏孝文帝也强制人们要学洛阳话。这种对洛阳的重视,其实也给洛阳人民带来不利影响,因为各派政治力量都力争把洛阳抢到自己手中。于是历次重大的战乱,洛阳一带所遭受的损失往往最为严重。

不过,像长安、洛阳这样的文化中心,其实主要的作用还在于它是文化的集散地,各地的学术著作和文艺创作都纷纷汇集于此,又通过来到这里的游宦、游学之士传播到各地去。其实西汉今文经学各派学者,都不是关中人;贾谊、枚乘、邹阳、司马相如、东方朔、王褒、扬雄也都不是关中人;司马迁虽属关中,却非长安人。东汉著名的古文经学家许慎、马融、贾逵、服虔、郑玄,今文经学家何休也都不是洛阳人;班固、傅毅、崔骃、张衡、蔡邕等著名作家也都不是洛阳人。三国西晋时代情况亦与此相仿。但不同的是,在一些条件下,他们离开了长安和洛阳,还可以写经学著作或文学作品;在另一些条件下,就很难说他是否还在创作或治学。因为这要看他们所处的地方而定。例如我们在前面讲到的左思、张协是一种情况,郭璞却又是一种情况。并不是说一旦长安、洛阳被破坏,文化活动就只能停滞不前。然而有时缺乏一个文化中心,多少会影响学术和文艺的繁荣。

不过,两汉时代最大的不同是西汉时代虽然出现了贾谊、董仲舒等人所谈到过的“豪民”,他们在经济上是兼并农民财产的剥削者,对当时的政治和文化都谈不上什么积极影响,朝廷对他们也大多采取摧抑的政策,贾谊、晁错、董仲舒等,不论儒家或法家,似都不赞成加以宽容。汉初高帝、武帝虽一再下诏求贤,但求的并不是这些豪民。西汉盛时,帝王的权力当然可以操纵士人的荣辱和升降。正如汉高祖《求贤诏》所说,“贤士大夫有肯从我游者,吾能尊显之”。直到武帝时,帝王的权力还是能够控制士大夫们的命运,正如东方朔说的:“圣帝德流,天下震慑,诸侯宾服,连四海之外以为带,安于覆盂。天下平均,合为一家,动发举事,犹运之掌,贤与不肖,何以异哉。遵天之道,顺地之理,物无不得其所。故绥之则安,动之则苦,尊之则为将,卑之则为虏,抗之则在青云之上,抑之则在深渊之下,用之则为虎,不用则为鼠。”在这种情形下,士人的出路就只有到长安去谋官,所以东方朔说那时士人“竭精驰说,并进辐凑者不可胜数”(以上并见《答客难》)。但不论西汉朝廷怎样用法令来抑制兼并,但经济的发展,往往不是用行政手段所能控制的。随着经济的发展,土地兼并和贫富的分化还是日益发展着。富人掌握了大量土地和财富,在文化上也必然会占优势。因为衣食不周的贫民,自然很难得到学习文化的机会。昭帝时代的所谓“盐铁之议”中,代表朝廷的桑弘羊认为“今放民于权利,罢盐铁以资暴强,遂其贪心,众邪群聚,私门成党,则强御日以不制,而并兼之徒奸形成也”;相反地,那些被称为“文学”的儒生则认为“工商之事,欧冶之任,何奸之能成?三桓专鲁,六卿分晋,不以盐铁。故权利深者,不在山海,在朝廷;一家害百家,在萧墙,而不在朐邴也”。在这场争论中,双方都能引证五经以相驳难,但朝廷方面,除了儒学外,还兼引《管子》、推崇商鞅、李斯等人物;而“贤良”、“文学”也不纯用儒家学说,有时兼引《老子》(《本议》、《未通》等)及《庄子》(《毁学》)。这也不足怪,因为朝廷方面,自是“汉家自有制度,本以霸王道杂之”(《汉书·元帝纪》载宣帝语);而地方上的豪门则力求减少政府的干预,所以称引主张“无为而治”的道家。再加上汉代凡是出任官职的人,大抵缺乏好下场,所以扬雄《解嘲》的文体虽类似东方朔《答客难》，而他却看到了一个事实，即“当涂者升青云，失路者委沟壑；旦握权则为卿相，夕失势则为匹夫”。他总结出来的处世哲学是“攫拏者亡，默默者存。位极者高危，自守者身全。是故知玄知默，守清之极，爰清爰静，游神之庭，惟寂惟漠，守德之宅”。这些话也充满了老庄思想的意味。扬雄还批评过东方朔和古代的柳下惠，认为“古者高饿显，下禄隐”（《法言·渊骞》），就是说宁要贫贱而有名，不能图富贵而失其操守。事实上扬雄后来的表现并不完全如此。不过，这种话也多少反映出随着地方上豪强的出现，其中士大夫们已经对朝廷不很驯服，他们有的可以不再求官。在王莽统治下，许多地方的士人就隐居养名，他们在本地有一定的号召力，因此汉光武帝统一以后，很想团结这部人。《后汉书·逸民传序》：“汉室中微，王莽篡位，士之蕴藉义愤甚矣。是时裂冠毁冕，相携持而去之者，盖不可胜数。扬雄曰‘鸿飞冥冥，弋者何篡焉’，言其违患之远也。光武侧席幽人，求之若不及，旌帛蒲车之所征贲，相望于岩中矣。”这些人中，当然有的人确有真才实学；但也有的人却仅有虚名。《后汉书·黄琼传》载李固给黄琼的信中讲到东汉朝廷征辟的名士中，有些到朝廷后并无多大作为，因此“毁谤布流，应时折减”，甚至有人认为“处士纯盗虚声”。这个问题其实也很复杂，在东汉初年，人们不愿做官可能是想全身远祸，或对朝廷有所不满。至于东汉中叶以后，由于朝政黑暗，外戚宦官专权，所以士人宁愿隐居的人自然不少。但借此猎取声名，以求从另一条途径仕进的也不乏其人。那些隐居不出的人，对地方上文化的提高，有他们的作用。如《后汉书》中《儒林》、《文苑》二传中有些经学家和文学家，就没有做官或只是晚年才做了一个短时期的官。《逸民传》中，也有不少通经或能创作的人。例如梁鸿的隐居吴地，也给南方文化带去了积极的影响。至于想通过求名以达到仕宦目的的人，情况也很复杂，他们不一定隐居乡里，有的也到洛阳的太学，互相标榜，制造了种种名目，例如"三君"、"八俊"、"八顾"、"八及"、"八厨"等。这些人有些也许是仅仅为了仕进，但不少人确有想通过仕途来挽回东汉的颓势，他们敢于讥评朝政，正如《后汉书·党锢传序》所说："逮桓、灵之间，主荒政谬，国命委于阉寺，士子羞与为伍。故匹夫抗愤，处士横议，遂乃激扬名声，互相题拂，品核公卿，裁量执政，婞直之风，于斯行矣！"这些所谓的"党人"，几乎遍布全国各地，在逃亡时，又得到各地人的掩护。这种种事例在客观上也起了推动各地文化发展的作用。这些名士颇遭宦官和一些官僚的忌恨。例如孔融，名声甚高，敢于抨击朝政，但真正的政治才能就很难说，《后汉书》本传说他"才疏意广，迄无成效"，但他能表彰郑玄等大儒，自己又是"建安七子"之一，在文化上，特别是推动今山东一带的文化，有他的功绩。另一个名士刘表，后来做了荆州牧，他只拥众自保，坐观成败，《后汉书》本传说他"其犹木禺(偶)之于人也"。但在提高荆州文化上，他是有作用的。《后汉书》本传说他"遂起立学校，博求儒术，綦母闿、宋忠等，撰立《五经章句》，谓之后定"。一时荆州人才颇盛，王粲在关中扰乱后，曾南投刘表。《艺文类聚》卷 38 载王粲《荆州文学记官志》就作于此时。另外，在荆州一带还有许多各地名士，如诸葛亮、徐庶、庞德公等等，均隐居于此，这些人中不乏杰出的政治、学术和文艺人才。这些情况也使原来文化较落后的地区得到了发展。

从当时全国各地来看，文化发展的不平衡前后情况有所不同。有些地区发展较早，如今山东等地，本是儒家的发祥地。《汉书·地理志》讲到齐地，认为到汉时，这里的人还是"多好经术，矜功名”。鲁地“然其好学犹愈于它俗”，并且“汉兴以来，鲁、东海多至卿相”。汉初出现的经师，也有很多出身在齐、鲁二地。此风直到东汉仍是这样，汉末经学大师郑玄是北海高密（今属山东）人；所谓“建安七子”中，孔融、王粲、刘桢、徐幹四人都出身在今山东一带。直到魏晋，这一带所出的经师和文人仍然很多。

汉代经济上非常繁荣的颍川、汝南、陈留、济阳等地，现在均属河南。这里在西汉已经是比较先进的地方，至东汉人才尤盛。如颍川的荀氏、钟氏、陈氏，汝南的袁氏、应氏，陈郡的袁氏，陈留的阮氏等都是世代名士，有的一直延续到了晋代。

关中本是西汉文化的中心地区，自东汉迁都洛阳以后，逐步相对地衰落，但开始时仍有一段时间，在全国仍占有优势。随着羌乱的发生，关中残破，士人东逃的较多，文化上的优势在表面上逐步在衰败，但原来的世家大族，仍以父子相传的方式，保存着他们的家学。其中比较有名的大族如弘农杨氏（杨彪、杨修）、京兆杜氏（杜畿、杜恕）、韦氏（韦诞）等都是魏代名人，大抵都已到洛阳做官。这时留在关西的人士倒是原来出文人不算盛的安定（皇甫氏）、北地（傅氏）等。“三辅”过去是关西的中心，只有西晋时出现了一位挚虞，较有成就，其他所谓“关中人”，大抵只是祖籍，这大约和汉末的董卓之乱有关。

和关中隔河相望的太原和河东，情况又不大一样，河东在西汉时本是人口较多的富庶之区，至东汉时代仍产生不少人才。太原郡在西汉时本不算很繁荣，但到东汉时，著姓像王氏、郭氏从东汉经三国直到西晋，仍代不乏人，另外像孙氏（太原中都）到三国和西晋也出了不少人物。只是由于十六国时代匈奴族刘渊的举兵叛乱，才使这里遭破扰乱，有的士人也随着晋皇朝南迁，如太原王氏，在东晋时南渡的高门中很有地位，但多数人还留在家乡。河东的柳氏也是这样。这些士族，有些和清河崔氏、范阳卢氏有婚姻关系，在北魏时期，曾遭受过较大打击。

今河北及山东省北部一带，是北朝时代高门士族最集中的地区。所谓北朝贵姓中崔、卢、李均在这地区，郑氏原籍河南开封，直到西晋末才避乱来到河北。在这个地区，情况和前面讲到的今山西一带有些类似。大抵今河北南部和山东北部，在战国和西汉，已经是文化相当发达的地区，荀卿、毛亨、毛苌、董仲舒、东方朔都在学术文化方面有过卓越的贡献。从西汉到东汉，还是人才较盛的地方。相反地，战国时属燕的河北北部，在战国时的文化，就不及赵国兴盛，西汉时知名的人士，也仅有韩婴是燕人。但到西汉末年，博陵崔篆起，崔骃等人世代相传，后来范阳卢氏又成了马融的大弟子。河北一带的学术、文艺有一个家世相传的习惯。如清河崔氏，据《三国志·王粲传》注引《文章叙录》，讲到崔瑗、崔寔都善于书法，其传统一直继续到北朝的崔浩；范阳卢氏自卢植以后，世传礼学，直到北周的卢辩和卢诞、卢光世传礼学。所以河朔之学也一直传授不绝。

南方的学术文化的发展，也很不平均。其中发源较早的是今四川一带，自汉文帝时文翁为蜀郡守，在那里大办教育，并派人到长安学习五经。所以《汉书·地理志》称："及司马相如游宦京师诸侯，以文辞显于世，乡党慕循其迹。后有王褒、严遵、扬雄之徒，文章冠天下。"这个传统，在今四川一带，一直维持着，东汉年间，蜀中文人仍很多，学者亦不少，仅《后汉书·儒林传》就有任安、任末、景鸾、杜抚、杨仁、董钧等学者；《文苑传》又有李尤等人。三国鼎立之际，由于蜀汉的割据，又有一批文人才子入蜀，后来邓艾平蜀以后，蜀中人才到洛阳做官，并且才名卓著的像陈寿、李密，都是文化上卓有声名的人物；劝刘禅降魏的谯周，历来被人非议，其实他作的《古史考》，也有一定的学术价值。可惜西晋平蜀后，不久又因任用非人，引起了流民的反抗而出现了巴氐成汉的割据。直到东晋桓温才平定李氏，重归晋朝的版图。关于自汉迄晋的蜀中学术和文艺人才，幸亏有劝李势降晋，以后随同来到建康的常璩所作《华阳国志》，才使我们对蜀中文化情况有较清楚的了解。从《晋书·李雄载记》看来，蜀中士大夫还是心向晋朝的，如龚壮之论与晋通和还是与后赵通和，其立场颇为鲜明。即使像李雄，也不敢公然否定自己是"晋臣"，这说明蜀中虽地势险要，而人心所向仍是统一，这也不能不归功于汉时的儒学和文学对当地人的深刻影响。

长江中游的今湖北等地，学术和文化经过了几度起落，情况比较特殊。这里曾是春秋战国时楚国的发祥之地，我们在前面已经讲到，早在春秋时代，楚国的文化已相当高，并且深受中原文化的影响。到战国时，楚国在"七雄"中也以富强著称，战国时出现了屈原、宋玉等大作家。近年来出土的文物也证明了楚文化的兴旺发达。但自从秦将白起攻破鄢郢，楚国的士大夫们纷纷东逃，第一次迁都于陈（今河南淮阳），又东奔寿春（今安徽寿县），由于秦兵的暴虐，使楚国旧地的文化大受破坏。以致汉武帝的喜爱辞赋，访求能传授《楚辞》的人，却不是从这里而是从今苏南及皖北等地找到的。从《汉书》中看来，江陵等地出现的学术、文艺人才颇为稀少。但这里的经济在西汉一代发展颇为迅速，尤其到了东汉，由于这里和光武帝的老家南阳（今属河南）相毗邻，南阳一带的经济、文化都十分发达，于是江陵一带也就跟着迅速发展。从《后汉书》中看来，这一带的经师、文人都出现不少。特别值得提出的是《楚辞章句》

的作者王逸和他的儿子王延寿(《鲁灵光殿赋》作者),都是南郡宜城人。到了东汉末,荆州在刘表的统治下,文化更为发达。祢衡的《鹦鹉赋》作于江夏(今武昌);王粲的《登楼赋》作于麦城。但这里灿烂一时的文化,由于后来的混战,又渐趋衰歇。王粲随着曹操回了中原,祢衡为黄祖所杀。三国鼎立时,几经易手,南方的政治重心迁到了成都和建业。相对说来,这里在西晋时代已不如长江下游。东晋时这里还是有习凿齿、李充等著名人物,而人才之盛,却又不及长江下游。

长江下游的吴越之地,在春秋时所受的中原文化影响远不如楚国那样深,尤其越国,在居民种族方面,也和中原有别。《庄子·逍遥游》篇:"宋人资章甫而适诸越,越人断发文身,无所用之。"《说苑》所载《越人歌》,连楚国人也听不懂,不经翻译,使人无法理解。这说明连语言也和中原隔阂甚大。春秋吴国曾攻入楚都郢城,不能据守;后来越国灭吴后,与楚国争强,一战而败,国家就此分裂,越民向南方逃奔,吴越旧地从此并入了楚国,这也说明吴越的文化落后,人民的凝聚力远不如中原和楚国。但楚国灭越以后,吴越的文化迅速楚化。后来所谓的"楚人",往往兼包吴越以至今苏皖北部地区。秦末的农民大起义中,首先起兵发难的虽在今皖北地区,而实力最强大的则是起于吴中的项梁、项羽,他们都是楚国贵族的后裔。西汉以后,吴越地区出现了严忌、严助、朱买臣等人,均出自吴地。东汉时,会稽地区人才辈出,中原的士大夫避难往往逃到吴地。王充《论衡》中好几处讲到他家乡会稽的作家,他颇引以自豪。其实长江下游的文化,在东汉初年还不如后来发展迅速。《后汉书》的《儒林》、《文苑》传中都有吴国人士。汉末大动乱中,到吴国境内避难的中原士人更使本来已很兴旺的吴地学术与文艺蓬勃开展。这时吴境内的学术如虞翻之《易》学，韦昭之治《国语》，中原学者薛汉的后人薛综之治《韩诗》及张衡《二京赋》，陆玑之作《毛诗草木虫鱼疏》、杨泉之作《物理论》等，均为人们所熟知。吴地文学亦颇有为人们所熟知的，如韦昭的《博弈论》和《吴鼓吹曲》等。今本陆机和陆云的集子中所收的《吴丞相江陵侯陆公诔》，显然是吴时人所作，因为陆逊死时，陆机、陆云尚未出生。这篇文章写得很有文采，比起中原许多文人的作品，亦不见逊色。这说明吴地的文学水平，在西晋统一前，已经很高。当时孙吴的群臣中如贺齐，本是庆姓，家世传庆氏《礼》学。汉时移居吴地，历三国至晋代，仍是江南的《礼》学世家，这说明吴地学术、文艺水平在南方早已处于领先地位。吴地旧姓在西晋统一以后，实际上对统一并无太大反感，像吴地的顾、陆和会稽的贺氏等，在东晋建国之初，就与中原南渡的士族相合作，共同维持东晋的统治。这样，南方的政治、文化中心自然会在长江下游。

除了长江下游以外，南方的文化其实在汉代已普遍地得到发展。战国时屈原被放逐到沅、湘流域，当地还比较落后，但《九歌》之作，已经受了当地文化的影响。汉初封吴芮于长沙，其后贾谊曾任长沙王太傅，近年长沙马王堆出土的文物，证明西汉前期，今湖南一带文化已经有很大的发展。东汉初的儒者陈元，是苍梧广信（今广西苍梧）人，其父陈钦，在西汉末已通《左传》之学，说明这些地方文化的发展也很普及。此外，据逯钦立先生《汉诗别录》说，东汉后期甚至有人避乱到了交州（参看《汉魏六朝文学论集》，陕西人民出版社1984年版，第19页），今天所谓的“苏李诗”，有些即当时避难交州的人所作。交州在东汉，包括今两广等地。逯先生此说论证确实，说明当时中原文明已普及到了五岭以南。

除此以外，还应该特别提到的，是河西文化的兴盛。河西地区是汉武帝为了打击匈奴和开通西域而建立的郡。这些地区的文化提高得也很快。两汉时敦煌等地，已经出了不少有名的人才。西晋大书法家索靖就是敦煌人。在西晋末年的大乱中，凉州在张轨的统治下，比较安定，中原士人有不少投奔凉州。前凉灭亡后，继起的后凉、西凉、南凉和北凉都有很高的文化，并和东晋及刘宋有来往。北魏灭北凉后，凉州文化入魏，成为北朝文化的重要因素。

第三章　汉魏学术思想的变迁与南北文风

在讨论南北文风的差别时，除了追溯各地经济、文化的发展外，还有一个方面也是不能忽视的，就是从汉至魏晋的学术思想的变化。因为历来讨论南北文学不同的人，大抵强调南人重玄学，北人重儒学，其实刘师培的《南北文学不同论》所讲北人“多尚实际”；南人“多尚虚无”，也已包含这种思想在内。在这个问题上，我们似乎不应该过于强调地理环境的因素，而应当从学术思想本身的发展中去求解答。因此，这个问题必须对我国学术思想的发展作一些简略的论述。

第一节　儒学的独尊与“今文经学”的兴衰

儒家学说创自孔子，这是没有疑问的，但后来的儒者往往把所谓“六经”（西汉称“六艺”）和孔子联系起来，其实是并无多大根据的。例如：《周易》本为卜筮的书，孔子可能读过其所谓“经”的部分（即“卦辞”和“爻辞”），这些文字可能产生较早。至于“易传”亦即后来所谓“十翼”，旧说是孔子所作，也很难置信，近代以来许多学者考证，大抵为战国时儒者所作，并且其中已混杂着道家的学说。《论语》中提到过《易》,《史记·孔子世家》也讲到孔子“晚而喜《易》”,则孔子见过《易》大约是事实。其实《易》始于何时,谁也说不清楚。《左传·昭公二年》载,晋韩起聘鲁,“观书于太史氏,见《易》象与《鲁春秋》,曰:周礼尽在鲁矣”。可见《易》的成书必在孔子以前。关于这问题,《周易·系辞传》中对《易》的兴起也只是推测之辞。如:“《易》之兴也,其于中古乎?作《易》者,其有忧患乎?”又说:“《易》之兴也,其当殷之末世,周之盛德耶?当文王与纣之事耶?”这些话都有疑问的意思,但出现在孔子前,大约不会有什么问题。《尚书》情况比较复杂,其中有一部分是古代的文诰,如《商书·盘庚》、《周书》中的《大诰》等篇,大致是商周之文。但有些篇似乎产生较晚,如《禹贡》所说的中国版图,似是战国人才能知道。《周书·金縢》颇有点小说的意味,恐怕产生年代较晚,出于战国人之手。古人认为《尚书》乃孔子手定,恐亦不足据。因为孟子是最尊崇孔子的,却怀疑《武成》所载周伐纣的事。所谓“尽信书,不如无书”,话虽不错,但《武成》所记“流血漂杵”却未必失实。《诗经》据《左传》记载,在吴公子季札聘鲁时,所观周乐,已和今本《诗经》差不多,可见也是周代时人所编,成书在孔子前。所以孔子屡次讲“诗三百”。“礼”分为《周礼》、《仪礼》和《礼记》三书。《礼记》是汉人传授礼学时所编教材,大约为先秦时人文章和部分秦汉人文章汇集成书,它不是孔子所定,这早已成了定论。至于《周礼》,是一部“古文经”,西汉时尚未被人承认为“经”。后来的“今文经学家”都排斥它,东汉何休斥之为六国阴谋之书。后来有人说它出于刘歆伪造,当然不足据。这部书主要讲周代的官制。这样周密的官制,自然不可能完全出于某一个人的杜撰,应该有它的根据。只是其中所记制度究竟是周代什么时候所实行,已难确考,也可能被编著者加上了一些自己的设想也较难说。但它还是研究先秦官制的重要史料。它虽非汉人伪造,亦未必是西周旧制,也和孔子无关。《仪礼》是历来被视为“礼经”的书,有人认为周公作,也有人认为孔子作,都无确证。现在所传的《仪礼》十七篇乃汉初“今文经学家”高堂生所传。后来在好多地方出现了古文《礼》。这些《礼》是否“周制”,这是很可怀疑的。至少像《孟子·滕文公》所载,儒家主张的“三年之丧”,在鲁国、滕国等都没有实行过。近人胡适曾怀疑为“殷制”,是否真是如此,也很难说。这些“礼”,大约是后来的儒家所作,但写定时期当在先秦。从郑玄《仪礼注》中看,他在字句上有时从“今文”,有时从“古文”,说明古文《礼》确实存在。孔子是提倡“礼”的,但今本《仪礼》与孔子有无直接关系,更难确证。大抵孔子并未手定过什么礼,因为孔子的门人曾参和言偃在礼的方面也各行其是。荀况很重礼,孟轲对礼讲得就要少些,很可能《仪礼》是出于荀况学派,也很难说。《春秋》是古代的史书,其内容和晋代汲郡出土的魏国史书《竹书纪年》颇近似。当为春秋时鲁国史官所记。《左传·昭公二年》记晋大夫韩起访鲁时,见过《鲁春秋》,《史记·孔子世家》也说孔子“因鲁史记而作《春秋》”。《孟子·滕文公》讲到孔子“作《春秋》”,后人就认定了是孔子的著作,其实《孟子·离娄》中又讲“晋之《乘》,楚之《梼杌》,鲁之《春秋》,一也”。“春秋”,其实是古代史书的通名。《墨子·明鬼下》有“周之《春秋》”、“燕之《春秋》”、“宋之《春秋》”、“齐之《春秋》”。孔子充其量不过是做了校订工作。《公羊传·庄公七年》提到了“不修春秋”。《公羊传》大约成于汉代,书中对春秋的历史记载甚略,不尽可信。但这部书也是经过好几代人口耳相传,可能其前辈见过一部春秋时的史书这样记载着,但是否未经孔子修订的鲁史原文，也很难说。总之，“五经”中特别是《诗经》和《尚书》，在先秦诸子中引用的不少，尤其是《墨子》引证《诗》、《书》尤多，并非儒家一家专有。《易》在秦始皇焚书时，认为是卜筮之书，不予焚烧，可见与孔子并无关系，不然的话，荀卿弟子李斯当时正是焚书的提议者，不会手下留情。从现有的材料来看，“五经”中，大约只有《春秋》，多少还和孔子本人有些关系，但也不是孔子的著作。所以西汉时董仲舒所说的“诸不在六艺之科孔子之术者，皆绝其道，勿使并进”，本来是句骗人的话。“六艺”本非孔子所专有，秦始皇所禁的是“《诗》、《书》、百家语”，本来《诗》、《书》和百家都有关系，在“六艺之科”者，本来不一定属“孔子之术”。董仲舒所以要硬把孔子和“六艺”混为一谈，有他的目的，那就是为汉朝的统治制造一套理论，以便统一人们的思想。其实董仲舒的学说本身，就很复杂，他的学说中阴阳家的成分很多，例如用土龙求雨等等，这和孔子不言“怪力乱神”的思想是相反的。他还用《春秋》来判断刑狱，这实际上是“外儒内法”，用儒家的学说来为用刑作理论根据。可是他的学说也是顺应了当时历史发展的潮流。在他的建议下，一批经师被请到长安去做博士，教人学习“五经”。那些经师的学说，都是经口耳相传，因此他们所传授的“经书”，都用汉代所通用的隶书缮写，被称为“今文”。“今文经学家”们的学说，本来也不统一，如《易》就有施雠、孟喜、梁邱贺等家之别；《尚书》虽出伏胜，后来也分为大小夏侯及欧阳三派；《诗经》有鲁、齐、韩三家之别；《春秋》也有《公羊》、《穀梁》二传之分。他们都讲“六艺”、讲孔子，如《韩诗》的传授者韩婴就和董仲舒辩论过，董仲舒难不倒他。在汉武帝初立“五经博士”时，《春秋》只设《公羊传》一家，因为董仲舒和丞相公孙弘都学《公羊传》，但《穀梁传》的传人不服，几经争论，终了使《穀梁传》也列入学官。今文家尽管学说不同，但都为了维护汉朝的统治，其经传不同，而发挥大义却可以尽量去适合董仲舒划定的框框。因此虽有争论，还不至于很激烈。但接着，由于朝廷广开献书之路，战国时代的古书原来藏于民间，现在逐渐集中到朝廷。到成帝时，开始命令刘向加以校订整理。刘向的儿子刘歆在协助父亲整理图书中，发现了不少“古文经”，他认为“古文经”比“今文经”有许多长处，开始和刘向争论起来，刘向不能驳倒他。刘向死后，刘歆继承了父亲的事业。这时，刘歆曾写信给那些“太常博士”，要求给“古文经”和“今文经”以平等的地位，同样列于学官。于是就遭到了“今文家”和在朝许多大官的一致反对，他也不久就离开长安，到了河内，不久又到五原。这场争论中，“今文经学家”攻击刘歆的主要罪状就是“非毁先帝所立”，但从没有人说过他伪造“经书”。他提倡“古文经”的动机，看来只是想为经学多设几个学官，这种增设学官的事，过去也曾有过，所不同的，只是他所要增设的是“古文经”，而不是“今文经”，其根本动机未必在于增加几个学官。从《汉书·董仲舒传赞》中可以看出一些问题：“刘向称‘董仲舒有王佐之材，虽伊吕亡以加，筦晏之属，伯者之佐，殆不及也。’至向子歆以为：‘伊吕乃圣人之耦，王者不得不兴。故颜渊死，孔子曰“噫！天丧余”。唯此一人能当之，自宰我、子赣、子游、子夏不与焉。仲舒遭汉承秦灭学之后，《六经》离析，下帷发愤，潜心大业，令后学者有所统一，为群儒首。然考其师友渊源所渐，犹未及乎游、夏，而曰筦、晏弗及，伊、吕不加，过矣。’至向曾孙龚，笃论君子也，以歆之言为然。”这里涉及对董仲舒所建立的一套谶纬思想体系的评价，这是“今文经学”的思想基础。“古文经”如果广为流传，对“今文经学”就会起到动摇的作用。因为“今文经学”的理论基础，就是董仲舒所建立的一套所谓“天人合一”的谶纬迷信思想。例如：伏胜所传的《尚书》仅二十八篇，据“今文家”说，这就是孔子所定的《尚书》全帙。据《史记·儒林列传》索隐引孔臧在孔子家墙壁中发现了古文《尚书》，以今文去释读它，发现比伏胜所传多了十多篇后，写信给孔安国说：“旧书潜于壁室，欻尔复出，古训复申。唯闻《尚书》二十八篇取象二十八宿，何图乃有百篇。即知以今雠古，隶篆推科斗，以定五十余篇，并为之传也。”其实伏胜当时已经承认，他所传的二十八篇，并不全。《史记》中明明写道：“秦时焚书，伏生壁藏之。其后兵大起，流亡，汉定，伏生求其书，亡数十篇，独得二十九篇，即以教于齐鲁之间。”这里所说的二十九篇，即二十八篇外，还有篇《泰誓》，后来亡失，遂成二十八篇。但后来的今文家，却硬说《尚书》只有二十八篇，要配合天上的“二十八宿”。另外，“今文家”还有许多荒谬不近情理的说法，如《诗经》中的《关雎》，明明是写婚姻的诗，今文家却说是讽刺周康王睡懒觉（详见清王先谦《诗三家义集疏》引《列女传》等汉人的著作引《鲁诗》说）；《鹿鸣》分明是周王宴请群臣的乐歌，据《史记·十二诸侯年表序》说是“刺诗”，都与诗的本义不符，而《毛诗》对《鹿鸣》的解释是正确的；对《关雎》说成“后妃之德”，“思得淑女以配君子”，尽管不完全对，却较“今文家”要合理得多。此外，今文家认为古代的“圣王”都没有父亲，是由上帝“感生”的。这虽然保存了一些古代神话，但在后人却很难置信，《毛诗》却强调这些“圣王”有父亲，是人不是神。又如对《春秋》的解释，《公羊传》对第一句“元年春王正月”，就发了一通怪论，说什么“王者孰谓？谓文王也”。但《左传》却说得简单明了，只用了“王周正月”四字，就指明了用的是周历的正月；又如《公羊传》认为宋襄公的“蠢猪”式的用兵是对的；鲁国的女儿嫁到宋国,遇到火灾宁可烧死不逃走是应该的。《左传》对此都作了不同的评论。如果让“古文家”也能公开与今文家在太学中竞争,“今文经学”就会破产,对董仲舒所设计的一套理论就要受致命的打击。所以许多经师和大臣会对刘歆的建议十分愤怒。但学术的发展却是随着社会的发展而在不断地进步,董仲舒这一套学说的许多荒诞不经的论点,势难永久地不受非议。即使“今文家”们自己,也不能不感到其缺点,而在《盐铁论》中,儒生的发言,已在引用老庄的学说,本身已非“孔子之术”。这些“今文家”们自己也在暗中吸取“古文经”和诸子百家的学说。例如:戴圣传《礼》所编的《礼记》,其中《祭法》一篇,即采自《国语・鲁语》;《月令》一篇和《吕氏春秋》、《淮南子》相同,疑本非儒家专有。宣帝时路温舒上书论减轻刑法,其中“山薮藏疾”等语,出于《左传》。路温舒本是学《公羊传》的,也引起《左传》来了。和刘歆差不多同时的扬雄,是文字学家,好讲“奇字”,实际就是研究秦统一以前的六国古文。正是他作《解嘲》时,讲到了前面引过的一些关于盛衰变化的说法,与董仲舒“天不变道亦不变”的理论相反。扬雄很推崇他的同乡严君平,严君平正是把儒家的《易》学与《老子》相结合的学者。这一切,都说明刘歆的出现不是偶然的,是“今文经学”和董仲舒的学说不再能维持其统治时的必然产物。

在刘歆提出“古文经学”之后,“今文家”已经没有别的方法招架,只能用“非毁先帝所立”来作借口,把他排挤出朝廷。这“先帝所立”,实际上就是董仲舒的谶纬学说。后来学者对刘歆颇有非议,是因为刘歆后来曾和王莽合作,在王莽专权时,“古文经”又曾被列于学官。但这其实是误解。刘歆提倡“古文经”是在汉哀帝时,当时王莽正失职家居,刘歆不可能预知哀帝会早死,王莽会得势。至于他曾和王莽合作，也不可苛责。因为王莽虽是个食古不化的人，但他的当政，本想对当时的土地兼并等严重社会问题作一番改革。像刘歆这样的书生，很难看出这办法行不通。至于因为王莽代汉，更只是关于一姓兴亡的问题。研究学问，本不必“因人废言”，何况他的行为在今天看来，更不是什么问题。刘歆的建议在当时并没有得到朝廷采用，但影响却是很大的。朝廷的态度毕竟不能完全左右士人们的选择。尤其是我们在前面讲过的地方上豪族的兴起，使做官已不再成为士人生活来源的唯一途径。因此到了东汉，尽管东汉所设的“五经博士”还是西汉的原样，但许多有先进思想的人物，都已同情“古文经学”，否定谶纬学说。这对汉代的学术思想来说是一大变动。

第二节　“古文经学”的兴起及其局限

从西汉末年农民起义后建立起来的东汉皇朝，打着“复兴汉室”的旗帜。在学术上还是实行西汉的制度而无所变更。这时有不少官员为设立古文经，特别是《春秋左传》的博士而发生过激烈的争论。最著名的就是那次范升、陈元之争，《左氏传》的传人陈元，引证《史记》，认为《左传》叙史事，比《公羊》、《穀梁》确切可信。但范升坚持今文家之说，认为《左传》不能立于学官，并且对《史记》也进行了攻击。“今古文之争”，已经不再是学术上的是非问题。在“今文家”来说，无非是要维护自己的独尊地位，以保持他们当学官的饭碗；而在汉光武帝来说，本是利用谶纬来给自己的帝位制造“天命”的理论根据，于是“今文经学”对他来说还是很有用处的。他不能让“今文经学”的统治地位发生动摇。因此陈元等人的争论，结果不免是徒费口舌。《后汉书·桓谭传》载，桓谭“博学多通，遍习五经，皆诂训大义，不为章句。能文章，尤好古学，数从刘歆、扬雄辩析疑异”。这是一个很地道的“古文学派”人物。他曾上疏给光武帝，激烈反对谶纬学说，他认为：“观先王之所记述，咸以仁义正道为本，非有奇怪虚诞之事。盖天道性命，圣人所难言也。自子贡以下不得而闻，况后世浅儒能通之乎？今诸巧慧小才，伎数之人，增益图书，矫称谶记，以欺惑贪邪，诖误人主，焉可不抑远之哉！”这些话，光武帝自然听不进去。因为在他当皇帝以前，就有人因不满王莽而制造预言，说是刘氏将要复兴，等到他当上皇帝以后，又有许多谄媚的人编造了种种谶语，说他当皇帝是上天早已安排好的。光武帝正想利用这些来巩固他的统治，怎能听得进桓谭的劝告？但桓谭是坚持不信谶纬的，有一次，光武帝下令讨论观察天象的灵台当建于何处。光武帝自己对桓谭说：“吾欲谶决之，何如？”桓谭答云：“臣不读谶。”光武帝问他原因，他又“极言谶之非经”，光武帝大怒，竟说他“非圣无法”，将要杀他，最后就把他贬为六安郡丞。从这一事件，可以看出“今文经学”和谶纬之说虽荒诞已极，但要否定它们，却会触犯帝王，遭遇不测之祸。

但是，朝廷的意志也只能控制那些求利禄的人，并不可能对人们的思想变化起多大作用。一些人物在献给皇帝看的文章中，可以引用谶纬和“今文经学”之说，但到私人著述的场合，则曲曲折折地流露了对董仲舒和今文派的不满。例如班固在《两都赋》和回答汉明帝关于秦代灭亡及秦王子婴的问题时，用的都是《公羊传》的说法，《两都赋》更用了谶纬之说。但实际上从班固之父班彪起，就同情“古文家”。班彪为人“性沉重好古”，他为《史记》作续书时，论前代史书说:“唐虞三代,《诗》、《书》所及,世有史官,以司典籍,暨于诸侯,国自有史。故《孟子》曰:‘楚之《梼杌》、晋之《乘》、鲁之《春秋》,其事一也。’定、哀(指鲁国定公、哀公)之间,鲁君子左邱明论集其文,作《左氏传》三十篇,又撰异同,号曰《国语》二十篇。由是《乘》、《梼杌》之事遂阇,而《左氏》、《国语》独章。”又说:“夫百家之书,犹可法也。若《左氏》、《国语》、《世本》、《战国策》、《楚汉春秋》、《太史公书》,今之所以知古,后之所由观前,圣人之耳目也。”他对“百家”之书,并无否定之意,这和董仲舒的“罢黜百家”已相违反。至于论《左传》、《国语》,则评价更高。他的儿子班固,据《后汉书》本传说他“九流百家之言,无不穷究,所学无常师,不为章句,举大义而已”其实也是“古文经学”的学风,因为“今文经学”必须墨守“师法”,重章句。所以他在《汉书》中,作《艺文志》实本刘向、刘歆的《别录》、《七略》,已依“古文经学”的次序,将五经次序依《易》、《书》、《诗》、《礼》、《乐》、《春秋》排列,而不依“今文家”以《诗》为首。在《董仲舒传》中的评论,全采刘歆的观点;在《五行志上》中更把董仲舒在高帝庙发生火灾时胡说是“天变”,要汉武帝杀人的谬论全部载录,客观上显示了董仲舒的荒谬。但他毕竟在朝廷做官,有时不能不讲些谶纬之说。和班固相比,那位师事班彪的王充,就和他不同了。王充《论衡》中一再地对董仲舒的谬说进行驳诘:

董仲舒求雨,申《春秋》之文,设虚立祀,父不食于枝庶,天不食于下地。诸侯雩礼所祀,未知何神?如天神也,唯王者天乃歆,诸侯及令长吏,天不享也。神不歆享,安耐得神?如云雨者气也,云雨之气,何用歆享?触石而出,肤寸而合,不崇朝而辨雨天下，泰山也。泰山雨天下，小山雨国邑。然则大雩所祭，岂祭山乎？假令审然，而不得也。何以效之？水异川而居，相高分寸，不决不流，不凿不合。诚令人君祷祭水旁，能令高分寸之水流而合乎？夫见在之水，相差无几，人君请之，终不耐行。况雨无形兆，深藏高山，人君雩祭，安耐得之？

这里说得很简明扼要，都是一些常识性的道理，但驳得董仲舒的骗术，可谓“体无完肤”。在《顺鼓》篇中，他又说：

《春秋》之义，大水，鼓用牲于社。说者曰：“鼓者，攻之也。”或曰：“胁之。”胁则攻矣。阴胜，攻社以救之。或难曰：攻社，谓得胜负之义，未可得顺义之节也。人君父事天，母事地。母之党类为害，可攻母以救之乎？以政令失道阴阳缪戾者，人君也。不自攻以复之，反逆节以犯尊，天地安肯济？

这里的《春秋》，就是董仲舒所提倡的《公羊传》学说。值得注意的是这种驳诘，实在是用董仲舒自己的“天人感应”来反驳他的止水之术。据《史记》和《汉书》的《董仲舒传》，这是董仲舒的一套很有影响的骗人手法。据云：董仲舒“以《春秋》灾异之变推阴阳所以错行，故求雨闭诸阳，纵诸阴，其止雨反是”，而且“行之一国，未尝不得所欲”。但王充自己的驳斥就更彻底，他说“社”是土，“五行异气，相去远”。更是符合当时人的科学水平，不带迷信气息。在《乱龙》篇中，他对董仲舒设土龙求雨，也作了批评。在《实知》篇中，对谶纬家们说的孔子预知“董仲舒乱（治）我书”也作了有力的批评。正是王充，在批判董仲舒同时，又大大地表彰《左传》和《国语》，他说：

> 《春秋左氏传》者，盖出孔子壁中。孝武皇帝时，鲁共王坏孔子教授堂以为宫，得佚《春秋》三十篇，《左氏传》也。公羊高、穀梁寘、胡毋氏皆传《春秋》，各门异户，独《左氏传》为近得实。何以验之？《礼记》造于孔子之堂，太史公，汉之通人也，左氏之言与二书合，公羊高、穀梁寘、胡毋氏不相合。又诸家去孔子远，远不如近，闻不如见。刘子政玩弄《左氏》，童仆妻子皆呻吟之。光武皇帝之时，陈元、范叔上书，连属条事是非，《左氏》遂立。范叔寻因罪罢。元、叔天下极才，讲论是非，有余力矣。陈元言讷，范叔章诎，《左氏》得实，明矣。言多怪，颇与孔子"不语怪力"相违返也，《吕氏春秋》亦如此焉。《国语》，《左氏》之外传也。《左氏》传经，辞语尚略，故复选录《国语》之辞以实。然则《左氏》、《国语》，世儒之实书也。

这段话和《后汉书·班彪传》相合。王充是班彪弟子，关于《左传》的看法当得于师说。班彪卒于建武三十年（54），年五十二，当生于平帝元始三年（3），上距刘向之卒，不过十年左右，所言刘向熟悉《左传》，当得其实。以王充这样以反谶纬著名的学者，大力称扬《左传》、《国语》，又一次证明了今古文之争其实和反对谶纬迷信相联系。

这时的学术思想方面，"今文经学"虽仍霸占着学官的位置，但在士人中的影响越来越小，光靠行政命令，事实上已难于维持他们的统治地位。因此汉章帝时就举行了著名的白虎观会议，讨论五经异同。这次会议实际上是朝廷允许了"古文经学"以平等身份和

“今文经学”展开讨论。这在朝廷来说,是已经觉察到“今文经学”和“谶纬”学说,已不再能维持其统治地位,不能不对“古文经学”有所让步。但“古文经学”家们,为了求得朝廷的承认,也不能不从“今文经学”方面吸取某些成分,以适应统治者的要求。晋杜预《春秋左氏传序》:“古今言《左氏春秋》者多矣,今其遗文可见者十数家,大体转相祖述,进不成为错综经文以尽其变,退不守丘明之传。于丘明之传有所不通,皆没而不说,而更引《公羊》、《穀梁》,适足自乱。”他又说到“然刘子骏创通大义,贾景伯父子、许惠卿,皆先儒之美者也。末有颖子严者,虽浅近,亦复名家,故特举刘、贾、许、颖之违,以见异同”。可见“古文经学”在释所谓“微言大义”方面,暗中袭用“今文经学”之说,此风从刘歆已经开始。原来,《春秋》不过是史官随时记录史事的一部简略的编年史,并无什么“微言大义”,更不存在“以一字为褒贬”。现在我们所见的古本《竹书纪年》佚文,其叙事方式和用语,大致与《春秋》并无多大不同。所谓“微言大义”、“一字褒贬”,本是《公羊》学派编造出来的谎言。但没有这套谎言,就很难为统治者所利用。“古文经学”家们最早未必有这套胡说,然而在汉代,如果不讲这一些,就很难得到朝廷的赏识,取得列于学官的地位。于是从刘歆开始,就模仿和采用“今文经学”的这套说法。《论衡·乱龙》篇:“刘子骏掌雩祭典土龙事,桓君山亦难以顿牟、磁石不能真是,何能掇针、取芥,子骏穷无以应。子骏,汉朝智囊,笔墨渊海,穷无以应者,是事非议误,不得道理实也。”可见刘歆尽管看出了董仲舒的许多谬误,但他还是不能不在某些方面因袭模仿董仲舒,这首先是一个力求在汉朝政府中取得合法地位的问题;其次是他父亲刘向作《洪范五行传》,专讲灾异之事,也不免受其影响。他的这种做法,颇为后来“古文经学”

家所效法。本来刘歆那套和《公羊传》有很深的关系。《后汉书·郑兴传》："郑兴字少赣，河南开封人也。少学《公羊春秋》，晚善《左氏传》，遂积深精思，通达其旨，同学者皆师之。天凤中，将门人从刘歆讲正大义（李贤注'《左氏》义也'），歆美兴才，使撰条例章句训诂。"《贾逵传》："弱冠能诵《左氏传》及五经本文，以大夏侯《尚书》教授。虽为古学，兼通五家《穀梁》之说（李贤注'五家，谓尹更始、刘向、周庆、丁姓、王彦等，皆为《穀梁》，见前书'）。"但像桓谭，反对董仲舒那套就更激烈。

从白虎观会议以后，"古文经学"虽仍未列入学官，但信从的人却较前更多了。许多信从"古文经学"的人，并未因为有些"古文经学"的传人对"今文经学"的因袭而放松对谶纬的批判。大科学家兼文学家张衡，就反对"谶纬"。《后汉书·张衡传》："初，光武善谶，及显宗（明帝）、肃宗（章帝），因祖述焉。自中兴之后，儒者争学图谶，兼复附以妖言。衡以图纬虚妄，非圣人之法"，就上疏激烈批评，认为"宜收藏图谶，一禁绝之"。张衡的许多文章中，多引用《左传》、《周礼》等"古文经"，包括一些奏议，说明东汉皇帝对"古文经"也采取了宽容的态度。张衡的《二京赋》，内容和班固《两都赋》相类似，但从思想实质上讲，两人颇有不同。班固《两都赋》中引用图谶之说甚多，而在涉及五经处，用的都是"今文经"；而张衡的《二京赋》则不但不引图谶，而且涉及五经处，常常引用"古文经"。关于这一点，笔者在《略论〈两都赋〉和〈二京赋〉》一文中已有详述，这里不再赘论。但那篇拙文限于篇幅，只谈到了班、张的经学观点不同，尚未涉及《二京赋》中的道家思想问题。张衡在《二京赋》中，引用《老子》的话就不少，"终日不离其辎重"，"却走马以粪"，均出于《老子》。《东京赋》篇末说："得闻先生之余论，则大庭氏何以尚兹。”这“大庭氏”，原出《庄子·胠箧》篇。至于他的《归田赋》更把“感老氏之遗诫”与“咏周、孔之图书”并举，认为“苟纵心于物外，安知荣辱之所加”，完全是庄子的思想。

和张衡一样，“古文经学”的大师马融，也是著名的文学家，他在应邓骘征辟时，曾说：“古人有言，左手据天下之图，右手刎其喉，愚夫不为。所以然者，生贵于天下也。今以曲俗咫尺之羞，灭无赀之躯，殆非老、庄所谓也。”这完全是道家的观点。他的为人，据《后汉书》本传说：“善鼓琴，好吹笛，达生任性，不拘儒者之节。居宇器服，多存侈饰，常坐高堂，施绛纱帐，前授生徒，后列女乐。”他除了注五经外，还注《老子》、《淮南子》和《离骚》，已经不是一个典型的儒者。马融后来为梁冀草奏李固，颇为人所非议，这是他个人的品行问题。但从这里，可以看出他与魏晋名士那种狂放已颇相近，和礼法之士则区别很大。他的“后列女乐”与桓谭的喜欢“俗乐”也很一致。此外，在后汉时代，那种狂放的人物很多，如赵壹、祢衡等，都有这种性格。特别应该提到的是应劭《风俗通义》中记的一些狂士的性格。如《过誉》所记赵仲让的故事：

> 江夏太守河内赵仲让，举司隶茂材，为高唐令，密乘舆车径至高唐，变易姓名，止都亭十余日。默入市里，观省风俗，已，呼亭长问新令为谁，从何官来，何时来也。曰：“县已遣吏迎，垂有起居。”曰：“正是我也。”亭长怖，遽拜谒，竟，便具吏。其日入舍，乃谒府，数十日，无故便去。为郡功曹，所选颇有不用，因称狂，乱首走出府门。太守以其宿重名，忍而不罪。后为大将军梁冀从事中郎，向日解衣裘捕虱，已，因倾卧，厥形悉表露。将军夫人襄城君云：“不洁清，当亟推问。”将军叹曰：

“是赵从事，绝高士也。”他事若此非一也。

梁冀这个大权贵，尚能容忍这狂士，这说明这种狂放已成为风气，人们视为常事，不再计较。所以余嘉锡先生在《世说新语笺疏》中认为“盖魏晋人一切风气，无不自后汉开之”（中华书局版，第21页）。

东汉士人的“狂放”和趋向老庄，归根结蒂反映了地方上豪族地主的势力增长，因此敢于向朝廷的“礼法”及谶纬学说表示蔑视。但这些豪族地主在根本利益上和朝廷是一致的。所以在思想上决不是互相对立到截然不同的地步，他们有时也互相影响着。例如：对待老庄思想，不但“古文经学”家在提倡，“今文经学”家有时也在研究，如今文家范升，据《后汉书》本传，除了通《论语》、《孝经》外，也讲梁邱氏《易》学及《老子》。“古文家”们像贾逵，兼通“今文”说；而据《后汉书·儒林传》，东汉儒生兼学今古文经的很多。如孙期，“习京氏《易》、古文《尚书》”；张驯，“能诵《春秋左氏传》，以大夏侯《尚书》教授”；尹敏，“初习欧阳《尚书》，后受古文，兼善《毛诗》、《穀梁》、《左氏春秋》”，这些人已很难说是“今文家”还是“古文家”。东汉著名思想家王符，据《潜夫论·考绩》中自称“先师京君”，指西汉今文《易》学家京房；他引《诗经》，有时与《毛诗》不同，王先谦以为他学《鲁诗》。但他在同书《述赦》中引《周礼·小司寇》；《三式》中，引《左传·昭公二十年》语；《爱日》引《左传·昭公二十八年》语；《衰制》引《国语·楚语》及《左传·宣公二年》语；《思贤》中还引了《老子》，说明不但“今”“古”文儒学在混合，儒道二家也在混合。最后完成这种今古文统一的工作的，是郑玄。

《后汉书·郑玄传》：“郑玄字康成，北海高密人也。……遂造太学受业,师事京兆第五元,先始通京氏《易》、《公羊春秋》、《三统历》、《九章算术》,又从东郡张恭祖受《周官》、《礼记》、《左氏春秋》、《韩诗》、《古文尚书》。以山东无足问者,乃西入关,因涿郡卢植,事扶风马融。融门徒四百余人,升堂进者五十余生。融素骄贵,玄在门下三年不得见,乃使高业弟子传受于玄。玄日夜寻诵,未尝怠倦。会融集诸生考论图纬,闻玄善算,乃召见于楼上。玄因从质诸疑义,问毕辞归,融喟然谓门人曰:'郑生今去,吾道东矣。'玄自游学十余年,乃归乡里。……遂隐修经业,杜门不出。时任城何休好《公羊》学,遂著《公羊墨守》、《左氏膏肓》、《穀梁废疾》,玄乃发墨守,针膏肓,起废疾。休见而叹曰:'康成入吾室,操吾矛以伐我乎?'初,中兴之后,范升、陈元、李育、贾逵之徒,争论古今学。后马融答北地太守刘瓌,及玄答何休,义据通深,由是古学遂明。"从这段记载看来,郑玄的治学本是兼学今古文的。他所师事的第五元,似是"今文家",却教他刘歆的《三统历》;张恭祖似是"古文家",却又教他《韩诗》;马融是著名的"古文家",但也会集学生们考论"图纬"。这"图纬"本是"今文家"捏造的谬说,早期"古文家"如桓谭等人都是反对的,从《后汉书·儒林传》中看来,"古文经学"家不见兼学谶纬的,只有"今文经学"的传人提倡这套东西。马融作为一个"古文经学"家,却会集学生讨论"图纬",说明这时"今古文"的界限已越来越趋向缓和。至于郑玄本人,更是调和"今文"和"古文"的说法。他注《仪礼》时,在文字上有时从"今文",有时从"古文";他作《发墨守》、《针膏肓》、《起废疾》以反对何休,似是主张"古文经学",但他又作《驳五经异义》,以反对许慎,似又主张"今文经学"。不过郑玄治经,也不尽笃守儒家学说,也吸取道家的思想。今天看来,《后汉书·郑玄传》对郑玄学说的叙述,是不一定很详尽的。例如本传说他学京氏《易》，这是“今文”说，后来他注《易》，据清代以来学者考证，乃是“古文”的费氏《易》；本传说他学了《韩诗》，而今天所见他关于《诗经》的著作，却都是有关《毛诗》的。这些大约都和他后来师事马融有关。因为马融所传，基本上都是“古文经”。除了“今文”和“古文”以外，他对《老子》也可能有研究。《南齐书·王僧虔传》载，王僧虔曾有书信告诫他儿子，其中有“汝开《老子》卷头五尺许，未知辅嗣（王弼）何所道，平叔（何晏）何所说，马、郑何所异，《指例》何所明”云云。近代学者颇有怀疑他曾注《老子》。因为马融曾注《老子》，是《后汉书》早已说了的。所以吴承仕先生在《经典释文序录疏证》中曾说：“若《汉志》所录四家及马、郑之《注》，今已不可见。”（中华书局 1984 年版，第 155 页）王利器先生《郑康成年谱》引了《南齐书》此语，肯定马融有《老子注》，又说：“至于郑玄，则《礼运》注引《老子》曰：‘法令滋章，盗贼多有。’《大学》注引《老子》曰：‘多藏必厚亡。’只此二条而已，亦未见有郑玄注《老子》之说，未知僧虔《诫子书》之说，果何所指也。”（齐鲁书社 1983 年版，第 264 至 265 页）看来郑玄注《老子》之事，可能有疑问，但他接受《老子》的思想却完全可能，因为马融就很看重《老子》，而东汉的“今文家”和“古文家”都有治《老子》的，这自然不影响他调和“今古文”的思想。

郑玄治经学，虽以“古文经”为主，但因他兼习“今文”，也颇受“今文家”流弊的影响，《后汉书》本传说他“质于辞训，通人颇讥其繁”。这弊病正是东汉“今文家”的通病。据何休《春秋公羊经传解诂序》称：“说者疑惑，至有信经任意，反传违戾者，其势惟问不得不广，是以讲诵师言，至于百万，犹有不解时加酿嘲辞，援引他经，失其句读，以无为有，甚可闵笑者不可胜记也。是以治古学贵文章者，谓之‘俗儒’。至使贾逵缘隙奋笔，以为《公羊》可夺，《左氏》可兴。”从这里可以看出，“今文经学”实际上是束缚文学发展的；而“古文经学”却使文学得到发展，“古文经学”的兴起，使人们的思想变得活跃，扬雄、张衡、马融都是文学上卓有贡献的人，也正是“古文家”如桓谭等不守礼法，喜爱俗乐，从而推动了文学的发展。在这个新的变化中，郑玄起的作用比较复杂。一方面，他的调和“今古文”，基本上以“古文经”为主，这多少使人们在“今文经学”和谶纬说的束缚下解放出来；但另一方面他又把“今文经学”的许多说法保留了下来。他这种做法的作用也要具体分析，一般来说，“今文经学”中迷信和荒谬之说较多，对人们思想的活跃与文学的发展是不利的；另一方面，由于“古文经学”因反对谶纬迷信而否定了“今文经学”说中所引用过的一些古代神话；另外，像对《诗经》中某些篇的写作时代问题，《毛诗》的说法有误，而“今文”的“三家诗”也有一些说得对的。这说明郑玄有他的功绩，但也有很大的局限性。

第三节　儒学的“衰微”和玄谈的兴起

东汉的“古文经学”虽未列于学官，但自从白虎观会议起，“古文经学”已逐步地采用了某些“今文经学”的某些所谓“微言大义”，还有些人甚至牵合谶纬以迎合帝王的意志。如章帝时，贾逵上疏说自己在明帝永平中曾上言《左氏》与图谶合，提出：《左氏》和《穀梁》的先师“不晓图谶”，所以不得立于学官。他现在提出：“又五经家皆无以证图谶明刘氏为尧后者，而《左氏》独有明文。”

（《后汉书·贾逵传》）[1]于是，汉朝皇帝虽不为“古文经”列于学官，却也任用学“古文经”的人做官。此路一开，士人们对学习“今文经学”的兴趣已经不大。于是，学《诗经》的大多学《毛诗》，《齐诗》、《鲁诗》很少人学习，日趋衰歇，《韩诗》的学者也大为减少；学《春秋》的都注意学《左传》，而很少人学《公羊》、《穀梁》；学《易》的以古文的费氏《易》占优势；《礼》亦以郑玄注占了优势。《三国志·魏志·锺繇传》注引《魏略》所载曹丕《与锺繇书》，就用了出于《左传》和《国语》的典故。可见三国时代，“古文经”已经占了优势。曹丕即位后，屡次下诏提倡儒学，显然进一步提高了郑玄和“古文家”的地位。但正在“郑学”得势之际，反对者也就出来了。《三国志·魏志·王肃传》载：“初，肃善贾、马之学，而不好郑氏，采会异同，为《尚书》、《诗》、《论语》、三《礼》、《左氏》解及撰定父朗所作《易传》。”他的论点也遭郑门后学孙炎的反驳，孙炎“作《周易》、《春秋例》、《毛诗》、《礼记》、《春秋》三传、《国语》、《尔雅》诸注”。这种争论，已基本上是信从“古文经学”的人之间的争论。“古文经学”之战胜“今文经学”是符合历史的规律的，这毕竟是优胜劣败的表现。但正因为“古文经学”仍是儒学，且吸收了“今文经学”中不少糟粕，所以“古文家”的胜利也没有多久，又被玄学所取代。

玄学的兴起，实非一朝一夕之故，早在西汉后期，严君平、扬雄之讲《易》和玄，已是引道入儒。东汉儒者，多喜《老子》，引《老子》释《易》，已成风气。在西汉初年，《易》在五经中地位不高，仅居于

---

① 此说自是贾逵故意牵合《左传》与图谶。但不能因此断言《左传》乃后人窜乱，因为各姓起源，从来有各种说法。如汉人都信《史记》，以曹姓为出祝融氏之后，而《曹全碑》却以为文王子叔振铎之后，不能说《曹全碑》是附合曹操自称“曹叔振铎之后”。

《春秋》之前，因为今文家讲《易》，大抵是一些望气预言吉祥及灾异之说，纯为“卜筮之书”；而“古文家”则大抵兼采《老子》，阐释哲理。刘向、刘歆父子著录典籍，以《易》为群经之首，被官僚公孙禄骂作“颠倒五经”，其实正是刘歆高明之处。因为《易》的兴起，比《诗》更早，且事关哲理。扬雄《太玄经》，其思想体系也与《易》相近。“玄学”之兴，正是由此而来。如果说刘歆的提倡“古文经学”是从训诂和史实方面给予董仲舒编造的种种谎言的一个沉重打击，那末玄谈之兴，又从理论上进一步粉碎了董仲舒那套“三纲五常”，“天不变道亦不变”的理论基础。这是比“古文经学”的兴起更具理性色彩的进步。古人往往斥玄学为“清谈误国”，其实是完全误解了玄学的作用。

关于玄学的兴起，我们不能不注意到三国时代的学者王肃。这个问题，今人许杭生等先生的《魏晋玄学史》一书，早已注意到，并且作了很好的解释（参看陕西师范大学出版社 1989 年版，第 20 至 27 页）。关于王肃，清代的“今文经学”家对他攻击颇为激烈，他们认为刘歆提倡“古文经”是为王莽篡位张目；王肃反对郑玄，是为司马氏篡魏辩护。其实这些学术主张的分歧，和皇位更迭并无直接关系。《三国志·王肃传》：“肃字子雍，年十八，从宋忠读《太玄》，而更为之解。”可见他是王朗避乱江南时已出生。宋忠是刘表割据荆州时在荆州讲学的，当时曹操尚未攻入荆襄。王肃之父王朗据《三国志》书传注是建安三年（198）被曹操征召到许昌的。曹操平荆州是在建安十三年（208），疑宋忠曾和王粲等荆州人士在这一年到了许昌，王肃随他学习，在此以后，至十六年（211），王肃十八岁。下距景初三年（239）魏明帝曹睿死，司马懿掌握大权还有十八九年，王肃年已四十多岁，学业早已成功，著作亦已完成不少，说他作这些著作是“助晋篡魏”，正如说刘歆“助王莽篡汉”一样荒谬无稽。王肃的学说，常常以反对郑玄为特点，这是因为郑玄吸取了许多“今文经学”的谬误，而王肃除了纠正这些谬误以外，又吸取了更多的道家学说，来补救儒学的弊病，由繁琐变得富有系统性而且更为活泼，使思想更进一步活跃起来。人们不但能从老庄“尚自然”中得以摆脱许多束缚，而且在思辨的领域里更加深刻化，对宇宙的生成及万物的发展作更深刻的思考。前人批评王肃者认为王朗和王肃抛弃了郑玄讲“卦气爻辰”等说和讲礼的学说，于是空虚不根，遂开“道士”们的先河，这是不对的。吴承仕先生说：像清代张惠言辈拘牵汉学，“去滞著而上襄玄远”，“不知魏晋诸师有刊缀异言之迹者也”（《经典释文序录疏证》，第42页）。这是很对的。事实上，《易》本是卜筮之书，“卦气”、“爻辰”等等，就由古人占卜所用的种种迷信发展而来，西汉“今文家”又加以发展，成为一套巫术式的“象数式”，不但神秘，而且繁琐。这套学说，颇为道教的早期著作《太平经》所引用，如《太平经合校》卷69，《天谶支干相配法》第一百五中有这样一段话：“‘愚生数人，缘天师哀之，为其说天谶诀。愿问事，一言之。今南方为阳，《易》反得巽、离、坤；北方为阴，《易》反得乾、坎、艮。’‘善乎子之难也。睹天微意，然《易》者，乃本天地阴阳微气，以元气为初。故南方极阳生阴，故记其阴；北方极阴生阳，故记其阳；微气者，未能王持事也。故《易》初九子，为“潜龙勿用”，未可以王持事也。故勿用也。此者，但以元气之端首耳。’”（第272页）又卷119：“夫阳之生者，于幽冥之中。是阳气起于北，而出于东，盛于南，而衰消于西。”（第678页）这种说法，和近人尚秉和《焦氏易诂》中以乾为南，坤为北思想正好相通（见《焦氏易诂》卷一及卷九）。尚秉和说：“焦氏用数，多与汉魏间人同。惟邵子(宋邵雍)所传之卦数,焦氏用之尤多。除朱汉上(指宋朱震《汉上易传》)外,鲜有详者。”(《焦氏易诂》凡例)邵雍、朱震之学出自道士陈抟,可见开“道士”先河的,正是西汉的“今文家”,与王朗、王肃无涉。

王肃的《易传》,今已不存,但其说对后来王弼的《周易注》很有影响。王弼已是玄学大师,他不但注《周易》,也注《老子》。许杭生等先生采宋晁说之的说法,认为“王弼以《老》解《易》是历代学者所公认的。更准确些说,应是以注释《老子》所发挥的思想解释《易经》,而不是以《老子》的本来思想解释《易经》”(《魏晋玄学史》,第79页)。这也不足怪,因为每一种思想都要适合一定时代的要求,王弼生在三国时代,自然不会仅仅拘守《老子》和《周易》两部先秦人著作的思想而无所发挥。王弼和何晏开了玄谈之风,其后嵇康、阮籍更加以发展,到了“蔑弃礼法”的程度。嵇康、阮籍的思想,过去都认为是反对司马氏篡位,有激而然。这也许有一些关系,但决非完全如此。嵇康和曹魏有些瓜葛,但魏朝对宗室已很薄(此点曹植《求自试表》、曹冏《六代论》都已讲到),何况疏远亲戚?至于阮籍后来写了《为郑冲劝晋王笺》;嵇康在《与山巨源绝交书》中也说到阮籍的狂诞,为人所痛恨,“幸赖大将军(司马昭)保持之耳”。不一定和魏晋易代有关。因为狂放之风,自东汉已开其端,至三国更加严重。晋代傅玄对这种风气有过评论,这是人们所经常引用的。但人们对这段话往往只引几句,似不全面。他说:“臣闻先王之临天下也,明其大教,长其义节,道化隆于上,清议行于下。上下相奉,人怀义心。亡秦荡灭先王之制,以法术相御,而义心亡矣。近者魏武好法术,而天下贵刑名;魏文慕通远,而天下贱守节。其后纲维不摄,而虚无放诞之论盈于朝野,使天下无复清议，而亡秦之病复发于今。”这实际上是既反对曹操的使用刑法治理国家，又反对曹丕的“慕通远”。不过，曹操的“好法术”是汉末各种力量交争中统治者必然采取的手段；曹丕的“慕通远”，不是他个人的问题，而是沿袭了东汉以来的风气而变本加厉。傅玄既反对过于专权，要开放“清议”；又反对狂放。他的思想基本上是儒家的学说。后来“永嘉之乱”以后，人们对玄谈的批判，也基于这一观点。实际上，那些“狂放之士”也有其原因。一是因为汉末以来的军阀混战，统治者的互相残杀，汉朝皇帝只成了曹操等人的工具，根本不起作用，于是士人们也无守节的必要和可能。二是东汉末年的“党锢之祸”以及曹操杀孔融、司马昭杀嵇康，更使人认为马融说的“生贵于天下”正确，更无意于清议，把“口不论人过”作为全身之道。他们这样做，倒可以被人视为“方外之士”得以保身。最本质的问题是他们的崇尚老庄，是追求所谓个性的自由。嵇康说的“虽饰以金镳，饷以嘉肴，逾思长林而志在丰草也”，本质上和仲长统《乐志论》所说“岂羡入夫帝王之门哉”，思想是完全相通的。

当然，那些玄谈名士之间，思想也不一样，王弼、何晏与嵇康、阮籍就有很大不同。但他们对政治也多有疑虑。何晏有一首诗说：“鸿鹄比翼游，群飞戏太清。常畏大网罗，忧祸一旦并。岂若集五湖，从流唼浮萍。永宁旷中怀，何为怵惕惊。”(《世说新语·规箴》注引《名士传》。)可见他内心也多忧患。这些人物大抵对曹操的“明法审令”和司马氏的提倡“礼法”都不赞成。后来人们把西晋的灭亡归结为“清谈误国”，例如据《世说新语·轻诋》载，桓温曾把中原的沦亡归罪王衍等人，其实是倒因为果。正是西晋末年统治者的腐朽，诸藩王的手握兵权，互相争夺权力，这在王衍之流的名士是无能为力的，他们虽然做了高官，并无能力去改变这情势。

他们的空谈虚无,实际也只是求全身免祸而已。

第四节　玄学的兴起及其与地域的关系

在学术思想的变化中,总是渐进的,很少会突然变化。这种变化也是不平衡的,即使某一种新的学说已经被人们广泛接受时,旧的学说往往还有它的传人,而且也可能还会作出某些成绩。因为在学术思想的领域中,要强使人改变几十年养成的思想习惯和方法是完全不可能的。所以学术方面的发展只有靠“百家争鸣”的方法才能取得进展。同样地,在我国广大的土地上,在古代由于交通不便,各地的学术思想也会有所差别。因为在西汉,“今文经学”本身就有不同的派别,“古文家”也在民间私相传授;在东汉,“今古文”之争虽遍及全国各地,但各派的势力在不同地区也不一样。例如:郑玄、卢植的《礼》学流行于中原和河北;而江南的贺氏,仍以庆氏《礼》学占优势;荀爽、郑玄的《易经》是古文的费氏学,而江南则有虞翻的《易》学,与此不同;《毛诗》和《韩诗》,在中原和江南又同样各有其传人。在这些不同地区中,作为首都洛阳所在地的中原地区,由于人才集中较多,学术的发展和变化较为迅速和显著。因此在东汉至西晋这一个学术几度变化的阶段,学术思想的地区差别就比较显著了。当东汉末年,以马融、郑玄为代表的“古文经学”初步得势时,有些地区人们还在传授“今文经学”;当王弼、何晏的玄学在洛阳开始发展起来时,黄河以北及江南许多地区尤其是孙吴统治区,仍未受其影响。河北地区除了一部分到洛阳做官的人接受这种学说外,其他留在本乡的人,大抵还坚持郑玄、卢植等人的学说。《晋书·陆云传》:“初,云尝行逗宿故人家,夜暗迷路,莫知所从,忽望草中有火光,于是趣之,至一家,便寄宿。见一年少,美风姿,共谈《老子》,辞致深远。向晓辞去,行十许里,至故人家,云此数十里中无人居。云意始悟,却寻昨宿处,乃王弼冢。云本无玄学,自此谈《老》殊进。”陆云是江东望族,但他“本无玄学”,这个故事虽颇荒诞,却也反映了江南和中原的学术区别。至于在黄河以北地区的人学风与洛阳一带有别,最显著的例子就是《三国志·魏志·管辂传》注引《(管)辂别传》载,管辂对人谈及何晏的《易》学时说:“何若巧妙,以攻难之才,游形之表,未入于神。夫入神者,当步天元,推阴阳,探玄虚,极幽明。然后览道无穷,未暇细言。若欲差次老庄而参爻象,爱微辩而兴浮藻,可谓射侯之巧,非能破秋毫之妙也。”管辂是平原(今属山东)人,在黄河以北接近今河北境,已与洛阳一带的学风不同。他还信奉汉代的“术数派”《易》学,和王弼、何晏本非一派。《三国志》把他和方伎家列为一传,可见当时人也不认为是儒学的正宗。然而这种《易》学,在河北一带影响很大,后来崔浩得到北魏统治者信用,与此有关。

除了《周易》以外,“五经”中其他各“经”在东汉至三国的长期发展中,中原和南北各地也发生了一些变化。例如:关于《诗经》,各地大抵都通行《毛诗》和《韩诗》,另有《齐诗》,据吴承仕先生认为,《齐诗》与各家最大的不同是讲“五际六情”之说,为术数之学,与董仲舒那套谶纬说最近,所以最先亡佚;《鲁诗》稍后,在“永嘉之乱”前后,也亡佚了。这说明由于人们理性的逐渐提高,“今文经学”必然日趋衰歇。《尚书》和《春秋》也是这样,在东汉末到三国,人们所习,也多半为马融、郑玄所传真古文《尚书》,而今文的大小夏侯、欧阳《尚书》,也趋衰歇;《春秋》三传中,《公羊》、《穀梁》也很少人问津,大抵都学《左传》,只是当时的人还信从服虔注;直到西晋,杜预注的出现,才使中原地区的人多学杜注,而在河北则仍以习服注的为多。只有“三礼”,似乎各地都用郑注为多。王肃曾注“三礼”,与郑玄不同,但在这方面,似并未起到太大影响。这是西晋灭亡以前的大致情况。

西晋的短暂统一和迅速灭亡,使各地的学术和文化发生了一次重大的变化。一方面,由于晋武帝的平吴,把三国时代中原的学术文化新成果传播到江南,江南的顾、陆诸大姓入仕中原,也带去了中原的一部分新学说。另一方面,河北的学风,本来和中原也不完全一样,但较南方其差别毕竟要小些。西晋末年之乱,却使情况发生了变化,原来的中原士大夫有许多逃奔南方,而南方士人又羡慕中原文化,逐渐与之认同;相反地,河北则由于地区及政治上的隔绝,而和南方的差异变得更大。南北学风和文风的不同,遂由此而产生。

南北朝的南北文风差别,和先秦时代的地区差别很不一样,先秦时代的地区差别主要是各封国的种族、传统以及某些自然环境造成的;而南北朝的南北之别,更多地是由于政治的因素。本来,江南和河北的文风,都从东汉时中原一带的学术和文化中发展而来;不过江南所继承的是稍后一个时期即魏晋时代的中原文化;河北所继承的则是东汉时代的中原文化。原来一种学说的产生和广为传播,需要一个较长的时间,而魏晋的玄学从曹魏正始年间产生,到永嘉末年西晋灭亡,还不过五十来年时间,还没有广泛地波及全国各地,就发生了南北的分裂。其实战乱的开始,还远在“永嘉”以前。西晋的乱亡,其实并不是从刘聪、石勒的攻占洛阳开始的。早在晋惠帝初年,就发生了氐人齐万年的叛乱,晋军征讨,屡次败北，最后才平定；就在同一年（元康九年，公元299年），巴氐李氏也在成都作乱；赵王司马伦杀贾后，不久废惠帝自立，齐王司马冏等起兵讨伐司马伦，从此开始了“八王之乱”。“八王之乱”的目的都是争夺朝廷的大权，因此战斗集中在洛阳周围的中原地区，这时已经有一部分士人避乱离开了中原，其中有的往北到冀州等地，如张载张协兄弟、左思等；也有南逃江东的，如顾荣、张翰等吴人，及北方人郭璞等。这时黄河以北的形势，和中原及江南都有不同。因为从三国以来，今河北一带自曹操平定袁绍以后，政局相对地平稳，生产得到恢复和发展；但在今山西一带，情况就不同了。那里杂居着许多汉代南匈奴的部族，分为五部，以平阳为中心，民风强悍，汉末至晋常利用他们为雇佣兵。所以到三国时，就成了祸难很多的地区。据说李胜在魏正始年间去看司马懿，司马懿说：“并州近胡，善为之备。”（《晋书·宣帝纪》）因此中原士人北逃的大抵向河北，而山西一带则相反，像郭璞等人，却往南奔逃。后来匈奴族刘渊在平阳（今山西临汾）作乱，拉开了“五胡乱华”的序幕。不久，上党的羯族人石勒，又和饥民一起起兵，初则依附刘渊，后来又自立门户。“八王之乱”中，也有人想借重匈奴族的兵力，更引起了刘渊的觊觎之心。当刘渊在平阳作乱时，不断派兵侵扰洛阳；石勒的部众则到处流窜，其侵扰的范围起初在今河南、山东二省黄河北岸地区，逐步渡河南侵，骚掠黄河以南地区，构成对洛阳的威胁，并配合刘聪的部众攻下洛阳后仍在今豫东、鲁西一带攻掠，并南下江淮，威胁建邺。后来遭到大水困扰，率众北返，用张宾之计，建都邺城，逐步把势力向今河北南部推进，接着又用计取了幽州，使河北沦入他的手中。这时在北方，晋朝的力量除了起初在山西太原一带的并州刺史刘琨还在坚持抵抗外，几乎没有什么力量足以和匈奴族及羯族军阀对抗。但刘琨力量孤弱,全凭鲜卑拓跋氏、段氏等支援,后来晋阳失陷,东逃蓟(今北京),与鲜卑人段匹磾联合抵抗石氏,不久又被段匹磾所害,而段匹磾也接着为石虎所灭。在这种政治局势下,中原部分北逃的士族,虽然起初曾得到一时的安宁,不久战事蔓延到河北境内,南逃的通路已断,有的就聚族而居,结成坞堡,据守山泽险要之地以抵御匈奴和羯族的侵扰;有的起初依附刘琨、段匹磾,在刘、段败亡后,被迫在石虎那里做官,但心怀不服,最后在冉闵诛杀胡羯时,因和冉闵合作,冉闵失败也都被杀;还有些人则投奔了鲜卑慕容氏,因为慕容氏在当时占据今冀东、辽西一带,名义上尊奉晋朝。北方的士大夫们和匈奴族的前赵及羯族的后赵两个政权,大抵不愿合作。因为匈奴族首领刘渊、刘聪和刘曜虽然接受汉化较深,并且懂得汉族的经学和文学。但正是由于他们以匈奴族先起兵反晋,俘虏了西晋的怀、愍二帝,并加以杀害,这在汉族士大夫是最难接受的。因此北方士族绝少肯出仕前赵。后赵的情况略有不同。石勒出身微贱,曾被汉人掠卖为奴,初起时又没有自称帝王,所以汉族将领如刘琨,还幻想利用他对抗前赵。他也曾用"自古诫胡人而为名臣者实有之,帝王则未之有也"去麻痹王浚。刘琨也曾以此说劝他助晋。石勒初起时,由于早年备受欺凌,怀着对汉族士大夫们的仇恨,杀戮较多,后来他的势力越来越大,逐渐想当帝王,知道要在汉族统治区维护政权,非利用士大夫不可,就改变了态度,引用张宾、程遐、徐光等人,收到了一定效果。他把许多士人编为"君子营"。这样,就有一部分士人在后赵出仕。如北魏《郑羲碑》载,荥阳郑氏西晋末到河北避难,在前赵时不肯合作,而对后赵就改变了态度。但后赵时期,士大夫们还是心有不满,他们宁愿投奔鲜卑慕容氏,因为慕容氏还打着拥护晋朝的旗号。所以在前赵、后赵时期，汉族士人出仕者还是少数，多数大族如崔、卢、李、郑等大姓，基本上还没有真心和匈奴及羯族统治者合作。这情况到了前秦、前燕对立时，才逐步改变。其中前秦曾一度统一北方，并设立学校，招集儒生和文士，经学和文学都有复兴的气象。《晋书 · 苻坚载记》载："（苻坚）复魏晋士籍，使役有常，闻诸非正道典学，一皆焚之。坚临太学，考学生经义，上第擢叙者八十三人。自永嘉之乱，庠序无闻。及坚之僭，颇留心儒学，王猛整齐风俗，政理称举，学校渐兴，关陇清晏，百姓丰乐。自长安至于诸州，皆夹路树槐柳，二十里一亭，四十里一驿，旅行者取给于途，工商贸贩于道，百姓歌之曰：'长安大街，夹树杨槐。下走朱轮，上有鸾栖。英彦云集，诲我萌黎。'"这时前秦的儒学兴盛，文学也随之兴旺，出现了王嘉、苏蕙等著名作家，作品至今仍有流传。苻坚失败后，继之而起的羌族姚氏所建立的后秦，亦颇重视经学和文学。后来刘裕灭后秦，把长安所藏图书几千卷运到了建康。隋代牛弘曾说过十六国的文化之盛，"莫过二秦"。但后秦亡后，由于赫连勃勃及北魏的占领，关中一带的文化又再次衰落下去。

当北方发生"八王之乱"及诸族军阀入侵时，南方也曾发生过动乱，即石冰、陈敏等人之乱，但被江南士族顾荣等所平定。因此江南较之北方要安定得多，中原许多士大夫们，大抵都向江南逃亡，于是长江下游孙吴过去的根据地又成了晋元帝偏安政权的中心。江浙一带的士族，本有较高的经学和文学成就，中原士族南迁后，他们之间虽多少有些心理隔阂，但基本上尚能合作，所以文化上互相融合，取得了不断的发展。这种发展，当然和南渡士族有关，但吴地旧族，亦有其作用。不过，这些南渡的士族，似乎与北方的士族不大一样。首先，这部分北方南渡的士族，大抵聚居于城市中,又在会稽一带建立别墅。大抵这些士族中以山东、河南南部的士族人数最多,如琅玡王氏,陈郡谢氏,对江南文学的发展起了很大的作用。至于另一些地区的高门士族,也有随着晋朝的南渡而南迁,但在政治斗争中逐步衰落。如太原王氏,开始时势力不小于王、谢,而在政治斗争中逐步下降。这大约和太原王氏只是个别人南下,家族的主要力量仍留居家乡,而像琅玡王氏、陈郡谢氏以及济阳江氏等,则家族南迁的人较多,势力较强有关。除了这些高门士族外,还有原来住在兖、豫二州的居民,这里面有一部分是平民,也有一部分是下层士族,他们大抵聚居于今江苏南部的镇江到常州、无锡一带,也有一些则在江北的扬州附近,后来就设立了南兖、南徐二州。正是这些人组成了东晋在"淝水之战"中击败前秦的主力——"北府兵"。后来南朝的宋、齐、梁三朝的皇族均出身于这支军队。"北府兵"的很多将领后来也都成了大官,而当这些武将显贵之后,其子弟又往往弃武习文,以便挤进高门士大夫的圈子。于是像彭城刘氏、兰陵萧氏和原来南方武力强宗吴兴沈氏都出了许多大官,也出了不少文人。另一些南兖、南徐的北方移民虽然社会地位并不高,却也出了一些俊才,如鲍照、刘勰等。后来在十六国后期从今陕西、山西一带居民中南移襄阳(今属湖北)的人们,也成为南朝的精兵,其中将领如河东柳氏,也逐步弃武习文,对于南朝的文学也作出了应有的贡献。因此,江南文风的形成,也是由几部分人的互相接近和融合所形成的。

当我们讨论江南和河朔两个地区的学风和文风时,还不能不提到凉州地区的作用。凉州地处甘肃西部,本来比较荒凉,但自从汉武帝建立河西四郡之后,文化迅速提高,这也许和西汉末东汉初窦融的影响有关。在《后汉书》中,已有一些儒生,出于敦煌等地。

西晋末年的战乱中，中原一部分士族，拥立愍帝于长安，不久又被匈奴刘曜所击灭。这部分士人已无法南逃，只能西奔凉州。《晋书·张轨传》称当时“中州避难来者，日月相继”，所以凉州的文化，显得反而高于河朔，并且更接近江南。如后来前凉张天锡被苻坚所灭，“淝水之战”后，逃到江南，在言谈风姿方面，都与中原士族相颉颃。凉州地处中西交通的要道，接受印度和西域文化较多，又具有其特色。后来北朝的天文、历算、佛教雕塑无不受凉州影响，经学、文字学和文学的兴起，也和北魏灭北凉之后大批文士来到平城（今山西大同）有关，其作用不可忽视。

第四章　南方的文化传统

第一节　南方的地理环境与民俗文化

长江以南的广大地区自唐宋以来，一直是富庶之地，但在先秦一直到两汉，其发展程度显然和中原还有一定的差距。其实这里的文明开始得也很早。从河姆渡文化的发现，就说明这里并非像古人所形容的那样落后。只是由于种族和中原不大一样，才引起中原人的歧视。不过从《尚书 · 禹贡》看来，长江下游的扬州，“厥田惟下下”；中游的荆州“厥田惟下中”，可见在战国时期，在农业上还比中原落后。因为这里在古代是水乡泽国，在当时的条件下，如果不能挖掘沟渠，兴修水利，要使这片沃土成为农业上的先进地区自然很难办到。再加上南方的自然条件与中原不同，山林川泽较多，这对经济的发展有不少有利的因素，如金属的冶炼以及羽毛齿革，竹木等物的生产都比中原丰富；但在交通方面造成很大不便，更重要的是一些不同种族的居民，往往保居山泽，逃避当地政府所收赋税和劳役，因此很少和外间交往，对种族的融合和经济的发展造成了一定的障碍。因此直到汉代，在荆扬二州，农业上仍处于刀耕火种的状态。后来大量中原人民被迁到江南就食，带来了先进的农业技术，才使江南的经济和文化迅速地提高起来。

江南居民的成分本来比较复杂，在湖北江陵一带，是楚国的发源地，楚王族可能较早接受了中原文化，但当地居民中，种族与中原颇有不同，所以被认为是蛮夷。在《诗经》的《商颂》和《鲁颂》中，都讲到了和荆楚作战的事。在湖北和江西之间，据说最早是苗族的聚居区，这里的居民原先可能是传说中蚩尤的后裔，被华夏族的祖先所击败，迁移到那里去的。至于长江下游的地区则又为越族聚居之区，据说这里的人"断发文身，以避蛟龙"，直到春秋后期，才和中原诸侯有所交往。《左传》载，楚国的申公巫臣逃奔晋国，又为晋君出主意，去到吴国，教吴人以车战等战术，以牵制楚国北向争霸的力量，这里才逐步参加到诸侯的角逐中去。

南片各族居民住在山林川泽之中，其心理状态和中原的大平原颇有不同。在古代，山林川泽之地，既多毒蛇猛兽，又因人迹罕至，草木丛生，再加上南方天气炎热潮湿，昆虫和各种细菌、病毒容易滋长，所以疾疫最易发生。所以古人有"山川藏疾"之说。在古代科学发展水平很低的时代，人们对这种自然现象不能正确地解释，往往幻想为鬼神和妖怪作祟。他们认为在山林中住着各种鬼魅。《左传·宣公三年》载，周朝的王孙满对楚王谈到夏朝铸九鼎的事，就讲到"铸鼎象物，百物而为之备，使民知神奸。故民入川泽、山林，不逢不若。魑魅罔两，莫能逢之"。这是消极的躲避，但人们毕竟免不了要进入山林川泽，于是就要想出怎样取悦于"神"，以求战胜自然的办法。这样，巫术在南方就特别兴旺发达。屈原《九歌》之作，即取材于沅湘流域民间的祭神之歌。《汉书·地理志》讲到楚地风俗时说：

楚有江汉川泽山林之饶；江南地广，或火耕水耨。民食鱼稻，以渔猎山伐为业，果蓏蠃蛤，食物常足。故呰窳偷生，而亡积聚，饮食还给，不忧冻饿，亦亡千金之家。信巫鬼，重淫祀。

接着又讲到吴、粤（越）之地说：

粤既并吴，后六世为楚所灭。后秦又击楚，徙寿春，至子为秦所灭。寿春、合肥受南北湖皮革、鲍、木之输，亦一都会也。始楚贤臣屈原被谗放流，作《离骚》诸赋以自伤悼。后有宋玉、唐勒之属慕而述之，皆以显名。汉兴，高祖王兄子濞于吴，招收天下之娱游子弟，枚乘、邹阳、严夫子之徒兴于文景之际。而淮南王安亦都寿春，招宾客著书。而吴有严助、朱买臣，贵显汉朝，文辞并发，故世传《楚辞》。其失巧而少信。初淮南王异（晋灼注：“有女者见优异。”）国中民家有女者，以待游士而妻之，故至今多女而少男。本吴粤与楚接比，数相并兼，故民俗略同。

这两段话颇能说明汉时南方的特点，即农业落后，人民以渔猎和入山砍伐木材为生，其俗“信巫鬼，重淫祀”。并且说出了《楚辞》的流传，主要在从前的吴地，这当然和楚国被迫东迁，楚地士大夫都避秦居于吴地有关。《汉书》还说到了淮南王奖励当地居民生女，以嫁游士，所以其地“多女而少男”，这是过分强调了淮南王个人的意志对当地风俗所起的作用。大抵南方社会发展较中原稍为落后，母系社会的残留保存较多，往往是男子去女子家成婚，所以当地人才乐意把女儿嫁给前往那边的“游士”。淮南王可能也曾经利用这种习俗，用以招徕宾客。这种风俗，其实早在淮南王刘安以

前,在南方就很普遍。《史记·秦始皇本纪》载秦始皇三十七年巡游会稽时所立刻石文中有如下的话:

> 饰省宣义,有子而嫁,信死不贞。防隔内外,禁止淫泆,男女絜诚。夫为寄豭(《索隐》"豭,牡猪也。言夫淫他室,若寄豭之猪也"),杀之无罪,男秉义程。妻为逃嫁,子不得母,咸化廉清。

这就是针对南方母系社会的遗俗,用中原父系社会的观念去强制南方人改变其风俗习惯。然而这种行政命令,本难对人们的风俗习惯起太大的作用,充其量也不过对当地的华夏族居民产生一点影响,至于聚居山泽险阻的越族等种族不同的居民,在当时政令是很难奏效的,他们仍然保持着原来的习俗。在汉代,虽然从中原迁去了不少居民,使当地汉化程度加强。但在男女婚姻问题上,还没有彻底改变当地习俗,尤其是长江以南;住着"溪族"、"蛮族"、"山越"等等少数民族,他们不断地自觉或被强制地接受汉化,和中原来的民族融合为一个民族,但他们的习俗也同样地会多少影响当地的汉民族,因此,南方人的恋爱婚姻观,往往比中原地区较少受束缚。台湾省学者洪顺隆教授从东晋南朝的民歌中,发现了少数民族"阿注婚"的习俗,这就是这些地区的越族等少数民族所保留的母系社会遗风影响了汉人的例证。因为从汉末直到三国,当地的统治者不断地攻打那些居住于山险中的"山越",强迫他们迁到平地,交纳赋税和当兵。这种行为在当时是颇为残暴的,但从长远来看,却加速了民族的融合。在这个融合过程中,当地少数民族自然要被"汉化",而汉族在与他们杂居和通婚中,也会接受他们的一些风俗习惯。这就是南方民歌中情歌特别多,而且常常表现出某些比较自由和大胆的原因。

除了在恋爱婚姻观的不同以外,随着南方的经济发展,原来的“穷山恶水”之地,常常被开发成富庶之区,变成“山清水秀”的好地方。自然和人的关系渐渐发生了变化,在人们头脑中关于自然界的想象也随之而发生变化。于是人们对鬼神的想象也逐渐地由狰狞可怕变成了善良可亲。屈原《九歌》中的《湘君》、《湘夫人》和《山鬼》等神都充满着人性,不但不使人恐怖,而且给人以一个美好的印象。这大约是一个规律,正如在中原人心目中的“西王母”,在《山海经》中形容得那么可怕,而到《汉武故事》等小说中却变成仁慈的神仙一样。出现在现存南方地区的文学作品中的神,常常是美女,其中最著名的就是宋玉《高唐赋》和《神女赋》中的“巫山神女”。汉代的《韩诗》用汉水女神和郑交甫的故事解释《诗经·周南·汉广》,大约也是受了南方神话的影响。这种神人恋爱的故事,一方面是由于人们对鬼神的观感已变得和蔼可亲;另一方面也和南方人在恋爱观上比中原人更为自由和大胆有关。随着神人恋爱故事的出现,人鬼恋爱的故事也发生了。这些故事较多出现在西晋末东晋初,这是和江南文人的来到中原有关的。如《三国志·魏志·锺繇传》注引陆氏《异林》所载锺繇和冢中女鬼恋爱的故事,据说是“叔父清河太守说如此”。裴注云:“清河,陆云也。”这个“陆氏”既称陆云为“叔父”,年代大约不会晚于东晋初。后来的中原人士,也爱谈论这种故事,大约和有鬼论者利用来反驳阮瞻等人所持的无鬼论有关。如《搜神记》中关于吴王夫差之女紫玉和韩童的恋爱故事、汉代谈生和女鬼恋爱故事、卢充和“崔少府”之女在冥中完婚,生子温休为卢植祖先的故事,都毫无恐怖的气氛,相反却写得完全和活人一样。这些故事中，据汪绍楹先生考订，紫玉和卢充两个故事，有可能出于南朝人所作的《搜神后记》，但这是一些民间故事，可能流传较早，未必是南朝时产生的。

在东晋南渡后，关于神人恋爱的故事更是出现得很多，如《搜神记》中关于汉时神女杜兰香下嫁张硕的故事；魏时神女成公知琼下降济北郡从事掾弦超的故事，内容都差不多。杜兰香的故事，据《艺文类聚》卷 81 引作曹毗《杜兰香别传》。据《晋书·曹毗传》："时桂阳张硕为神女杜兰香所降，因以二篇诗嘲之。"曹毗和干宝年代差不多，可见这故事流传甚广。这两个故事都带有道教的色彩，而且故事中都附有诗歌。这和卢充故事差不多，与后来唐传奇有相似处。这种神人恋爱的故事，不但影响了志怪小说，也影响了诗歌。例如《乐府诗集》中所录的《神弦歌》中，对神不是敬畏，有时也有"小姑所居，独处无郎"之语。这和南方的文化传统是分不开的。

南方由于是水乡泽国，水上交通十分发达，尤其是长江水道，是荆扬二州来往的要道，桓温平蜀也是溯长江而上，取得了成功；刘裕北伐后秦，也是由长江边上出发的。这样长江沿岸产生的民歌，常常和水路交通有关，特别是像建康、江陵、襄阳等地有关。随着水路交通的发达，商业也在长江沿岸繁荣起来，由于商人来往于这些都会之间，于是旅店、酒肆也跟着兴旺起来。南方的许多民歌，都是在这个条件下兴盛起来，因此像《西曲歌》中的《估客乐》等曲调的产生与这个背景是分不开的。这种音乐也取得了帝王和士大夫们的喜爱。《宋书・乐志》中已经谈到了《子夜歌》等，后流行于荆州和襄阳一带的《西曲歌》，也渐渐得到了上层人士的欣赏，齐武帝萧赜就亲自作过《估客乐》。《吴声歌》和《西曲歌》的流行于上层，又和佛教徒的诵经相结合，既产生僧徒的“梵呗新声”；也影响了“四声”的发现，从而促使“永明体”的产生，为律诗的产生奠定了基础。

在南方民歌中，五言诗是主要的形式，这种形式大约也以南方出现的为早。《史记·项羽本纪》正义引《楚汉春秋》所载虞姬和项羽的那首歌，就是一首五言四句的诗，和后来大多数南方民歌相似。《相和歌辞》中的《江南》，也富有南方的特色，后来三国时的民谣“宁饮建业水，不食武昌鱼”等，也是五言四句，可见这种诗体来源久远。除了五言诗以外，晋代的《白纻舞曲》，纯属七言，对后来七言诗的兴盛也起着推动作用。这些都和江南的民情风俗及语言有较密切关系。

第二节　南方的发展与士族的形成

相对于中原地区来说，南方的经济和文化起步稍晚。在西周时代，由于中原文化的中心在关中一带，所以文化的传播到南方，似以江汉流域为较早。《毛诗序》中所说的周文王化行南国，可能是有一定根据的。因为《左传·昭公十二年》载，“昔我先王熊绎辟在荆山，筚路蓝缕以处草莽，跋涉山林以事天子，唯是桃弧棘矢以共御王事”。荆山在今湖北北部的南漳一带，当时和周朝已经有了来往，并向周朝朝贡。后来楚国的势力逐渐发展，成了周朝在南方的劲敌。《诗经》的《江汉》等诗，都是写周宣王征伐江汉的事。楚国在和北方周天子及诸侯的战争和交涉中，逐步接受了中原的文化。但在楚国文化渐趋发展之际，僻处东南的长江下游由于离文化中心较远，接受中原文化较晚，据《史记·吴太伯世家》，说周文王的伯父"太伯"因让位给弟弟季历，就到了吴地，那里还是"断发文身"，与中原文化很不相同。直到春秋后期，吴越之地才和中原诸侯有了交往。这时，吴人对中原的文化已有较多的了解。吴公子季札曾出使中原，到了很多诸侯国；孔子的弟子中，言偃是较有成就的，据《史记·仲尼弟子列传》中说，他是"吴人"。在战国后期，楚王曾封春申君于吴地。特别是秦国灭楚时，不少楚国旧族，避乱迁居吴地，江东遂成为楚文化的重要据点。秦始皇晚年曾到会稽，实际上有弹压楚遗民反抗的用意。后来反秦的各支力量中，以江东子弟为骨干的项羽军队，起着主力作用。汉初的陆贾是"楚人"，当时的"楚"地域较广，可能即为吴人。西汉的严助、朱买臣等吴人，都曾在文化上作出贡献。到东汉时，吴越一带所出人物很多。其中如严光（会稽余姚人）、王充（会稽上虞人）、彭修（会稽毗陵人）、张武（吴郡由拳人）、陆续（会稽吴人）、戴就（会稽上虞人）、谢夷吾（会稽山阴人）、李南（丹阳句容人）、包咸（会稽曲阿人）、赵晔（会稽山阴人）等。其中陆续据《后汉书》本传说他"世为族姓"，可见吴郡陆氏在东汉中期，已经是吴地的大族。这些吴越旧族中，有些人在学术上很有成就，如王充《论衡》中讲到的吴君高、周长生等。又如谢夷吾其人，王充在《论衡》中也曾论及。赵晔据《后汉书》本传："晔著《吴越春秋》、《诗细历神渊》。蔡邕至会稽，读《诗细》，而叹息，以为长于《论衡》。邕还京师传之，学者咸诵习焉。"这就说明江南士人已接受了中原文化，加以发展，并在某种程度上反过来又对中原文化起着不可忽视的影响。

吴越文化的发达，不尽是当地土著居民的作用，因为早在两汉时期，就有不少北方人因游宦、避祸等种种原因迁入了吴越，例如：

王充据他在《论衡·自纪》篇中称，祖先本是魏郡元氏人，因功被封会稽阳亭，才迁居会稽。其他像三国时著名的学者薛综，是沛郡竹邑人；贺齐，据《三国志》本传注引虞预《晋书》，“贺氏本姓庆氏，齐伯父纯，儒学有重名。汉安帝时，为侍中江夏太守，去官。与江夏黄琼、汉中杨厚俱公车征。避安帝父孝德皇帝讳，改为贺氏”。庆氏乃西汉庆普之后，庆普是沛人。可见作为会稽大族的贺氏，本是从北方迁过去的，然而庆氏的礼学，在江南流传甚久，据说庆氏礼学和戴圣的礼学差不多（吴承仕先生《经典释文序录疏证》说）。这说明早在汉代，江淮一带的文人学士迁到江南的不少。这些人的南来，对江南文化作出了应有的贡献。

汉末的军阀纷争中，淮泗一带的大族，大多往江东避难。他们有的是拥有一定实力的。《三国志·吴志·鲁肃传》注引《吴书》曰：“肃体貌魁奇，少有壮节，好为奇计。天下将乱，乃学击剑骑射，招聚少年，给其衣食，往来南山中射猎，阴相部勒，讲武习兵。父老咸曰：‘鲁氏世衰，乃生此狂儿。’后雄桀并起，中州扰乱，肃乃命其属曰：‘中国失纲，寇贼横暴，淮泗间非遗种之地。吾闻江东沃野万里，民富兵强，可以避害，宁肯相随，俱至乐土，以观时变乎？’其属皆从命。乃使细弱在前，强壮在后，男女三百余人行。州追骑至，肃等徐行，勒兵持满，谓之曰：‘卿等丈夫当解大数，今日天下兵乱，有功弗赏，不追无罚，无力相逼乎？’又自植盾引弓射之，皆洞贯。骑既嘉肃言，且度不能制，乃相率还。肃渡江往见（孙）策，策亦雅奇之。”又同书《周瑜传》：“初，孙坚兴义兵讨董卓，徙家于舒。坚子策，与瑜同年，独相友善，瑜推道南大宅以舍策，升堂拜母，有无通共。瑜从父尚，为丹阳太守，瑜往省之，会策将东渡到历阳，驰书报瑜，瑜将兵迎策。策大喜曰：‘吾得卿谐也。’遂从攻横江、当利，皆拔之,乃渡击秣陵,破笮融、薛礼,转下湖孰、江乘,进入曲阿,刘繇奔走,而策之众已数万矣。因谓瑜曰:‘吾以此众取吴会,平山越已足,卿还镇丹阳。’瑜还。”周瑜后来回到寿春,因不得志,又归吴。这些淮泗一带的人,是江东孙氏政权起兵时所依仗的重要力量。孙吴政权建立之初的一批官员如吕蒙、张昭、张纮、步骘、蒋钦、周泰、陈武、徐盛、丁奉等,大抵来自北方。这些人物一时掌握了江南的重要权位,对孙吴的建立留下了功勋。然而,随着时间的推移,他们所率领的部众逐渐凋零,于是外来人士的力量逐步削弱,代之而起的则为江南本地的士族。这些人物中以吴中的朱、张、顾、陆等大姓以及会稽的贺氏等的势力为最大。从陆机《辨亡论》中看,他把吴的安危系于陆逊、陆抗父子的存殁,就可以知道当时吴人心理上确实存在着一些地方观念。

孙吴政权的建立者,本是吴郡富春(今属浙江)人,他们把政权中心放在离家乡较近的建业,显然是要借重宗族和乡里的力量。但吴地处于长江下游,在军事形势上说,如要坚守,必须夺取上游的荆襄地区,以为屏障。那里本掌握在刘表之手。刘表在荆州有较强的实力,孙吴政权觊觎已久,但不能得手,孙策、孙权之父孙坚,就因进攻刘表,被刘表部将黄祖的士兵射死。在刘表死时,鲁肃曾向孙权进说:“夫荆楚与国邻接,水流顺北,外带江汉,内阻山陵,有金城之固,沃野万里,士民殷富,若据而有之,此帝王之资也。”但当时曹操已经下兵荆襄,刘琮迎降,一时落入了曹操之手。于是依附刘表的刘备逃奔孙权,合力抗击曹操,发生了历史上有名的“赤壁之战”。曹操战败后,荆州又被刘备所据。后来刘备将主力移入蜀地,命关羽镇守,孙权因此乘机派兵攻入荆州,并杀了关羽。荆州原来的经济和文化,都不在吴越之下,刘表占据荆州时,由于宋忠、王粲等人都在这里，经学和文学的水平都很高。但自曹操进入荆州，许多士人就跟着北迁。曹操北返后，刘备进入西川，又带走了一部分士人。接着而来的是吴、蜀间为争夺荆州而进行的“彝陵之战”。刘备战败，退回四川后，荆州才稳固地落入孙吴之手。但荆州在当时，北方受到魏的威胁，西面又得防御蜀的侵入，成了边防要地。尤其是蜀亡以后，蜀地落入晋朝手中，形势更为吃紧。因此孙吴的政治中心只能设在长江下游。由于政治中心在吴越之地，豪门大族，也在那里发展得最快。孙吴也曾想迁都武昌，以便更好地防备蜀亡后晋兵顺流而下的攻击，却遭到吴人的反对。据《三国志·吴志·陆凯传》载，当时有童谣云：“宁饮建业水，不食武昌鱼；宁还建业死，不止武昌居。”当时“永安山贼施但等”还聚众万人，进攻建业，迫使孙皓只能还都建业。可见吴地豪门势力还是很强的。这些豪门大族，是孙吴政权赖以维持的基础，也是孙吴学术文化的主要力量，但是他们在地方上也是剥削人民的大地主。《世说新语·政事》：“贺太傅（贺邵）作吴郡，初不出门，吴中诸强族轻之，乃题府门云：‘会稽鸡，不能啼。’贺闻，故出行，至门反顾，索笔足之曰：‘不可啼，杀吴儿。’于是至诸屯邸，检校顾、陆役使官兵及藏逋亡，悉以事言上，罪者甚众。陆抗时为江陵都督，故下请孙皓，然后得释。”《抱朴子·吴失》篇说到这些豪门“车服则光可以鉴，丰屋则群乌爰止，叱咤则疾于雷霆，祸福速于鬼神，势利倾于邦君，储积富乎公室。出饰翟黄之卫从，入游玉根之藻棁。童仆成军，闭门为市，牛羊掩原隰，田池布千里。有鱼餐濯裘之俭，以窃赵宣平仲之名；内崇陶朱文信之赀，实有安昌董邓之污。虽造宾不沐嘉旨之俟，饥士不蒙升合之救，而金玉满堂，伎妾溢房，商贩千艘，腐谷万庾。园囿拟上林，馆第僭太极，粱肉余于犬马，积珍陷于帑藏”。这种残酷的剥削使孙吴政权的国力受到了严重的削弱，决定了它必然覆灭的命运。但是在这些豪门士族中，也产生过不少在学术文化方面有成就的人。例如吴郡陆氏除了西晋的陆机、陆云外，还出现过一个陆喜，据《晋书·陆机附陆喜传》：

> 喜仕吴，累迁吏部尚书。少有声名，好学有才思，尝为《自叙》，其略曰："刘向省《新语》而作《新序》，桓谭咏《新序》而作《新论》。余不自量，感子云之《法言》而作《言道》；睹贾子之美才而作《访论》；观子政《洪范》而作《古今历览》；蒋子通《万机》而作《审机》；读《幽通》、《思玄》、《四愁》而作《娱宾》、《九思》，真所谓忍愧者也。"其书近百篇。吴平，又作《西州清论》，传于世，借称诸葛孔明，以行其书也。

另外一个著名作家是张翰，他是吴郡张氏，孙吴大鸿胪张俨的儿子，他的性格纵任不拘，当时号称“江东步兵（即阮籍）”，这种人物，自然和任诞放纵的中原士族非常投合。东晋的偏安政权所以要选择建业作都城，自然是当时的政治局势，决定了东晋元帝的必然在南方建立偏安政权，但为什么要建都在长江下游呢？这是因为西晋平吴后，曾大量吸收吴中豪门士族入洛做官，和中原的士族已经有着密切的联系。号称“江左管夷吾”的王导，正是看到了这一点。《晋书·王导传》云：

> 及（元帝）徙镇建康，吴人不附。居月余，士庶莫有至者，导患之。会（王）敦来朝，导谓之曰："琅邪王仁德虽厚，而名论犹轻。兄威风已振，宜有以匡济者。"会三月上巳，帝亲观禊，

> 乘肩舆,具威仪,敦、导及诸名胜皆骑从。吴人纪瞻、顾荣皆江南之望,窃觇之,见其如此,咸惊惧,乃相率拜于道左。导因进计曰:“古之王者,莫不宾礼故老,存问风俗,虚己倾心,以招俊乂。况天下丧乱,九州分裂,大业草创,急于得人者乎！顾荣、贺循,此土之望,未若引之以结人心。二子既至,则无不来矣。”帝乃使导躬造循、荣,二人皆应命而至,由是吴会风靡,百姓归心焉。自此之后,渐相崇奉,君臣之礼始定。俄而洛京倾覆,中州士女避乱江左者十六七。导劝帝收其贤人君子,与之图事。时荆扬晏安,户口殷实。

这说明东晋政权是江东士族和中原士族的结合。像这样的政权在荆州是很难具备的。但荆州在南朝地居扬州的上游,又是粮食的主要产地,北通洛阳,西取巴蜀的兵家重镇,所以当时的权臣军阀,都希望把荆州掌握在自己手中。王敦、桓温都是如此。直到南朝仍然十分重视这要地,并且在荆州,也兴起了一些豪门士族,并且逐步出现了不少学术和文艺人才。

第三节　南方的儒学

南方在汉代离都城比较远,汉代所实行的“罢黜百家,独尊儒术”的思想统治相对地说比较宽松,人们敢于著书立说,对儒家提出不同的意见,如王充《论衡》中,有《问孔》、《刺孟》等篇,又对董仲舒和谶纬学说提出许多驳难,这在中原地区的士人中,还是很难有人敢这样做的。他这部书所以要直到蔡邕游吴才逐渐地在中原流传，这也是一个原因。但在汉代，人们讲究要“通经”才能做官，因此南方的士人也不得不学习儒家的经典。当时也曾产生过一些名儒，如包咸关于《论语》的著作，曾被中原的何晏所引用。一般来说，中原的“今文经学”和“古文经学”都曾流传到南方，例如会稽贺氏所传的是庆普的礼学；薛综所治的是《韩诗》，均为“今文经学”，他们原来都是淮泗一带人，后来迁居江南。至于吴人中如陆玑之作《毛诗鸟兽草木虫鱼疏》；韦昭之注《国语》，应属“古文学派”；虞翻之治《周易》，则为“今文经学”。

吴越一带的儒学从东汉时代起，已培育出了不少儒生。如《论衡》作者王充，在东汉初年曾到洛阳，入太学，师事班彪。《后汉书》本传李贤注引袁山松书（按《晋书·袁瓌附袁山松传》“著《后汉书》百篇”，当即此书）曰：“充幼聪明，诣太学，观天子临辟雍，作《六儒论》。”班彪卒于建武三十年（54），王充在洛阳，当更在其前，当时能作《六儒论》，说明他对儒学已有较深了解。从王充的例子，也可以想见当时吴越之地的儒生，到中原求学的已不在少数。再说严光是会稽余姚人，早年“与光武同游学”，按：《后汉书·光武帝纪》载，“王莽天凤中，乃之长安，受《尚书》，略通大义”。天凤是王莽称帝后第二个年号即公元14—19年。此时会稽已有到长安学习儒学的人。可见吴越的儒学有很久的传统。东汉时代的吴越儒学，当以包咸为最有名。《后汉书·包咸传》：

> 包咸字子良，会稽曲阿人也。少为诸生，受业长安，师事博士右师细君，习《鲁诗》、《论语》。……光武即位，乃归乡里。……建武中，入授皇太子《论语》，又为其章句。……永平五年……经传有疑，辄遣小黄门就舍即问。……子福，拜郎

中，亦以《论语》入授和帝。

这包咸大约是江东儒生中最贵显的人物。其他儒生中有名的也不少。如《后汉书·薛汉传》：

薛汉字公子，淮阳人也。世习《韩诗》，父子以章句著名。汉少传父业，尤善说灾异谶纬，教授常数百人。……弟子犍为杜抚、会稽澹台敬伯、巨鹿韩伯高最名知。

薛汉是建武间人，卒于明帝永平中，他弟子中有会稽澹台敬伯，是会稽人，可见东汉初，《韩诗》已传到江东。薛汉的后人薛综，后来也入吴。薛汉的弟子杜抚，虽是犍为武阳人，却对江东的《韩诗》学传授也有影响。《后汉书·赵晔传》：

赵晔字长君，会稽山阴人也。……到犍为资中，诣杜抚受《韩诗》，究竟其术，积二十年，绝向不还。家为发丧制服，抚卒乃归。……晔著《吴越春秋》、《诗细历神渊》。蔡邕至会稽，读《诗细》而叹息，以为长于《论衡》。

除《论语》、《诗经》外，《春秋》之学也传到了江东。《程曾传》：

程曾字秀升，豫章南昌人也。受业长安，习《严氏春秋》，积十余年，还家讲授，会稽顾奉等数百人，常居门下，著书百余篇，皆《五经》通难，又作《孟子章句》。建初三年举孝廉，迁海西令，卒于官。

建初是章帝年号，程曾卒年不可考，但建初三年（78）上距王莽失败（22）仅五十多年，他可能是西汉末到长安游学，因此这些儒生，大抵都学“今文经学”。但东汉时古文经学盛行，也流传到江南，如王充《论衡》，就很推崇《左传》。到了三国时代，吴地的经学著作更多。据《隋书·经籍志》著录，关于《周易》有“吴太常姚信注”十卷；虞翻注九卷；陆绩注十五卷。关于《尚书》，有“范顺问，刘毅答”的《尚书义》二卷，梁存隋亡。关于《诗经》，梁时有东汉赵晔撰《诗神泉》一卷，亡；《毛诗谱》三卷，“吴太常卿徐整撰”；《毛诗答杂问七卷》，“吴侍中韦昭、侍中朱育等撰”，亡。关于《春秋》，有《春秋榖梁传》十三卷，“吴仆射唐固注”；《春秋外传国语》二十一卷，虞翻注；《春秋外传国语》二十二卷，韦昭注。关于《孝经》，有《孝经解赞》一卷，韦昭解；《孝经默注》一卷，徐整注。关于《论语》，梁有虞翻注十卷，亡等。这些著作现在基本上均已亡佚。在《三国志·吴志》中叙述生平较详的是薛综、虞翻、贺齐和韦昭。《三国志·薛综传》：

> 薛综字敬文，沛郡竹邑人也。少依族人避地交州，从刘熙学。士燮既附孙权，召综为五官中郎，除合浦交址太守。时交土始开，刺史吕岱率师讨伐，综与俱行，越海南征，及到九真，事毕还都，守谒者仆射。……赤乌三年，徙选曹尚书；五年为太子少傅，领选职如故。六年春卒，凡所著诗赋难论数万言，名曰《私载》，又定《五宗图》、《二京解》，皆传于世。

薛综之子薛莹，亦仕吴，《三国志》本传载其四言诗一首。薛莹曾与韦昭等修撰《吴书》，因得罪孙皓，被放逐到广州。后被召还。晋军伐吴，他奉命作降表，至洛阳，被任散骑常侍，太康三年（282）卒，子薛兼，亦为张华所重，东晋时卒。

虞翻也是孙吴一朝名儒。《三国志·吴志》本传：

> 虞翻字仲翔，会稽余姚人也。太守王朗命为功曹，孙策征会稽，翻时遭父丧，衰绖诣府门，朗欲就之，翻乃脱衰入见，劝朗避策。朗不能用，拒战败绩。……后翻州举茂才，汉召为侍御史，曹公为司空，辟皆不就。翻与少府孔融书，并示以所著《易注》。融答书曰："闻延陵之理乐，睹吾子之治《易》，乃知东南之美者，非徒会稽之竹箭也。又观象云物，察应寒温，原其祸福，与神合契，可谓探赜穷通者也。会稽东部都尉张纮，又与融书曰："虞仲翔前颇为论者所侵，美宝为质，雕摩益光，不足以损。"……（孙）权与张昭论及神仙，翻指昭曰："彼皆死人，而语神仙，世岂有仙人也。"权积怒非一，遂徙翻交州。虽处罪放，而讲学不倦，门徒常数百人。又为《老子》、《论语》、《国语》训注，皆传于世。

又同书《陆绩传》：

> 陆绩字公纪，吴人也。……绩容貌雄壮，博学多识，星历算数，无不该览。虞翻旧齿名盛，庞统荆州令士，年亦差长，皆与绩友善。孙权统事，辟为奏曹掾，以直道见惮，出为郁林太守。……著述不废，作《浑天图》，注《易》释《玄》，皆传于世。

这些《易》学家在江南都很有名，其说似与"今文经学"已不尽相同，所以虞翻治孟氏《易》，却也注《国语》和《老子》，薛综以《韩诗》注《二京赋》，而《二京赋》亦多“古文经学”说。至于贺齐，乃孙吴的将领，是会稽山阴的大姓。《三国志·吴志》本传注引虞预《晋书》说“齐伯父纯，儒学有重名”。《晋书·贺循传》：“贺循字彦先，会稽山阴人也，其先庆普，汉世传《礼》，世所谓‘庆氏学’。族高祖纯，博学有重名。”贺氏世传礼学，贺循治《礼》学，乃家世相传，晋代议礼，多从其说。《晋书》本传说“循少玩篇籍，善属文，博览众书，尤精《礼传》”，据唐人《五经正义序》所引，南方人治《礼记》的有贺循和南朝贺玚，则贺氏世传《礼》学。

孙吴时代著名学者韦昭，也是文学家。《三国志·吴志》本传因避司马昭讳，改为“韦曜”，云：“韦曜字弘嗣，吴郡云阳人也。少好学，能属文。”他的著作，据《隋书·经籍志》著录，有关于《毛诗》、《国语》、《孝经》的，据《三国志》本传，他上书孙皓，又自称作有《洞纪》、《官职训》及《辨释名》诸书，今天所能见到的是《国语解》。此外，他的《吴鼓吹曲》见于《宋书·乐志》；《博弈论》见《三国志》本传及《文选》，可见为一位能文之士。这和汉代一些死守章句的“今文家”已颇不相同。从这里可以看出，南方的经学家大抵都能文。但他们毕竟是儒生，即使文人也很多受儒家影响。如《晋书·陆机传》称陆机“少有异才，文章冠世，伏膺儒术，非礼不动”。陆机的文风，古人就称其“繁富”。从东晋至六朝，人们往往评论陆机与潘岳的高下，《世说新语·文学》载孙绰云：“潘文烂若披锦，无处不善；陆文若排沙简金，往往见宝。”《诗品》则谓此语出于谢混。但《世说》又有“潘文浅而净，陆文深而芜”语，似乎孙绰和谢混都有这种观点。从人们对潘、陆的评价中，也可以看出两人文风的不同，和当时的中原及江南学风不同有关。潘岳是中原人，和清谈名士颇有交往。《世说新语·文学》:“乐令(乐广)善于清言,而不长于手笔。将让河南尹,请潘岳为表。潘云:‘可作耳,要当得君意。’乐为述已所以为让,标位二百许语,潘直取错综,便成名笔。时人咸云:‘若乐不假潘之文,潘不取乐之旨,则无以成斯矣。’”陆机则出身南方,伏膺儒术,儒家的学风,西汉司马谈已评为“博而寡要,劳而少功”。潘陆文风的差异,倒多少和褚裒与孙盛论南北学风之别有类似之处。《世说新语·文学》:“褚季野语孙安国云:‘北人学问渊综广博。’孙答曰:‘南人学问清通简要。’支道林闻之曰:‘圣贤固所忘言,自中人以还,北人看书如显处视月,南人学问如牖中窥日。’”刘孝标注:“支所言但譬孙、褚之理也。然则学广则难周,难周则识阁,故如显处视月;学寡则易核,易核则智明,故如牖中窥日也。”这里说的“南人”和“北人”,和我们一般的理解不同,唐长孺先生《读〈抱朴子〉推论南北学风的异同》一文引了《世说》中这段记载,作出解释说:“褚裒(季野)为阳翟人,孙盛(安国)是太原人,所谓南北应指河南北。东迁侨人并不放弃原来籍贯,孙褚二人的对话只是河南北侨人彼此推重,与《隋书·儒林传序》所云‘南人约简,得其精华;北学深芜,穷其枝叶’,虽同是南北,而界限是不一致的。”(《魏晋南北朝史论丛》,中华书局版,第361页)有趣的是潘陆之分,却是北人文风清而净,南人文风繁而芜,似乎学风与文风正好相反,其实情况并非如此,潘陆文风的差异,正好为唐先生对《世说》与《隋书》二说的不同作了说明。因为当时以玄谈为特色的“清通简要”的学风,开始时只盛行于河南一带,而河北与江南,还是汉儒的学说占主要地位。这种学风也影响到了文风。所以南人陆机之文以繁富为特色,中原人潘岳之文以清省为特色。后来经过“永嘉之乱”,中原士人大多逃到江南,使江南人接受了这种学风；而留在北方的则多为河朔士人，他们在普遍接受中原玄风之前，已遭刘渊、石勒占领，家世相传的仍是汉儒之学，这样才出现了《隋书·儒林传序》所说的南北学风之别。

当然，江南的儒生学风虽与中原不同，但这种学风毕竟已受到东汉人"古文经学"及《老子》的影响，即使是"礼"学家，也不完全排斥情诗。例如贺循是晋代的礼学大师，但据《晋书》本传，他"雅有知人之鉴，拔同郡杨方于卑陋，卒成名于世"。这个杨方，就是《玉台新咏》中那首《合欢诗》的作者。这首诗中如"衣用双丝绢，寝共无缝绸；居愿接膝坐，行愿携手趋"等句，和后来萧统所指责的陶渊明《闲情赋》情调相似。杨方其人，《晋书·贺循附杨方传》说他："公事之暇，辄读五经。"他著有《五经钩沉》及"更撰《吴越春秋》并杂文笔并行于世"。可见他是一个儒生，也是一个文学家。大抵在宋代理学兴起以前，儒学和文学之间并不矛盾，相反地，经常是同步发展的。这种情况在三国和两晋南北朝也并不例外，只是有时二者的关系比较复杂。例如裴子野《雕虫论》说刘宋元嘉年间人们还留意经史，而到大明、泰始之后，人们却专意吟咏，其实这是针对文人而言，而相反地，在大明、泰始之后的诗歌，据锺嵘《诗品》说，却是更讲究用典。至于文化不发达的时代，像北朝初年，所有的文人差不多同时是儒生，而后来文化提高以后，文学和经学都得到发展以后，二者的分工才趋向明显。同样地，在三国时代，魏国的文化发展较高，文学和经学的分工也较明显；在南方的吴国，则文人多半亦属经学家。这种现象在研究南北文风时不可忽视。

第四节　江南的道教和佛教

江南的文化传统中,除了儒家以外,道教和佛教的影响也很可注意。道教可以说是产生于中国的唯一宗教,这种宗教虽奉先秦道家学说的代表人物老子为神,称之为“太上老君”,其实和先秦道家学说并无直接的关系。因为道家的生死观,主要表现为庄周的“齐彭殇”,“一死生”,甚至主张生不如死;这和道教的讲究修炼成仙、白日飞升等等幻想大异其趣。道教的起源比较复杂,它是综合了古代的鬼神迷信、巫术、占卜、谶纬以及神仙方士等等思想,逐步形成起来,又吸取了道家学说中的某些幻想成分,综合而成的。早在战国时代,由于各国的君主幻想长生不死,就有人投其所好,出现了“不死之药”的说法。《战国策·楚策》就记载有人向楚王献“不死之药”的事。屈原《天问》中有“彭铿斟雉帝何飨,受寿永久夫何长”之句,似乎祭祀天神以求福,可以得到长寿。这彭铿,可能就是《庄子》等书中说的“彭祖”。《楚辞·远游》是否屈原所作,学者颇有不同的看法,其中神仙思想尤为明显。如:“神倏忽而不反兮,形枯槁而独留。内惟省以端操兮,求正气之所由。漠虚静以恬愉兮,澹无为而自得。闻赤松之清尘兮,愿承风乎遗则。贵真人之休德兮,美往世之登仙。与化去而不见兮,名声著而日延。奇傅说之托辰星兮,羡韩众之得一。形穆穆以寖远兮,离人群而遁逸。因气变而遂曾举兮,忽神奔而鬼怪。时仿佛以遥见兮,精皎皎以往来。超氛埃而淑邮兮,终不反其故都。免众患而不惧兮,世莫知其所如。”这段话已经有得道成仙,飘然高举以离尘世的思想。这篇作品是否屈原作,可以争论。但先秦时代的楚国,产生这种思想也不足怪。《庄子》中关于乘六气,御阴阳等幻想,早已存在,而韩众等仙人的传说,也不是不可能产生的。这种神仙思想到秦代尤为盛行,秦始皇曾听信齐人徐市的话,派他入海求神仙;又叫燕人卢生求羡门、高誓等仙人;派韩终、侯公、石生求仙人不死之药。后来卢生对秦始皇说:“臣等求芝奇药仙者常弗遇,类物有害之者。方中,人主时为微行以辟恶鬼,恶鬼辟,真人至。人主所居而人臣知之,则害于神。真人者,入水不濡,入火不爇,陵云气,与天地久长。今上治天下,未能恬淡。愿上所居宫毋令人知,然后不死药殆可得也。”(《史记·秦始皇本纪》)这里,神仙思想多少与道家的“恬淡”相结合,和后来的道教逐渐接近起来,但当时这种神仙思想,还主要流行于统治阶级上层,直到西汉,情况还没有多大改变,汉武帝和淮南王刘安,都迷信神仙方士。汉武帝的迷信神仙方士,在《史记·封禅书》等典籍中有详尽的记载;淮南王刘安的求仙也很有名。《汉书·淮南衡山济北王传》载,刘安“招致宾客方术之士,做《内书》二十一篇,《外书》甚众,又有《中篇》八卷,言神仙黄白之术,亦二十余万言”。他后来谋反被杀,所著书,被奉命治理此案的宗正刘德所得。刘德之子刘向,本名“更生”,汉宣帝“复兴神仙方术之事,而淮南有《枕中鸿宝苑秘书》。书言神仙使鬼物为金之术,及邹衍重道延命方,世人莫见,而更生父德武帝时治淮南狱得其书,更生幼而读诵,以为奇,献之,言黄金可成。上令典尚方铸作事,费甚多,方不验。上乃下更生吏,吏劾更生铸伪黄金,系当死”(《汉书·楚元王附刘向传》)。刘向后来并未被处死。他这种求仙的事情,后来在社会上流传甚广。汉时就有关于汉武帝和淮南王刘安的种种传说。大约因为刘向之父刘德,本崇信“黄老之学”,而方士们又爱攀附老子，于是神仙的传说，逐步和道家相结合。王充《论衡·道虚》篇："儒书言：淮南王学道，招会天下有道之人，倾一国之尊，下道术之士。是以道术之士，并会淮南，奇方异术，莫不争出。王遂得道，举家升天，畜产皆仙，犬吠于天上，鸡鸣于云中。此言仙药有余，犬鸡食之，并随王而升天也。好道学仙之人，皆谓之然。"同一篇中又说："世或言东方朔亦道人也，姓金氏，字曼倩。变姓易名，游宦汉朝，外有仕宦之名，内乃度世之人。"后来应劭《风俗通义·正失》中更说到东方朔是"太白星精"。这些传说，王充和应劭都曾加以驳斥，认为不可信。但王充在驳斥这些传说的同时又指出："世或以老子之道为可以度世，恬淡无欲，养精爱气。夫人以精神为寿命，精神不伤则寿命长而不死。成事，老子行之，逾百度世，为真人矣。"王充对这些话，也认为是虚妄的，加以驳斥。王充是东汉初年人，他驳斥的这些怪诞之说，当由来已久，大约在西汉时代，已很流行。后来的《汉武故事》、《汉武内传》、《神异经》、《十洲志》等志怪小说的出现，显然和当时流传的说法有关，只是写定时间可能较后。

王充所驳斥的种种虚诞的故事，还只涉及统治阶级内部的某些人物是否"成仙"的问题，和当时政局尚无直接的关系。但随着西汉政权的日益腐朽，人民对汉朝政府的不满日益加剧，于是就使方士和董仲舒的谶纬迷信学说结合起来，逐渐形成了一套具有政治色彩的学说，这就是汉成帝时齐国方士甘忠可所作的《天官历》和《包元太平经》。据《汉书·李寻传》载，甘忠可造作这两部书时诈称"汉家逢天地之大终，当更受命于天，天帝使真人赤精子，下教我此道"。这一行动遭到刘向反对，说是"假鬼神罔上惑众"。这里所谓"赤精子"当暗指汉朝为火德，这种言论实际上反映了西汉的统治已引起广大人民不满，有人想用这迷信手段来加以维护。后来哀帝曾用其说，改号“陈圣刘太平皇帝”。后来王莽代汉，也曾利用过这一说法。王莽失败后，东汉初年，这种说法已不再有人提起。但随着东汉政治的混乱，这种假托谶纬的手段又由一些人重新提出。据《后汉书·襄楷传》：“初，顺帝时，琅邪宫崇诣阙，上其师于吉于曲阳泉水上所得神书百七十卷，皆缥白素朱介青首赤目，号《太平清领书》，以阴阳五行为家，而多巫觋杂语。有司奏崇所上妖妄不经，乃收藏之。后张角颇有其书焉。”这里所说的《太平清领书》，也就是现在所谓《太平经》。襄楷称此书“专以奉天地顺五行为本，亦有兴国广嗣之术”。这部《太平经》的主旨似在帮助统治者，如《后汉书·襄楷传》李贤注引《太平经典·帝王》篇曰：“真人问神人曰：‘吾欲使帝王立致太平，岂可问邪？’神人言：但顺天地之道，不失铢分，则立致太平。元气有三名，为太阳、太阴、中和；形体有三名，为天、地、人；天有三名，为日、月、星，北极为中也；地有三名，为山、川与平土；人有三名，为父、母、子；政有三名，为君、臣、人（民）。此三者常相得腹心，不失铢分，使其同一忧，合成一家，立致太平，延年不疑也。”这部书也讲长生之道，但主要还在讲为上天立功。如《太平经合校》卷四七：“‘今天地实当有仙不死之法，不老之方，亦岂可得耶？’‘善哉，真人问事也。然，可得也。天上积仙不死之药多少，比若太仓之积粟也；仙衣多少，比若太官之积布白（帛）也；众仙人之第舍多少，比若县官之室宅也。常当大道而居，故得入天。大道者，得居神灵之传舍室宅也，若人有道德居县官传舍室宅也。天上不惜仙衣不死之方，难予人也。人无大功于天地，不能治理天地之大病，通阴阳之气，无益于三光、四时、五行、天地神灵，故天予其不死之方仙衣也。此者，乃以殊导有功之人也。子欲知其大效乎？比若帝王有太仓之谷，太官之布帛也。夫太仓之谷几何斗斛，而无功无道德之人不能得其一升也；而人有过者，反入其狱中，而正尚见治，上其罪之状，此明效也。今人实恶，不合天心，故天不具出其良药方也。反日使鬼神精物行考，笞击其无状之人，故病者不绝，死者众多也。比若县官治乱，则狱多罪人，多暴死者，此之谓也。如有大功于帝王，宫宇积多官谷有布帛，可得常衣食也。"（《太平经合校》，第138至139页）书中还讲到古代帝王得贤臣之助，平治天下，君臣俱得仙去等等荒诞之论，分明是利用谶纬迷信及西汉方士的说法，来诱劝东汉帝王改良统治，并无推翻汉朝之说。后来张角等人利用《太平经》发动的黄巾起义，可能是对此书进行过改造。

东汉时代借用这种迷信手段对朝廷统治表示不满，要求改良的人大约不少，就以《太平经》来说，思想也不完全一致，可能出于众手。正当宫崇向汉顺帝上献《太平清领书》的同时，沛国丰（今江苏丰县）人张陵，到了现今四川大邑的鹤鸣山，造作符书，以为人治病手段，创立"五斗米道"。到他孙子张鲁时，就在汉中建立了政教合一的割据政权。张鲁后来投降曹操，部众随他迁到了中原。但"五斗米道"的道徒，也有沿江南下到达长江中下游的荆、扬二州的。另外，丰县和琅琊一带，这种思想流传很广，有的人在汉末已把这些教义带到了江南。《后汉书·襄楷传》李贤注引《江表传》："时有道士琅邪于吉，先寓居东方，来吴会立精舍，读道书，制作符水以疗病，吴会人多事之。孙策尝于郡城楼上请会宾客，吉乃盛服趋度门下，诸将宾客三分之二下楼拜之，掌客者禁诃不能止，策即令收之。诸事之者悉使妇女入见策母请之。母谓策曰：'于先生亦助军作福，医护将士，不可杀之。'策曰：'昔南阳张津为交州刺史，舍前圣典训，废汉家法律，当著绛袙头，鼓琴焚香，读邪俗道书，云以助化，卒为蛮夷所杀。此甚无益，诸君但未悟耳。今此子已在鬼录，勿复费纸笔也。’即催斩之，悬首于市。”《三国志·吴志·孙策传》注引《搜神记》：“策既杀于吉，每独坐，仿佛见吉在左右，意深恶之，颇有失常。后治创方差，而引镜自照，见吉在镜中，顾而弗见，如是再三，因扑镜大叫，创皆崩裂，须臾而死。”这个故事虽然荒诞，却也反映了江南一带的人们对于吉的迷信。在《搜神记》中，还有不少故事表现出道教色彩。

在于吉故事中说到的于吉，显然和《后汉书·襄楷传》中所说的顺帝时宫崇的老师于吉不是一人，而是假托他的名字。但道教的前身之一的天师道，本来起源于琅玡以及今苏北鲁南一带沿海地区，而这一带的居民不论士族或平民在“永嘉之乱”后，都大量涌向江南。这就使“天师道”在江南大为盛行。不过，当时作为早期道教的各派，并不一致。例如：东晋末年的孙恩、卢循的起兵，当时曾有许多人信奉，其中也包括很多吴越的士族。孙恩本是琅玡人，孙秀的同族，世奉五斗米道。他叔父孙泰，师事著名的道教徒杜子恭。然而当时作为会稽内史的王凝之，也信奉五斗米道。《晋书·王羲之附凝之传》：“王氏世事张氏五斗米道，凝之弥笃。孙恩之攻会稽，寮佐请为之备，凝之不从，方入靖室请祷，出语诸将佐曰：‘吾已请大道，许鬼兵相助，贼自破矣。’既不设备，遂为孙恩所害。”可见双方在政治上虽属敌对，宗教信仰却相同。《抱朴子·祛惑》篇所载当时道士往往用种种骗术，冒充神仙，有的自称四五百岁，有的甚至自称见过尧舜禹汤和孔子。对这种人，葛洪说他们“多行欺诳世人，以收财利，无所不为矣。此等与彼穿窬之盗，异途而同归者也”。

不管道教在当时有种种派别，但其信徒为数甚多，例如琅玡王氏，《晋书·王凝之传》已说到家世信奉五斗米道；谢灵运据《诗品》记载，出生后即被寄养在“杜治”，杜治即杜子恭家族的净室，可见陈郡谢氏与五斗米道也有密切关系。其他像吴兴沈氏、兰陵萧氏等也家世信奉五斗米道。陶渊明据陈寅恪先生考证，出身溪族，这个种族，本也信仰五斗米道。吴郡著姓中如陆氏、顾氏中也有信奉道教的人，如孙恩起兵时，吴郡陆瓌曾起而响应；南齐时顾姓像顾欢，就家世奉道。梁代著名的学者陶弘景，更是一位道教徒。

江南的道教大抵注重修炼长寿，不像《太平经》那样强调要为天地立功，讲什么“度世”、“兴太平”，而是求个人的长生，所以当时最被人们重视的，是《黄庭经》，《黄庭经》又分《内景经》与《外景经》，都是教人修炼方法的。葛洪的《抱朴子》是讲究炼丹的，也不废吐纳炼气之功，但他认为如果不得明师，光是“诵咏《黄庭太清中经》”，还是难于奏效的。这种金丹、吐纳之术，大抵盛行于士大夫之间。至于民间流行的“五斗米道”，则和当地的各种“淫祀”相结合，出现了许多巫师，为人“驱鬼治病”，杀牛祭神，这些在不少志怪小说中都有记载。这种巫术和佛教教义颇有不同，因此在《幽明录》、《冥祥记》等小说中，都写到了佛教徒托言“冥根”，加以反对的故事。

如果说道教的影响主要在民间故事中，其影响文学也主要在志怪小说方面的话；佛教在江南的传播比道教为晚，但对文学的影响似更显著。这是因为“五斗米道”或称“天师道”都是假托老子的名义，在玄理方面也无非是“清静”、“恬淡”等等思想。所以那些信奉“五斗米道”的文人，所作诗文，一般都和传统的老庄思想无大区别。佛教徒开始时也借用老庄的学说来宣扬他们的教义，但毕竟有所不同,还较易辨认。另外,佛教徒为宣扬教义所采用的“唱导”,对民间文学也有很大影响。

佛教的传入中国,根据传统的说法是在东汉明帝永平年间,也有说在西汉哀帝时代的。当时译经的场所在洛阳,从事翻译工作的像摄摩腾、竺法兰等都是中天竺人,关于他们的生平,梁慧皎《高僧传》虽有记载,但较简略。在《高僧传》中记载汉代僧人,以《安清传》为较详,据云安清前生也是僧人,有个同学一起修行,那人多有嗔心,安清预知有前身报应,应到广州去了宿孽,到了广州就被人所杀。他再次投胎为安息王子,又到中国,这时他前生同学已成郏亭湖神,经他点化,湖神变为大蟒蛇,死于山泽中。安清又到广州,见了杀他前生的人,并带他到会稽,说自己还有宿孽未了,到了会稽,正逢市上有人打架,误中安清,应时而死。关于这些故事,梁时有不少传说,有的说在汉代,也有说晚到西晋的,慧皎认为是汉代的事。其实所谓“转世”等说法,本属佛教迷信,“广州”地名更是三国孙吴时才有。这篇传记自然难以置信。不过,从这里也可以看出一些史实的影子,即汉末大约已有佛教僧侣到过南方的豫章(今江西)、会稽(今浙江)等地。关于“郏亭湖神”的事,干宝《搜神记》、《晋书·郭璞传》都曾提到,本来和佛教无关,大约也是南方的一种“淫祀”,只因流传甚广,才被佛教徒利用来神化他们的教义。

江南的佛教既有从陆路经新疆到中原再过江的;也有从印度从海路来到南方的。《高僧传·吴建业建初寺康僧会传》,说到康僧会,其先康居人,世居天竺,其父因商贾移于交趾,后来来到建业。在此之前,吴地已有月支人支谦,避乱来到吴地。他们在吴国翻译佛经、兴建寺塔。这些记载大致是可信的。因为据《后汉书·

陶谦传》:"初,同郡人笮融,聚众数百,往依于谦,谦使督广陵、下邳、彭城运粮。遂断三郡委输,大起浮屠寺。上累金盘,下为重楼,又堂阁周回,可容三千许人,作黄金涂像,衣以锦彩。每浴佛,辄多设饮饭,布席于路,其有就食及观者且万余人。"后来笮融又逃奔豫章,被人所杀。这说明佛寺建筑在三国时代已在南方兴起。据说支谦在吴地译佛经,从吴黄武元年(223)直到晋"建兴中"(313—316),这似乎不太可能,但吴国的译经场所可能没有间断。据说孙皓时曾对佛不敬,结果大受报应。当时天竺人来到吴国境内的还有维祇难,居武昌。可见早在西晋统一以前,吴地佛教已相当发达。但著名的僧侣大抵都是天竺、月支、康居等地人,汉人出家为僧的很少。至于《高僧传》中"义解"即畅谈佛教玄理的,则从晋洛阳朱士行开始。朱士行是汉人,其后有康僧渊,"本西域人,生于长安,貌虽梵人,语实中国"。他在晋成帝时和康法畅、支敏度等一起过江。在《世说新语》中有关于他的记载。这些僧侣大抵为清谈名士。他们的出现助长了南方的玄风。

佛教徒为了宣传教义,经常利用老庄之学。当时的名僧往往兼通道家典籍。《高僧传·竺法雅传》:"衣冠仕子,或附咨禀,时依雅门徒,并世典有功,未善佛理。雅乃与康法朗等,以经中事数,拟配外书,为生解之例,谓之格义。"当时高门士族,也有出家为僧的。《高僧传·竺道潜传》:"竺道潜,字法深,姓王,琅玡人。晋丞相武昌郡公敦之弟也。"永嘉初年避乱过江,他在剡山讲佛学,"或畅方等,或释老庄,投身北面者莫不内外兼洽"。至于支遁,更是一位玄学大师,和许多清谈名士都有交往。《高僧传·支遁传》:"遁常在白马寺与刘系之等谈《庄子·逍遥篇》,云各适性以为逍遥。遁曰:'不然,夫桀跖以残害为性,若适性为得者,彼亦逍遥矣。于是退而注《逍遥篇》，群儒旧学，莫不叹伏。’”王羲之听他讲《庄子·逍遥游》篇，极为称赏。另一个著名的僧人慧远，据《高僧传》说他“年二十四，便就讲说，尝有客听讲，难实相义，往复移时，弥增疑昧。远乃引《庄子》义为连类，于惑者晓然”。慧远还兼通儒书，《高僧传》说：“远内通佛理，外善群书。夫预学徒，莫不依拟。时远讲《丧服经》，雷次宗、宗炳等并执卷承旨。次宗后别著《义疏》，首称雷氏。宗炳因寄书嘲之曰：‘昔与足下共于释和尚间面受此义，今便题卷首称雷氏乎？’其化兼道俗斯类非一。”这种情况说明儒、释、道三派的思想正在逐步地融合。另一方面，他们也不断地互相斗争。于是就出现了像梁释僧祐的《弘明集》这样的哲学论文集。同时，像支遁、慧远都能文。支遁的诗已开了山水诗的先河。

总的来说，东晋的佛教，大抵以般若学为主，宣扬“一切皆空”。他们的许多论点，和魏晋的清谈名士颇为类似。孙绰作《道贤论》，把七个天竺来的名僧与“竹林七贤”相比拟。值得注意的是，东晋南渡以后的儒学以《易经》最受重视，王僧虔在告诫他儿子的信中，就只讲《周易》、《老子》和《庄子》，此外，士大夫们大抵兼看佛经。他们对儒家经典如《尚书》、《诗经》和《春秋》，似都不太注意，对“礼”，也仅看重丧服。这说明他们关心的只是他们个人的安危，最多也仅及“五服以内”的亲族。他们中的道教徒，似乎更看重个人修炼成仙；而佛教徒却幻想着超脱红尘，从空无和寂灭中去找寻解脱。这些思想，归结起来就是一点，那就是把目光集中于个人而较少注意治国平天下的大道理。有些佛教徒似乎也讲“地狱”和“因果报应”、佛的神力等等，但大抵是用以向一般下层人民宣讲，只有在《宣验记》、《冥祥记》一类志怪小说中，才涉及这些内容。这比起探讨哲理的文章来，数量要少得多。这和北朝的佛道二教很不一样。关于后者，我准备以后详论。

第五节　三国西晋南方文学的发展

在两汉时代，南方的学术文艺相对于中原差距较大，王充在《论衡·超奇》篇中尽管对周长生等人颇为推崇，但其书多半不存，而且较之中原许多著名的学者和文人来说，人数毕竟较少，质量也相对地较差。但这种情况，经过东汉一代许多中原人士的南迁，加上南方的经济发展，士族的形成等等因素，这种情况在不断地改变。不过，这种变化只是渐步的，并不是突然发生的。所以人们往往很难觉察。在三国时代的分裂状态下，由于魏国的区域较大，又是经济文化比较先进的地区，再加上曹操父子的喜爱文学，使许多文士都集中到邺城，更使中原出现了一个成为文坛美谈的“建安文学”的高峰，更使我们对吴、蜀两地的文化有所忽视。不过，吴地和蜀地的情况很不一样。在三国中，蜀的疆域最小，灭亡得也最早。蜀地的不少学士文人如李密、陈寿、谯周等人后来都到了洛阳。蜀国人的著作有些还是蜀灭以后编成的，如《隋书·经籍志》所著录的《诸葛亮集》，就是陈寿所编，在《三国志·蜀志·诸葛亮传》中讲得很清楚。此外据说梁代还有《许靖集》、《夏侯霸集》，书久佚，已不可详考。蜀国灭亡后不久，又出现了成汉李氏的割据，直到东晋中叶，才重新被桓温所平定。因此关于蜀地文化的发展，我们现在只能就《华阳国志》中稍稍了解一些情况。吴地就不同了。吴亡虽比蜀晚了十七八年，但自从平吴后，吴地一直比较稳定地掌握在晋朝手中，吴地的士族也多在晋朝做官，因此吴地学者文人的著作，保存的较多。据《隋书·经籍志》，直到隋代，吴国文人的集子就有：

后汉侍御史《虞翻集》2卷。（梁3卷，录1卷。）

后汉讨虏长史《张纮集》1卷。（梁2卷，录1卷。）

吴辅义中郎将《张温集》6卷。（梁有《士燮集》5卷，亡。）

吴偏将军《骆统集》10卷。（梁有录1卷。又有太子少傅《薛综集》3卷，录1卷，亡。）

吴选曹尚书《暨艳集》2卷。（梁3卷，录1卷。又有《姚信集》2卷，录1卷；《谢承集》4卷。今亡。）

吴人《扬厚集》2卷。（梁又有录1卷。）

吴丞相《陆凯集》5卷。（梁有录1卷。）

吴侍中《胡综集》2卷。（梁有录1卷。又有东观令《华覈集》5卷，录1卷，亡。）

吴侍中《张俨集》1卷。（梁2卷，录1卷。又有《韦昭集》2卷，录1卷，亡。）

吴中书令《纪鹭集》3卷。（梁有录1卷。又有《陆景集》1卷，亡。）

晋散骑常侍《薛莹集》3卷。（梁又有散骑常侍《陶濬集》2卷，录1卷，亡。）

晋处士《杨泉集》2卷。（录1卷。）

晋征士《闵鸿集》3卷。

这里所列的集子，大抵散佚，但作者均曾仕吴，不过虞翻、张纮被列入后汉，薛莹、杨泉和闵鸿均仕晋，但早年确在吴。据云梁代还有晋松滋令《蔡洪集》2卷,录1卷,亡。在总集一类中,还有《吴朝士文集十卷》,注云:"梁十三卷。"可见吴国的文学,在灭亡前就很兴盛。三国时代,虽然是三方鼎立,但文化上的交往,似乎比较密切。韦昭作的《吴鼓吹曲》,全仿魏缪袭的《魏鼓吹曲》的体裁,但辞采华丽,比缪作并无逊色。前引陆喜的《自叙》,明确地说到了他在吴平以前,就模仿蒋济(子通)的《万机》而作《审机》。按:蒋济死于嘉平二年(249);缪袭卒于正始六年(245),他们的作品,在吴亡以前已传入南方,而被人模仿,这说明《诗品》说陆机诗出于曹植,可能确是曹植之作在吴亡前已传入南方,陆机早年即已学习,并非到洛阳后才学习的。同样,据《晋书·文苑·张翰传》,张翰被人称为"江东步兵"是在入洛以前,他是和顾荣一起入洛的。顾荣入洛与陆机同时,应在晋武帝太康末(289),而阮籍卒年为魏景元三年(263),据此则阮籍的作风和诗文,亦当在魏晋间已传入吴地,对张翰产生影响。我们现在看西晋一代的作品,由魏入晋和由吴入晋的人,作品风格虽然不很一样,但大致上只是个人特点的不同居多,地方色彩并不很明显。这说明三国时代,虽有割据状态,文化交流还是很多,并且中原先进的文学成果,很快地会影响到江南。这和南北朝时代,南朝一些文人的著名作品,也会被北朝文人所知,如南齐王融所作的《三月三日曲水诗序》,被北朝人所闻,只知道文章好,却未见过,后来看到了王融之作,却未能促使北朝人有所继作。这种不同的情况,是和当时北朝社会的一些特点有关的。这个问题,我们在下面还要详论。

三国时代的江南人和中原人之间虽然政权分裂,人民之间的心理状态是很不相同的。因为在公元220年以前,魏、吴双方都打着尊汉的旗子。在魏亡的前一年,已经灭了蜀,三国重归统一的大局已定，再加孙皓也正在这一年即位，使江南人对孙吴政权已深感不满，有的还盼望着晋朝的统一，所以当晋武帝平吴以后，不少吴人在言语、习惯等等方面，模仿起中原人来。葛洪对此就颇有批评。在《抱朴子·讥惑》中，他批评了当时人种种表现：

丧乱以来，事物屡变，冠履衣服，袖袂裁制，日月改易，无复一定，乍长乍短，一广一狭，忽高忽卑，或粗或细，所饰无常，以同为快。其好事者，朝夕放效，所谓"京辇贵大眉，远方皆半额"也。余实凡夫，拙于随俗，其服物变不胜故，不变无所损者，余未曾易也。虽见指笑，余亦不理也。岂苟欲违众哉？诚以为不急耳。上国众事，所以胜江表者多，然亦有可否者。君子行礼，不求变俗，谓违本邦之他国，不改其桑梓之法也。况于其父母之乡，亦何为当事弃旧而强更学乎？吴之善书，则有皇象、刘纂、岑伯然、朱季平，皆一代之绝手。如中州有锺元常、胡孔明、张芝、索靖，各一邦之妙，并用古体，俱足周事。余谓废已习之法，更勤苦以学中国之书，尚可不须也。况于乃有转易其声音，以效北语，既不能便良，似可耻可笑，所谓不得邯郸之步，而有匍匐之嗤者。此犹其小者耳。乃有遭丧者而学中国哭者，令忽然无复念之情。昔锺仪、庄舄，不忘本声，古人韪之。孔子云：丧亲者，若婴儿之失母，其号岂常声之有？宁令哀有余而礼不足。哭以泄哀，妍拙何在？而乃治饰其音，非痛切之谓也。又闻贵人在大哀，或有疾病，服石散以数食，宣药势以饮酒，为性命疾患危笃，不堪风冷，帏帐茵褥，任其所安。于是凡琐小人之有财力者，了不复居于丧位，常在别房，高床重褥，美食大饮。或与密客，引满投空，至于沉醉，曰"此京洛之法也”，不亦惜哉。余之乡里先德君子，其居重难，或并在衰老，于礼唯应缞麻在身，不成丧致毁者，皆过哀啜粥，口不经甘。时人虽不肖者，莫不企及自勉，而今人乃自取如此，何其相去云辽缅乎？

葛洪对当时人的批评，在今天看来，未必都中肯，例如衣服学中原的款式，书法、语音效法中原，虽然未必一定要这样做，也没有必要反对。至于居丧的礼节，古人虽然十分重视，在今天看来也没有必要这样拘泥。但这种现象却说明当时的江南人羡慕中原人，认为中原是文明的中心，“正朔所在”，似乎一切都胜于南方。相反地，中原人常常以“正统”和征服者自居，所以前引陆机见到卢志、蔡洪遭到洛阳人嘲笑时，就加以强烈反击，这大约只是个别的现象。直到“永嘉之乱”以后，中原的士大夫逃亡到南方，以致晋元帝有“寄人国土”的话时，顾荣还是加以宽慰。这是因为东晋时南渡的中原士族，一般还有一定的势力和人众，而且民族灾难临头，南北士族之间的地方偏见，不能不有所缓和。再加上王导之所以能成为“江左管夷吾”，其最大功绩正在能够调和南北士族之间的关系，使之一致拥护东晋皇朝，维护其偏安政权。历来的论者，往往对王导多有指责，觉得他无所作为。其实在南渡之初，东晋的朝廷既无强大的兵力，又无足够的财力，一切只能以息事宁人为目的。关于这一点，陈寅恪先生在《述东晋王导之功业》（见《金明馆丛稿初编》，上海古籍出版社，第48至68页）论之已详。所以王导当年曾自叹说：“人言我愦愦，后人当思此愦愦。”（《世说新语·政事》）其后谢安虽靠“北府兵”击败过苻坚，但晚年亦耽于清言，自己解嘲说：“秦任商鞅，二世而亡，岂清言致患耶？”这都是事势使然。东晋政权的政策是既要维护侨姓士族的利益，又不敢得罪吴姓士族，尽量使这两部分人团结起来维持其团结，这就产生了《颜氏家训·涉务》中所讲到的东晋"优借士大夫"的问题。在这种政策下，侨姓和吴姓的士族，确实渐趋一致和融合，才出现了后来永明年间的"竟陵八友"这种现象。关于这一点，刘跃进同志已在《永明文学研究》（台湾文津出版社版）中详论过。这种"优借士大夫"的结果，也产生了积极的和消极的两个方面。其积极方面是使士大夫们得到了优厚的生活条件，得以致力于文学创作，使之在诗文的形式和技巧方面，有所发展。其不利方面则是使原来生活已很放纵的士大夫们，更加缺乏自制能力，更加脱离生活实际。这就是南朝后期诗歌走上了"宫体诗"的道路。《抱朴子·疾谬》篇有段话颇可注意：

> 夫君子之居室，犹不奄家人之不备，故入门则扬声，升堂则下视，而唐突他家，将何理乎？然落拓之子，无骨梗而好随俗者，以通此者为亲密，距此者为不泰，诚为当世，不可不尔。于是要呼愦杂，入室视妻，促膝之狭坐，交杯觞于咫尺，絃歌淫冶之音曲，以诛文君之动心。载号载呶，谑戏丑亵，穷鄙极黩，尔乃笑乱男女之大节，蹈《相鼠》之无仪。夫桀倾纣覆，周灭陈亡，咸由无礼，况匹庶乎？盖信不由中，则屡盟无益，意得神至，则形器可忘。君子之交也，以道义合，以志契亲，故淡而成焉。小人之接也，以势利结，以狎慢密，故甘而败焉。何必房集内谦，尔乃款诚著，妻妾饮会，然后分好昵哉。古人鉴淫败之曲防，杜倾邪之端渐，可谓至矣。修之者为君子，背之者为罪人，然禁疏则上宫有穿窬之男，网漏则桑中有奔随之女。纵而肆之，其犹烈猛火于云梦，开积水乎万仞，其可扑以帚彗，遏

以撮壤哉。然而俗习行惯,皆曰:此乃京城上国,公子王孙,贵人所共为也。余每折之曰:夫中州,礼之所自出,礼岂然乎。盖衰乱之所兴,非治世之旧风也。

葛洪这段话,颇有点“礼法之士”的口吻。葛洪作为南方的士族,受礼法的影响较多,看不惯中原那些放纵的风气。这使人想起陆云所作《为顾彦先赠妇往返四首》中的内容,可能与这种风气有关。这种风气又和南方民间男女关系比较自由的习俗相结合,才使南朝后期的士大夫们往往把妇女的体态作为诗歌的主要内容。陈后主时代许多文人,甚至以写张丽华、孔贵嫔的美貌而被称为“狎客”。这种种情况,我们自然不能以过去传统的眼光去评价,认为一无可取。但在肯定这些文人在艺术上仍有其贡献的同时,也应该看到他们生活的空虚,脱离社会实践的一面。

南方在文学方面的不少成就,在南北朝后期都曾传到北方,并对北方文人产生过很大的影响,但这种放诞的风气,似乎在北朝文学中较少有所反映。这是北朝人的生活方式和南朝人不同之故。这种原因我们在下面还要详谈。但是自从东晋南渡以后,中原的清谈玄风,也普及到了南方。所以在南朝末年人陆德明所著的《经典释文》中,除了“五经”、《论语》、《孝经》、《孟子》等儒家经典外,也有《老子》和《庄子》。在《隋书·儒林传》中说到南北学派有许多不同。总的来说,南方更重魏晋人学说,而北朝全属汉儒著作,二者颇为不同。这对文学的发展也产生了一定影响。

第五章　南朝文学发展的社会原因

第一节　门阀士族的变迁

当我们谈到东晋和南北朝的政治和文化时，总免不了要接触到所谓“门阀制度”的问题。讲到门阀制度，人们很容易想到南方的王、谢和北方的崔、卢、李、郑等高门。其实，南北的士族门第，并不限于这些家族。当时最强调的是“士庶之分”，在这个问题上，“士大夫”们掌握着很大的决定权，平民出身的人，即使立了大功，得到比较高的官位，但不得士大夫们允准，仍不能算是士人，连皇帝的意见有时也难于决定。最有名的是南朝宋路琼之和齐纪僧真的两个例子。《南史·王弘附王僧达传》载：“黄门郎路琼之，太后兄庆之孙也，宅与僧达门并。尝盛车服诣僧达，僧达将猎，已改服。琼之就坐，僧达了不与语，谓曰：‘身昔门下驺人路庆之者，是君何亲?’遂焚琼之所坐床。太后怒，泣涕于帝（孝武帝刘骏）曰：‘我尚在而人陵之，我死后乞食矣。’帝曰：‘琼之年少，无事诣王僧达门，见辱乃其宜耳。僧达贵公子，岂可以此加罪乎?’”后来王僧达虽因此事得罪朝廷，借故被杀，但在当时，连宋孝武帝也觉得“岂可以此加罪乎”。路琼之是皇太后的侄孙，情况比较特殊，所以王僧达还是被另加罪名处死。至于纪僧真，则更说明寒门要进入士大夫行列，实在不易。《南史·江夷附江敩传》："先是中书舍人纪僧真幸于（齐）武帝，稍历军校，容表有士风。谓帝曰：'臣小人，出自本县武吏，邀奉圣时，阶荣至此。为儿昏，得荀昭光女，即时无复所须，唯就陛下乞作士大夫。'帝曰：'由江敩、谢瀹，我不得措此意，可自诣之。'僧真承旨诣敩，登榻坐定，敩便命左右曰：'移吾床让客。'僧真丧气而退，告武帝曰：'士大夫故非天子所命。'时人重敩风格，不为权幸降意。"江敩这种傲慢的态度，在今天看来，实在不足称道，但在当时，却被人看作是有"风格"，可见当时士庶之间的界限是何等严格。同书《王惠附王球传》："时中书舍人徐爰有宠于上（宋文帝），上尝命球及殷景仁与之相知。球辞曰：'士庶区别，国之章也。臣不敢奉诏。'上改容谢焉。"这比起江敩的对待纪僧真来，似更见骄矜。

这些士大夫们不但有着社会上的特殊地位，而且做官也享有特权，从东晋到宋、齐，朝廷中主管选拔官员的吏部尚书一职，基本上掌握在王、谢诸大族之手。他们选拔人才，往往看门第，高门士族必任以清贵及易于升迁之职。有些官职被认为不怎么清贵的，他们有时还不肯屈就。《晋书·王湛附王坦之传》："仆射江虨领选，将拟为尚书郎。坦之闻之曰：'自过江以来，尚书郎正用第二人，何得用此见拟！'虨遂止。"《梁书·刘孝绰传》载，梁武帝用刘孝绰为秘书丞，对周舍说"第一官当用第一人"，所以用了刘孝绰。同书《王筠传》："起家中军临川王参军，迁太子舍人，除尚书殿中郎。王氏过江以来，未有居郎署者，或劝逡巡不就，筠曰：'陆平原（陆机）东南之秀，王文度（王坦之）独步江东，吾得比踪昔人，何所多恨。'乃欣然就职。"在这里可以看出王筠是比较通达的。因为时至梁代，王、谢高门已不再具有昔日的权势；王坦之是太原王氏，在东晋时代，其门第可与琅玡王氏相颉颃，所以尚书郎这样的官职，他还不肯屈就。刘孝绰本是彭城刘氏，其祖父是军人出身，但因宋末与刘休范作战而死，被视为清贵之族，他父亲刘绘便和上层士族交往，他又是琅玡王氏的外甥，所以梁武帝便以“第一人”视之。

士族不但做官有特权，在婚姻问题上也与众不同。门第低微的人，即使官居高位，士族也不肯结为亲戚，而门第低微的人又很愿与他们攀亲，以提高自己的社会地位。《晋书·王湛附王述传》：“（子）坦之为桓温长史。温欲为子求婚于坦之。及还家省父，而述爱坦之，虽长大，犹抱置膝上。坦之因言温意。述大怒，遽排下，曰：‘汝竟痴邪！讵可畏温面而以女妻兵也。’坦之乃辞以他故。温曰：‘此尊君不肯耳。’”桓温在晋代门第不算低，其父桓彝为晋朝尽忠而死，桓温自己还立过平成汉的大功，官至极品，而王述仍认为他是“兵”，不肯结为婚姻。可见士族高门以门第自矜的情况。这种门第的偏见，有时甚至在高门与高门之间，也还有上下之分。《世说新语·方正》：“诸葛恢大女适太尉庾亮儿，次女适徐州刺史羊忱儿。亮子被苏峻害，改适江虨。恢儿娶邓攸女。于时谢尚书求其小女婚，恢乃云：‘羊、邓是世婚，江家我顾伊，庾家伊顾我，不能复与谢裒儿婚。’乃恢亡，遂婚。”这是因为谢家在东晋初年，门第尚不能与诸葛相比。《世说新语·排调》：“诸葛令（恢）、王丞相（导）共争姓族先后。王曰：‘何不言葛、王，而云王、葛？’令曰：‘譬言驴马，不言马驴，驴宁胜马邪？’”这可见当时高门，以王和诸葛为最，谢氏还称不上。同书《方正》：“韩康伯病，拄杖前庭消摇。见诸谢皆富贵，轰隐交路，叹曰：‘此复何异王莽时！’”足见当时人门第观念的严重。但是，这种门第观念，也并不是完全不可改变的。随着一次次剧烈的政治斗争，有些家族逐渐衰落，有些却得到提高。因此情况有了不同。如王述不肯与桓温结亲，但王述死后，王坦之的儿子却娶了桓温之女（见《世说新语·方正》）。太原王氏本来和琅琊王氏门第不相上下，但自从晋末的几次争权斗争中，王恭等人被杀，也就此没落。到了南朝，即使像王、谢这样的大族，也逐步衰落，不能再维持当年的权势，有的人为了攀附权势，也和他们原来看不起的庶族大官结为亲戚。如王弘是王导曾孙，自己又在刘宋官至太保，他儿子王锡，尽管颇以门第自矜，却也把女儿嫁给了连字也不会写的武将沈庆之的儿子沈文季。《南齐书·沈文季传》："文季饮酒至五斗，妻王氏，王锡女，饮酒亦至三斗。文季与对饮竟日，而视事不废。"谢氏更是这样，谢灵运孙子谢超宗在南齐时已经没落只能和出身军人，本名"狗儿"的张敬儿作儿女亲家，但后来张敬儿因事被杀，他也受了连累。谢朓的伯父因与范晔谋反有关被杀，他父亲被放逐到广州，后来虽然被允准回都，但已没落，所以他娶了南齐开国功臣王敬则之女。王敬则是个武夫，出身低微。后来王敬则起兵反对朝廷，谢朓因告发岳父升为吏部郎，但不久又因不肯附和萧遥光而被杀。他生前曾和梁武帝有约，为儿子谢谟与梁武帝之女定亲。但谢朓死后，门户贫弱，梁武帝就赖了婚，把女儿嫁给别人。大抵过江的中原士族，在东晋时曾比较贵显的像琅琊诸葛氏、太原王氏、泰山羊氏、颍川庾氏等，到南朝就均已衰落。只有琅琊王氏、陈郡谢氏、陈郡袁氏、济阳江氏等还出过一些人物，但其中除王氏还比较兴盛外，谢氏只剩下谢弘微一支还有社会地位。这大约和王氏一般都只任文职，而谢氏则曾一度掌握"北府兵"有关。南朝的皇族好多出身"北府兵"，因此易于招忌。

从北方迁来的士族中，也有一部分人出身较王、谢诸族门第较低，他们大抵聚居在京口（今江苏镇江）一带，他们后来都成了"北府兵"的将领，其中如彭城刘氏、兰陵萧氏都出了皇帝。这些人做了大官，子弟也就成了士大夫。他们为了维护自己家族的声誉，也都好认一个古代的名人为祖先，如刘裕自称是汉高祖弟楚元王刘交之后；萧道成、萧衍自称是萧何和萧望之之后，但萧何与萧望之本非一家，唐代颜师古和李延寿早已指出。这些人显贵之后，凭着政治势力进入士大夫之列是比较容易的。当他们进入士大夫阶层后，可以升任清贵的官职，如刘宋武将到彦之的子孙，后来都做了文人，到溉还做过吏部尚书这一官职，但原来的高门士族，也有加以非议的。如出身庐江何氏的何敬容就看不起到溉，说他身上还有"余臭"，却来学作贵人。这是因为到彦之在做官前曾担过粪。刘孝绰的轻视到溉、到洽兄弟，也许亦有此原因。因为相比之下，彭城刘氏还是门第比到氏为高。

在吴地土著的士族中，当然以陆机《吴趋行》中提到的"四姓（朱、张、顾、陆）实名家"为最显贵。这些家族中，陆、顾二姓似更受中原高门的重视。所以左思《三都赋》中写的吴地高门，就仅及顾、陆而不及朱、张。东晋南渡之初，王导所竭力拉拢的也是这两家，所以顾荣、陆玩都做了大官。南渡之初，中原来的士族位居显职，吴地一些强宗颇为不满，有一次宜兴周氏等人曾想发动政变，除掉王导等人，拥护南方执政，却不提到顾、陆二家人应参与政权，顾、陆也不支持这些同乡。所以后来南齐的邱灵鞠发牢骚要挖掉顾荣的坟墓，都是顾荣引来了这班"伧"（指中原人），妨了他们江南人的仕途。至于会稽方面，最有名的大族就是贺氏，贺氏本是沛人庆普之后，从东汉才迁入江南。当时浙东一带的发展，似不如浙西和苏南，所以贺氏在会稽虽为大姓，而在朝廷中地位不如顾、陆诸姓。中原来的王、谢等大姓为了避免和吴地大姓发生矛盾，因此置买地产，兴建庄园常在会稽的境内，这当然和会稽的山水优美有关，但也因为吴郡一带，是陆、顾诸族的势力范围。但顾、陆二姓和王、谢一样，在东晋时还出了一些较有名望的政治人物，后来就只是以文采风流名家。朱、张二姓在刘宋以后在政治上稍有势力，但没有多大建树，也只是以风雅著名。张永曾想当武将，结果屡战屡败。相对来说，南方人物倒是过去的“武力强宗”却出了些人物。如吴兴的沈氏，因为晋时社会地位本不高，后来因为沈林子、沈田子等参加了“北府兵”，跟随刘裕征战，在宋、齐时代出过好几个高官，在政治上有一定建树。但后来也成了江南的高门。到梁代以后也成了文人为主的家族。

这些中原和江南本地的士族，曾经有过多次的矛盾和斗争，最后还是归于融合。他们为了维护他们的特权，还曾经编订《百家谱》，来确定一些家族在社会上的特权地位。他们力主严格限制士族和庶族之间的通婚，如《文选》所录的沈约《奏弹王源》一文，就表现了这种思想。这篇弹奏文是因东海人王源，嫁女与富阳满氏，收了五万钱聘礼。沈约认为王源是士族，曾祖、祖父和父亲都任过较清贵的官职，而满氏虽自称是满宠、满奋之后，其实出于假托，只是因为王源“见告穷尽”，而满氏“家计温足”，就联了姻。这情况本是难免的，因为没落士族需要富足的庶族资助；而富足的庶族也想攀结士族以提高其社会地位。沈约认为“王满连姻，实骇物听”，并且声称“岂有六卿之胄，纳女于管库之人；宋子河鲂，同穴于舆台之鬼。高门降衡，虽自己作，蔑祖辱亲，于事为甚”。为了这件事，沈约主张对王源要“免源所居官，禁锢终身”。可见处罚之重。但这种禁止，只能行之于“家计温足”的平民，至于立功的武夫，即使出身低贱，做了大官，随即成为“士大夫”。这一点，南方的士族和北方的士族似乎不大一样。当时的庶族，为了能进入士大夫的行列，甚至家计尚称富裕，畜有婢女的人家，也自称“门户殄瘁”，自愿以女儿给人做妾。据《世说新语·贤媛》记载，周颚之母李氏就是这样。这件事，余嘉锡先生在《世说新语笺疏》中，曾认为这故事出于编造，汝南李氏本为士族。但即使如此，编造者也是根据当时的社会确有此风，决非凭空臆想。

门阀制度的出现，使一些高门士族注意自己的文化修养，在文艺上互相唱和，如《世说新语·言语》所载谢安与子侄辈在下大雪时各自作七言句加以形容，这当然可以互相培养其文学才能。同时，作诗和玄谈已成了士族身份的标志，于是士族子弟“耻文不逮”，都努力学习作诗。这对于诗歌技巧的提高，确实起了一定的作用。但其消极作用也非常大，使士族们往往诗酒流连，很少接触实际，最后使生活空虚，往往只能写一些堆砌典故的咏物诗，这些作品一般缺乏真情实感，仅仅搬弄辞藻，很难有什么杰作。另一方面，门阀制度又使一些有才能的庶族受到歧视和埋没。像鲍照的《瓜步山楬文》所写的情形，确是当时的残酷事实。锺嵘称鲍照“才秀人微”，故而在当时几遭湮没，即是一例。

第二节　南朝士族的内部矛盾

西晋末年的“永嘉之乱”迫使中原的士大夫纷纷南逃，这是我国历史上的一次民族大迁徙。原来聚居洛阳的士大夫们，有的是早在“八王之乱”中已看出中原不可久留的形势，所以在洛阳陷落之前，就向南方或比较靠近南方的地区移动。倒如琅玡王氏在洛阳失陷前，王敦已为扬州刺史，王导辅佐当时的琅玡王司马睿，先在下邳，后到建业。他们的同宗兄弟到南方的很不少，所以在南方拥有较大的实力。因此东晋初年有“王与马，共天下”（《晋书·王敦传》）之语。这个家族在南朝始终有较高的地位，大约是因为他们家世本为高门，而且南渡时宗族人数最多，势力比较巩固。另一大族陈郡谢氏，在“永嘉之乱”前，谢鲲已在豫章，居王敦手下，因此在江南也有一定的势力，在东晋初年，势力还不如琅玡王氏，这是因为在西晋时他家门第本不及王氏高，而谢鲲的官位，也在王敦、王导之下，后来谢氏的兴起，和谢安、谢玄在“淝水之战”中的功绩不无关系。这两个家族在江南之所以久盛不衰，除了他们曾经出过不少人才外，还可能由于临沂（今属山东）和阳夏（今河南太康）离苏、皖不远，家族南迁较易，因此人多势众。另一些北方大族，在中原时本属高门，社会地位不亚于琅玡王氏，而比陈郡谢氏要高，但有的因为人数较少，有的则因洛阳陷落时仓促南逃，而宗族势力并未过江，因此力量相形见绌。例如琅玡诸葛恢，在过江之初，可以和王导一争门户的高低，他死后诸葛氏的势力从此衰歇；太原王氏过江之初，人数本来还不算太少，但太原地方在“永嘉之乱”前，已经被前赵势力所阻隔。过江王承，本有重名，但年寿不长。王述是经王导征辟的。太原王氏在中原时本是望族，东晋初年也出了不少人才，而晋末残酷的争权斗争中，他们本族就自相残杀，最后就没落了，宋齐二代未见这家族有什么人物，至梁代有《冥祥记》作者王琰、平“侯景之乱”的将领王僧辩，却都不以门第见称。和太原王氏情况相似的，还有颍川鄢陵的庾氏，他们在东晋时，曾有过庾亮、庾冰、庾翼等人，因为是皇室的外戚，一时颇有权势。但在政治斗争中，遭到的打击也很严重，在南朝也就衰落了。中原一带的望族，有许多家族在魏和西晋都很显赫，如颍川的荀氏、陈氏等到东晋就不见有什么人物，荀氏在东晋南朝地位甚低，这也许与战乱的打击有关。还有些汉魏名门，也销声匿迹，如沈约《奏弹王源》中说到满宠、满奋一家，就说“满奋身殒西朝，胤嗣殄没，武秋（满奋字）之后，无闻东晋”；河东卫氏是有卫玠过了江的，但卫玠死后，卫氏也就衰落了。

南渡的中原士族，并不完全根据祖上的阀阅来定地位的高下，而往往要看这个家族在江南势力的大小，过江的先后等条件。《宋书·杜骥传》：“晚渡北人，朝廷常以伧荒遇之，虽复人才可施，每为清涂所隔，坦（杜骥兄）以此慨然。尝与太祖（宋文帝）言及史籍，上曰：‘金日磾忠孝淳深，汉朝莫及，恨今世无复如此辈人。’坦曰：‘日磾之美，诚如圣诏。假使生乎今世，养马不暇，岂办见知。’上变色曰：‘卿何量朝廷之薄也。’坦曰：‘请以臣言之。臣本中华高族，亡曾祖晋氏丧乱，播迁凉土，世叶相承，不殒其旧。直以南度不早，便以荒伧赐隔。日磾胡人，身为牧圉，便超入内侍，齿列名贤。圣朝虽复拔才，臣恐未必能也。’上默然。”像杜氏这样的例子还有不少。如果说杜坦只是对皇帝发发牢骚的话，有些北方来的士族甚至因不满而发展到参与到反对朝廷的行动中去。如《三国志·魏志·卢毓传》注引《卢谌别传》中说到，卢谌死后，“胡中子孙过江，妖贼帅卢循，谌之曾孙”。又《晋书·杨佺期传》：“杨佺期，弘农华阴人，汉太尉震之后也。……父亮，少仕伪朝，后归国，终于梁州刺史，……（佺期）自云门户承籍，江表莫比，有以其门地比王珣者，犹恚恨，而时人以其晚过江，婚宦失类，每排抑之，恒慷慨切齿，欲因事际以逞其志。”最后毕竟和桓玄合作，造成动乱。这说明较早过江的中原人独占政权，引起了中原士族的内部矛盾。

过江的中原士族不但因过江早晚产生矛盾，而且为了争权或争社会地位，在各族之间，也常常不和。如过江之初，王氏与庾氏之间，就外表上合作，内心却颇有间隙。《世说新语·雅量》："有往来者云：'庾公（亮）有东下意。'或谓王公（导）：'可潜稍严，以备不虞。'王公曰：'我与元规虽俱王臣，本怀布衣之好。若其欲来，吾角巾径还乌衣。何所稍严。'"其实王导对庾亮也不是毫无芥蒂，《世说新语·轻诋》："庾公权重，足倾王公。庾在石头，王在冶城坐，大风扬尘，王以扇拂尘曰：'元规尘污人。'"这些还是只是因权力争权而内心不满。至于桓温在阴谋篡权时，甚至想杀害谢安与王坦之。《世说新语·雅量》："桓公伏甲设馔，广延朝士，因此欲诛谢安、王坦之，王甚遽，问谢曰：'当作何计？'谢神意不变，谓文度曰：'晋祚存亡，在此一行。'相与俱前。王之恐状，转见于色；谢之宽宏，愈表于貌，望阶趋席方作《洛生咏》，讽'浩浩洪流'，桓惮其旷远，乃趣解兵。王、谢旧齐名，于此始判优劣。"

南渡诸族之间的争权斗争，也造成人情的淡薄，在亲戚之间有时表现得很突出，如高平金乡郗氏，本和琅玡王氏是亲戚。王羲之妻是郗鉴之女。郗氏在江南势力不大，但郗鉴在中原时本是高门，自己的官位也很高，在东晋初，地位虽高，到他儿子手里情况就不同了。郗鉴之子郗愔是王献之等人的舅父，郗超和王献之是表弟兄。郗超依附桓温，甚得宠信。郗超死后，王献之对舅父的态度就变了。《世说新语·简傲》："王子敬兄弟见郗公（愔），蹑履问讯，甚修外生礼。及嘉宾（郗超）死，皆著高屐，仪容轻慢。命坐，皆云：'有事不暇坐。'既去，郗公慨然曰：'使嘉宾不死，鼠辈敢尔！'"其实郗愔忠于晋朝，郗超则谄事桓温，以当时的道德规范来说，郗愔应该是更可敬重的，但王献之所看重的不是道德，而是权势。《世说新语·德行》:“王子敬病笃,道家上章,应首过,问子敬:‘由来有何异同得失?’子敬云:‘不觉有余事,唯忆与郗家离婚。’”刘孝标注说明王献之初娶高平郗昙女,后来离异;娶了皇家的公主。这种事例说明了士大夫们外表上高雅,实质上都很贪慕权势。

过江的中原士族,不光亲戚之间关系显得很淡薄,连同族之间,为了争权,也不惜互相排挤和残杀。例如太原王氏的衰落,就和同宗相残有关。如王恭的讨伐王国宝,不惜借助桓玄等人的力量。王国宝其人品行不好,这大约是事实,但互相残杀的结果,毕竟使太原王氏在南方的上层士族中失去了立足点。据《宋书·王懿传》载,王懿是太原人氏,“晋太元末,徙居彭城”。“北土重同姓,谓之骨肉,有远来相投者,莫不竭力营赡,若不至者,以为不义,不为乡里所容。仲德(王懿)闻王愉在江南,是太原人,乃往依之,愉礼之甚薄,因至姑孰投桓玄。”这是南渡士人和北方士人的很大不同。

除了太原王氏外,琅玡王氏的族姓观念也同样十分淡薄。王敦为了独揽大权,把同族的王澄杀害。后来王敦背叛朝廷,王敦死后,他哥哥王含及子王应逃奔他堂弟王舒,被王舒派人扔进长江淹死。陈郡谢氏的关系也不很融洽。谢混是谢晦的叔父,谢晦是刘裕的心腹,而谢混依附刘毅,被刘裕所杀;谢晦后来和徐羡之、傅亮一起杀了庐陵王刘义真,谢灵运因为附于刘义真,所以被排挤,后谢晦被诛杀,谢灵运又被任用。这种人与人的关系淡漠,在南朝比北朝要严重得多。

相对地说,江南本地的士族之间这种情况还要少些。这并不是因为渡江南下的中原士族特别残忍,而是当时的事势造成的。据周一良先生《南朝境内之各种人及政府对待之政策》(见《魏晋南北朝史论集》，中华书局1963年版）中统计当时南朝境内的侨人，在南徐州，有225 600人左右，占人口的53.63%；南兖州约50 800人，占人口的31.87%；南豫州约81 600人，占人口的37.17%；最多的如豫州约120 700人，占人口的80.01%；冀州180 900人，占99.94%；其他如荆州、郢州、雍州、益州人数也相当多。当时的南徐、南兖二州地区颇为狭小，侨人来到此地，自然要谋生计，豪门士族更要争置田产，扩大部众，抢夺官职，于是不得不撕破了旧式宗族思想的面纱，而露出赤裸裸的你争我夺的狰狞面目。于是以个人为本位的生存竞争就淋漓尽致地表现出来。对此，我们不必效法旧道德的宣扬者那样加以谴责，也不必曲为辩护。这是客观环境的产物，而且这种以个人为本位的思想，在某种程度上也多少打破了旧的宗法观念，使各人都能较好发挥他的特长，而不再能完全依赖宗族。从长远来看，也未始没有其积极的作用。

第三节　南朝士人的生活方式

江南的地理环境和中原本不相同，黄河中下游本来有比较广阔的平原，农业发展较早。江南则多丘陵沼泽，河道纵横，其农业在南渡以前还落后于中原。再加上南渡之初，大批中原人流亡到长江下游，而这些地区本是孙吴旧地，原来是朱、张、顾、陆等大姓的势力范围，许多土地，都已由这些旧族占据。中原士族来到南方，很有团结他们的必要，否则就很难在南方站住脚。为了避免和这些本地人发生冲突，他们建造庄园，置办田产必须避开吴地士族传统的领地即今苏南、浙西，而必须到人口较少，南方士族力量较小的浙东一带。但这里也不是完全真空的地区,因为会稽的贺氏、纪氏等也是江南有影响的高门,中原迁来的士族,也得避免和他们产生矛盾,再加上浙东一带的山陵地区更多。因此他们的田产不能不比较分散,较少联成一大片。他们又多在朝廷中做官,所置田产,往往交付别人管理,自己很少顾问,只是享受其田租的收入。这种情形也使他们很少有聚族而居的情况,宗法的纽带因此很松弛,人们对宗族的依赖性减弱了。于是兄弟间财产互相分开已成为普遍的现象。《文选》中所录任昉的《奏弹刘整》一文写的就是这种情况。刘整的家族曾在宋齐时代做过吴兴太守等官职,应该是较有地位的士族。他和他的寡嫂范氏为了争夺奴婢和财物,甚至互相斗殴,最后付之诉讼。任昉对那种情况很反感,要求朝廷给刘整以处分。但是这种现象在南朝并不稀少。这种现象在北方来说,很不以为然,卢思道出使南方,见到了这种情况,曾作诗讽刺。据《太平广记》卷二四七引《谈薮》,说卢思道出使陈,陈朝人讥笑北方人吃榆树叶,卢思道作诗反嘲说"共甑分炊水,同铛各煮鱼",用来笑南朝人情义之薄。其实大家庭制并无多大优越性,这种讥笑并无多大道理。

南渡的中原士族,在起初对中原的陷落,还念念不忘。著名的新亭对泣故事,就说明他们还是想到洛阳的陷落。甚至那位专以清谈著名的卫玠,也颇感苦痛。《世说新语・言语》:"卫洗马初欲渡江,形神惨顿,语左右云:'见此芒芒,不觉百端交集。苟未免有情,亦复谁能遣此!'"但他们这种情绪并没有坚持多久,因为过江士族仍享有其特权,当时尽管内部争权斗争十分激烈,有许多潜伏的危机,但一些人并不觉察。《世说新语・识鉴》:"周伯仁(颢)母,冬至举酒赐三子曰:'吾本谓度江托足无所,尔家有相,尔等并罗列吾前，复何忧！'周嵩起，长跪而泣曰：'不如阿母言。伯仁为人志大而才短，名重而识闇，好乘人之弊，此非自全之道；嵩性狼抗，亦不容于世；唯阿奴碌碌，当在阿母目下耳。'”后来的结果正如周嵩所料，但南渡诸族并不都像周顗一家那样遭祸，因此安于现状的人还是多数。他们所谓收复中原，大抵停留在口头上。一是因为当时东晋朝廷实在缺乏实力，其次是这些士族到江南后，都置办了产业，也不再想北返了。例如：桓温曾一度攻克洛阳，向朝廷建议还都洛阳，孙绰就上疏反对，明确地说：“植根江外数十年矣，一朝拔之，顿驱踧于空荒之地，提挈万里，踰险浮深，离坟墓，弃生业，富者无三年之粮，贫者无一餐之饭，田宅不可复售，舟车无从而得，舍安乐之国，适习乱之乡，出必安之地，就累卵之危，将顿仆道涂，飘溺江川，仅有达者。”当时迁都洛阳，可能并非良计，但孙绰考虑的还是江南安乐，“田宅不可复售”等等。这说明他已经不再想返回中原，这大约不是他一个人的想法。

这时中原士族虽遭到了流亡之苦，但许多人还是靠着朝廷的优待，尸位素餐，毫无作为。他们大抵都有官职，不但在官时未必清廉，去职时还得搜括。《晋书·范宁传》：

又方镇去官，皆割精兵器仗以为送，故米布之属不可胜计。监司相容，初无弹纠。其中或有清白，亦复不见甄异。送兵多者至有千余家，少者数十户。既力入私门，复资官廪布。兵役既竭，枉服良人，牵引无端，以相充补。若是功勋之臣，则已享裂土之祚，岂应封外复置吏兵乎！谓送故之格宜为节制，以三年为断。夫人性无涯，奢俭由势。今并兼之士亦多不赡，非力不足以厚身，非禄不足以富家，是得之有由，而用之无节。

> 蒱酒永日，驰骛卒年，一宴之馔，费过十金，丽服之美，不可赀算，盛狗马之饰，营郑卫之音，南亩废而不垦，讲诵阙而无闻，凡庸竞驰，傲诞成俗。

这些士大夫们"蒱酒永日"的结果，往往把家产荡尽，还侵占亲戚的财产。《宋书·谢弘微传》载：

> 东乡君（谢混妻）薨，资财巨万，园宅十余所，又会稽、吴兴、琅邪诸处，太傅（谢安）、司空琰时事业，奴僮犹有数百人。公私咸谓室内财产，宜归二女，田宅僮仆，应属弘微。弘微一无所取，自以私禄营葬。混女夫殷睿素好樗蒱，闻弘微不取财物，乃滥夺其妻妹及伯母两姑之分以还戏责，内人皆化弘微之让，一无所争。

殷睿之例也许是比较突出的，但士大夫们的奢侈淫逸，大约也不是个别现象，所以范宁认为当时"并兼之家亦多不赡"。其他士大夫也许不这样狂赌滥饮，但真正能办实事的人也很少见。即使很有名望的人，居官也无实际能力。《世说新语·简傲》：

> 王子猷作桓车骑骑兵参军。桓问曰："卿何署？"答曰："不知何署，时见牵马来，似是马曹。"桓又问："官有几马？"答曰："'不问马'，何由知其数？"又问："马比死多少？"答曰："未知生，焉知死。"

这王子猷（徽之）在东晋算是一个名士，对自己所任职务一无所知，还自以为清高。刘孝标注引《中兴书》说:“桓冲引徽之为参军,蓬首散带,不综知其府事。”王徽之的官职还比较低,但即使一些做了大官的人,也嗜酒放纵,即使像周𫖮也在所不免。《世说新语·任诞》:

周伯仁风德雅重,深达危乱。通江积年,恒大饮酒,尝经三日不醒。时人谓之“三日仆射”。

刘孝标注引《晋阳秋》:“初,𫖮以雅望获海内盛名,后屡以酒失。庾亮曰:‘周侯末年,可谓凤德之衰也。’”他们中有些人颇有重名,却并无实际才干。如殷浩,《晋书》本传称他“识度清远,弱冠有美名,尤善玄言”,简文帝司马昱认为他名气大,“朝野推伏”,引用他来对抗桓温,但他执政后出兵北伐,反而大败,被桓温废黜,“口无怨言,谈咏不辍”,“但终日书空,作‘咄咄怪事’四字而已”。看来,他连为什么战败被贬到后来还未清醒。另一位名士谢万,也曾出兵北征,同样遭到失败。《世说新语·简傲》:

谢万北征,常以啸咏自高,未尝抚慰众士。谢公(安)甚器爱万,而审其必败,仍俱行,从容谓万曰:“汝为元帅,宜数唤诸将宴会,以说众心。”万从之。因召集诸将,都无所说,直以如意指四坐云:“诸君皆是劲卒!”诸将甚忿恨之。

用这样的人物去统率军队,简直如同儿戏。这些名士其实也有人颇有自知之明。如吴人陆玩,在王导、郗鉴、庾亮死后,朝廷任命他为司空,有人借端讥讽他,把酒洒在柱上说:“当今乏材,以尔为柱石，莫倾人梁栋邪！”陆玩也明知如此，叹息说“以我为三公，是天下为无人”，人们也认为是实话。这些高门士族，虽然并无多大才干，但凭着他们的门第，许多掌实权的人还得利用他们。例如谢混因和刘毅勾结，被刘裕所杀，后来刘裕代晋，谢晦对刘裕说：“陛下应天受命，登坛日恨不得谢益寿奉玺绂。”刘裕也叹说：“吾甚恨之，使后生不得见其风流！”（《晋书·谢安附谢混传》）南朝的统治者，也深知这些高门士族并无实用。如王僧达曾因家贫，要求做郡太守，宋文帝想让他做秦郡太守，吏部郎庾仲文说：“王弘子既不宜作秦郡，僧达亦不堪莅人。”（《南史·王弘附王僧达传》）王球做了尚书仆射，仍不大到朝廷办事。江夏王刘义恭要以法纠劾，何尚之说：“球有素尚，加又多疾，公应以淡退求之，未可以文案责也。”刘义恭又向宋文帝去说：“王球诚有素誉，颇以物外自许。端任要切，或非所长。”宋文帝说：“诚知如此，要是时望所归。昔周伯仁终日饮酒而居此任，盖所以崇素德也。”这种宽容的态度，无非是利用他们的门第声望。其实南朝从宋文帝时代起，已经不依靠士大夫来办政事，而是任用寒族人。《宋书·恩幸传》：“夫人君南面，九重奥绝，陪奉朝夕，义隔卿士，阶闼之任，宜有司任。既而恩以幸生，信由恩固，无可惮之姿，有易亲之色。孝建、泰始，主威独运，官置百司，权不外假，而刑政纠杂，理难遍通，耳目所寄，事归近习。赏罚之要，是谓国权，出内王命，由其掌握，于是方涂结轨，辐凑同奔。”又记载宋孝武帝信任巢尚之、戴法兴等寒族，他们“执权日久，威行内外，（江夏王刘）义恭积相畏服，至是慑惮尤甚。”这些寒族出身的人，有的确有才能，《南齐书·幸臣传》：“（宋）孝武以来，士庶杂遝，如东海鲍照，以才学知名。又用鲁郡巢尚之，江夏王义恭以为非选。帝遣尚书二十余牒，宣敕论辩，义恭乃叹曰：‘人主诚知人。’”于是政治的实权，落到了一些被帝王欣赏的寒人之手，至于士大夫，却并无才能，只是空谈玄理，或以文章见称。《颜氏家训·涉务》讲到梁武帝不任用士大夫时曾公正地说：

> 吾见世中文学之士，品藻古今，若指诸掌，及有试用，多无所堪。居承平之世，不知有丧乱之祸；处庙堂之下，不知有战阵之急；保俸禄之资，不知有耕稼之苦；肆吏民之上，不知有劳役之勤，故难可以应世经务也。晋朝南渡，优借士族；故江南冠带，有才干，擢为令仆已下尚书郎中书舍人已上，典掌机要。其余文义之士，多迂诞浮华，不涉世务；纤微过失，又惜行捶楚，所以处于清高，盖护其短也。至于台阁令史，主书监帅，诸王签省，并晓习吏用，济办时须，纵有小人之态，皆可鞭杖肃督，故多见委使，盖用其长也。人每不自量，举世怨梁武帝父子爱小人而疏士大夫，此亦眼不见其睫耳。

颜之推是经历过梁代的，他自己又是一个士大夫，对这种事实知道得很清楚。不过他所目睹的梁代士大夫，当已是梁武帝后期的那些士人，所以特别显得无能。但在东晋南渡之初，情况还不很一样。像王导、谢安、谢玄、庾亮、庾翼等人物还有一定的政治才能。到了东晋中叶以后，他们中办理政事的才能已不如其前辈人物，但还能登山涉水，不至衰弱到生活不能自理的程度。《世说新语·栖逸》："许掾（许询）好游山水，而体便登陟。时人云，许非徒有胜情，实有济胜之具。"谢灵运是位山水诗的名家，未必有什么政治才能，但为了游山玩水，他并不怕山路艰险，所以能有这许多名句。到了梁代，情况便不同了。《颜氏家训·涉务》：

梁世士大夫，皆尚褒衣博带，大冠高履，出则车舆，入则扶持，郊郭之内，无乘马者。周弘正为宣城王所爱，给一果下马，常服御之，举朝以为放达。至乃尚书郎乘马，则纠劾之。及侯景之乱，肤脆骨柔，不堪行步，体羸气弱，不耐寒暑，坐死仓猝者，往往而然。建康令王复性既儒雅，未尝乘骑，见马嘶歕陆梁，莫不震慑，乃谓人曰："正是虎，何故名为马乎？"其风俗至此。

颜之推这段话，似乎不算太夸，在晋、宋、齐等代，做官的人立了功，可以封爵、赏赐财物或升官，至梁代，开始用女乐赏赐大臣。但到了陈代，大臣有功，往往赏以"给扶"。其中像徐陵是一个文士，"给扶"时年在七十上下，还可以理解；但像侯安都这样的武将，死时才四十四岁，但在四十岁那年就"给扶"，可见那时的统治阶级中，出入叫人扶着，被认为是一种身份高的表现。陈代是南朝的一个比较特殊的朝代，这时由于在"侯景之乱"及江陵陷落之后，原来在社会上地位较高的王、谢二姓及江南的朱、张、顾、陆，都已不甚显赫，最多也只是在学术、文艺方面有些人才。比较得势的则是过去不大受人注意的地方上的强宗豪族。他们出身低微，不但不足和王、谢或顾、陆诸大姓相比，连北府兵将领出身的刘、萧诸族，也比他们要高得多。但当他们掌握政权以后，也很快地"士族化"，为了妆点门面，一些武人也学着作诗，《陈书》本传说侯安都"工隶书，能鼓琴，涉猎书传，为五言诗，亦颇清靡"。他得势后，招集文士，"或命以诗赋，第其高下，以差次赏赐之"。当时文人中如褚玠、马枢、阴铿、张正见、徐伯阳、刘删、祖孙登等，都成了他的宾客。至于朝廷里陈后主身边，更有一批"狎客"，仿作"宫体"，但在艺术上已跟不上萧纲和徐、庾诸人。其中有些人并不是没有佳作,如阴铿几首好诗,均作于梁代及遭乱离之时,到那时,好诗就大为减少。在当时的环境中,文人远离生活实践,即使艺术上怎样精雕细琢,毕竟难于出现真正有价值的作品。

从南朝文学发展的历史看来,它的确有其辉煌的成就,有它繁荣兴盛的时代,这就是自晋宋之际一直到梁中叶,这时确实出了不少杰出的作家,他们大多聚集在建康、江陵、山阴等都市中,他们以文会友,互相交流、唱和,又有许多帝王、大臣在那里加以提倡;江南的秀丽景色,也成了他们模山范水的好题材。但随着士族的日趋腐朽,他们逐渐地远离了社会生活,视野日趋窄小,只能在技巧、形式方面有所贡献。对于这些作品,自然也应该历史地加以评价,虽然不必像过去那些道学家那样一概斥为腐朽,但也没有必要加以抬高。值得注意的则是不少过去的"宫体诗人"在遭到"侯景之乱"等事件后,也曾作过一些沉郁悲壮之作,更不能加以忽视。

第四节　建康——南方文化的中心

在前面我们已经谈到了封建社会中建都之地,往往就是人文荟萃之区,一般也就是学术和文艺的中心。这个中心在西汉时代,本在长安,东汉以后就迁到了洛阳。汉末的群雄割据之际,这个中心曾一度移到了许昌和邺城,但不久又回到洛阳。西晋末年洛阳的失陷,迫使中原的大批文人、学者逃向江南。他们南下之后,与江南原有的文人在一起,在偏安政权的首都建康重新建立了一个文化中心。

洛阳的陷落,对学术和文艺的发展是一个严重的打击,许多书籍在兵火中散佚,学者和文人四处逃散,有的在兵荒马乱中丧生,有的隐居不出就此默默无闻。只有一部分逃向江南的人,才能重新在建康集合起来。他们从中原南逃时,带着一部分书籍,而建康本是孙吴的旧都,那里的士族,也有部分藏书,于是在互相借阅和传抄中,书籍得以重新积累起来。桓温、刘裕等人曾几度重新攻入洛阳,可能在中原也曾收集到一些遗漏在北方的图书。至少当刘裕灭后秦时,就将关中的藏书四千余卷,全部运送到了建康。据隋人牛弘说,那部分书,"皆赤轴青纸,文字古拙",恐多是西晋以前的旧物,因为十六国的战乱中,人们从事著作的毕竟不多。东晋和南朝政府很注意图书的搜集和保存,并历来有学者加以整理编目。南朝的藏书,根据《隋书·经籍志》记载,有:《晋义熙已来新集目录》3 卷;《宋元徽元年四部书目录》4 卷,王俭撰;《今书七志》70 卷,王俭撰;《梁天监六年四部书目录》4 卷,殷钧撰;《梁东宫四部目录》4 卷,刘遵撰;《梁文德殿四部目录》4 卷,刘孝标撰;《七录》12 卷,阮孝绪撰,这些都是南朝文化盛时的藏书目录。到侯景之乱以后,据《隋书·经籍志》尚有《陈秘阁图书法书目录》1 卷;《陈天嘉六年寿安殿四部目录》4 卷;《陈德教殿四部目录》4 卷;《陈承香殿五经史记目录》2 卷。北方藏书则在隋以前似乎并无人从事整理,仅有《魏阙书目录》1 卷,可能就是北魏向南齐借书时开的目录(《隋书·经籍志》:"孝文徙都洛邑,借书于齐,秘府之中,稍以充实。"据《南齐书·王融传》,北魏向南齐借书时,朝议不许,但王融建议允借,齐武帝也不反对。可能后来借了一些给北魏,所以才会有"稍以充实"的话)。经过"侯景之乱"和萧绎的焚书,典籍存者寥寥,陈代几种目录,仅 4 卷,隋代开皇四年和八年的目录也仅 4

卷，到平陈后的《隋大业正御书目录》9 卷，是陈、隋藏书合并的结果，《隋书·经籍志》所著录的书，大约不会比这个目录多出多少。此外，南朝关于文学方面的书录据《隋书 · 经籍志》著录的还有《续文章志》2 卷，傅亮撰；《晋江左文章志》3 卷，宋明帝撰；《宋世文章志》2 卷，沈约撰。这些文学方面的记载，也可能还有阮孝绪《七录》等书中没有著录的书名或文章篇名。《隋书 · 牛弘传》载牛弘上书隋文帝要求搜集图书时，讲到王俭《七志》、阮孝绪《七录》所著录图书有三万余卷；北朝方面到周武帝保定初，只有书八千余卷，其中当然包括南方萧绎焚书的残余，尽管说“所收十才一二”，已对北周是一个不小的数字。周平北齐，所获的书，去其重复为 5 000卷，总计隋代在平陈以前藏书共一万五千余卷，牛弘说“比梁之旧目，止有其半”。平陈以后，可能有所增加，但比梁时藏书之数，残缺得还很多。即以《隋书 · 经籍志》而论，以经部《周易》一类，亡佚 94 部，829 卷；“三礼”类亡佚 211 部，2 186 卷。别集一类亡佚 886 部，8 126 卷；总集类亡佚 249 部，5 224 卷。其他“经书”和“子”、“史”二类的亡书还未统计进去。这些数字其实还未必能完全反映南北朝藏书的情况。有些书和作品，还是保存在南方，在《隋书 · 经籍志》中没有著录，但在南朝确已存在的。如所谓《刘子》，《隋书 · 经籍志》说已亡佚，而在《旧唐书 · 经籍志》、《新唐书 · 艺文志》中又出现了。此书前人都认为北齐刘昼作，其实从梁代著录情况看，根本不可能出于刘昼之手，笔者在《关于〈刘子〉的作者问题》一文中已有考证。此书当为南朝人作，当出现于南方。又如著名的《木兰诗》，也是在南方发现的。还有像流行于南朝的伪古文《尚书》，北魏中叶已传入北方，但还只在上层流行，直到隋代，一般士人见到的还很少。所以孔颖达会说此书到隋才流行河朔。以上所说,还基本上限于国家藏书,至于私人的藏书恐怕南方还有一些国家藏书中所缺的书。如《梁书·沈约传》云:“好坟籍,聚书至二万卷,京帅莫比。”同书《任昉传》:“家虽贫,聚书至万余卷,多异本。昉卒后,高祖使学士贺踪共沈约勘其书目,官所无者,就昉家取之。”又《王僧孺传》:“僧孺好坟籍,聚书至万余卷,率多异本,与沈约、任昉家书相埒。”这些藏书家不但是当时著名文人,也是喜欢结交朋友,奖掖后进的人物。在印刷术发明以前,人们要读到一部书是十分困难的。往往只能向这些藏书家借阅或借抄。尤其是保存更不容易,私人藏书由于兵火或子孙不知爱惜,往往散佚。国家的藏书相对来说要稍好,南方自东晋中叶到梁末,建康基本上没有遭到大破坏,即使发生几次内乱,也未波及宫中藏书。在一百六七十年中,不但保存完好,也在陆续增加。这些藏书虽然对平民来说并不易看到,但做官的人就不难看到。他们可以借抄这些图书,而一般地位较低的人,也可以从这些官员的家中借阅和转相传抄。有着这个文化中心,和缺乏这样一个文化中心是很不一样的。南朝绝大多数作家和学者都到过建康,少数人即使没有去,也可以通过其他人借阅和借抄到建康的藏书。这对提高各地的学术、文艺水平起着极大的作用。《梁书·刘峻传》讲到刘峻(刘孝标)从北方回到南方,自己觉得所见不博,于是用功读书,以博洽著称。他所以能成就这么大,可能就是得力于任昉等人的私家藏书,任昉死后他所以为任昉之子打抱不平,作《广绝交论》,恐怕就由于此。有着建康这样的文化中心,既有丰富的国家藏书,又有这么多私人藏书家,这推动文化传播的力量是难以估计的。

建康除了有许多书籍外,人的因素尤为重要。南方的文人和学者在建康做官,互相结识和交友,一起谈学论文,交流切磋的现象十分普遍，那时像乌衣巷的王、谢二姓第宅中和瓦官寺这样的佛教寺院都是文人学士经常聚会之地。我国古代的文人学者，本有互相讨论和批评的好习惯。早在两汉时代，经学家们就展开过几次讨论。郑玄在经学上曾对今文家何休、古文家许慎都作了批评，后来王肃起来反对郑玄，郑学传人孙炎又起来反驳。到玄谈盛行之后，玄学家们互相驳难，更成了十分经常的事。同样地，在文学方面，从建安时代起，邺下的文人们经常在一起唱和，更是历史上的美谈。建安文人不但经常唱和，也能开展批评。曹丕的《典论·论文》、《与吴质书》对"建安七子"的优缺点都作过评价。曹植在《与杨德祖书》中，批评了陈琳"不闲于辞赋"，还说："世人之著述，不能无病，仆常好人讥弹其文，有不善者，应时改定。昔丁敬礼常作小文，使仆润饰之，仆自以才不过若人，辞不为也。敬礼谓仆：'卿何所疑难，文之佳恶，吾自得之，后世谁相知定吾文者邪？'吾常叹此达言，以为美谈。"嵇康与向秀是好朋友，对《养生论》问题，互相驳难，至于再三，也不以为忤。陆云作为弟弟，给陆机写信，可以批评兄长作文太繁，主张"清省"。这个优良的传统，一直保持到东晋南朝。《颜氏家训·文章》就讲到南朝人作文，喜欢人家批评。这对文学的发展显然是十分有利的。

南渡士族的以文会友，在东晋已很普遍，最有名的，恐怕是晋永和九年(353)的兰亭之会。那次集会是在会稽山阴的风景胜地，主持者是王羲之，参加的人有孙绰、孙统、谢安、谢万等许多名士，宴饮赋诗，并由王羲之作序，这就是著名的《兰亭集序》，此文今人或有疑其伪作的，但根据不很充足，即使墨迹或文章不可信，也不能否认这次集会及会上及所作的四言诗、五言诗的真实性。这次会纯属名士们私人的宴集。至于朝廷中，大抵也喜欢于每年三月三日举行曲水之燕，会上除作诗外，照例还有人写序。其中最著名的，像《文选》所录颜延之和王融的《三月三日曲水诗序》，这都是骈文的名作。东晋和南朝文人互相唱和及赠别的诗很多，著名的诗文一经写出，就被人们互相传抄，很快流传到各地，甚至北朝。因此南朝士大夫如果不能谈玄和作诗，都被认为是很失体面的事。

当时文人间互相称道或批评，是经常的事。《世说新语·文学》："郭景纯（璞）诗云：'林无静树，川无停流。'阮孚云：'泓峥萧瑟，实不可言。每读此文，辄觉神超形越。'"又云："孙兴公作《天台赋》成，以示范荣期，云：'卿试掷地，要作金石声。'范曰：'恐子之金石，非宫商中声。'然每至佳句，辄云：'应是我辈语。'"他们有时也对别人文章作批评，如孙绰批评曹毗"才如白地明光锦，裁为负版绔，非无文采，酷无裁制"。《南史·颜延之传》："延之尝问鲍照己与（谢）灵运优劣，照曰：'谢五言如初发芙蓉，自然可爱。君诗若铺锦列绣，亦雕缋满眼。'"据《诗品》记载，回答此语的是汤惠休，而颜延之颇不高兴。不管如何，当时如果没有自由批评的空气，鲍照或汤惠休都不会回答得如此直率。这些文人们对彼此的作品都很了解，有时也可以互相取笑。《南史·谢庄传》："庄有口辩，孝武尝问颜延之曰：'谢希逸《月赋》何如？'答曰：'美则美矣，但庄始知"隔千里兮共明月"。'帝召庄以延之答语语之，庄应声曰：'延之作《秋胡诗》，始知"生为久离别，没为长不归"。'帝抚掌竟日。"这种相互取笑，不一定是互相轻蔑，却十分具体地反映了文人间彼此对别人作品都很熟悉。这种经常的交流，自然能提高创作的技巧。

文人之间不但能展开批评，而且有时还能接受别人的意见，以增加辞采。如《世说新语·文学》：

桓宣武命袁彦伯作《北征赋》,既成,公与时贤共看,咸嗟叹之。时王珣在坐,云:“恨少一句,得‘写’字足韵当佳。”袁即于坐揽笔益云:“感不绝于余心,溯流风而独写。”公谓王曰:“当今不得不以此事推袁。”

和袁宏的事情相类者,还有张融。《南齐书·张融传》载,张融作《海赋》以后,还返建康,把赋给顾恺之看:

恺之曰:“卿此赋实超玄虚(木华),但恨不道盐耳。”融即求笔注之曰:“漉沙构白,熬波出素。积雪中春,飞霜暑路。”此四句,后所足也。

这些文人在写文章时,也可以听取晚辈的意见,如《南史·王诞传》:

诞少有才藻,晋孝武帝崩,以叔尚书令珣为哀策,出本示诞,曰:“犹恨少序节物。”诞揽笔便益之,接其“秋冬代变”后云:“霜繁广除,风回高殿。”珣叹美,因而用之。

由于文学作品的流传迅速,批评的自由展开,于是文学批评和文学总集的编纂便应运而生。我们现在知道的专门从事文学批评的文章,似以曹丕的《典论·论文》为较早;继之而起的像挚虞的《文章流别集》是最早的选本,而其“论”则为文学批评。到了东晋,继作者甚多。如李充《翰林论》等,据《隋书·经籍志》所著录的就很多。《文士传》和范晔《后汉书》的设《文苑传》,说明了人们对文学越来越重视。正是在这个基础上，人们开始探索起文学创作成败和历代文学兴衰的原因。像《文心雕龙》和《诗品》等著作，直到今天还成为文学批评史上的杰作。《文选》和《玉台新咏》以及当时许多诗文辞赋的总集层出不穷。正是这些选本，使许多作品得以保存。除此以外，作家们还开始了从佛经等外国典籍以及音乐等其他艺术部门中得到启发，创造了四声以及平仄相对等格律，使"声律论"继"文体论"、"风格论"等热门话题而成为许多人关心的问题。于是诗风丕变，也波及文风。这不但促进了唐代律诗的产生，其实影响所及也关系到散体文。不管后来的散文家如何反对齐梁，但他还是十分重视"音节"的作用，然而所谓"音节"，又何尝能离开四声？至于"四声"的发明，正好和南齐永明间竟陵王萧子良创"梵呗新声于西邸"同时，创造"四声论"的沈约，也正是"竟陵八友"之一。正如同当时创作一样，文学批评方面的一切新的变化，往往总是从建康这个文化中心开始，然后普及整个南朝统治区。其作用是应该充分估价的。

第五节　南朝文风向各地的传播

南朝的文化中心虽在建康，但当时作家大抵并非原籍建康，往往只是游宦、作幕僚或求学到此，任职期满或学成以后，常常要离开这里，调任外地或回归家乡。这样，就把建康的文学成就广泛传到各地。但由于各地的具体情况不同，产生的影响也不相同。大体上说，南朝交通以长江水道为主，因此文化的发展，也基本为溯江而上，首先在长江沿岸的江州、荆州和雍州（襄阳）等地发展起来。但这几个地点的情况，也不完全一样。因此我们可以分别论述。

江州即今江西省一带，这里地处建康之西，离这个文化中心较近，而且是东晋南朝的一个重镇。这里又有着浔阳（今九江）和南昌两个城市，又有庐山这著名的风景区。东晋初年权臣王敦就曾在这里任刺史，并控制朝廷，其后刘毅等人也曾在此做官。但在这里产生的文学家，却似乎以隐士和佛教徒居多。这里的文学兴起较建康稍晚，大约要到东晋中晚期以后。其兴起的原因也和别处不同。因为这里虽然也是富庶之区而且风景秀美，毕竟不像江浙等地那样曾经是孙吴时代的政治中心。这里也有一些士大夫，但门第一般不算很高，在仕途上也不可能像南渡的王、谢和吴地的顾、陆诸姓那样容易得到高位。个别的人如陶侃虽官至大司马，封长沙公，官职不为不高，但在时已被人轻视，斥为“溪狗”（《世说新语·容止》）；他死后，有的儿子自相残杀，有的被庾亮所杀，只有第十子陶范还有官职，但当王胡之贫乏时，陶范好意送一船米给他，王胡之却说：“王修龄若饥，自当就谢仁祖索米，不须陶胡奴米。”（《世说新语·方正》）以这样的名臣之子，还是被高门士族所轻视，因此仕途上自然不会很顺利。另一个大臣周访，本是汉末从中原迁来的士族，祖上在吴时就曾任官职，至周访时，就曾做到梁州刺史，但也得不到高门士族的尊重。这些人的后人，大抵都退居田园，做了隐士。其中比较著名的，当然是陶侃的曾孙陶渊明[①]。关于陶渊明这样一位伟大的隐逸诗人的出现，决非偶然的，在他的亲

① 陶侃是否陶渊明的曾祖，历来学者有争论，这里根据《宋书·隐逸传》及萧统《陶渊明传》，他们去陶年代较近，当可从。

属中，有许多在当时都是著名的隐士。陶渊明的父亲虽然做过官①，但对官位已很不重视。正如他在《命子诗》中所说："于穆仁考，淡焉虚止；寄迹风云，冥兹愠喜。"他的堂叔伯中还有一位陶淡见于《晋书·隐逸传》："陶淡字处静，太尉侃之孙也。父夏，以无行被废。淡幼孤，好导养之术，谓仙道可祈。年十五六，便服食绝谷，不婚娶。家累千金，僮客百数，淡终日端拱，曾不营问。颇好读《易》，善卜筮。于长沙临湘山中结庐居之，养一白鹿以自偶。亲故有候之者，辄移渡涧水，莫得近之。州举秀才，淡闻，遂转逃罗县埤山中，终身不返，莫知所终。"按：陶氏家族在陶侃死后，曾出现过骨肉相残的悲剧。陶侃的儿子陶洪早卒，陶瞻为苏峻所杀，立陶夏为世子，其弟陶斌、陶称乘陶夏送陶侃之丧还长沙时拥兵数千互相争夺，陶夏杀了陶斌，被庾亮所劾，不久病死。陶称亦因行为不好，被庾亮所杀。这一切都给陶家后人以深刻的印象。陶渊明之父的淡泊名利，陶淡之隐居不仕以及陶渊明自己的生活态度，都和这些事件有关。

除了陶氏家族外，陶渊明的外祖孟嘉是一个名士，孟嘉之弟孟陋，也是著名的隐士。《晋书·隐逸传》："陋少而贞立，清操绝伦，布衣蔬食，以文籍自娱。口不及世事，未曾交游，时或弋钓，孤兴独往，虽家人亦不知其所之也。"他又博学多通，长于"三礼"，注《论语》。对孟陋的情况，陶渊明应该是了解的。在他所作的《晋故征西大将军长史孟府君传》中写到孟嘉的性格也多有隐士气，并且和当时隐居不仕的玄言诗人许询有很深的交情。陶渊明的妻子翟氏

① 陶渊明之父，名字已无考，李公焕注引陶茂麟《家谱》说他叫陶逸，未知确否。

也出身于隐士世家。《晋书·隐逸传》记载,隐士翟汤,子翟庄、孙翟矫都是隐士。《宋书·隐逸传》则说翟矫子法赐也是隐士。他们的隐逸思想对陶渊明也有影响。除了陶、孟、翟三姓外,江州一带的隐士还很多,如曾和翟汤一起隐居的周子南,《世说新语·栖逸》说他是“汝南周子南”,当为周访之后,周、陶世交,陶渊明曾作《诸人共游周家墓柏下》诗。又如隐居于荆州的南阳刘驎之,即《桃花源记》中的“南阳刘子骥”,他对陶渊明当然也有影响。此外,隐居在庐山一带的还有周续之、刘遗民等人,都是当时有名的隐士,他们和陶渊明同时,并有来往,思想虽不完全一样,多少是互有影响的。

在东晋末年,庐山一带的人士中,在文学上有成就的人物也不少。如湛方生,其诗风也以平易为特色,与陶诗风格颇为相近。尤其是他的《帆入南湖》、《还都帆》诸作,在内容和技巧方面,均与陶诗类似。又如曾住庐山追随释慧远的画家宗炳,也能作诗,其诗风也比较平淡质朴,在艺术上可能还不及湛方生,但也带有江州隐逸之士的文学特色。庐山一带不但是隐士聚居之处,也是名僧慧远在那里宣扬佛教之地。慧远本是道安的弟子,从北方来到南方宣扬佛法,他所以选择庐山作为留居之地,并不是偶然的。因为庐山一带不但风景优美,而且佛教在这一带已经有较深的影响。早在慧远来此以前,康僧渊已在此附近居住。《世说新语·栖逸》:“康僧渊在豫章,去郭数十里立精舍,旁连岭,带长川,芳林列于轩庭,清流激于堂宇。乃闲居研讲,希心理味。庾公(庾亮)诸人多往看之,观其运用吐纳,风流转佳,加已处之怡然,亦有以自得,声名乃兴。”豫章即南昌,与九江相近。和康僧渊在一起的还有康法畅、支敏度等,他们都善谈佛理,可以与玄学家相往还,和朝廷大臣也有来往。康僧渊本是生在长安的西域人，但能汉语，就能对士大夫们起很大影响。至于慧远，是雁门楼烦（今山西娄烦）人，对士大夫们影响更大。陶渊明、谢灵运、宗炳等人均和他有来往。据《高僧传》本传记载，和他来往的有刘遗民、雷次宗、周续之、毕颖之、宗炳、张莱民、张季硕等人。慧远不但是佛学家，也兼通儒学，雷次宗在刘宋是以讲《丧服》礼著名的，其学说即来自慧远。周续之是雁门人（据《高僧传·慧远传》），据陶渊明诗《示周续之祖企谢景夷三郎》及萧统《陶渊明传》，他也在那里讲《礼》学，其学说可能也本于慧远。慧远自己也是精于文学的。《高僧传》说他“善属文章，辞气清雅”；“所著论序铭赞诗书集为十卷，五十余篇，见重于世焉”。他的诗，今尚存《庐山东林杂诗》一首。此外在他周围的僧侣能作诗文的也不少，如庐山诸道人的《游石门诗》并序等，都清淡闲远，有玄言诗的气息而多文采，有山水诗的善于写景之妙而没有其过于雕饰之弊。从文风上说和陶渊明、湛方生等人也较接近。总的来说，江州文风是一种隐逸文学或山林文学，与建康一带的颜延之、谢灵运等人的雍容、富赡的带有贵族和庙堂气息的文学作品大异其趣。当然，两者之间，也是互有交流的，颜延之曾经到过江州，与陶渊明有交谊；谢灵运也曾到庐山拜访慧远，后来陶诗也流传到建康等地，得到文人们赞赏。

陶渊明去世以后，江州一带仍是文人经常游历之处。刘宋元嘉年间，刘义庆曾住此任刺史，鲍照住他幕下，他曾作过一些咏庐山的诗。后来江淹也曾从建平王刘景素登庐山，作诗。梁代的安成王萧秀，曾为江州刺史，曾在这里招纳处士，表彰陶渊明，辟举其曾孙为官，何思澄曾游其幕。以后南平王萧伟、庐陵王萧续先后为江州刺史，何逊两次随从来此。其中尤其萧秀为许多文士所仰慕。

直到梁代中叶以后，萧绎（元帝）曾在江州，幕下文人也不少，如陈代著名诗人阴铿，当时就在那里。当然，这些文人大抵是些官员的幕僚，诗风要适应流行的风格，与出入仕途者相近，已和东晋末刘宋初那些隐士的文风不同。

地处长江中游的荆州，在南朝时不但是一个军政的要地，也是文化的重镇。南朝政府的粮食供应有很大一部分来自这里，而且地处建康的上游，许多权臣控制了荆州，往往能对建康构成威胁。在东晋一代，由于帝王手中并无实权，所以往往为一些权臣所控制。如王敦当时控制实权，曾经假装允许陶侃、周访等人立功后为荆州刺史，实际上并未付诸实施，而始终用他的亲族。王敦死后，陶侃做荆州刺史，据《晋书》本传说，也曾有野心，不过因拘于迷信，未敢有所动作。陶侃死后，庾亮等人都抓住荆州不放，庾氏虽无争帝位的心，但也很专权。庾亮、庾翼控制了荆州很久，庾翼死时，上表要他儿子庾爰之继任，朝廷畏忌其势力，最后决定用桓温去代替庾爰之。当时刘惔就认为桓温虽能平定荆州，却从此不可复制（见《世说新语·识鉴》）。果然，从此荆州成了桓氏的世袭领地，直到桓玄篡晋，被刘裕所杀。刘裕执政之后，荆州刺史一直不轻易授人，所用除了他的弟弟刘道怜、刘道规外，就是他的儿子。刘裕死后，这政策也未改变。《宋书·宗室刘义庆传》："荆州居上流之重，地广兵强，资实兵甲，居朝廷之半，故高祖使诸子居之。义庆以宗室令美，故特有此授。"直到梁代，梁元帝萧绎也长期任荆州刺史。在这些人中如庾亮、桓温，都是能文的，他们的文章都被《文选》所采录；《诗品》说他们的诗是玄言诗。这些玄言诗的艺术价值一般不高，但也代表了诗歌中一个流派。在庾亮身边有一批文士，《世说新语·容止》中就有记载。桓温周围也有袁宏、伏滔等著名文人。到了刘宋时代，像刘义庆幕下，有过许多文人如盛弘之、鲍照等人。到梁代时，萧绎周围文人更多。王褒、庾信、颜之推等人都曾在他幕下。

荆州地区不但集中了一大批文人，而且本地出身的文人也不少。如庾肩吾、庾信父子就是在东晋初从南阳新野迁到江陵来的。根据史籍记载，荆州本地的文人就有：宗炳、宗夬、刘坦、乐蔼、刘之遴及学者严植之等。到梁元帝时代，江陵一度作为南朝的政治中心。像《荆楚岁时记》作者宗懔也是江陵人。但自从江陵被西魏攻陷以后，这里号称“后梁”，实已成了北周的附庸，不再归南朝统辖。

地处江陵以北，位居汉水之滨的今襄樊市一带，更是东晋和南朝的一个军事重镇。在东晋中叶以前，朝廷势力孤弱，似乎对这一地区还有点鞭长莫及。有一个时期，曾被前秦苻坚所攻陷，直到苻坚失败后才重新收复。在当时，这里曾经是荆州的一部分。当前秦败亡时，正值晋荆州刺史桓冲病逝，当地驻军无人统辖，胡作非为。北方的今山西、陕西等地居民有很大一部分逃难来到襄阳一带。当地晋朝驻军对他们肆意屠杀欺凌。据《太平广记》卷一一〇引王琰《冥祥记·张崇》记载，有许多暴行实在令人发指。但后来朝廷知道后，终于加以制止。这部分由关中及今晋南一带迁入襄阳一带的移民，朝廷特地为他们设立了雍州，治所就在襄阳。后来的事实证明，这部分人特别骁勇善战，在元嘉二十七年的宋、魏战争和后来讨伐刘劭弑父的战争中，其战斗力可以说非常突出。因此从刘宋后期直到齐梁，雍州一直是朝廷非常重视的地方，雍州刺史一般也非皇帝最信任的人不能担任。一些掌握军权的官僚也很重视这个地区在军事上的重要意义。《宋书·柳元景传》载，宋孝武帝想用柳元景为雍州刺史，就遭到臧质反对，因为臧质想和刘义宣据荆、郢二州叛乱。《南齐书·张敬儿传》载，萧道成和沈攸之争夺政权，张敬儿就向萧道成建议，让自己做雍州刺史，以牵制在荆州拥兵自强的沈攸之。到齐末，梁武帝萧衍在雍州任刺史，就认为“雍州士马，呼吸数万，虎视其间，以观天下”；后来齐东昏侯萧宝卷昏乱，梁武帝要联络荆州刺史萧颖胄一同起兵，就料到萧颖胄定能附和，原因是“荆州本畏襄阳人”（皆见《梁书·武帝纪》）。后来他做了皇帝，襄阳被视为根本重地，起初留其弟萧伟，后来又用另一个弟弟萧秀，接着是儿子萧纲（简文帝）、萧续，最后则是孙子萧詧，始终不肯轻易授予他所不完全信任的人物。

襄阳这地方，在东晋南朝虽和都城建康相距较远，在文化上却并不落后。因为这里距西晋时的文化中心洛阳较近，当时在襄阳镇守的官吏大抵是一些有名的人物如羊祜、杜预、山简等人都有较高的文化修养，在他们幕下也常有不少著名的文人（如邹湛等）。其实这里本是一个文化比较发达的地方，在汉末就有许多著名士人隐居于此，如庞德公等，蜀汉名臣诸葛亮也曾隐居于此。所以东晋时代，就有习凿齿这样的名士，又如高僧释道安也曾到过这里。当时的襄阳，文化水平应该说是很高的。但在东晋南朝，这里毕竟是边界要地，战乱较多，正如沈约《齐故安陆昭王碑文》所说：“方城汉池，南顾莫重，北指崤潼，平涂不过七百；西接峣武，关路曾不盈千。蛮陬夷徼，重山万里，小则俘民略畜，大则攻城剽邑，晋宋迄今，有切民患，烽鼓相望，岁时不息，椎埋穿掘之党，阡陌成群；傲法侮吏之人，曾莫禁御，累藩咸受其弊，历政所不能裁。加以戎羯窥窬，伺我边隙，北风未起，马首便以南向；塞草未衰，严城于焉早闭。”这种形势，使襄阳的文化多少有些衰落。但其在文学上的地位，仍不可忽视。例如现今《乐府诗集》中所载的《西曲歌》，有很多出自襄阳。后来梁武帝以此为发祥之地，曾让简文帝萧纲在此镇守多年。他是普通五年（524）出任雍州刺史，直到中大通二年（530）才调回建康任扬州刺史，前后七年，去时 22 岁，回都时 28 岁，正是创作趋向成熟之时。按《梁书·徐摛传》，徐摛作萧纲的侍读是在天监十二年（513），这时萧纲才 11 岁，而从此他就一直跟着萧纲。在萧纲回建康的次年（中大通三年，公元 531 年），他就出为新安太守。因此，“宫体诗”的形成，应该是在襄阳。《梁书·徐摛传》：“摛文体既别，春坊尽学之。‘宫体’之号，自斯而起。”这里行文疑有疏忽，“宫体”形成，似不在萧纲为太子以后，而在此前，因为“宫体”本是从徐摛开始，而徐摛之在萧纲周围，正是萧纲在襄阳期间。因此襄阳在齐末至梁中大通时代，也是文学的一个重要中心。在梁后期，萧詧任雍州刺史时，身边也有很多文人，萧詧本人也很善于作文章。在他周围善于作诗文及通经学的人也很多。《周书·萧詧传》所载，有蔡大宝、甄玄成、岑善方、傅准、宗如周、萧欣、范迪、沈君游等人。还有一些入仕周、隋的如柳霞等人。只是襄阳自西魏攻克江陵以后，萧詧徙居江陵，而本地则改为襄州，入了北周的版图。

在荆州、雍州之西的今四川一带，在东晋南朝称为益州。这个地区本是汉代文学的重镇，但自西晋后期被成汉李氏割据以后，有四十多年不在晋朝统治之下。桓温灭成汉，把许多士人迁归建康。自此以后，晋、宋、齐三代直到梁初，对益州的重视，似远不如雍、荆、江等州，其刺史人选有时也不一定选用很有地位的人物，朝廷对这里的控制有时也鞭长莫及。所以在东晋至梁中叶，似乎很少有作家在蜀中进行创作。从历史的传统来看，蜀中文化不应衰落得这样，而且到了唐代，蜀地又成了人才辈出之地。这大约是当时交通不便,江流险急,长江下游的人颇视入蜀为畏途,因此外地文人较少入蜀,蜀地文人的创作,也很少流传到建康等地,所以我们现在对这一阶段的蜀中文学知之甚少。然而,梁后期的益州刺史是梁武帝子武陵王萧纪,他颇有文才,后来因与元帝萧绎互相火并,战败而死。他善于作诗,其作品在《隋书·经籍志》中著录有8卷,今尚有诗见《玉台新咏》。西魏派尉迟迥平蜀,所得文人如萧㧑、刘璠及武陵王纪的儿子萧圆肃等,都颇有文才,说明梁时益州在文学上也有其成就。

南朝的文学家大多数出自长江沿岸诸州,至于今湖南、两广及福建等地,出现的文人相对较少。其中湖南和福建还有一些文人因游宦和贬官曾至其地,所以宋、齐两代,就有较多文人到过那里。至于两广则很少有人涉足,只有犯罪贬黜者被流放至此。不过到了梁末"侯景之乱"以后,也有文人避难至此,如江总有一部分作品就作于此地。尽管当地出身的作家似乎很少,但这些地区的文化水平却在迅速地提高。所以到了唐代,两广、福建等地都涌现了不少作家,这和南朝文化的普及岭南是有密切关系的。

第六章　南方文学的几个主要题材

东晋南朝的文学特别是诗歌有一个非常令人注目的问题，那就是在某一个时期，人们似乎特别着重去写某一种题材。例如：我们经常说东晋时代流行的是“玄言诗”，刘宋时代流行的是“山水诗”，梁陈时代流行的是“宫体诗”。这种说法，是否很确切，是可以讨论的。因为东晋诗人中，已有不少人写到了山水；刘宋诗人中尽管有谢灵运这样的山水诗名家，但同时诗人如颜延之、鲍照就未必专以“山水诗”著名；梁陈作家尽管有不少写妇女题材和咏物之作，却也有人写边塞、写山水。因此过于强调某一题材作为一个时期文学的特征，恐怕是不很妥帖的。但玄言、山水、“宫体”以及南齐永明年间的声律说，确实都对我国文学史产生了深刻的影响，而这几种诗体的产生，都有其种种社会原因，而且这几种诗体也是互相有着密切的联系，很难孤立地加以探讨。但为了叙述的方便，我们不妨按时代程序逐一作些简单的论述。

第一节　玄言诗和玄谈的影响

在前面第二、三两章中我们已经论述过玄学的出现是儒学的发展及其进步意义。历来论者谈到玄学，往往着重于从王弼、何晏、嵇康、阮籍以至郭象等魏及西晋学者，对于东晋的玄学则较少注意，这是有原因的。因为在哲学问题上，比较有创造性的是那些三国西晋的玄学家。但东晋的玄谈之风并未衰歇，而且对文学的影响也以东晋时代为大。三国后期和部分西晋人的诗中当然也有老庄思想，但是他们作品中真正为读者所传诵的名篇、名句，大抵和玄谈关系不大，即使包含老庄思想，而其动人处主要不在于此。东晋的情况则与此不同。东晋一代出现的文人为数不少，而他们的作品能留传下来的为数不多。至今为人们所传诵之作，似乎只有东晋初年的郭璞和末年的陶渊明两人。中期作家之作，仅孙绰《天台山赋》和王羲之《兰亭集序》二文为人们所常读，此外很少有名篇，且多系类书所录佚文，大部分残缺不全。这是和“玄言诗”的盛行有关系的。南朝的文学批评家，对东晋诗大抵取否定态度。如沈约《宋书·谢灵运传论》云：“有晋中兴，玄风独振，为学穷于柱下，博物止乎七篇，驰骋文辞，义殚乎此。自建武暨乎义熙，历载将百，虽缀响联辞，波属云委，莫不寄言上德，托意玄珠，遒丽之辞，无闻焉尔。”《文心雕龙·明诗》云：“江左篇制，溺乎玄风，嗤笑徇务之志，崇盛亡（忘）机之谈；袁（宏）孙（绰）已下，虽各有雕采，而辞趣一揆，莫与争雄，所以景纯仙篇，挺拔而为俊矣。”锺嵘《诗品》也说：“永嘉时，贵黄老，稍尚虚谈，于时篇什，理过其辞，淡乎寡味。爰及江表，微波尚传，孙绰、许询、桓、庾诸公诗，皆平典似《道德论》，建安风力尽矣。”这些意见几乎一致都认为东晋诗似乎没有多少成就。后来一些文学史著作，论到东晋文学，基本上都采取这种看法。如果我们单纯地从艺术鉴赏的角度出发，那么这样的评价自然是无可非议的。但对文学史研究者来说，恐怕对此应作具体的分析。因为历史的发展往往是曲折的、辩证的，而不可能是直线上升的。有时一个时期的文学看似衰落，而实际上却已潜伏着后一时期文学的某些因素，并为其准备了条件。同时，这种文学衰落的现象也必有其原因，对于文学史的研究来说，文学的兴盛的原因当然应予解释；衰落的原因同样也须探讨。同时正像《老子》所说"祸兮福所倚，福兮祸所伏"，"兴"和"衰"的现象有时可以彼此互为因果，不能简单地看待。东晋文学的情况正是如此。

从东晋的社会状况来说，政局很不稳定，内乱迭起，人们生活很不安定。我们经常说"愤怒出诗人"，在这样的年代里，理应出现一些深刻反映现实的作品，然而情况却与此相反，正如《文心雕龙·时序》所说："是以世极迍邅，而辞意夷泰。"是不是当时文人慑于朝廷的压力而不敢正视现实呢？显然也不是。因为东晋的朝廷权力显然远不如三国西晋，也不如后来的南朝，很难有余力去管文人的写作。根本问题则在于东晋的文人基本上都出身于一些上层士族，他们当时所面临的是一个岌岌可危的偏安局面。正如王羲之在《与会稽王笺》中所说："以区区吴越经纬天下十分之九，不亡何待。"他这种忧虑并不过分。东晋政权既无一支可靠的军事力量，财政更是困难，朝廷的号令，实际上只能及于"区区吴越"，即今苏南和浙江、皖南的一部分地区，荆州、江州及长江以北诸州实际上掌握在一些军阀或地方武装手中，闽、广诸地，朝廷更是鞭长莫及。在这种条件下，东晋小朝廷不过是各种地方势力名义上的"共主"，和春秋时"周天子"差不多，要凭这点力量恢复中原既不可能，即使维持一个表面上的平安无事，也要作出很大努力。后来论史者对王导颇多微词，认为他无所作为。其实当时"王室是赖"的温峤，却推崇他为"江左管夷吾"，这并非过誉，实由于在那种条件下，他除了力求息事宁人，积蓄力量以求振兴，别无他法。《世说新语·方正》载孔群对王导保全苏峻旧部匡术;《晋书·陶侃传》载王导对郭默的姑息,从现象上看,王导确实很无能,而实质上却是朝廷根本无力制服郭默。从东晋初年的历史看,朝廷平王敦之难用苏峻之力;平苏峻之难用陶侃之力,而陶侃则《晋书》本传说他"及都督八州,据上流,握强兵,潜有窥窬之志"。这一切,王导未始不知,但在这形势下,他除了力求清静,实行无为而治外,实无其他良策。这是当时的形势决定的。其实不光王导,看来很有政治才能的谢安,其实也不能不采取类似的政策。因为谢安时朝廷手中已经有了一支"北府兵",较之东晋初年,略有起色。但朝廷对这支军队也很难完全依赖。因为一个政府如果把它的统治完全建立在一支军队上,这支军队的向背就会决定这政权的命运。后来刘牢之的两次倒戈使司马道子和王恭先后败亡的事实就证明了这一点。所以谢安为政,也力主清静。《世说新语·政事》注引《续晋阳秋》:"自中原丧乱,民离本域。江左造创,豪族并兼;或客寓流离,名籍不立。太元中,外御强氐,搜简民实。三吴颇加澄检,正其里伍。其中时有山湖遁逸,往来都邑者。后将军安(谢安)方接客,时人有于坐言宜纠舍藏之失者。安每以厚德化物,去其烦细。又以强寇入境,不宜加动人情。乃答之云:'卿所忧在于客耳,然不尔,何以为京都?'言者有惭色。"谢安这样做,其实也是怕激则生变。王导和谢安可以说是东晋一代最有代表性的政治家,同时也是清谈的名家。他们在玄学方面似乎并无多少创造性的见解,只是发挥前人已有的论点。《世说新语·文学》:"旧云,王丞相(导)过江左,止道《声无哀乐》、《养生》、《言尽意》三理而已,然宛转关生,无所不入。"在这里,《声无哀乐论》和《养生论》乃嵇康作;《言尽意论》为欧阳建作,均为三国、西晋时人论点,他不过加以发挥而已。

谢安也好清谈，但他在玄理方面似亦无过人的见解。其实东晋的清谈家们所讨论的，大抵不出三国西晋人所提出过的论点。《世说新语·文学》云：“《庄子·逍遥》篇，旧是难处，诸名贤所可钻味，而不能拔理于郭（象）、向（秀）之外。支道林在白马寺中，将冯太常共语，因及《逍遥》。支卓然标新理于二家之表，立异义于众贤之外，皆是诸名贤寻味之所不得。后遂用支理。”支遁的《逍遥论》据《世说新语》注所引，也就是强调“至人乘天正而高兴，游无穷于放浪”，“物物而不物于物”等论点。其宗旨也就是逍遥物外，不为所累。这在东晋那种现实之下，人们对当时的现状很不满意，却又无法改变，只能在这种玄理中去寻求解脱。支遁在当时所以享有盛名，正是适应了当时士族的普遍心理。

在东晋初年，玄谈之风所以盛行，一方面是承袭了西晋以来的习气，另一方面也是南渡士大夫们寻求解脱的一种手段。当时参加玄谈的人物，并不见得都能逍遥物外，有些还是在政治上颇有抱负的人。例如：王导就是一个政治家，而庾亮、桓温等人虽然不以清谈著名，却也通玄理，《诗品》说他们作诗“平典似《道德论》”。桓温其实对清谈颇有不满，甚至认为“永嘉之乱”都是王衍等清谈家造成的，但他还是要作玄言诗。这说明谈玄已经成为一种习尚，成了士大夫们身份的一种象征。人们在各种交际场合都少不了它，士族们相见，交谈的主要内容是玄理，作诗唱和的内容也是玄理。《世说新语·文学》：“殷中军为庾公长史，下都，王丞相为之集，桓公、王长史、王蓝田、谢镇西并在。丞相自起解帐带麈尾，语殷曰：‘身今日当与君共谈析理。’既共清言，遂达三更。丞相与殷共相往反，其余诸贤略无所关。既彼我相尽，丞相乃叹曰：‘向来语乃竟未知理源所归。至于辞喻不相负，正始之音，正当尔耳。’明旦，桓宣武语人曰：‘昨夜听殷、王清言，甚佳，仁祖亦不寂寞，我亦时复造心；顾看两王掾，辄翣如生母狗馨。”这段记载不但说明一些政治人物，几乎都能清言，而且在这种场合如果无所领会，就会被人所轻视。但一般来说，当时的士大夫们耳濡目染，总多少能应付一些。例如王羲之的兰亭集会，出席的几十人，人人都能作一首或两首玄言诗。这些人未必都精通老庄，但都能形之文咏。原来当时那些士大夫们家中，大抵都早已有一定的训练，以便应付这种场面。《南齐书·王僧虔传》载王僧虔曾作书告诫他的儿子说：“往年有意于史，取《三国志》聚置床头，百日许，复徙业就玄，自当小差于史，犹未近仿佛。曼倩有云：‘谈何容易。’见诸玄，志为之逸，肠为之抽，专一书，转诵数十家注，自少至老，手不释卷，尚未敢轻言。汝开《老子》卷头五尺许，未知辅嗣何所道，平叔何所说，马、郑何所异，《指例》何所明，而便盛于麈尾，自呼谈士，此最险事。设令袁令命汝言《易》，谢中书挑汝言《庄》，张吴兴叩汝言《老》，端可复言未尝看邪？谈故如射，前人得破，后人应解，不解即赌输矣。且论注百氏，荆州《八帙》，又《才性四本》、《声无哀乐》，皆言家口实，如客至之有设也。汝皆未经拂耳瞥目。岂有庖厨不修，而欲延大宾者哉？就如张衡思侔造化，郭象言类悬河，不自劳苦，何由至此？汝曾未窥其题目，未辨其指归；六十四卦，未知何名，《庄子》众篇，何者内外；《八帙》所载，凡有几家；《四本》之称，以何为长。而终日欺人，人亦不受汝欺也。”这封信据《南齐书》说，作于刘宋时代，大约直到宋、齐，此风未变，士族子弟为了在社会上与人交往，必须读通《易经》、《庄子》和《老子》的多家注释，还须了解《才性四本》、《声无哀乐》等等魏晋人的论著，否则很难在当时的社交场合上露面。这种风气不但盛行于士大夫之间，连朝廷中的帝王大臣，也沾染上这种风气。如宋武帝刘裕,本是一个武夫出身,却也要附庸风雅。《宋书·郑鲜之传》:"高祖少事戎旅,不经涉学,及为宰相,颇慕风流,时或言论,人皆依违之,不敢难也。鲜之难必切之,未尝宽假,要须高祖辞穷理屈,然后置之。高祖或时有惭恧,变色动容,既而谓人曰:'我本无术学,言义尤浅。比时言论,诸贤多见宽容,唯郑不尔。独能尽人之意,甚以此感之。'时人谓为'格佞'。"不光刘裕是这样,宋齐一些军人出身的大官,也颇好清谈,以此跻身于士大夫行列。《南齐书·柳世隆传》:"世隆少立功名,晚专以谈义自业。善弹琴,世称柳公双璅,为士品第一。常自云马矟第一,清谈第二,弹琴第三。"当然,也有些人并不赞成这一套,如南齐大将陈显达就是其中之一。《南齐书·陈显达传》:"显达谓其子曰:'麈尾扇是王谢家物,汝不须捉此自逐。'"这是因为柳世隆出身河东柳氏,本北方士族,入南后虽以军功成名,而从他的伯父柳元景起,已在刘宋位至公卿,而陈显达则是行伍出身,即使去效法士大夫们,也很难得到人们认可之故。

东晋南朝的士大夫们致力于玄谈,其实未必都忘情于政治和社会现实。即以著名书法家王羲之而论,在他的诗文中,玄虚之气确实很重,但他给会稽王(即简文帝司马昱)和殷浩的信中,论当时政局,就很有见地。以玄言诗闻名的孙绰,在《与庾冰诗》中也写道:"德之不逮,痛矣悲夫。蛮夷交迹,封豕充衢。芒芒华夏,鞠为戎墟。哀兼《黍离》,痛过茹荼。"他也写到了东晋内乱:"天步艰难,蹇运方资。凶羯稽诛,外忧未夷。矧乃萧墙,仍生枭鸮。逆兵累遘,三缠紫微。"玄言诗人中作写景诗较多的庾阐,也在《登楚山诗》中自称"回首盼宇宙,一无济邦家"。他的《从征诗》有"志士痛朝危,忠臣哀主辱"之句,被简文帝司马昱所引用。这说明玄言诗也并非全部“辞意夷泰”,其中有不乏关心现实的人。

由于玄风的盛行对诗文的发展也产生了某些积极的影响。首先,它打破了儒家学说的一统天下,使人们能够用老庄和佛经的理论来和儒家学说抗衡,使许多人的思想得以活跃起来。像僧祐《弘明集》中所收的关于神灭和神不灭的争论,双方各自提出论据,互相驳难。在这场争论中,佛教徒们主张“神不灭”;而儒学和某些玄学者则主张“神灭”。从事实上说,“神不灭论”当然是错误的,而“神灭论”自然是正确的。但是如果没有像佛教徒那些反对意见,“神灭论”者也不会作如此深入的论证,使无神论得以发展。另一方面,儒家的反对佛教,往往用一些极浅薄的论点如认为“沙门”应该尊敬“王者(帝王)”、指斥“沙门”的服饰与中国不同等等。释慧远作《沙门不敬王者论》等,正是针对这些论点而发。这篇文章的第五部分,是《形尽神不灭论》,当然是宣扬唯心主义的。但他认为出家的人“若斯人者,自誓始于落发,立志形乎变服。是故凡在出家,皆遁世以求其志,变俗以达其道。变俗则服章不得与世典同礼,遁世则宜高尚其节。夫然者,故能拯溺俗于沉流,拔玄根于重劫,远通三乘之津,广开天人之路。如令一夫全德,则道给六亲,泽流天下。虽不处王侯之位,亦以协契皇极,在宥生民矣。是故内乖天属之重而不违其孝,外阙奉主之恭,而不失其敬”。他还提出“是故反本求宗者,不以生累其神,超落尘封者,不以情累其生。不以情累其生,则生可灭,不以生累其神,则神可冥”。由此得出结论认为“沙门”因此可以“抗礼万乘,高尚其事,不爵王侯而沾其惠者也”。这些话看来只是僧侣们自我吹嘘其学说之高明,但认为“沙门”可以不敬帝王,不遵儒家的礼法,对当时人家的思想趋向自由活泼起着一定的作用。

如果说佛教和老庄学说的盛行，使儒家传统的“礼法”受到了一定突破的话，这些学说对启发人们浪漫、离奇的幻想，也起着一定的作用。我们知道，在《庄子》中既多奇特的寓言，佛经中也常有些光怪陆离的故事。这也使人们打破了儒家“子不语怪、力、乱、神”的教条。例如郭璞的《注（山海经）叙》说：“世之览《山海经》者，皆以其闳诞迂夸，多奇怪俶傥之言，莫不疑焉。尝试论之曰：庄生有云：‘人之所知，莫若其所不知。’吾于《山海经》见之矣。夫以宇宙之辽廓，群生之纷（纭），阴阳之煦蒸，万殊之区分，精气浑淆，自相渍薄，游魂灵怪，触象而构，流形于山川，丽状于木石者，恶可胜言乎？然则总其所以（乖），鼓之于一响，成其所以变，混之于一象。世之所谓异，未知其所以异，世之所谓不异，未知其所以不异。何者，物不自异，待我而后异，异果在我，非物异也。”这段话不免过于强调人们认识能力的局限性，而陷于不可知论。然而，这种思想也使人们大胆地幻想一些不存在的事物，构成离奇的神话和寓言。这也为志怪小说一类作品大量涌现，增加了活力。

玄谈之士本来崇尚自然，加以佛教宣传释迦牟尼成佛是在山林中；道家也主张山林泉石之乐，尤其是当时神仙道教之说盛行，人们大抵主张采药服食，可以延长生命，于是入山采药也成了一种风尚，这一切都不能不使人们向往于大自然，增添了对山水的兴趣。所以现代的研究者，大抵认为《文心雕龙》中说的“庄老告退，山水方滋”，并不意味着玄言诗之被山水诗所代替，而是山水诗是玄言诗本身发展的产物。这个道理不少学者已经评论过，笔者不想多说什么。只是山水诗和玄言诗本身确实很难区分，玄言诗人孙绰曾自夸其《游天台山赋》为“掷地有金石声”，可见是他得意之作，而此赋确为一篇绝妙的山水赋。即使支遁等人的诗中，也有不少很好的写景名句;而谢灵运的山水诗却往往也有玄言的成分,这更不必赘言。

关于玄谈和永明时代兴起的“声律说”的关系,似乎较少受人注意。许多研究者讲到“声律说”的兴起,比较注意到佛教徒诵经的影响,这显然是正确的。因为南齐的竟陵王萧子良在西邸召集名僧,创造“梵呗新声”之际,正是沈约等永明体作家作为“竟陵八友”出入其门之时,二者的关系是很显然的。此外,笔者也曾在一些文章中提到过音乐的影响,因为早在永明以前,范晔、谢庄就很强调文章的“宫商”问题。“宫商”本是音乐方面的术语,而范、谢二人又都精通音乐。现在看来,“梵呗新声”和音乐当然是对“永明体”有重要影响的。但除此之外,东晋南朝的士族,在谈玄之际,也很重视人们谈吐的语音是否符合洛阳的声调及其声音是否悦耳。久而久之,连吟咏和普通谈话,也很讲究“音辞”。《世说新语·容止》:“庾太尉在武昌,秋夜气佳景清,使吏殷浩、王胡之之徒登南楼理咏,音调始遒,闻函道中有屐声甚厉,定是庾公。俄而率左右十许人步来,诸贤欲起避之,公徐云:‘诸君少住,老子于此处兴复不浅。’因便据胡床与诸人咏谑,竟坐甚得任乐。”这里的“音调始遒”,大约指的是吟诵。到了南朝,人们谈话的音辞,也更为讲究。其中吴郡张氏似颇有名。《宋书·张畅传》载张畅在元嘉二十七年宋、魏交战时,和李孝伯在阵前对话,“孝伯言辞辩赡,亦北土之美也。畅随宜应答,吐属如流,音韵详雅,风仪华润,孝伯及左右人并相视叹息。”元嘉三十年太子刘劭弑文帝,南谯王刘义宣出兵讨伐,张畅“音姿容止,莫不瞩目,见之者皆愿为尽命”。又《张敷传》:“善持音仪,尽详缓之致,与人别,执手曰:‘念相闻。’余响久之不绝。张氏后进至今慕之,其源流起自敷也。”《南齐书·周颙传》:

"颙音辞辩丽，出言不穷，宫商朱紫，发口成句。"又云："每宾友会同，颙虚席晤语，辞韵如流，听者忘倦。兼善《老》、《易》，与张融相遇，辄以玄言相滞，弥日不解。"周颙正是四声的发现者。此外，刘绘也以音辞著名。《南齐书·刘绘传》："永明末，京邑人士盛为文章谈义，皆凑竟陵王西邸。绘为后进领袖，机悟多能。时张融、周颙并有言工，融音旨缓韵，颙辞致绮捷，绘之言吐，又顿挫有风气。时人为之语曰：'刘绘贴宅，别开一门。'言在二家之中也。"可见清谈之风，不但是要谈玄理，还要谈吐有辞采，音韵悦耳。这自然会使人更注意声调的抑扬顿挫，对"永明体"的出现，也显然有一定的影响。

关于梁陈宫体和玄谈及玄言诗似乎并无直接的联系。其实情况并不尽然。我们知道，魏晋的不少清谈名士，大抵都蔑弃礼法，崇尚老庄。他们大抵主张能够"适性"，即为逍遥。如郭象《庄子·逍遥游》注云："夫小大虽殊，而放于自得之场，则物任其性，事称其能，各当其分，逍遥一也，岂容胜负于其间哉！"他所强调的正是"足于其性"。这就是东晋许多名士所强调的"各适性以为逍遥"(《高僧传·支遁传》)。这种论点，名僧支遁是不赞成的。但这种思想在当时影响很大。士大夫们既然强调"各适性以为逍遥"，自然可以不守各种礼法的约束，其结果是蔑视许多道德规范而流于放荡。《世说新语·任诞》："阮仲容先幸姑家鲜卑婢，及居母丧，姑当远移，初云当留婢，既发，定将去。仲容借客驴，着重服，自追之，累骑而返，曰：'人种不可失！'即遥集之母也。"在当时的社会里，居丧的人，连夫妻都不允许同房，阮咸竟去姑母家勾引其婢女。据刘孝标注引《阮孚别传》说，阮孚出生后，阮咸写信告诉姑母，他姑母也不以为忤，反而给起了个字号。同样地，著名文人郭璞，在南逃途中，也有类似的行为。《晋书·郭璞传》载,他曾在庐江太守胡孟康家骗取了一个婢女而去,也不以为耻。同传又载,郭璞"性轻易,不修威仪,嗜酒好色,时或过度。著作郎干宝尝诫之曰:'此非适性之道也。'璞曰:'吾所受本有限,用之恒恐不得尽,卿乃忧酒色之为患乎?'"《郭璞传》所载事迹,多有迷信无稽的成分,好像他预知自己要被王敦所杀,但除了这些成分以外,也显示出当时士大夫们纵情声色的风气。

因为这些士大夫不拘礼仪,纵情声色,所以行为谈吐有时也很放荡。《世说新语·任诞》:"温公(峤)喜慢语,卞令(卞壶)礼法自居。至庾公(亮)许,大相剖击,温发口鄙秽,庾公徐曰:'太真终日无鄙言。'"同篇又载:"有人讥周仆射(周𫖮)与亲友言戏秽杂无节。周曰:'吾若万里长江,何能不千里一曲'。"刘孝标注引邓粲《晋纪》曰:"王导与周𫖮及朝士诣尚书纪瞻观伎,瞻有爱妾能为新声,𫖮于众中欲通其妾,露其丑秽,颜无怍色。有司奏免𫖮官,诏特原之。"周𫖮这种行为在当时并不罕见,正如《抱朴子·疾谬》所说,当时人"入他堂室,观人妇女,指玷修短,评论美丑,不解此等何为者哉?或有不通主人,便共突前,严饰未办,不复窥听,犯门折关,踰垝穿隙,有似抄劫之至也。其或妾媵,藏避不及,至搜索隐僻,就而引曳,亦怪事也"。周𫖮所以被原谅,一方面当然因为他是朝廷大臣,受到保护;另一方面在当时这种行为已经是数见不鲜的了。

士大夫们的行为放纵,除了受老庄玄学的影响外,恐怕和佛教也有一定的关系。张伯伟同志在《禅与诗学》一书中曾详论佛教与宫体诗的关系,特别是从佛经中引了不少例证,加以对比,极富说服力(见浙江人民出版社 1992 年版,第 187 至 223 页)。我们这里不再详述。

正由于玄学和佛教的双重影响，所以像《玉台新咏》中把一些艳诗归在某些清谈人士名下，如以《情人碧玉歌》为孙绰作；《桃叶歌》为王献之作；《团扇歌》为王献之或如《古今乐录》作王珉，均非偶然。谢灵运这样的中原高门，也会去学《子夜歌》一类作品，写出《东阳谿中赠答》二首。有人把他附会为谢灵运本人的故事，当然不可信，但当时士大夫们这种随意调戏妇笑的行为，恐怕并不少见。所以"宫体"之起虽始于梁代，而艳诗之兴，其伏流实始于东晋，与玄谈者的蔑弃礼法，未始没有一定的关系。

第二节　山水诗的兴起及其历史地位

历来论山水诗，总强调它和玄言诗的区别，此论实发自刘宋时人檀道鸾。据《世说新语·文学》注引《续晋阳秋》曰："（许）询有才藻，善属文。自司马相如、王褒、扬雄诸贤，世尚赋颂，皆体则《诗》、《骚》，傍综百家之言。及至建安，而诗章大盛。逮乎西朝之末，潘、陆之徒虽时有质文，而宗归不异焉。正始中，王弼、何晏好《庄》、《老》玄胜之谈，而世遂贵焉。至江左李充尤盛。故郭璞五言始会合道家之言而韵之。询及太原孙绰转相祖尚，又加以三世之辞，而《诗》、《骚》之体尽矣。询、绰并为一时文宗，自此作者悉体之。至义熙中，谢混始改。"①后来沈约《宋书·谢灵运传论》、刘勰《文心雕龙》、锺嵘《诗品》都持此说。近年来的研究者，则多强

① 引文据余嘉锡先生《世说新语笺疏》（中华书局1983年版，第262页）改，通行本有误，详余书注二至五。

调山水诗是玄言诗的发展和演化。这两种说法看来似乎不同，其实只是强调的角度不一样。古人的说法比较强调在艺术手法上，玄言诗背离了《诗经》、《楚辞》的传统，走向淡乎寡味；而山水诗则恢复了这个传统，使诗歌又走向兴盛。现代的研究者则多从思想内容方面看到玄言诗和山水诗的内在联系和相通之处。两说其实并不见得很矛盾。不过对檀道鸾等人的话，也只能就总的倾向而论。东晋的玄言诗人和一些僧人的诗，当然也有一些佳作，如前面讲到的孙绰《游天山赋》、庐山诸道人《游石门山诗》、顾恺之《神情诗》等都是富有形象性的好诗。

玄言诗和山水诗在艺术风格上确实是有区别的。这种区别实际上和作者们的艺术观点有所不同。玄言诗的作者大多数兼长清谈，强调"得意忘言"，往往注重诗的哲理性而有时忽视了其形象性。例如《世说新语·文学》记载晋简文帝司马昱曾经称赞许询的诗"可谓妙绝时人"。其实许询的诗很少佳作，至今能留存的极少，而且根据《世说新语·品藻》："支道林问孙兴公：'君何如许掾？'孙曰：'高情远致，弟子蚤已服膺，一吟一咏，许将北面。"又云："孙兴公、许玄度皆一时名流。或重许高情，则鄙孙秽行；或爱孙才藻，而无取于许。"可见许询之诗，在当时也不受人称赏，尤其是孙绰对着支遁这样的诗僧，自称"许将北面"，这大约不是自夸，而属实情。许询作为玄言诗的一个代表人物，恐怕主要由于他的谈玄而不在他的诗才。但如果以他为例，认为玄言诗人完全违背了艺术创作的规律，因而没有什么好作品可言，恐亦未必尽然。因为像孙绰那样的文人，其名篇虽然不多，而像《游天台山赋》这样的作品，还是辞采绚丽，颇有传诵名句的。另一些人在创作上也有其独到之见。如阮孚称赞郭璞的"林无静树，川无停流"二句，认为"泓峥萧瑟，实不可言。每读此文,辄觉神超形越”(见《世说新语·文学》)。这两句诗,确有特色,写的是一片秋景,在字面上看不出什么玄理,而读者从这里却能深刻地体会到世上的事物都在不断地运动着,岁月易逝,而万物又变化无常的道理。这种强调以简洁而形象的语言表现深刻哲理的论点,应该说是很有卓见的。同篇记王恭论古诗,以“所遇无故物,焉得不速老”为最佳,似亦属这一观点。我们如果把《世说新语》中一些人物的言谈来和孙绰《游天台山赋》作一些比较,就可以发现其中许多名言,与此赋中精彩的辞句颇有类似之处。如《言语》:“顾长康从会稽还,人问山川之美,顾云:‘千岩竞秀,万壑争流,草木蒙笼其上,若云兴霞蔚。”又:“桓征西治江陵城甚丽,会宾僚出江津望之,云:‘若能目此城者,有赏。’顾长康时为客在坐,目曰:‘遥望层城,丹楼如霞。’”这些话令人感到颇有上继郭璞,下开谢灵运,中间又与孙绰互相呼应之势。同书《文学》:“羊孚作《雪赞》云:‘资清以化,乘气以霏,遇象能鲜,即洁成辉。’桓胤遂以书扇。”这几句话,也和谢惠连《雪赋》颇相近。这些例子都说明山水诗的不少手法,多从东晋玄谈家那里得到启发。只是玄言诗人过于注重思想而多少忽略了形象,所以佳作不多。刘宋初年的作家为了纠正玄言诗的缺陷,就多注意辞采,主张多读书,从古人作品中学习词汇和手法。《世说新语·文学》:“殷仲文天才宏赡,而读书不甚广博,亮叹曰:‘若使殷仲文读书半袁豹,才不减班固。’”这个“亮叹曰”不知确指何人。有人认为是宋初的傅亮,徐震堮先生《世说新语校笺》引《晋书·殷仲文传》作谢灵运语。这说明当时大约不止一人有此看法。这种看法是有其积极意义的。《文心雕龙·明诗》评“宋初文咏”说:“俪采百字之偶,争价一句之奇,情必极貌以写物,辞必穷力而追新。”他们这样去注意辞采和对偶,势必求助于前人之作,其中比较重要的恐怕是汉以来的辞赋。现在来看颜延之、谢灵运以至鲍照的一些写景之作,颇多古奥之句,这不难看出是受辞赋的影响。当然,这些诗的写景,和汉赋并不相同。汉赋写山川,颇多夸饰奇丽之句,但总的来说,不免笼统,不像这些诗那样观察入微。他们这些诗辞采华赡,确有不少长处。宋葛立方《韵语阳秋》卷一论陶渊明、谢朓诗时说:"大抵欲造平淡,当自组丽中来,落其华芬,然后可造平淡之境。如此则陶谢不足进矣。今之人多作拙易语,而自以为平淡,识者未尝不绝倒也。"这段话似也适用于评玄言诗。东晋一些诗人的诗,往往也是因"多作拙易语"而缺乏感人力量。刘宋山水诗正是力求其"组丽",在辞采上远胜玄言诗。但其缺点则有时雕琢过甚,又不免失于板滞。所以《韵语阳秋》卷三引黄庭坚语云:"谢康乐(灵运)、庾义城(信)之诗,炉锤之功,不遗余力,然未能窥彭泽(陶渊明)数仞之墙者,二子有意于俗人赞毁其工拙,渊明直寄焉。"的确,陶渊明诗所以胜于颜、谢,正在其无斧凿痕,一切如出天然。至于刘宋的三大家,情况亦各有不同。鲍照的成就主要在乐府诗方面,他的乐府诗大抵自然活泼,很少艰涩和板滞之弊;但少数写景之作,历来论者对它们评价不很高,事实上这些诗中不乏佳作,但风味与典型的山水诗不同。在鲍照笔下绝少谢灵运的"清晖能娱人,游子憺忘归"(《石壁精舍还湖中作》)那种情调,而是像"萧条背乡心,凄怆清渚发"(《发后渚》)那样萧瑟惆怅之情。这些诗可谓别具一格,不能执彼非此。谢灵运的诗,历来被视为山水诗的典型。他的诗也可以说是最明显地说明山水诗是从玄言诗转化而来。谢诗中名句像"晓霜枫叶丹,夕曛岚气阴"(《晚出西射堂》),"密林含余清,远峰隐半规"(《游南亭》)体物确实细致,刻画亦十分生动;历来最传诵的“池塘生春草，园柳变鸣禽”（《登池上楼》），更是言有尽而意无穷。前人称谢诗“如初发芙蓉，自然可爱”（《诗品》引汤惠休语），确是事实。谢诗中也有显得艰涩之处，但这些多半和玄言成分有关。这是因为在当时，《周易》、《老子》和《庄子》以及某些佛经，是士大夫们几乎人人必读之书。其中典故在当时人看来，并不生僻，但对今天的读者来说，情况就不大一样，即使对古代典籍比较熟悉的人，遇到某些佛教典故，也多少会感到陌生。这种情况，在他当时还不能算大缺点。不过，鲍、谢之诗的长处虽体现在“情必极貌以写物，辞必穷力而追新”方面，其缺点也往往在这里。谢诗如《游岭门山》的“威摧三山峭，澌汩两江驶”虽穷极险怪之状，却也显出作者有意为之，似较生硬；鲍诗如“华志分驰年，韶颜惨惊节”（《发后渚》），则更见生僻。像这种诗句，就如黄庭坚所说“炉锤之功，不遗余力”，然而不免“有意于俗人赞毁其工拙”。当然，在晋宋之间，鲍、谢诗还是成就极高的，和他们同时的颜延之，就要逊色多了。《诗品》引汤惠休语以颜诗为“雕缋满眼”，这是指他那些应制《游蒜山》等作而言。他其他的诗，似过多地摹仿陆机之作，较少创造性，只有《五君咏》显得自然流畅。

总的来说，山水诗在精神实质上虽然和玄言诗有着继承和演化的关系，而在艺术手法上却变出了新意。如果没有这种“穷力而追新”的种种探索，就很难出现风格各异的诸多流派，也就不会有唐代那种百花争艳的繁荣景象。相对地说，北朝文学在北魏至北齐初年的诗坛所以缺乏传诵的名篇，也和它没有经历这样一个阶段有关。

第三节 “永明体”的产生及其作用

历来论“永明体”的人,大抵都着重讨论“声律说”的作用,这是必要的,而且是应该的。但“永明”作家的贡献不止于“声律说”。“声律说”虽然在文学史上起了重大的影响,但它毕竟是永明时代文学潮流的一部分。根据《颜氏家训·文章》:“沈隐侯(沈约)曰:文章当从三易:易见事,一也;易识字,二也;易读诵,三也。”这里所说的“三易”,从永明作家的创作中都表现得比较明显,三者实际上是互相关联的。只是由于沈约在《宋书·谢灵运传论》中主要只讲“声律”的问题,接着又和陆厥等人展开了争论,所以人们就常常把“永明体”的贡献仅仅归结为一个声律的问题。其实据《南史·王筠传》载,沈约曾引谢朓的话说“好诗圆美流转如弹丸”,沈约是极推崇谢朓的,他曾说谢朓诗“二百年来无此诗”(《南史·谢朓传》);在《伤谢朓》中更说他的诗“调与金石谐,思逐青云上”。可见沈约、谢朓的文学主张是相同的,他们和王融三人成了“永明体”的创立者。其中创作方面谢朓的成就最高;在理论的阐述上则沈约之功居多。谢朓所称“好诗圆美流转如弹丸”的话,恐怕是从南方民歌中受到的启发。如《大子夜歌》其一:“歌谣数百种,子夜最可怜。慷慨吐清音,明转出天然。”这“明转出天然”的说法,显然和谢朓的“圆美流转”可以相通。这里涉及“声律”,却并不限于“声律”,因为《子夜歌》是歌,现存的《子夜歌》歌辞,以沈约的“前有浮声,后须切响”来要求,合格者也不多。这是因为古人在“四声”确立以前,不少字本来可平可仄,所以古诗用韵,平仄画押处甚多。

这些民歌的唱腔早已失传，业已无法知其详，但想来当时歌唱的人在平仄上可能有不少灵活性。沈约所谓“易读诵”可能就是指的声律，因为唱歌的音可以灵活，诵读却音调不能有多大变化，只能在写作时先严格考虑声律。本来读和唱不能完全一样。有些诗句可以是极好的诗句，但要吟诵就有困难。例如曹植的“高台多悲风”（《杂诗》其一），谢灵运的“明月照积雪”（《岁暮》），前者五字都是平声，后者除第一字外四字都是仄声。这种诗句，如果用一定声调来朗读，总觉不顺口。在这方面，谢朓有许多诗句是充分注意了声律问题的。沈约和王融也有不少诗比较注意。郭绍虞先生在为《文镜秘府论》作的《前言》中提到“古代诗乐相合，诗的节奏是以乐为主，随乐调为抑扬的。后来诗不歌而诵，逐渐注意到诵读的音节……”（人民文学出版社 1980 年版，《文镜秘府论》前言第 5 页）这说法是很有道理的。但除此以外，还有用典和字的问题。用罕见的字，用生僻的典故，也会影响诗的感人力量。晋宋间的山水诗人为了纠正玄言诗过于淡而寡味，力求有绚丽的辞藻，这就不免要使用一些奇字和僻典。此风到宋末仍相沿不改。以奇字来说，谢灵运的诗其实还不算严重，像“泶汩两江驶”，已算较难识的字了。但在江淹有些诗句，就更艰涩，如“瑶碉夐崭崒”（《迁阳亭》）；“残屼千代木，廧崒万古烟”（《游黄檗山》）等句，就显得过于生硬，而在谢朓、沈约等人的诗中，就绝少这样的句子。相反地，他们的名句，却是平易流畅的。谢朓的“大江流日夜，客心悲未央”（《暂使下都夜发新林至京邑赠西府同僚》），“天际识归舟，云中辨江树”（《之宣城出新林浦向板桥》）诸句，是这样平易自然，难怪黄庭坚要把他和陶渊明并提了。至于用典，也在于用得恰当，使人感到自然，才算恰到好处。《颜氏家训·文章》引邢劭称赞沈约的“崖倾护石髓”句，暗用嵇康、王烈典故（见《晋书·嵇康传》）。其实这种手法，前人也有其例，如鲍照《代东武吟》：“弃席思君幄，疲马恋君轩”二句，暗用《礼记·檀弓下》记孔子使子贡葬狗典故。这种手法自然比颜延之、谢庄一些诗中几乎大半有典，而又不甚好理解的诗句要好得多。像颜延之的《车驾幸京口侍游蒜山作》、《车驾幸京口三月三日侍游曲阿后湖作》，谢庄的《烝斋应诏作》等，用典都很多，读起来也比较晦涩难懂。这种诗自然称不上“圆美流转”，更不符合“三易”的要求。如果说，永明作家在声律说方面为律诗的形成准备了条件的话，那末“易见事”、“易识字”的要求，又从另一个角度纠正了刘宋诗风的某些偏向。前人评谢朓诗认为他开了唐诗的先河，这是不错的。谢朓的诗如“大江流日夜”这样的句子实在是上继建安的曹植，下开盛唐诸大家的先河。李白的“一生低首谢宣城”，这不能说是偶然的。《诗品》说齐梁间人就认为谢朓“古今独步”。梁简文帝萧纲推崇“谢朓、沈约之诗”（《与湘东王书》）；目空一切的刘孝绰也“唯服谢朓”（《颜氏家训·文章》），可见他所创新体，实在是影响了好几代诗人。

但是谢朓、沈约之诗也有缺点，那就是过于求圆熟而力戒生涩又不免流于纤弱。《诗品》说他“末句多踬”是因为“意锐而才弱”。这个缺点后来许多诗人也受其影响。杜甫曾称“沈谢何刘力未工”，早已指出这毛病。此外，谢朓、沈约作过一些咏物诗，大部分为咏身边日用杂物如乌皮木几等物，如《玉台新咏》所选谢朓诗，大部分均为谢诗的下乘之作。但在文学史上，它们也有过影响。

第四节　“新变”和“宫体诗”

“宫体诗”之名始于梁代。《梁书·徐摛传》:“属文好为新变,不拘旧体。”又云:“摛文体既别,春坊尽学之,‘宫体’之号,自斯而起。高祖(梁武帝)闻之怒,召摛加让……。”徐摛之作现在存者寥寥,其内容无非是些咏物之作,似乎不应引起梁武帝生气,亲自召来发火。何况梁武帝早年,也写过情诗,何致为几首咏物诗发脾气?这大约说明徐摛现存的作品,并不足代表其特色。因为徐摛卒于侯景攻破台城以后,王僧辩克复建康以前,当时徐陵又被扣留在邺城,因此无人整理他的集子,以至《隋书·经籍志》已无关于《徐摛集》的著录。从现有的资料推测,大约由于徐摛之作,颇与后来《玉台新咏》中萧纲那些写妇女之作相类似,而当时萧纲年纪尚小,梁武帝认为不宜受这种影响,所以才发怒申斥。的确,徐摛的诗“好为新变”,与永明诸家的那些名篇是不大一样的。后来的“宫体”确实也与沈、谢诸家有别。他开了后来梁陈“宫体”的先河。

不过,“新变”一词,并不始于梁时。在南齐时代,已有不少人在作创立新体的尝试。如《南齐书·陆厥传》:“厥少有风概,好属文,五言诗体甚新变。”又《文学传论》:“五言之制,独秀众品。习玩为理,事久则渎,在乎文章,弥患凡旧。若无新变,不能代雄。”这说明当时人已经认识到文学的体制,总是要不断创新的。其实从南齐时代起,已有不少人对诗体的变化作过各种尝试。如张融就是一个,《南齐书·张融传》“融文辞诡激,独与众异”;他临死时戒其子说:“吾文体英绝,变而屡奇,既不能远至汉魏,故无取晋宋。”

可见他是有意于和晋宋之际的诗家立异的。张融卒于建武四年(497),54岁,年龄稍小于沈约,而长于王融、谢朓;陆厥卒于永元元年(499),28岁,较谢朓、王融稍幼。徐摛和陆厥相差仅1岁(徐卒于大宝元年,78岁),现在看来,张融的诗虽不同于"元嘉体"的颜、谢、鲍三家,却和永明体亦颇不同,他似乎是想从另一个角度来创新;陆厥则和永明诗人较近,他的《中山王孺子妾歌》和谢朓的《咏邯郸故才人嫁为厮养卒妇》诗颇相近。这类诗,已经很接近后来宫体诗人之作。可见从"永明体"到梁陈"宫体",显然有较明显的继承关系。"永明诗人"的一部分诗已和后来梁、陈一些宫体诗人接近。但"永明诗人"和后来的"宫体"诗人,毕竟是不同的。大体说来,主要有三个不同。

首先,"永明诗人"如谢朓、沈约和王融虽是世家大族出身,但生活经历毕竟和"宫体"诗人不同,谢朓、沈约早年曾经历过坎坷,后来也历任过一些外地官职;王融在政治上也是有抱负的,他在论到北朝求书问题时对汉族和鲜卑贵族问题的矛盾也有见解。他们的有价值作品,往往写仕途失意或行旅、游宦时的心情,较有真情实感,故颇动人。梁陈宫体诗人的情况与此不同,他们中不少人,并非没有才华,但传世之作很多是诗酒流连,在聚会时作诗唱和,分韵命题。内容不是写歌女舞妓,就是咏身旁杂物,再不然就是选一句古人诗中名句为题,"为文造情",不得不搬弄些典故,只在辞藻和韵律方面下功夫,因此缺乏深刻的感情,常常写得平稳工整,而并不精彩动人。在这些诗人中,情况也颇不一样。其中萧纲应该说是较有才华的,他身为诸王或太子,是一些文人的东道主,他无须去作那些为文造情之作。他的诗多半写妇女的体态,有时写得细致入微。这些作品,也未必能说不健康,而艺术上却有其特色。至少他在对仗、声律方面比永明诗人往往更工整，对于观察入微以及色彩的配合等方面均有其独到之处。我们也许可以说这些诗题材狭窄或笔力纤弱，但其工致的长处，仍不可没。一般来说，这些诗中确有若干内容不健康的作品，但那是少数，基本倾向还有不少可取之处。在萧纲周围的一些文人如庾肩吾等，也有一些清绮之作，其中年辈较晚的像徐陵、庾信等人后来成就较高，那是经历乱离之后诗风发生变化之故。这些诗人的才华其实都各具长处，只是早年生活的方式局限了他们的眼界，很难写出动人心魂之作。像庾肩吾在“侯景之乱”后的两首诗，就远非乱前之作可比。稍后那些入陈的作家，情况也与此相类，以江总为例，他比较好的作品，大抵产生于梁末避乱广州一带及入隋之后，而在陈代出入宫廷，被称“狎客”之际，就绝少可取之作。这说明文学的根本源泉，还在于生活实践。耽于安乐的作家，在辞采和技巧方面有时也能作出一些贡献，却写不出激动人心的作品。清人陈祚明评陈后主陈叔宝诗说“后主诗才情飘逸，态度便妍，固是一时之俊”；又说他“陈后主诗如徐生为容，顾步登降，事事修饰，望之嫣然，然未达礼意”（见《采菽堂古诗选》卷二十九）。这两段话，用现代的语言来说，就是既肯定他在技巧和形式方面有其成就，而毕竟缺乏足够的生活经验和高尚的情操，也终究难于达到高超的境界。

梁陈诗人除了描写妇女以及咏物之作外，也写了一些其他题材之作，如写景的及边塞战争之作。其中也有一些好诗，如阴铿的某些写景诗就很好。至于边塞题材，倒是东晋到宋齐较少出现的新内容。这一题材的诗以梁初诗人吴均（卒于普通元年，公元520年）的作品较多，其后不断有人写作。然而这些诗人真正身历战争或到过边界的并不多。他们的作品，大约是受所谓《汉横吹曲》和北朝乐府歌辞的影响。因此这些作品中一些较好的诗有些豪言壮语，显得劲拔有力，不妨作为拟古的佳作来看待；至于一些较差的作品则无非搬弄两汉典故，敷衍成篇，有的虽写战争，仍不脱闺怨的老调。相对来说，这部分作品就不及北朝后期一些诗人之作，因为北朝诗人即使在技巧方面略有不及南人之处，而有不少人确曾身经战阵，至少也曾出使过突厥等少数民族地区，有他们的亲身感受，写来自然不同。

第七章　河朔的文化传统

南北朝时代人谈到文化问题时，往往将“江南”和“河朔”并举。其实“河朔”的概念即指黄河以北，用这样的概念来代指南北双方，并不确切。因为南朝的疆域并不限于江南，也包括淮河以北的不少地区；北朝后来迁都洛阳，已在黄河以南。问题在于在十六国直到北朝初年，南北双方的争夺战和各族军阀的混战，常常在黄河以南，淮河以北一带进行，连年的战乱使士人们纷纷逃离这个地区，一部分逃往江南，一部分逃向黄河以北。这两个地区相对地说都比较安定，士人们可以从事经常的学术文艺工作，因此人们就习惯地用“江南”来代指南朝，以“河朔”来代指北朝。

然而，南北朝时代的所谓“河朔”，虽泛指黄河以北，却又偏于东部的今河北省及山东省黄河以北的部分地区，至于今山西省的情况，却由于若干具体的历史原因而有所不同。关于这些，笔者将逐一加以论述。

第一节　河朔的地理环境和民风

所谓的“中原文化”最早既然兴起于黄河沿岸及关中一带，因此在上古时代，黄河以北地区的发展很不平衡，大体来说，今山西和河北的南部以及山东的黄河以北地区，春秋时代基本上分属齐、晋两大国，其中山西南部是晋国的根本重地，曲沃、翼城、新绛诸地都在这里。河北的邯郸也曾为战国时赵国的都城。山东的北部像聊城、高唐等地，在战国时也颇有名。山西和河北的中部一带，发展较南部稍晚，如晋阳（今太原）一带，在西周时，还是周族和北方少数民族争夺的地方，春秋初年这一带仍很少提到，直到春秋后期，赵鞅据晋阳与智伯对抗，才比较被人注意。同样地，地处今冀中平原的中山国，在战国初年，人们还把它作为“戎狄”对待。至于更靠北的燕国和今山西北部诸地，似乎开发得更要晚些。

大体上说，现在的河北、山西两省，地形是不同的，山西地处太行、中条诸山脉中，西边和南边又有黄河为限，易守难攻，从春秋直到战国初年，人们称“晋国天下莫强焉”（《孟子·梁惠王》），就是凭借着这一地势。只是由于“三家分晋”，势力削弱，才渐渐地为秦国所制服。河北只是一片大平原，但东靠渤海，南临黄河，西有太行山为阻。春秋时的晋楚争霸，战国初年秦国的蚕食诸侯，战争大抵不在这里进行，直到战国后期秦赵的长平之战后，秦兵才围困邯郸，不久灭了赵和燕。较长时间的和平，的确为邯郸一带的经济和文化创造了一定的条件，使邯郸成为战国秦汉时代的一座名城。从《汉书·地理志》对燕、赵二地的记载来看，情况很不一样。关于赵地，《汉书·地理志》说：“赵、中山地薄人众，犹有沙丘纣淫乱余民。丈夫相聚游戏，悲歌忼慨，起则椎剽掘冢，作奸巧，多弄物，为倡优。女子弹弦跕躧，游媚富贵，遍诸侯之后宫。邯郸北通燕、涿，南有郑、卫，漳、河之间一都会也。其土广俗杂，大率精急，高气势，轻为奸。”这说明这里人口众多，商业繁荣，文化娱乐活动在这一带颇为兴盛。地处今河北北部的燕国旧地，情况则又是一个样子。

《汉书·地理志》说:“蓟,南通齐、赵,勃、碣之间一都会也。初太子丹宾养勇士,不爱后宫美女,民化以为俗,至今犹然。宾客相过,以妇侍宿,嫁取之夕,男女无别,反以为荣。后稍颇止,然终未改。其俗愚悍少虑,轻薄无威,亦有所长,敢于急人,燕丹遗风也。”又说到“上谷至辽东,地广民希”。总之是一个人口较少,文化不大发达的地区。这里所说的民间习俗,恐怕是和当地的种族和中原不大相同,接受中原文化较浅之故。直到西汉,这一带人口密度还是比其他地区为小。

和今河北省境内的情况相比,今山西省一带的情况要复杂得多。西汉时代,由于建都长安,因此太原、河东诸郡,离政治中心较之邯郸等地要近,河东尤其是皇帝常到的地方,因此很富庶。根据《汉书·地理志》,河东郡人口达九十六万以上;太原郡达六十八万以上;《续汉书·郡国志》则河东仅五十七万余;太原仅二十万余。东汉时代的人口数一般比西汉少,尤其北方诸郡更是如此。这一方面是由于人口南移,一方面可能有不少人逃亡到山泽之地,统计不精确。但这样锐减到几乎只剩过去的半数,却不能不引起注意,因为一般来说,这里受“羌乱”的影响并不大,似亦非由于羌族的叛乱之故。笔者认为,太原、河东人口的锐减,恐怕和匈奴族的迁入内地有关。因为东汉初年,匈奴南单于内附,初居云中,后迁入西河美稷(今内蒙古准格尔旗境),最后就迁到并州今山西中部一带。到东汉末,他们就“卤掠赵、魏,寇至河南”。这些匈奴族比较强悍,时常发生纠纷,当地汉民有些就流亡外地,有些则聚居山泽以自保,入迁内地的匈奴族又不能像汉民那样编户入籍,纳税服役,因此显得人口大减。到了三国时代,并州已显得很难治理。《晋书·宣帝纪》载李胜去探察司马懿生病的虚实,司马懿故意将“荆州”说成“并州”,并谓“并州近胡,善为之备”。人们常引这条记载,说明司马懿的狡诈,这当然是事实,但“并州近胡,善为之备”八字,恐怕是当时的实际情况。晋初江统在《徙戎论》中说:“今五部之众,户至数万,人口之盛,过于西戎。然其天性骁勇,弓马便利,倍于氐羌。若有不虞风尘之虑,则并州之域可为寒心。”这也许是今山西一带人口减少的一个比较重要的原因。

与此种情况相关连的是北朝的“高门士族”也几乎集中于现今河北省境内。历来论到北朝的高门,往往只提清河、博陵的崔氏、范阳的卢氏、赵郡和陇西的李氏以及荥阳的郑氏。其中清河虽属今山东境,但与河北相近,当时已属冀州范围,荥阳郑氏是西晋末避乱到冀州的。只有陇西李氏,因为西凉之后,且李宝在帮助北魏平北凉的战争中立过功勋,才被视为高门。其实在当时的北方,还有一些在汉晋做过大官的士族,却未被视为头等高门,如弘农的杨氏、太原的王氏和郭氏、太山的羊氏、河东的裴氏等。这里有个原因,就是北魏的入据中原,首先是从灭后燕开始的,因此崔、卢、李、郑诸族,较之其他各姓是较早归降拓跋氏并取得要职的。因此他们在朝廷中和社会上就占有了比较特殊的地位。至于像弘农杨氏、太原王氏等在开始时并未仕后燕及受到北魏征辟,因此相对地说,社会地位就要略低一些。但他们仍不失为当地的著姓,拥有一定的特权,到北朝后期,也有不少人做了大官。这种情况和南朝有所不同。南朝的高门士族,大抵住在都城中,而且一般很少举族南迁,一旦个别人获罪,往往会导致整个家族的败落。北朝的高门则与此不同,他们大抵聚居乡村,只有少数出去做官的人来到都城。所以即使个别人获罪,整个家族的势力仍然存在。在某种程度上说,北朝的门阀制较之南朝更为牢固。我们试看南朝的王、谢以及顾、陆诸族在梁末的“侯景之乱”中，所受的打击就远比北朝的崔、卢、李、郑诸族在遭受尔朱荣所发动的“河阴之难”中要严重得多。这是因为南方士大夫即使罢官归第，也仍留在都城，如《世说新语·雅量》载王导和庾亮有矛盾，人们传说庾亮要起兵入都，王导说：“若其欲来，吾角巾径还乌衣。”他们遇到战乱，已无法逃入家乡，托庇于宗族。在这点上说，北方士族的宗法观念也因此强于南方。

北朝士族的处境，前后有很大变化。当“永嘉之乱”刚发生时，前赵刘氏、后赵石氏的军队出于长期的民族仇恨，杀戮士大夫很多。汉族士大夫也出于同样的心理，不大肯和这两个政权合作，即使在战争中被俘而强授官职，也很少真心为他们尽力的。尤其是匈奴族的前赵政权，因为出兵攻下洛阳、长安，俘虏西晋的怀、愍二帝，这在汉族各阶层的心理上都造成很大的对立情绪。因此很少有人愿和这个政权合作。后赵的情况就与此略有不同。后赵曾基本上统一了北方，尤其石勒在世时，颇能任用一些士大夫，对士人采取了比较宽容的态度，一部分人开始出仕后赵，如荥阳郑氏就曾在石勒政权下做过官（见《郑羲碑》）。但更多的北方士人似乎更愿意归附割据今河北东北部及辽宁南部一带的慕容廆，因为他还打着忠于晋朝的旗号。因此前燕的群臣中，有不少人出自崔氏等名门，甚至还有远从西北方面来的安定朝那（今甘肃平凉西北）的皇甫岌、皇甫真等。北魏入主中原，首先征召的就是这些曾在前燕和后燕做过官的人，如清河崔宏、崔逞，渤海封懿等，到太武帝拓跋焘神䴥四年（431）下诏征辟士人时称：“访诸有司，咸称范阳卢玄、博陵崔辩、赵郡李灵、河间邢颖、勃海高允、广平游雅、太原张伟等，皆贤俊之胄，冠冕州邦，有羽仪之用。”（见《魏书·世祖纪》上）这次征辟的士人,据《魏书》记载,“至者数百人”,而诏书中所点名字仅此七人。更值得注意的是这七人中,六人都是今河北省境内的人,只有张伟一人来自太原。然而从《魏书》的记载看来,那六家后来都世代官宦不绝,只有张伟一人的后代很少有名的人。所以后来人把北朝文化看作“河朔”的文化,并不是偶然的。

河朔地区,特别是其南部和东部是一片开阔的大平原,南边是黄河,西临太行山脉,北边是燕山山脉,东濒渤海。因此这个地区的威胁,多半来自它的西方和北方。因为南部有黄河为天险,易守难攻;西边的情况则相反,由于地势是西高东低,从今山西入侵河北,犹如居高临下,很易得手;而北方的燕山山脉虽是天然的屏障,但一旦被少数民族的军阀突破,也就进入平原,长驱直入,无险可守。但在“永嘉之乱”中,各族军阀的入侵,往往是从西边或北边进入这片土地的。这里因为是大平原,当地的人们很难逃亡到山泽中去,只能聚族而居,由一个或几个家族聚居在一起,组成坞堡,以抵御侵扰。这些强大的坞堡,往往有许多人会去投奔,以求蔽护,坞堡的主人也愿意扩大自己的力量,于是就形成了当时的一些地方上的武装实力,有时连朝廷也奈何他们不得。

“坞堡”的建立,本来是为了保护自己的家族不受劫掠骚扰。这种组织早在西汉末年汉初的赤眉大起义中已经有过,在“永嘉之乱”中,这种坞堡几乎遍及整个北方地区。但黄河以南的许多坞堡,因地处要冲,往往首先受到各族入侵者的攻击,有的被消灭,有的投降了入侵者,也有的南逃后成为东晋初年军队的重要来源。但地处黄河以北的不少坞堡,因为离南北交争的前方较远,这些坞堡只要对入侵各族表示不反抗,一般就不一定受到攻击,再加上这些平原地区的村落,往往联成一大片,人数众多,宗族强盛,入侵各族也没有必要对他们硬攻，徒然消耗实力。这就使河北各地的坞堡能够维持较久，直到北魏时代，还继续存在。

这些强宗豪族所建立的坞堡，其目的当然是防止入侵各族的骚扰，但他们所要抵抗的还有汉族中有些军阀的侵扰。这种侵扰，直到北朝后期还存在着，例如北齐的将领高昂，本是渤海高氏出身，他的部下均为汉族，在和北周的战争中，曾以勇悍著名。但他对地方的骚扰，也不下于入据中原的少数民族。他有一首《征行诗》，自称："垄种千口牛，泉连百壶酒；朝朝围山猎，夜夜迎新妇。"（见《太平广记》卷三〇〇引《谈薮》）这种行为自然也会导致人们的反抗，而聚集起来加以防御。于是聚族而居，成了北朝人的普遍情况。当这些聚居的宗族的力量强大之后，有时也不免恃强凌弱，成为地方上的危害。《魏书·李孝伯附李安世传》："初，广平人李波，宗族强盛，残掠生民。前刺史薛道㯙亲往讨之，波率其宗族拒战，大破㯙军。遂为逋逃之薮，公私成患。百姓为之语曰：'李波小妹字雍容，褰裙逐马如卷蓬，左射右射必叠双。妇女尚如此，男子那可逢。'安世设方略诱波及诸子侄三十余人，斩于邺市，境内肃然。"这里所引的那首《李波小妹歌》，现代的文学史著作，常常援引来说明北朝人民风强悍和尚武的精神，这是不错的。大凡种族杂处，征战频繁的地区，人们为了求生存，不能不尚武以自卫。然而既要拥有实力，必然要有较多的人集合在一起。这些人为了维持给养，也不免打家劫舍，劫夺行旅。所以《魏书》说李波家族"残掠生民"，也在所难免。这也不光是李波一族的情况，即使以抗击石勒著名的祖逖也有时这样做。《世说新语·任诞》："祖车骑过江时，公私俭薄，无好服玩。王、庾诸公共就祖，忽见裘袍重叠，珍饰盈列。诸公怪问之，祖曰：'昨夜复南塘一出。'祖于时恒自使健儿鼓行劫钞,在事之人亦容而不问。”这在当时是一种比较常见的现象。王导、庾亮要借重祖逖的实力,当然不会加以干涉。至于北方的强宗豪族,如果不危及北朝的统治,一般也很少遭受镇压。但到北魏末年,这些强宗豪族也有起兵和朝廷作对的,如河间的邢杲,“率河北流民十余万户反于青州之北海”(《魏书·孝庄帝纪》)。不过,河间邢氏本是河北的世家大族,其起兵造反之地又在青州北海(今山东潍坊一带),大约是由于其家乡河间遭受杜洛周、葛荣等“六镇”军人起义的兵火,避难到青州,迫于饥寒,才起兵的。这种情况已颇似西晋末年的流民,由于入侵者的力量过于强大,当地居民已无法依靠聚族而居的方式加以抵抗,不得不结伙逃亡。但在逃亡中,仍以十几万户一起行动,以求自卫,而十几万户人抛乡离井,衣食无着,时间长了自然会产生变乱。这种情况的发生原因,显然和河北一带的宗族观念比较浓厚有关,但宗族观念在河北所以比较顽强,也与当地各族杂居,互相侵扰有关。

由于北朝境内不断地发生种族纠纷,人们不能不习惯于争斗,所谓“尚武”的精神即由此而来。《梁鼓角横吹曲·琅琊王歌辞》:“新买五尺刀,悬着中梁柱。一日三摩娑,剧于十五女。”这首歌辞的作者已难确考,不知出于什么种族,然而在战乱频仍的年代里,对武器的爱好,确和保全自己及其家庭有着密不可分的关系。像这样的内容在南朝的民歌或文人作品中显然是不可能出现的。由于同样的原因,北朝人一般较少背井离乡从事商业活动,生活所需,一般来源于男耕女桑的自然经济。因此像南方民歌中所频繁出现的描写商旅生活的内容也很少看到。长期的民族杂居和斗争使北朝人的性格也多少受到少数民族那种粗犷、豪放的影响。因此北朝民歌中的情诗一般都显得大胆和直率,很少南方民歌那种缠绵悱恻之情；文人诗也同样地趋向豪放，尤其以写从军、边塞之作为长，技巧方面常常不如南朝诗人那样娴熟，而颇有真实的感受，与梁陈一些诗人之在典故中讨生活毕竟大有不同。

第二节　河朔文化的兴起

河朔地区在秦汉以前本不是经济文化的中心，在这一带，特别是其北部地区，更较偏僻。在战国时代，燕国在“七雄”中本最弱小，远不是齐、赵二国之敌。这是因为地广人稀，兵力不足之故。入汉以后，北部的人口密度仍不及南部。但到东汉时代，北方各郡人口普遍减少时，这里人口却在增加。如《汉书·地理志》载上谷郡辖15个县，人口十一万多；渔阳郡，辖12个县，人口二十六万多；右北平郡辖16个县，人口三十二万多；涿郡辖29个县，人口七十八万多。《续汉书·郡国志》：涿郡辖7个城，人口六十三万多；上谷郡辖8个城，人口五万多；渔阳郡辖9个城，人口四十三万多。特别值得注意的是广阳国，《汉书》载辖4个县，人口七万多；《续汉书》载，广阳郡辖5个城，人口二十八万多。以县数和人口数相较，这里的人口显然在增长，而广阳尤甚。这大约是因为西汉末年的赤眉起义和各派势力的混战，并未波及这个地方，所以光武帝刘秀在更始帝攻克洛阳后，就奉命北渡黄河，去安抚河北州郡，在这里他遇上了假称成帝儿子的王郎，但很快加以消灭，他又在河北收降了号称“铜马”的农民起义军，因此以河北为根据地，称帝。他的功臣中如吴汉、耿弇等虽非河北人，却以此为根据地建立功勋。因此在东汉时代，河北的重要意义显然过于西汉。东汉一代的羌乱，也未侵入这里,不少人可能也逃入河北避乱,使这里人口激增。所以袁绍在和曹操谈论割据争雄时说:“吾南据河,北阻燕代,兼戎狄之众,南向以争天下,庶可以济乎。”这话虽不为曹操所赞同,后来的事实也证明了袁绍的失败。但袁绍所以看中河北,决不是偶然的,因为他看到了河北的富庶和地利优势。曹操虽然不赞成袁绍的意见,其实他也很重视河北,作为自己的根本重地,他所以以邺城为根据地以遥控许昌的汉献帝,正是因为那里可以控制河北。

河北的发展正如江南一样,是不可避免的。因为秦和西汉建都长安,依靠的是关中的肥沃土地,但这里的面积比较狭小,而作为都城的长安,人口不断增加,光靠关中的财力已不足应付,不能不依赖今河南、山东等地的粮食加以支持。光武帝的迁都洛阳,一方面是由于他起兵的地方本在今河南的南阳一带;而后来的基本势力范围又在今河北及河南北部的一些地方;更重要的则也是因为洛阳的地理位置更靠东,对京城的供应可以比长安方便得多。建都洛阳以后,政治经济和文化的重心逐步东移,再加上东汉一代不断发生羌乱,关中残破,而南方的江浙和北方的河北,因为比较安定,而且都有较好的自然条件,原来西部人口,就不断地向这里迁移。使河北的经济得以发展。

河北一带的文化发展在战国到秦汉中间经过一个比较曲折的过程。在战国时代,自从三家分晋后不久,赵国即迁都邯郸,成了战国时的名城之一。当时的赵国是在六国中还比较富强,曾招致了许多士人,尤其是平原君赵胜门下,宾客很多。北部的燕国也曾经招致过一些人才,最著名的是燕昭王筑黄金台以招士的故事。当时的赵国出过不少人才,最著名的有儒家大师荀况、名家大师公孙龙以及政治家虞卿、蔺相如;军事家廉颇、李牧等,因此在秦统一六国的过程中，遭到抵抗最强的莫如赵国。至于燕国因为国力弱小，所能招致的人才较少，较著名的只有邹衍和乐毅，但后来也离开了燕国。战国时代的游说之士中，只有一个蔡泽，曾做过秦相，但政治上也没有太大建树。这说明燕国在文化上不如赵国发达。到了汉初，儒学大盛，那时的儒生中，最著名的董仲舒，家乡在今河北的枣强，传《毛诗》的毛亨、毛苌是赵人，在文化上还是起了较大的作用。汉代藩王中，像河间献王的提倡儒术，也对儒学的兴盛起过一定作用。在文艺上，赵国本是一个比较发达的地区，《汉书·地理志》、《盐铁论》和一些乐府诗中都提到了赵地倡优之盛。《汉书·礼乐志》，还讲到汉武帝设立乐府，采诗夜诵，有"赵、代、秦、楚之讴"。与赵地相比，燕地的文化就不如赵地发达，汉时儒生中就是《韩诗》的传人韩婴为燕人，不过他的影响不小，在当时燕、赵一带学《诗经》的都学《韩诗》。他还治《周易》，但影响不如《诗经》之大，只是在家族中相传授。现在从《汉书》中看，出身燕地的著名人物较少，大约是由于这里的文化还比较落后之故。到了西汉末至东汉初，才出现了涿郡安平崔氏。这一家庭在王莽时出现了崔篆，以后崔骃、崔瑗、崔寔都是著名的文人和政论家。他们是博陵崔氏的先辈，据《魏书·崔挺传》，崔挺的六世祖崔赞，三国时为魏尚书仆射，五世祖崔洪为晋吏部尚书。他们大约和崔骃并非一支，但当是同族。此外，博陵崔氏还有崔辩和崔绰、崔鉴父子。《魏书》都没有提到他们祖上的姓名与官职。大抵博陵安平的崔氏，因为东汉一代出现了很多名人，就成为河北的望族。这些望族的人物，有的到朝廷中做官，有的则官职并不显达，但他们家世相传，都有一定的文化素养，在"十六国"干戈扰攘之际和北朝初年拓跋氏政权对文化不很重视的时候，这些世家大族中，仍能维持其经学和文学的传授不绝。但是这种家世相传的文学和经学都和南方颇不相同。这是因为这种私家传授,在缺乏交流的情况下,不论文学和经学都很难有所发展。《周书·王褒庾信传论》说十六国文人的文风,有“永嘉之遗烈”,这是符合事实的。现在看到十六国时代的一些应用文字,其文风确实和西晋后期流行的文体较近。但在北魏入据中原以后,这样的文章也已很少见到。北魏初年的文人如崔浩、高允之文,正如刘师培所说的“咸硗埆自雄”,实际上是缺乏辞采。特别是诗歌更是如此,例如《魏书》所载高允和宗钦等人赠答的诗,都是四言,简直很少文采,读来味同嚼蜡。尤其像宗钦,本和后秦时文人宗敞是兄弟,宗敞之文在当时文化比较发达的凉州也很受人称赏,而宗钦的诗,却写得如此拙朴。他这首诗已被高允所称赏,认为自己很难属和。高允的信,可能有自谦之意,但他的答诗甚至还不如宗钦的赠诗,也是事实。在北魏初年,河朔文人中高允还可以算得能文之士,所达到的水平,却殊无足称。这是因为高允的一生,几乎大半是在北魏早年的都城平城(今山西大同)度过的。平城在当时虽然是一个都城,却并非人文荟萃之地。当时的汉族士大夫们对久居塞外的拓跋氏政权尚有疑虑,不像对后燕、后秦等汉化既久的少数民族政权那样较少顾虑。由于崔浩因史事一案,株连了当时许多名门望族,更使汉族士人产生疑虑。高允自己在崔浩一案中,也险遭不测,只是由于拓跋焘的儿子拓跋晃的保全,他才得以无恙。但当时能和他在学术和文艺上进行交流的崔浩、宗钦等一批文人学者均已死去。由于当时的形势,高允也曾在一个较长的时期内很少从事写作。这是因为由太武帝拓跋焘及崔浩所推动的汉化改革受到了鲜卑贵族的强烈反对,朝廷对汉化已不再热心。高允本人虽没有受到处分,但可以往来的文人已很少。所以他在《征士颂》中自称二十年没有写文章。这时，北魏已经统治了北中国的大部分土地，统治着广大的汉族地区，在这种情况下，要实行汉化已属势在必行。所以当魏文成帝后期，他已经开始向朝廷提出一些改革礼俗的建议，并且献上过《代都赋》。由于文成帝对高允十分尊崇，他经常向皇帝进谏，即使文成帝听不进去，也不会加罪。文成帝的皇后是汉族，即北燕冯氏的女子。文成帝死后，献文帝和孝文帝都深受冯太后的影响。冯太后本人就很有文化修养，她为了教导孝文帝，曾作过《劝戒歌》、《皇诰》等诗文。后来孝文帝的迁都洛阳，大力推动汉化，显然和从小受她的影响有关。

孝文帝的大力推行汉化，当然得到了广大汉族士大夫的赞同。当时在朝的汉人大部分又都出身河朔地区，或祖籍虽非河朔，而久已在河朔定居的人。《魏书·高允传》所载高允《征士颂》所列和他同时被征召的士人中只有杜铨、韦阆是京兆人；宋宣、宋愔是西河人，不属于后燕统治的范围。但韦阆之父已仕后燕，居蓟城；杜铨之父亦仕后燕，侨居赵郡。西河宋氏则在前燕时代已仕于慕容氏。其实北魏的名门中，大多数都是前后燕的旧臣子孙，如弘农杨氏，据《魏书·杨播传》，其祖上也是后燕的官吏。这些情况说明在西晋灭亡时，北方士大夫有许多人因避乱到冀州、幽州，因为南渡之路已绝，又不甘心于臣服公开反对晋朝的前赵和后赵，宁愿去依靠打着拥护晋室大旗的前燕慕容氏。这些人物的到来，使幽、冀二州的文化潜力大为增长。但前燕存在的时间并不长，不久即为前秦所灭。“淝水之战”后，前秦覆亡，其中也有人曾想南渡，但由于道路不通未果，如崔浩之父崔宏，就是一例。其余的人大抵留在前燕旧境内，及至慕容垂起兵，他们又归附后燕。后燕不久即为北魏所灭，于是许多汉族士大夫又转而入仕北魏。但是，他们的入仕北魏，并不像入仕前后燕那样完全出于自愿。因为前后燕的慕容氏虽是鲜卑族，但已长期与汉族接触，统治者的汉化程度较高。据《晋书·慕容廆载记》，慕容廆早年曾经见过晋代名臣张华，得到张华的称赞，认为是“命世之器，匡难济时者也”。在洛阳、长安陷落后，据《晋书》说：“时二京倾覆，幽冀沦陷，廆刑政修明，虚怀引纳，流亡士庶多襁负归之。廆乃立郡以统流人，冀州人为冀阳郡，豫州人为成周郡，青州人为营丘郡，并州人为唐国郡。于是推举贤才，委以庶政，以河东裴嶷、代郡鲁昌、北平阳耽为谋主，北海逄羡、广平游邃、北平西方虔、渤海封抽、西河宋奭、河东裴开为腹肱，渤海封弈、平原宋该、安定皇甫岌、兰陵缪恺以文章才俊任居枢要，会稽朱左车、太山胡毋翼、鲁国孔纂以旧德清重引为宾友，平原刘赞儒学该通，引为东庠祭酒，其世子皝率国胄束脩受业焉。廆览政之暇，亲临听之，于是路有颂声，礼让兴矣。”慕容廆的儿孙慕容皝、慕容儁均好文籍，慕容皝还著有《太上章》、《典诫》诸书。后燕的慕容垂左右，亦有能文之士。现在从《晋书》各载记中所载的应用文字看，前后燕的文学水平较高，因此这时河朔地区已成了北方的文化中心。但是这个文化中心却没有能够得到长期的稳定。随着慕容垂之死(396)，北魏道武帝拓跋珪就以排山倒海之力，很快地灭了后燕，进占了河朔地区。

拓跋氏和慕容氏虽同为鲜卑族，其文化程度相差很远。当苻坚时代，北魏派燕凤出使前秦，苻坚曾说拓跋氏“无钢甲利器”，而燕凤则夸耀拓跋氏实力说：“北人壮悍，上马持三仗，驱驰若飞。”这些话虽出发点不同，却都能说明一个事实，即拓跋氏在当时的文化还很低。据说北魏开始任用燕凤时，燕不应聘，北魏昭成帝就围困代城，对城中人说："燕风不来，吾将屠汝。"（并见《魏书·燕凤传》）由于文化落后，拓跋氏统治者对汉化颇有反感。《魏书·贺狄干传》载，贺狄干奉魏道武帝拓跋珪命，出使后秦被扣留，在长安学了《论语》、《尚书》诸经，"举止风流，有似儒者"，因此被杀。汉人中也有被拓跋珪所任用的，但如崔逞向拓跋珪建议采桑椹以代军粮，引用《诗经》，意存讽刺，也因此被杀。这些汉族士大夫虽然被迫出仕，心中并不服气，拓跋氏对他们也怀有疑虑。这时拓跋氏的实力，并不能真正巩固地控制中原。当拓跋珪击破后燕，向南进取邺城时，就曾"巡登台榭，遍览京城，将有定都之意"（《魏书·太祖纪》），但最后还只是在邺置行台而去，最后只是迁都平城（今大同）。这原因在《魏书·崔浩传》中记得很清楚："神瑞二年（415），秋谷不登，太史令王亮、苏垣因华阴公主等言谶书国家当治邺，应大乐五十年，劝太宗（明元帝拓跋嗣）迁都。浩与特进周澹言于太宗曰：'今国家迁都于邺，可救今年之饥，非长久之策也。东州之人，常谓国家居广漠之地，民畜无算，号称牛毛之众。今留守旧都，分家南徙，恐不满诸州之地。参居郡县，处榛林之间，不便水土，疾疫死伤，情见事露，则百姓意沮。四方闻之，有轻侮之意，屈丐、蠕蠕必提挈而来，云中、平城则有危殆之虑，阻隔恒代千里之险，虽欲救援，赴之甚难，如此则声实俱损矣。今居北方，假令山东有变，轻骑南出，耀威桑梓之中，谁知多少？百姓见之，望尘震服。此是国家威制诸夏之长策也。……"这时北魏虽据有北方较多土地，但实力还不足以控制整个北方，所以对南燕的慕容德并未穷追，对后秦更是采取不加侵犯的政策。这并不是当时北魏还不想攻克中原，而是实力有限。

北魏初年的统治者在对待汉族士大夫的态度上存在一定的矛

盾，一方面，他们对地大物博、人口众多的中原地区很想据为己有，他们也知道如果得不到汉族士大夫们的合作，就很难在这里进行统治；另一方面，他们也害怕和汉族士人合作，因为两个不同种族间的心理隔阂既不易很快消除，而鲜卑族的过快汉化，也会对军力有所削弱，不利于对付北方的柔然和西方的赫连勃勃。但总的来说，北魏从道武帝拓跋珪起，就开始想招致汉族士人以为己用，而在实际上则收效不大。《魏书·崔逞传》："后司马德宗荆州刺史司马休之等数十人为桓玄所逐，皆将来奔，至陈留南，分为二辈，一奔长安，一归广固。太祖初闻休之等降，大悦，后怪其不至，诏兖州寻访，获其从者，问故，皆曰：'国家威声远被，是以休之等咸欲归阙，及闻崔逞被杀，故奔二处。'太祖深悔之。自是士人有过者，多见优容。"另一方面，汉族士大夫的出仕北魏，开始时也有很多顾虑。例如崔逞去投魏时，只带了一个儿子，却叫妻子带四个儿子去广固投南燕，原因在于"终虑不免"。这说明北魏的入主河朔之初，对汉族文化并不像慕容氏那样提倡，因此使这里的学术和文化失去了继续上升的趋势。《崔逞传》所载崔逞给东晋郗恢的信，称晋帝为"贵主"，已有不承认晋朝之意，道武帝其实对文意不甚了了，只是字面上见了"贤兄"、"贵主"的区别，妄加罪名。这更使执笔者寒心，因此北魏初期有不少公文越加显得鄙拙无文，显然是为了怕拓跋族统治者看不懂而产生误解。现在《魏书》中所载魏初公文，大约已经史官们修改润饰，并不一定是当时真面目。相反地，《宋书·索虏传》所载魏太武帝给宋文帝的信，纯属口语，恐怕更近于北魏朝廷中通用文体的原貌。

不过，到了太武帝时，北魏的势力已发展到了黄河以南很多地方，统治的地区扩大了，汉化的趋势也随之加速。太武帝对崔浩的态度说明了他在汉化问题上的矛盾。他开始时十分信任崔浩，几乎言听计从，正说明他已经认识到当时的北魏已不能继续用过去的方式来对广大汉族地区进行统治。然而他又不能不考虑众多的鲜卑贵族对汉化的反对。《南齐书·魏虏传》记载，太武帝子拓跋晃和崔浩不睦，太子叫玄高和尚祈福，使太武帝梦见拓跋氏祖先拿刀责问他“汝何故信谗欲害太子”，醒后就改变了对太子的态度。这个故事出于传闻，且多荒诞情节，但仍有其参考价值。因为当时北魏的鲜卑贵族反对汉化，势必推举一个足以影响太武帝的人物为首领，而在当时北魏朝廷中，最有资格和崔浩相对抗的，莫过于太子拓跋晃。关于拓跋晃和崔浩的矛盾，香港牟润孙先生在《崔浩与其政敌》（《注史斋丛稿》）中已有详论。太武帝之梦见祖先责难，正反映了他既想汉化，又怕变更鲜卑的传统。最后，他杀了崔浩，却又悲叹“崔司徒可惜”（《魏书·崔浩传》）。这种矛盾，正说明了汉化既在所难免，而鲜卑贵族的反抗也极为激烈。然而历史的潮流毕竟不可逆转。太武帝之后，继位的文成帝拓跋濬、献文帝拓跋弘，都在不断地接受汉化的教育。文成帝一些诏令，已经有很浓厚的儒家思想色彩。到献文帝时，据《魏书·程骏传》载，竟与自凉州入魏的程骏，“论《易》、《老》之义”。这个程骏是凉州名儒刘昞的弟子，不但深通儒学，且兼通老庄。献文帝死后，他更向文明太后冯氏和孝文帝上《庆国颂》，得到冯太后的表彰。《魏书》本传称程骏“才业未多”，但他死时，孝文帝和冯太后极为悼惜，赠赐优厚，说明北魏的汉化已在加速进行，并非孝文帝个人意志的产物。

第三节 凉州文化的影响

太武帝太延五年(439),魏灭北凉,正式统一了北中国,这是北朝政治史上的一件大事,同时也是文化史上的一件大事。从某种程度上说,凉州并入北魏版图其文化意义更大于政治意义。因为"永嘉之乱"中,中原的士大夫除了逃奔江南和河北以外,还有一部分人则向西投奔当时晋朝的凉州刺史张轨。张氏政权和东晋虽然道路阻隔,很难交通,但仍旧崇奉晋朝正朔。这个政权维持的时间很长,从西晋灭亡(316)直到苻坚灭前凉,共经60年时间,在这个时间内,中原各地兵戈扰攘,战乱不息,很少人能从事学术文化活动。相反地,凉州各地则相当安定。前凉政权中像张骏等人,都很重视学术和文化。据《隋书·经籍志》著录,到隋时,还有张骏及谢艾的文集存世。《文心雕龙》中论到东晋以后的文人,所提到的大抵均为南渡人士,关于北方,除刘琨、卢谌外,只讲到凉州的张骏、谢艾和王济。可见凉州文人的成就,连南方文人也相当重视。《魏书·胡叟传》载,当时有个叫程伯达的人(此人疑即《魏书·程骏传》所说程骏弟伯达,其人当名程弘,《魏书》述其事迹称"亦以文辩",但下文缺损,拙著《十六国文学家考略》失载)曾说凉州"自张氏以来,号有华风"。前凉灭亡后,后凉、西凉、北凉等政权,仍能保持凉州的文化传统,未曾衰歇。后来北魏的一些学者如刘昞、江式等都来自凉州。北魏所用的历法,称"赵𢾺历",也是凉州人所制定的。前面提到的程骏,也来自凉州。凉州不但是保持中原文化的一个重要据点,也是当时中外文化交流的重要通道。当时所谓"丝绸之路”，正是经由凉州出玉门关到今新疆维吾尔自治区，再越葱岭，与印度、中亚甚至欧洲进行贸易。当时许多佛教名僧也是由凉州来到中原的。北魏著名的佛教艺术宝库云冈石窟，也是在凉州高僧昙曜的主持下开凿的。因此北魏灭北凉，对北中国的经学、佛学、文学、艺术和自然科学都起了极大的推动作用。使河朔地区的文化传统也得到刺激而进一步发扬光大。

凉州地区并入北魏以后，许多凉州士人都被迁入平城，其中如刘昞、张湛、宗钦、段承根、阚骃、程骏等，都在《魏书》中有传。刘昞因为年事已高，到平城后，不习惯那里的生活，不久又申请回凉州居住，后来卒于凉州。他的学术著作如《人物志注》，至今还保存着。据史籍记载，他作过《酒泉铭》，文章“清典”（见《周书·王褒庾信传论》），是十六国时代的名作。张湛和宗钦到平城后，与崔浩的来往很密切。据《魏书·张湛传》云：“浩注《易》，叙曰：‘国家西平河右，敦煌张湛、金城宗钦、武威段承根三人，皆儒者，并有俊才，见称于西州。每与余论《易》，余以《左氏传》卦解之，遂相劝为注。故因退朝之余暇，而为之解焉。’其见称如此。”崔浩的《易注》，是北朝人经学著作中保存到隋代的极少数几部之一，其书已佚，内容无从详考。但据同书《崔浩传》：“太宗（魏明元帝）好阴阳术数，闻浩说《易》及《洪范五行》，善之，因命浩筮吉凶，参观天文，考定疑惑。”大约是属于汉代象数之学的一派。张湛、宗钦和段承根据《魏书》本传，都没有提到他们有什么经学著作。从宗钦、段承根的诗文看来，虽乏文采，却对经、史典籍很熟，可能在对《易经》的看法上，与崔浩有共同之处，所以崔浩特别提到了他们。这三人中，宗钦和段承根都和崔浩一起修史，因此崔浩被杀时，他们也被赐死。张湛因未任史职，所以没有被牵连。但他曾多次赠诗给崔浩，崔浩也曾作诗相酬答。《魏书·张湛传》说崔浩被杀后,张湛十分害怕,把崔的答诗都烧了。这件事说明了崔浩生平也曾作过诗。其实这也不奇怪,因为他父亲崔宏就曾写过诗,一直藏于家中,直到崔浩被杀,高允奉命查抄崔家时才发现,此诗后来也散佚了。大抵这些河朔的士大夫们都是在学术和文化上家世相传,外人很少知道。只是由于缺乏交流和互相切磋,水平很难提高,估计崔浩答张湛的诗如果保存到今天,大约也不过像宗钦、高允相赠答及段承根赠李宝之作一样质木无文。当他们还在写这种拙稚的四言诗时,南方的陶、谢两大诗人均已去世,鲍照、汤惠休已崭露头角。这说明长期的村居生活和缺乏"以文会友"的活动,已使河朔的文化与江南相比,拉开了很大的距离。至于凉州文人,在入魏以前,恐怕其文学水平也比入魏前要高。我们现在看前凉张骏、西凉李暠的文章,就不免有此感觉。这不是他们才华的减退,而是当时平城的环境,很难成为一个人文荟萃之地。因为当时居住在平城的,多数是鲜卑族人,他们对汉族文化很少了解。入仕北魏的士人,留居平城的为数不多。这里既无大量的藏书,北魏政府也没有对文化事业注意提倡。汉族士大夫们大多不想去平城。所以魏孝文帝深知要提高北朝的文化,非迁都洛阳不可。他一再地说"此间用武之地,非可文治,移风易俗,信为甚难"(《魏书·任城王澄传》);"北人每言北人何用知书,朕闻此,深用怃然。今知书者甚众,岂皆圣人。朕自行礼九年,置官三载,正欲开导北人,致之礼教。朕为天子,何假中原,欲令卿等子孙,博见多知。若永居恒北,值不好文主,卿等子孙,不免面墙也"(同书《广陵王羽传》)。他的决心迁都,实在是已经认识到留居平城,已难于招致众多的人才,提高文化,来实行对汉族地区的统治。

第四节　南方文化对北朝的影响

推动孝文帝下决心实行汉化的一大原因是北魏的疆域因为刘宋的内乱而得以扩张。原来刘宋的孝武帝死后，前废帝刘子业立，被其叔父明帝刘彧所杀。刘宋各州刺史大多不服，晋安王刘子勋在江州起兵，于是徐州刺史薛安都、青州刺史沈文秀等都站在刘子勋一边，然而战争的结局却是刘彧取得了胜利。薛、沈诸人因此表示归降北魏。但刘彧也向他们表示一切不究。这时沈文秀又想归降刘宋，而魏将慕容白曜已兵至历下（今山东济南），很快攻进了青州刺史的治所广固（今山东益都）。沈文秀坚守数月，力竭被俘。魏军攻下今山东一带后，把这里的许多人劫掠到平城，称他们“平齐民”。在这些“平齐民”中，有不少饱学之士，如北朝著名学者刘芳，据《魏书》本传说，就是“平齐民”之一。刘芳当然是一位经学家，还不是文学家，但在当时的条件下，两者的关系本是十分密切、互相促进的。“平齐民”的到来，不但带来了许多南方的学术、文化成果，也带来了一些在北方尚未见到的图书，如东晋梅赜所献的伪古文《尚书》，大约就是这时传入北方的（详见拙作《读贾岱宗〈大狗赋〉兼论伪〈古文尚书〉流行北朝时间》，《中古文学史论文续集》，台湾文津出版社版，第340至346页）。北朝文学的兴起，与“平齐民”也有很大关系。《魏书·儒林传》：“高祖（孝文帝）钦明稽古，笃好坟典，坐舆据鞍，不忘讲道。刘芳、李彪诸人以经书进，崔光、邢峦之徒以文史达，其余涉猎典章，关历词翰，莫不縻以好爵，功贻赏眷。于是斯文郁然，比隆周汉。”这里提到的四个人中，刘芳、崔光都是“平齐民”。刘芳的情形,我们在上文已讲到;崔光之父崔灵延本刘宋长广太守,和崔道固一起抵抗魏军。《魏书·崔光传》:“慕容白曜之平三齐,光年十七,随父徙代。”据说魏孝文帝曾说:“孝伯(崔光原名)之才,浩浩如黄河东注,固今日之文宗也。”崔光所著“诗赋铭赞咏颂表启数百篇,五十余卷,别有集”;他曾巡察陕西,“所经述叙古事,因而赋诗三十八篇”;他和李彪往来的诗,据本传载,有“百三卷”。《魏书·韩麒麟附韩显宗传》:“高祖曾谓显宗及程灵虬曰:‘著作之任,国书是司。卿等之文,朕自委患,中省之品,卿等所闻。若欲取况古人,班马之徒,固自辽阔。若求之当世,文学之能,卿等应推崔孝伯。’又谓显宗曰:‘见卿所撰《燕志》及在齐诗咏,大胜比来之文。然著述之功,我所不见,当更访之监、令。校卿才能,可居中品。’”韩显宗曾作有《赠李彪诗》,见《魏书》本传,在文采上远胜高允诸人之作,而据孝文帝说,崔光的文学才能还在韩显宗之上。可惜他的集子已经散佚,无从知道详情,但他在文学上的成就,大约不会太低。《魏书·儒林传》说到的这四个人中,把李彪称为“以经书进”,其实李彪在文学上也是很有贡献的。《魏书·李彪传》称李彪“述《春秋》三传,合成十卷。其所著诗颂赋诔章奏杂笔百余篇,别有集”;同传又载他出使南齐时,曾对齐武帝萧赜背诵阮籍的诗,临行时齐武帝还叫群臣赋诗送别,如果没有很高的文学修养,齐武帝显然不会这样赏识这位北朝的使者。从这些情况看来,河朔学者本来就拥有深厚的学术和文艺的传统,只是当时的条件,使他们无法得到发挥。自从凉州文人和“平齐民”中的经学、文学人才来到北方,经过一段时间的接触,互相启发,使北方的经学和文学传统,得以发扬和变化。在这个时期中,河朔文人,虽有不少饱学之士,却由于缺乏写作的经验,在技巧方面，还不够熟练，虽有南方的作品可资借鉴，但由于长期的分裂，生活状况不同，表现在文学作品的内容也就不可能完全一样，所以吸收和借鉴南朝文人的创作经验，也必然要有一个逐步消化和改造的过程，不可能一下子就取得成功。所以《魏书·文苑传》评北魏文人"学者如牛毛，成者如麟角"，这是完全正常的现象。在这个时期中，北方文人除上面提到的崔光外，较著名的如袁翻、袁跃兄弟、温子升祖先都在南朝做官；常景的祖父常爽（见《魏书·儒林传》）则来自凉州。正是这些"平齐民"和凉州人士的到来，作为一个外因，促使河朔文化传统这个内因得以发展起来，才造成了北朝经学和文学的复兴。

除了"平齐民"以外，南朝的几次内乱，迫使一些士大夫逃奔了北朝，这对北朝学术、文艺的发展也有较大影响。在这方面，在不同的时期，所起的作用也颇不相同。最早由南入北的人物如晋宋之间的韩延之，在南方时曾作书回答刘裕，此书很有文采，辞气不卑不亢，很有特色。但他到北方后，似乎没有任何文学活动，也不见他对北朝文学有什么影响。刘宋中后期入北的刘昶，在投奔北朝前作过一首诗，入北后也没有很多文学活动。但到魏孝文帝时由南入北的王肃，却对北朝的学术文化起了不小的作用。《魏书·王肃传》称王肃"涉猎经史"，"肃自谓《礼》、《易》为长，亦未能通其大义也"，似对他的学术成就评价不高。但孝文帝的提倡汉化，在礼制等问题上，颇得王肃之助，这是史学家们所普遍承认的。至于文学，王肃虽不以文学见称却显然对北方文人有影响。如《魏书·祖莹传》载，王肃到平城后，写了一首《悲平城》，此诗在艺术上没有太多特色，还不如刘昶入北时那首诗有文采。但此诗影响很大，北方文人祖莹作《悲彭城》，全仿此诗的形式；《魏书·彭城王勰传》

载，魏彭城王元勰奉孝文帝命作了一首《问松林》，体裁也全仿王肃此诗。《洛阳伽蓝记》卷三载，王肃原配谢氏在王肃入北后，也到了北魏，作诗一首赠王肃，王肃入北后所娶北魏公主作了一首答诗，也全仿谢氏的体裁。这两首诗，都酷似南方的《子夜歌》。可见北朝诗歌的兴起，在开始时都以摹仿南朝入手，逐步形成自己的特色。北朝文人诗的成熟，其实是在魏、齐间的“三才”（温子升、邢劭和魏收）出现以后。至于真正的名作，甚至更晚些，直到卢思道等人，才写出了《听鸣蝉篇》这样的名篇。在词赋方面，由于北朝赋存者较少，现在所能见到的早期辞赋如张渊《观象赋》、高允《鹿苑赋》，基本上承袭西晋以前大赋的体制，而艺术上则远为逊色。孝文帝迁洛以后，北朝赋出现较多，风格各殊，以阳固《演赜赋》为代表的北方文人，沿袭着汉晋旧体，其手法仍没有脱出张衡《思玄赋》的轨辙，但较之高允等人，艺术上已有很大进步；袁翻的《思归赋》则风格酷似南朝的鲍照和江淹，已有绮艳的色彩，音节也显得和谐流畅，在北朝赋中较少见，但因为过于模仿江、鲍，总不免使人感到缺乏独创性，只是一种因袭模拟之作。至于元顺《蝇赋》，意在刺世，愤激之情溢于言表，但不免使人有“雕润恨少”之感。比较值得注意的北朝赋则为李骞《释情赋》、李谐《述身赋》和卢元明的《剧鼠赋》。李骞和李谐都是身经乱离的人，他们的两篇赋在体制上似和《演赜赋》较近，但《演赜赋》写作时代较早，主要以史为鉴戒，还可以说是“怨而不怒”；二李则因为经历不同，更偏重于写亲身的经历，已经显出愤愤不平了。像李骞和李谐的两篇赋，如果孤立地从艺术上加以评价，也许称不上什么名篇，但它们的历史意义却不可低估。因为这种长赋叙事而主要写自身经历的赋，在过去不多见。汉人记事之赋，多为纪行之作，往往经一个地方，写一段史事，虽寓讽谏,尚少涉及时事。他们这种尝试的结果,是开了后来庾信《哀江南赋》和颜之推《观我生赋》的先河。我们完全可以说庾、颜二家之赋在艺术上超过二李甚多,但二李时代在前,而且南朝赋中也缺乏这种先例,这倒是北人吸取南朝技巧而另辟新路的开始,但最后结出的硕果却是由两个从南方来的人完成的。这也许和北朝文人在艺术技巧方面还不如南朝文人熟练有关。北朝文人在辞赋方面的又一贡献,也许是在俗赋方面。俗赋这种文体,至迟在三国时代已经出现,曹植的《蝙蝠赋》、《鹞雀赋》已经很有较明显的俗赋色彩。后来左思《白发赋》也有点俗赋味,但更偏于游戏文字的性质。南朝人这方面的作品传世甚少。卞彬的《蚤虱赋》只剩了序,但序文还是典雅的。《蝦蟆赋》只存几句佚句,尚不足判断它是否俗赋体裁。北朝人在这方面作过些努力,如《洛阳伽蓝记》卷二所载姜质《庭山赋》,因为半雅半俗,很不调和,因此颇受后来评论者非议。但卢元明的《剧鼠赋》则在文体方面上承曹植,下开敦煌俗赋,其刻划老鼠可憎之状,颇为生动,在南北朝辞赋中别具一格。至于北朝的骈文,大体上也是到温子升等人出现时才趋于成熟,前此文字,虽亦用骈句,但辞采远不及南朝人文章。总的来说,骈文由于多半是应用文,其地区的特色一般不很明显,而诗赋由于是抒情叙志之作,往往最能体现人们的心理状态,因此北朝人的作品,其佳作必然会体现出不同于南朝文学的特色。然而,这个特色当然不能是高允的四言诗那种枯燥无味之作。而是富于独特风格的艺术精品。这当然不可能在短期内完成,而是在学习和吸取南朝文学的成就,加以改造和发展之后才能出现的。这要经过一个长时间的模仿和摸索,才能做到。因此北朝文学的真正繁荣,实际上要到北魏灭亡,东西魏对立之际才得以实现。

第八章　北方的生活情况及文化的衰落

历来论述南北朝文学的人,都认为北朝文学的不如南朝,是由于各族军阀的入侵,造成长期混战,经济受到破坏,大批文人南迁,文化重心移到南方的结果。这样的论点,显然不能说完全不对,但不免有失于笼统。因为各族的入侵,当然对文化有一定的影响,但有时也不尽如此。例如北魏后期的"六镇"军人进入中原,他们的文化并不比晋时的"五胡"为高,而且也有过混战,但当时北朝的文学并未因此衰落,反而有较大的发展和繁荣;至于经济的破坏和士人的南迁,也要作具体的分析。因为根据《洛阳伽蓝记》卷四的记载,北朝后期的财力也很富裕,再从贾思勰《齐民要术》看来,北方的农业技术也有很大的发展,不能说文学的衰落是由于经济受破坏。至于士人的南迁,虽属事实,但北方士族如崔、卢、李、郑都未南迁,恐亦不能说北朝文学的衰落,全由于士人的南迁。因此还须对西晋灭亡后北方人们的生活状况作一些具体的探讨,才能说明北朝文学一度衰落的原因。在这个问题上,我们似乎首先要对入侵各族的情况和北朝的历史来作一番考察。

第一节　“五胡乱华”的性质

过去的学者谈到“五胡”，总是用大汉族主义的眼光去看待，所谓“五胡乱华”一语，就含有对这些种族的歧视态度。其实当时入居中原的匈奴、羯、氐、羌、鲜卑等五个种族，情况很不相同，不能一概而论。

首先起兵反对西晋的是匈奴族的前赵。匈奴族在汉代本是称雄大漠南北曾和汉朝争强的种族。后来屡被汉朝击败，又发生了内乱，才分化削弱，一部分人西迁，一部分归降汉朝，从此在东汉时附属于汉朝。在汉魏二代，匈奴族人受着汉族士大夫和本族统治者的双重压迫。匈奴贵族与汉魏统治者之间既有矛盾，又互相勾结。历朝政府有时调发他们去镇压农民起义和其他种族的叛乱；匈奴贵族也有时倚仗朝廷去镇压本族的内乱。在长期的杂居过程中，匈奴贵族中有不少人深受汉化的影响，如刘渊及其继承者刘聪、刘曜，都很熟悉儒家的经典和汉族的文学。他们起兵反晋，一方面是利用了汉族和匈奴族之间的种族矛盾，另一方面则是出于对政权的野心。本来匈奴族在入迁内地后，受汉族朝廷和地主的压迫而要求反抗，是无可非议的。但刘渊等统治者，出于个人野心，利用了这种矛盾，使前赵政权带有严重的暴乱性质，激起了大多数汉人的反对，如果西晋政权不是这样腐朽和四分五裂，对前赵这样的军阀割据，本是不难平定的。其实前赵之所以能接连攻下洛阳和长安，俘获怀、愍二帝，并不是由于它强大，而是利用了晋朝内部的“八王之乱”和民变蜂起，只是乘虚而入。当时起兵反对晋朝的各种力量，有时也曾在名义上一度归附前赵，事实却还是保持其独立，有的后来又投向东晋。刘渊、刘聪等人也想拉拢一些汉族士人来支持他们的政权，做出一些尊崇儒学等等的样子，但绝大多数汉人并不支持他们，而是聚结在坞堡之中，加以抵抗。所以在前赵时期，不管刘渊等人自己具有多高的文化水平，但并没有汉族士人在他的政权下进行较有成绩的学术和创作活动，甚至也没有几个人愿在前赵做官。这是因为他们俘虏怀愍二帝，使之"青衣行酒"，激起了汉族的普遍愤慨。前赵政权的残暴更是严重，在这个政权统治下，连年混战，生产遭受破坏，人民大批流亡，因此它也很快地为后赵所灭。

羯族人石勒所建立的后赵政权，性质与前赵不同。羯族据说是"匈奴别部羌渠之胄"（《晋书·石勒载记》）。据王仲荦先生《魏晋南北朝史》说："羯人高鼻深目多须，崇奉祆教，和匈奴显然不是同一个部族。后人认为《魏书》有者舌国，《隋书》有石国，都于柘折城，即今天的塔什干。石勒的祖先可能就是石国人，移居中原后，遂以石为姓。"（上海人民出版社 1979 年版，第 241 页）石勒出身比较低微，曾被人掠卖为奴，后来被免为佃客，他投入了晋朝东瀛公司马腾的残部公师藩部下，最后自己成为一支力量。石勒初起时，带有反压迫的性质，他自己又曾被人掠卖为奴，所以较能知道百姓的疾苦。在他刚起兵时，也曾有过劫掠的行为，但后来建立了政权，就比较注意发展生产。石勒对汉族士大夫们的态度，前后也有变化，初起时对晋朝官员，出于仇恨，多加杀戮；后来则为了进行统治，就改变了态度，对士大夫颇为优待，曾设立过"君子营"来加以照顾。在他手下的士人如张宾、徐光虽非著名高门，却很有才能。这时有些名门大族的人，也有出仕后赵的。魏《郑羲碑》称郑羲的高祖郑略，“值有晋弗竞，君道陵夷，聪曜虔刘，避地冀方，隐括求全，静居自逸。属石氏勃兴，拨乱起正，征给事黄门持节，迁侍中尚书，赠扬州刺史”。对前后赵的态度，显然不同。当然，石勒是羯族，又和东晋相对立，所以怀有正统观念和种族意识的士大夫们也不是都能和石勒合作，更多的人还是宁愿投奔东晋、前凉或慕容廆。同时，石勒从建立政权到死去才十四五年(319—333)，毕竟时间较短，还不可能把都城襄国建成一个文化中心，所以还没有在学术和文艺上留下什么业绩。但据一些类书所引《十六国春秋》的佚文，石勒的谋士徐光就曾吟诗作赋，可惜兵戈扰攘的时代，这些作品很难保存，所以也无法加以评价。

羯族的文化，在“五胡”中比较低，像石勒这样具有远见的人物毕竟不多。石勒死后，政权落到了以残暴闻名的石虎手中。石虎是一个武夫，对文化的作用并无认识，他只是利用军事力量进行统治，他的残酷压榨激起了汉人的极大仇恨，在他死后，立即发生了冉闵大肆屠杀胡羯的事件。在这场大屠杀中，许多汉族士人都曾支持冉闵，其中如卢谌、刘群等都支持冉闵，随着冉闵的失败，他们也都死于战争中。这些汉族士大夫，本是刘琨的旧属，刘琨死后，跟着鲜卑人段匹磾反对石虎，但段匹磾不久也被石虎所击灭，他们被迫在后赵做官，而心中并不服气，所以对这场不分青红皂白的大屠杀并无反对之意。这说明羯族和汉族之间的矛盾仍很尖锐。卢谌等人都是有文学才能的，卢谌的诗文传世之作大抵作于刘琨在世时，他入后赵之后并无作品传世，甚至有没有进行过创作，也无从知道。在儒学家中，有一个韦謏，也曾在后赵做官，后来也支持冉闵，他在经学上也没有什么著作传世。这说明后赵在经学、文学等各方面都不是很兴盛的。

鲜卑族慕容氏曾建立过前燕、后燕和南燕三个政权。其中南燕的疆域很小,也没有出现过什么学者和文人。但这并不说明当时南燕境内就没有学术和文化人才。事实上南燕的疆域在今山东省黄河以南的大部分地区,在历史上本是一个文化发达的地区,后来南朝和北朝有许多杰出的学者和文人都是出生于此或以此为原籍。问题只是短暂的南燕政权始终处于动乱状态,人们很难进行学术和创作活动。前燕与后燕的情况则与此不同。前燕所以能取得广大的汉人的支持除了打着扶助晋朝的旗号以外,也的确能注意农业生产,减轻人民负担和提倡汉族文化。现在看来,北朝一些汉族士大夫,大部分都曾在慕容氏政权下任职。北朝的学术和文化,基本上是由一些前后燕旧臣的后裔中发展起来的。这个情况很值得注意。但由于当时北方战乱很多,学术和文化的交流极少,书籍又无专门的机构去加以搜集、整理和保存,因此当时的著作均已散佚,无法详知。从情理来推测,河朔地区应该是有其学术和文艺传统的。根据《魏书・高允传》的记载,崔浩对一些经典的见解,颇与"马(融)、郑(玄)、王(肃)、贾(逵)"不同,崔浩之父崔宏曾作过诗;《陈奇传》载,陈奇对《论语》等书的见解,也不同于马融、郑玄,而近于崔浩,为游雅所反对;《隋书・经籍志》还著录有崔浩所编《赋集》。这说明像清河崔氏这样的高门士族,确有其经学和文学的传统。只是没有得到保存。崔家本是刘琨旧部崔悦之后。崔悦和卢谌一样,都是在段匹磾败亡后被迫出仕后赵,并引以为耻的,最后他也死于乱兵之中。至于他的子孙出仕前燕和后燕,却并非被迫而属自愿,这里可以看出汉族士人对慕容氏的态度和前后赵大有区别。

氐族苻氏和羌族姚氏建立的前秦和后秦跟前后赵既不相同,

和鲜卑慕容氏也有差别。这两个种族本来在西北各地,原是被前赵和后赵强迫迁到中原地区的,他们在前赵和后赵时代,也受到了控制和压迫。他们受汉族文化的影响较深,同时对汉族人的态度也不像匈奴族和羯族那样怀有仇恨。在前秦兴起时,上距西晋灭亡已经三十多年,北方人民对东晋的兴复已失去了幻想,而前秦政权对人民的态度,也确实不像刘聪、石虎那样残暴。因此汉族人包括一些士大夫似乎都对苻氏没有很大反感。《洛阳伽蓝记》卷二记北魏隐士赵逸说:“苻生虽好勇嗜酒,亦仁而不杀。观其治典,未为凶暴。及详其史,天下之恶皆归焉。苻坚自是贤主,贼君取位,妄书君恶,凡诸史官,皆是类也。”这个隐士赵逸,大约和汉代的李少君一样是个冒充仙人的骗子,但他这段话,也多少反映了北方汉人对苻氏政权的看法。可见苻氏在苻坚称帝前,也不是很凶残的。苻坚在十六国君主中,政绩更颇可称道。《晋书·苻坚载记》所载王猛在时的情况,的确很值得称赞。所以赵逸称他“贤主”,不为过誉。更可注意的是南方的汉族士大夫对苻坚的态度也与十六国其他君主不同。《世说新语·企羡》:“郗嘉宾得人以己比苻坚,大喜。”郗嘉宾即郗超,与王羲之家是亲戚,在东晋的仕历和门第都极高,居然把比自己于苻坚为荣,这很说明汉族士人对苻坚的看法。事实上苻氏确有才能,苻坚以外,像苻融也是一个很有才能的人物。后来投降东晋的苻朗,作有《苻子》,其佚文存者尚多,清严可均辑入《全上古三代秦汉三国六朝文》,其文辞和思想都颇有特色。值得注意的是,在十六国时代,各政权为了装饰门面,都设立一定的学校,设立五经博士教授儒家经典,但这些机构,实同虚设,统治者既不加重视,士人们也未必去学习。前秦的情况与此不同,百姓们甚至作歌谣加以称赞。随着教育和儒学的复兴,前秦的文学和其他学术也兴盛起来，王嘉的《拾遗记》和苏蕙的《回文诗》以至赵整在佛经翻译、诗歌写作及史学方面的种种贡献，都对学术和文艺的发展起了不小的推动作用。苻坚后来的失败，是由当时种种复杂的社会矛盾所造成的。再加上氐族人数较少，在遭受鲜卑、羌和东晋三方面的不断打击下，前秦终于灭亡了。但在十六国中，前秦时代留下的文化遗产是很有价值的。如果这个政权得以持久，那以长安为中心的关中地区，很可能成为学术和文艺的又一个中心。事实上前秦虽然灭亡了，但它留下的文化基础并未消失，继起的后秦，仍然具有较高的文化。所以《隋书・牛弘传》曾说“僭伪之盛，莫过二秦”。

在关中地区取代前秦的羌族姚氏政权，其性质与前秦颇有类似之处。羌族也是被前后赵强迫东徙的种族，在文化上受汉族影响也很大。在姚氏初起时，姚苌曾和前秦进行过多年征战，直到他儿子姚兴时，才最终取胜建立巩固的统治。姚兴的军事实力远不如前秦，但在他当太子时，就经常和他的官属梁喜、范勖等“讲论经籍”，他称帝之后，招致许多儒者，在长安讲授经籍，“诸生自远而至者万数千人”。《晋书・姚兴载记》说在他的倡导下，“学者咸劝，儒风盛焉”。在儒学兴盛的同时，文学也得到了提倡，一些官员因为“文章雅正”而被委以重任。在姚兴统治下，曾有杜挺作《丰草诗》，相云作《德猎赋》来加以讽谏，都得到姚兴的称赞。这些作品虽未保留，但说明后秦文学相当发达。姚兴的儿子姚泓虽然在政治上并无才能，最后被刘裕所灭，但他在提倡文学方面，也起过作用。《晋书・姚泓载记》称他“博学善谈论，尤好诗咏。尚书王尚、黄门郎段章、尚书郎富允文以儒术侍讲，胡义周、夏侯稚以文章游集”。后秦留下的文化遗产，主要在佛学方面，许多佛经都是经后秦的名僧鸠摩罗什所译。鸠摩罗什的弟子僧肇，作有《肇论》，在文学和哲学方面都是名著。刘裕灭后秦时，曾将长安典籍全部运回建康，据云都是“赤轴青纸，文字古拙”，数量达4 000卷。这个数字和南方的藏书相比，自然不算多，但在十六国和北魏来说，已经是很有规模的了。刘裕克长安，把关中的图籍和一些人迁到南方，还有一些后秦士人逃到了北魏及匈奴赫连氏的夏国，长安这个有可能成为文化中心的地方，也就此荒芜了。值得注意的是，古代人对待汉族和其他种族间的战争，总是站在汉族立场上看问题的。但对后秦之亡，却有一些同情姚泓的传说，如《晋书·姚泓载记》说姚泓被杀后“建康百里之内，草木皆燋死焉”。《太平广记》卷二九引《逸史》，甚至讲唐太宗时有个僧人住在衡山，见到一个人形怪物，满身长着绿毛，来到面前。那怪物自称就是姚泓，临刑时脱逃，最后成了仙，已能“长生不死”。这些传说的出现，说明汉族人对姚氏正像对苻氏一样，并无恶感。

与这些种族的政权相比，鲜卑拓跋氏是比较落后的。在西晋灭亡之初，拓跋氏曾经出兵帮助过刘琨抗击匈奴族和羯族，但并无多大作用，因为当时拓跋氏的部落还没有组织成一个统一的国家，实力还很有限。在前秦时代，拓跋族曾为苻坚所灭。从《魏书·燕凤传》看来，拓跋氏的生产状况和政治组织都很幼稚，还不可能与其他部族逐鹿中原。当时拓跋氏连遭石虎的征伐和苻坚的征服，当他们遭到攻击时，不是逃亡到别的部落，就是逃避。《魏书·皇后列传》载，平文帝皇后王氏当儿子昭成帝想“定都于灅源川，筑城郭，起宫室，议不决时”，她说：“国自上世，迁徙为业。今事难之后，基业未固。若城郭而居，一旦寇来，难卒迁动。”这说明拓跋氏当时基本上还属于游牧部落，军事力量也很不足，当发生外患或内乱时,常常乞援于慕容氏,宇文氏等其他鲜卑族。直到道武帝拓跋珪时代,这个部族才逐渐兴盛起来,但几次内乱时,还不免乞援于后燕。后来兵力渐强,和后燕相攻,在参合陂大破慕容宝之后,乘后燕内乱,才一下子攻入今山西、河北及河南等地,建立起统治。然而从拓跋珪一直到太武帝拓跋焘,虽已占有中原的大片土地,却始终没有迁都到汉族文化发达的地区,而仍然建都平城。拓跋氏采取这个政策,并不是偶然的。因为当时北魏所面临的强敌很多,南方存在着刘宋政权,当时还在比较强盛的元嘉时代,如果南下与刘宋争强,很难速胜,而在北魏的北境还存在着一个强大的敌人柔然,在其西边又有一个赫连氏的夏国政权。拓跋焘采用崔浩的策略,全力从事于削弱夏和柔然,对刘宋只取守势。因为崔浩明知刘宋的兵力,自守有余,却不会贸然进攻北魏。如果迁都到中原,不但会加剧和刘宋的矛盾,也容易使北边空虚,对柔然的侵扰鞭长莫及。更重要的,是前面已经讲到过的崔浩反对迁都邺城的理由,如果北魏过早地南迁使自己的部族陷于汉人的汪洋大海之中,对保持政权极端不利。在这种情况下,北魏皇朝从道武帝灭后燕直到孝文帝迁洛,经过了百余年时间,是有其历史原因的。

北魏建都平城百余年,当时为什么没有能使平城形成一个人文荟萃之地呢?这原因比较复杂。我们知道平城在汉代是一个边塞地区,汉高祖刘邦曾被冒顿单于围困于此。此后,经过汉武帝和东汉初年屡次北伐,汉朝的边界已向北推进到今内蒙古境内,按理说,平城也应该是汉化较深的地区了。但经过魏晋以至十六国的混战,北方各族内迁,使平城的汉族人口减少,其他种族数量增加。在当时人心目中,平城是一个荒凉的地方,例如《魏书·祖莹传》所载王肃所作的《悲平城》,就体现出一幅萧条荒漠的景象,汉族的士大夫们自然很少人肯去定居于此。再加上北魏早年的官员，并无俸禄，《魏书·高允传》载，直到魏文成帝时，还是“时百官无禄，允常使诸子樵采自给”。这时高允入仕北魏二三十年，尚极贫困，当然更难吸收汉族士人到平城去做官。也正是这个原因，使平城的文化不可能兴盛起来，北魏初年的文学也只能较之十六国反有逊色。孝文帝所以竭力要迁都洛阳，这是一个很重要的原因。所以对于从十六国到北魏孝文帝迁洛，中间经过一百五十年以上时间，其中文学、儒学和佛学都有过起伏，其中原因相当复杂，不能一概而论，用一句笼统的话来解释。

第二节　十六国北朝人们生活的特殊方式

文学作为一种意识形态，归根结蒂必然是人们社会生活的反映。文学的兴衰及其内容的变化，归根结蒂也必须从人们的社会生活中去探索其原因。我们如果要探讨北朝文学不同于南朝的原因，显然也无法离开当时北方人民在各族入侵和混战下所形成的特殊的生活方式和条件。在这里，我们首先应该注意的是当时聚族而居以及结成坞堡的情况。

聚族而居和建立坞堡的情况起源甚早，开始时大约是为了防止兵乱中的侵扰。据《后汉书·樊宏传》，早在西汉末年的农民起义中，就有些地主豪强如樊宏辈“与宗家亲属，作营垒自守，老弱归之者千余家”。到东汉末年，这种情形也经常出现。《三国志·魏志·田畴传》载，田畴被公孙瓒所拘，“畴得北归，率举宗族他附从数百人，扫地而盟曰：‘君仇不报，吾不可以立于世。’遂入徐无山中,营深险平敞地而居,躬耕而养父母,百姓归之,数年间,至五千余家。畴谓其父老曰:‘诸君不以畴不肖,远来相就,众成都邑,而莫相统一,恐非久安之道。愿择其贤长者以为之主。’皆曰善,佥相推畴。畴曰:‘今来在此,非苟安而已,将图大事,复怨雪耻,窃恐未得其志。而轻薄之徒,自相轻侮,偷快一时,无深计远虑。畴有愚计,愿与诸君共施之,可乎?’皆曰:‘可。’畴乃为约束相杀伤犯盗诤讼之法,法重者至死,其次抵罪,二十余条。又制为婚姻嫁娶之礼,兴举学校讲授之业,班行其众,众皆便之,至道不拾遗。”田畴这种做法,可以说是组织比较严格和强大的坞堡。不过田畴有他的政治目的,其他各地为了防止各种力量的侵扰,这种坞堡也不少,只是未必像田畴那样严密和整齐。到西晋末年,由于内乱纷起,各族的入侵,这种坞堡也在各地纷纷兴起。当时晋朝的朝廷有时要借助他们的力量,东晋初年叛服不常,有时还起了一些抗御前后赵及为朝廷出力的作用的如苏峻、郭默等,本来也就是坞堡的首领。前后赵政权对各地坞堡,只要他们能表示服从,交纳一定的粮草,也就不加侵犯。因此坞堡中的百姓一般比散居的人安全。因为入侵各族,在晋时颇受压迫与歧视,得势之后强行抢劫和犯法之事经常发生,连他们的首领也无法加以完全禁止。《晋书·石勒载记》:“勒以参军樊坦清贫,擢授章武内史。既而入辞,勒见坦衣冠弊坏,大惊曰:‘樊参军何贫之甚也!’坦性诚朴,率然对曰:‘顷遭羯贼无道,资财荡尽。’勒笑曰:‘羯贼乃尔暴掠邪!今当相偿耳。’坦大惧,叩头泣谢。勒曰:‘孤律自防俗士,不关卿辈老书生也。’赐车马衣服装钱三百万,以励贪俗。”樊坦是石勒手下的官员,再说石勒已明令胡人“重其禁法,不得侮易衣冠华族”。然而这种法令收效极微,尤其羯族将领根本不怕什么禁令。例如程遐是石勒世子的舅舅,因为石勒曾和他商量叫世子石弘镇守邺城,而石虎自以功大,不愿相让,竟"遣左右数十人夜入遐宅,奸其妻女,掠衣物而去",也并不因此受到惩处。官员尚且如此,一般百姓自然更难安身,如果不结成坞堡,自然是很难安生的。

这种坞堡的建立,自然以一些强宗豪族为基础,它的首领也必然是地方上的豪门地主。对这些人,晋朝和后赵都想加以拉拢,他们中的态度,也不完全一致。有的始终坚持抵抗前赵和后赵如李矩,有的则依违于晋朝和前后赵之间。这种坞堡在战乱频仍的时代,确有其保护作用,但坞堡的势力范围成了局限人们活动的界限。因为出了这个范围,聚居的集体就无力加以保护。再加上由于坞堡的建立,一些强宗除了自守以外,也难免干出劫掠行旅的事情,因此交通极端不安全,商业和人们的交游几乎陷于停顿。在这种条件下,连平原地区也不安全(如《魏书·李孝伯附李安世传》所载《李波小妹歌》,正好出现在今冀鲁豫三省交界的大平原上),更不要说什么山林川泽险阻之地了。在这种情况下,要像谢灵运那样去登山临水,描写自然风光,自然是不可能的。我们经常认为,山水诗兴盛的原因之一是南方山清水秀的地理环境,这当然不能说错。但反过来说,北方也远不是绝无景区足资游览,其所以缺乏那样的山水诗名篇,其主要原因还应该从当时的社会存在中去寻找。

坞堡中的人既要生产,又要随时准备作战以保卫自己的生存,因此内部必然要有一定的组织和制度,才能维持下去。前面我们讲到田畴在组织他的坞堡时,就有着极严格的纪律和制度,甚至有处死人的权力,俨然一个小小的独立王国。这种坞堡的组织显然是以封建宗法制为基础的。《宋书·王懿传》讲到南北社会风气的不同是北人把同宗叫作“骨肉”，显然是因为北人的聚族而居，宗族越大，势力越强，也更能保证全族人的安全和在地方上占优势。所以北方一些豪门士族的家规十分严格，如《魏书·杨播传》所载杨播家中兄弟共财的大家庭生活，表现出浓厚的宗法制色彩。如：

播家世纯厚，并敦义让，昆季相事，有如父子。播刚毅。椿、津恭谦，与人言，自称名字。兄弟旦则聚于厅堂，终日相对，未曾入内。有一美味，不集不食。厅堂间，往往帏幔隔障，为寝息之所，时就休偃，还共谈笑。椿年老，曾他处醉归，津扶持还室，仍假寐阁前，承候安否。椿、津年过六十，并登台鼎，而津尝旦暮参问，子侄罗列阶下，椿不命坐，津不敢坐。椿每近出，每日斜不至，津不先饭，椿还，然后共食。食则津亲授匙箸，味皆先尝，椿命食，然后食。津为司空，于时府主皆引僚佐，人就津求官，津曰：“此事须家兄裁之，何为见问？”初，津为肆州，椿在京宅，每有四时嘉味，辄因使次附之，若或未寄，不先入口。椿每得所寄，辄对之下泣。兄弟皆有孙，唯椿有曾孙，年十五六矣，椿常欲为之早娶，望见玄孙。自昱（杨椿子）已下，率多学尚，时人莫不钦羡焉。一家之内，男女百口，缌服同爨，庭无间言，魏世以来，唯有卢渊兄弟及播昆季，当世莫逮焉。

杨播家的家规是如此严格，这并非由于一个家族的特殊习惯，而是在北方长期的战乱中，人们只有聚族而居，才能自保。要聚族而居，势必要建立一个严密的家族组织，而这个家族的长者，就必须要具有极高的权威性，乃能统率全族和整个坞堡，保持其团结一致，免于涣散而削弱战斗力。所以像《世说新语·雅量》所记：“周仲智（周嵩）饮酒醉，瞋目还面，谓伯仁曰：‘君才不如弟，而横得重名！’须臾，举蜡烛火掷伯仁，伯仁笑曰：‘阿奴火攻，固出下策耳！’”又：《忿悁》：“王司州（王胡之）尝乘雪往王螭（王恬）许。司州言气少有牾逆于螭，便作色不夷。司州觉恶，便舆床就之，持其臂曰：‘汝讵复足与老兄计！’螭拨其手曰：‘冷如鬼手馨，强来捉人臂。’”这种兄弟间全无相让之礼的事例在北方显然很难出现。至于《文选》任昉《奏弹刘整》中讲到叔嫂间为了争夺家产奴仆，竟至吵架斗殴之事，在北方更是很难设想，因为一般来说，北朝人因为聚族而居，财产也往往不加剖分。

北朝人由于抵御入侵各族的侵扰所采取的聚族而居的生活方式，为了避免纷争起见，也就坚持了古代君主“立子以嫡不以长，立嫡以长不以贤”（《公羊传·隐公元年》）的办法，对嫡出和庶出的子女，分得十分严格。《颜氏家训·后娶》：“江左不讳庶孽，丧室之后，多以妾媵终家事；疥癣蚊虻，或未能免，限以大分，故稀斗阋之耻。河北鄙于侧出，不预人流，是以必须重娶，至于三四，母年有少于子者。后母之弟，与前妇之兄，衣服饮食，爰及婚宦，至于士庶贵贱之隔，俗以为常。”颜之推生长在南方，他所见到的北方习俗是北齐后期的情况，因此认为南优于北。这是因为经过两百多年的演变，坞堡和聚族而居的生活状况已有很大改变，所以他见了北人“子诬母为妾，弟黜兄为佣”的财产纷争而感到不满。不过在北朝初年，那种“鄙于侧出”的风气，也是社会状况所决定的。在当时“聚族而居”的大家庭中，一族的族长，就是全族的共主，必须有一个法定的继承人选，而以嫡长子为继承人，不但符合封建社会的传统，也可免于争执，使宗族涣散。在那个时代，一个家的家务，必然由族长之妻来掌握安排，如果像南方人那样“以妾媵终家事”，容易引起门第观念极重的那些人的不满，而不屑听命于一个出身低微的妾媵。所以“重娶”而“至于三四”，在当时亦势所必然。

在那种“聚族而居”的情况下，一切生活资料大抵全靠自给，取给于商品交换的情况极少。《颜氏家训·治家》：“生民之本，要当稼穑而食，桑麻以衣。蔬果之畜，园场之所产；鸡豚之善，埘圈之所生。爰及栋宇器械，樵苏脂烛，莫非种殖之物也。至能守其业者，闭门而为生之具以足，但家无盐井耳。今北土风俗，率能躬俭节用，以赡衣食；江南奢侈，多不逮焉。”又说：“河北妇人，织纴组紃之事，黼黻锦绣罗绮之工，大优于江东也。”这些被颜之推所竭力推崇的习俗，都是“坞堡”和聚族而居的时代，商业几近停滞，一切都依仗于自给的遗风。从社会的发展来讲江南的奢侈习俗虽然无可称道，但水路交通的兴繁和商业的繁盛毕竟对经济的发展起着推动作用，而这种自给自足的封闭状态却是落后的。

在这种聚族而居的生活条件下，不但直接地影响到人们的物质生活，同时也必然要影响到人们生活的许多领域，例如在北方的文人诗中，有关男女之情的题材就十分稀少。尤其像南方《子夜歌》中一些涉及男女自相择偶甚至可能还有婚外恋的内容，以及《乐府诗集》卷四五引《古今乐录》所载东晋王珉和他嫂子的婢女谢芳姿调情的故事，更不可能在北方出现，因为这种调情，很容易引起家族间的矛盾，而使宗族之间失去团结。北方民歌中也有写妇女生活的，那仅仅是“老女不嫁，蹋地唤天”（《地驱乐歌》）这样悲叹成婚困难；或者像《折杨柳歌》中那种“愿作郎马鞭”的粗犷直率的感情，与细腻缠绵的南方民歌以及把女子作为欣赏对象和带有玩弄性质的文人诗，更是完全不同。至于《抱朴子·疾谬》所记东晋的荒谬风俗以及《世说新语·任诞》所载周颛的放纵行为,在北朝的坞堡中是不能出现的,因为这完全可能导致一支地方实力的瓦解。

但是,北方人民的特殊生活条件,也造成了另一些不同于南方的生活态度。那就是这种聚族而居的生活方式,也使北方的士人生活态度比较严肃,不像南方高门士族那样骄奢淫佚,贪图享受。那些坞堡中的首领,在自给自足的经济生活中,常常需要以身作则地去关心各种生产,过问田间劳动的情况,以维持这个集团的衣食所资。《颜氏家训·涉务》中,说到北方的士人,对农业生产的情况,多少是有了解的。虽然这些人未必亲身去参加劳动。由于他们长期处于一种不安定的社会环境中,不可能像南朝士大夫们那样懒散,骑马、步行对他们来说都不是什么难事。像《颜氏家训·涉务》所载建康令王复见了一匹不大驯服的马就认为是老虎的情况,在北方是没有的。不但如此,由于北朝士人有不少曾随从帝王出征,到过边塞地区,亲自见过许多塞上风光。因此他们笔下的边塞诗,常常有许多切身的感受,如卢思道等人在这方面的诗歌,确如刘师培所说"发音刚劲,嗣建安之逸响",与南朝文人之摆弄典故者毕竟大异其趣。

北朝的士大夫在生活中和下层人民距离,似乎较之南朝要小。《颜氏家训·音辞》:"易服而与之谈,南方士庶,数言可辨;隔垣而听其语,北方朝野,终日难分。"这里当然涉及南方士人喜用洛阳语音,而普通百姓则通用吴语的问题。但另一方面,北方的士大夫长期接触普通百姓,担任各种官职;而南方士大夫则享受着优厚的待遇,事实上很少接触下层,只是生活在本阶层的小圈子中。因此他们下层人民的生活和语言是隔膜的。因此在北朝现存的作品中,还可能找到像卢元明《剧鼠赋》那样的俗赋,而在南朝则似乎未见有人作过这种尝试。

第三节 北朝的学术和宗教

北朝的学术思想和南朝有很大的不同,这对南北文学的不同也有密切的影响。关于南北学术的不同,《隋书·儒林传》曾有如下的记载:“自晋室分崩,中原丧乱,五胡交争,经籍道尽。魏氏发迹代阴,经营河朔,得之马上,兹道未弘。暨夫太和之后,盛修文教,搢绅硕学,济济盈朝,缝掖巨儒,往往杰出,其雅诰奥义,宋及齐、梁不能尚也。南北所治,章句好尚,互有不同。江左《周易》则王辅嗣,《尚书》则孔安国,《左传》则杜元凯。河洛《左传》则服子慎,《尚书》、《周易》则郑康成。《诗》则并主毛公,《礼》则同遵郑氏。大抵南人约简,得其英华,北学深芜,穷其枝叶。考其终始,要其会归,其立身成名,殊方同殊矣。”《隋书·儒林传》这段话,和《文学传》一样,对南北的经学采取一种不加褒贬的态度。其实北朝的经学著作也和文学作品一样,留传下来的甚少,而唐代孔颖达等人撰《五经正义》,基本上全采南朝人的学说。至于北朝学者的“雅诰奥义”,我们现在已很难详知。南北儒学的差别,其产生原因比较复杂。例如南朝人治《周易》用王弼说,《左传》用杜预说,而北朝用郑玄说与服虔说,可能和学术的传统有关。因为在汉末和三国时代的经学,郑玄一派的学说最为兴盛,治经学的人都宗郑说。北方学者的儒学,实际上是郑玄学派的一统天下。因为《隋书·儒林传》所说北方经学,只有《诗经》和《左传》没有提到郑玄。不过郑玄治《诗经》,本主《毛诗》,现在我们所见的《诗经》,都是

《毛传》、《郑笺》合在一起,《郑笺》虽并不全同毛说,然大体上还只是发挥《毛诗》的意见。至于服虔的《左传注》,现在虽已散佚,但它本与郑玄的看法基本一致。《世说新语·文学》:“郑玄欲注《春秋传》,尚未成,时行与服子慎(服虔)遇,宿客舍。先未相识,服在外车上与人说已注《传》意,玄听之良久,多与己同。玄就车与语曰:‘吾久欲注,尚未了。听君向言,多与吾同,今当尽以所注与君。’遂为《服氏注》。”郑玄晚年久居河北,影响甚大,所以河北的学者多宗郑说,这是不难理解的。至于南方流行的《周易》王弼注、《左传》杜预注在北方不甚流行的原因,也许和地区有关。因为王弼、杜预的著作,虽然在西晋承平时,已可能流传到河北地区,但未及盛行,已遭“永嘉之乱”,王弼、杜预学说的传人在北方甚少,很难占上风。河北学人多守师说,宗尚服、郑。尤其是王弼的《易》学,因为是以《老子》的学说来释《周易》,对于玄风尚未盛行的河北地区,更难为人们所接受。其实王弼的《易学》,在南朝也不是所有的人都表赞成的。《太平广记》卷三一七引梁殷芸《小说》:“王弼注《易》,辄笑郑玄为儒,云:‘老奴无意。’于时夜分,忽闻外阁有著屐声,须臾便进,自云郑玄,责之曰:‘君年少,何以轻穿凿文句,而妄讥诋老子也!’极有忿色,言竟便退。弼恶之,后遇疠而卒。”这个故事显然很荒诞,但编造这个故事的人,当属郑学一派,由于南朝王弼《易》盛行,而用这手段来表示不满。这是袭用干宝《搜神记》中说阮瞻主无鬼论而被鬼吓死的故技。不管如何,这说明郑玄的《易》学即使在南朝,仍有其信奉者。至于北朝的《尚书》盛行郑玄注,南朝用孔安国传,则另是一种情形。所谓“孔安国传”,实即和今本伪古文《尚书》相附而行的伪《孔传》,乃东晋人梅赜所献,此书在北魏攻克今山东一带以前,并未流传到北方。后来虽由平齐民携入河朔，并在《魏书》所载一些北魏中后期人的文章中一再被引用，大约也仅仅是一些上层官员能看到，所以据孔颖达《尚书正义序》说，当隋时传入北方，颇为北方学者所惊叹，这和当时北方书籍的交流和传阅不广有很大关系。书籍流传不广也和北朝士人喜欢乡居，私门传授，很少像南方文人的聚居城市，经常以文会友，并互相借阅和借抄书籍有关。在这个方面，北朝经学远不如南朝兴盛，其原因也和其文学不如南朝相同。

当然，南北经学的差别，还有一层更深的社会原因，那就是《隋书·儒林传》所说的"南人约简，得其英华；北学深芜，穷其枝叶"。这两种学风其实就是儒学和玄学的根本区别，和南北方人的性格倒未必有什么必然的联系。因为儒学在汉代，本来就被司马谈讥为"博而寡要，劳而少功"。后来的经学家更把学问搞得十分烦琐。"今文家"的章句之学，释"曰若稽古"四字，可以用一大堆话；古文家重训诂，也很难简要。至于玄学，则讲究得意忘言，不讲究繁复。现在我们看《十三经注疏》中王弼的《周易注》，就可以感到较之他书为简洁。更重要的是，南朝和北朝在经学方面的好尚还存在着对各经重视程度的不同。南人尚玄，把《周易》视为"三玄"之一。他们从中探索的是玄理，自然比较注重探索宇宙万物的本源，自然容易"得其英华"；北人治经，则比较注意探讨"三礼"之学。"礼"本身就比较繁富，各种规定很多，自然也容易"穷其枝叶"。南北治学的重点不同，也是由两地的社会现实决定的。南方比较安定，士大夫们以玄谈为高雅，在社交场合，如果不能谈上几句《老》、《庄》或《周易》，就会被人所轻视，正如前面引过《南齐书·王僧虔传》所载王僧虔告诫他儿子的那样，这些书已成了士大夫们必读之书，是高贵身份的象征。北朝则不然，散居乡村的士大夫们既很少有这种集会的机会，相见时也不见谈玄的事例。相反地，他们聚族而居，为了做到宗族的团结，必须强调少长有礼，所以对礼特别重视，前面所引《魏书·杨播传》的例子，就说明北朝士大夫对礼的重视。《魏书·崔浩传》："朝廷礼仪、优文策诏、军国书记，尽归于浩。浩能为杂说，不长属文，而留心于制度、科律及经术之言。作家祭法，次序五宗，蒸尝之礼，丰俭之节，义理可观。性不好《老》、《庄》之书，每读不过数十行，辄弃之曰：'此矫诬之说，不近人情，必非老子所作。老聃习礼，仲尼所师，岂设败法文书，以乱先王之教。袁生所谓家人筐箧中物，不可扬于王庭也。'"崔浩在北方是一位很有代表性的士大夫。在他的心目中，对礼特别重视，可以看出他和南朝士人学风的显著不同。崔浩的礼学，实际上来自他的母家。本传云："浩母卢氏，谌孙也。浩著《食经叙》曰：'余自少及长，耳目闻见，诸母诸姑所修妇功，无不蕴习酒食。朝夕养舅姑，四时祭祀，虽有功力，不任僮使，常手自亲焉。昔遭丧乱，饥馑仍臻，饘蔬糊口，不能具其物用，十余年间不复备设。先妣虑久废忘，后生无知见，而少不习业书，乃占授为九篇，文辞约举，婉而成章，聪辩强记，皆此类也。亲没之后，值国龙兴之会，平暴除乱，拓定四方。余备位台铉，与参大谋，赏获丰厚，牛羊盖泽，赀累巨万。衣则重锦，食则粱肉。远惟平生，思季路负米之时，不可复得，故序遗文，垂示来世。'"崔浩此文，讲的是居家之礼，这种礼又来自他母亲卢氏。卢氏为卢谌孙女，卢谌是汉代大儒卢植之后，最重礼学，家世相传，已经很多代，仍保持这种家学不变，甚至传到崔家这样好几代以后的外甥。《魏书·杨播传》所载家风严整的范阳卢渊，也就是卢谌的子孙。他们的家学所以能世代相传，历久不衰，就是因为聚族而居，需要这种礼法来维护家族的团结。当然，"三礼"的内容不限于宗族，也涉及典章制度，而这些典章制度，也正是北方士大夫所长。崔浩在北魏掌管的“朝廷礼仪”、“制度、科律”，无不与礼学有关。现在我们在《魏书》中所见北朝士大夫的文章，很多都是议礼的，引经据典，十分熟悉。《魏书·刘芳传》记刘芳和王肃辩论丧礼；《儒林·李业兴传》载李业兴出使梁朝，和朱异辩论郊祭和明堂制度还和梁武帝讨论《尚书》中历法及《礼记·檀弓》所记孔子助原壤料理母丧的事，都引据《周礼》及郑玄的学说，对礼学的掌握确有南人所不及之处。这大约和南朝崇尚玄学，有蔑弃礼法的一面，北朝崇儒术，对礼特别重视之故。南北方经学的侧重面不同，其实也是当时社会生活的不同所造成的，并非像刘师培所说是由于水土等自然条件之故。

南北学风的差别也必然会引起文风的差别。因为《老子》、《庄子》和《周易》本身不但是哲学著作，也具有很高的文学价值；“三礼”中除《礼记》中个别篇目外，像《周礼》和《仪礼》，本身就谈不上什么文学意味。更重要的是玄学家们崇尚自然，强调人的个性；而礼学则强调遵守礼法的规范，对个性起着束缚作用。治《周易》者，大抵探讨的是宇宙的本体及其发展等问题，尤其是王弼一派的《易》学，更尚清通简要，在今存“十三经”的各家传注中最为简洁；而《礼》学则十分烦琐。后一种学风不利于文学，尤其是诗歌。南朝的文学家从孙绰、谢混开始到谢灵运对潘、陆诗歌的评价都是扬潘抑陆，实即主张清省而反对繁芜。后来《诗品》的主张也是如此。“永明体”的诗风更是趋于清绮而不尚繁富。《隋书·文学传》认为南方文人长于诗歌，恐怕也是这个原因。

南北学风的不同，也体现在他们的宗教方面。以佛教而论，南北的佛学也有很大的不同。许杭生《魏晋玄学史》中有一段话，说得颇为确切。他说:“北方的学风趋向朴实,带上了汉代经学的遗风。南朝则继承中朝清谈玄风,崇尚玄理之学。与之相应,南北朝的佛教文化也有着明显的不同;北方佛教重行业修行求取福田,如大规模的建寺造像和开凿佛教石窟等等;南方则较多地受玄谈的影响,侧重于探求佛教的玄理。”(陕西师大出版社版,第486页)从大体上说来,确实如此。但佛教徒为了传教,往往可以采取许多不同的手段。以北方而论,在各个时期,也可以有不同的方式。例如在十六国的后赵时代,由于石虎是一个没有文化修养的武夫,所以当时名僧佛图澄,就专以各种方术如预言等等手段来获取信任。所以《晋书》把他列进了《艺术传》。到了前后秦时代,苻坚、姚兴等人则文化颇高,当时名僧如释道安、鸠摩罗什和僧肇等,也以玄理和文学见称。其实道安是佛图澄的弟子,他的学说与佛图澄未必有太大的区别。但《高僧传》卷五载释道安“外涉群书,善为文章,长安中衣冠子弟为诗赋者,皆依附致誉”。他的弟子慧远,也是以善道佛理著称的。继前秦而起的后秦,文化也很高,因此有了僧肇的《肇论》那样的著作,当时北方尤其是长安一带的佛学,也很讲究玄理,并且能对东晋名僧支遁等人的意见提出不同看法,而为南方许多佛学家所敬佩。但自从后秦灭亡以后,北朝的佛教就偏重于寺院的建筑和塑造佛像。例如高允的《鹿苑赋》写的就是云冈石窟的佛像。北魏太武帝时,曾一度听从崔浩的建议,毁灭佛教,太武帝死后,佛教再度兴盛,但大抵都着重修建寺庙、建立佛像。如洛阳的龙门石窟,就是北魏中期以后建立的;《洛阳伽蓝记》中所记许多宏丽的佛寺建筑,也出现于北魏后期。现存的佛教造像出现在北方的远比南方为多,著名的石刻《龙门二十品》,不但是雕塑艺术的精品,也是书法的典范之作。在这方面,南方的情况与此不同，南方的佛寺建筑也很多，唐杜牧所说“南朝四百八十寺”（《江南春绝句》），是一个大概的数目，据《南史·郭祖深传》所说，似还不止此数；但造像却传世者极少。这大约和南朝禁立佛像有关。《高僧传·宋豫州释僧洪传》：“后率化有缘，造丈六金像，熔铸始毕，未及开模。时晋宋铜禁甚严，犯者必死。”建立石像大约也和建碑一样，在晋代以来，限制甚严。东晋南朝常有所谓从地下挖出佛像或从海中出现佛像的神话，大约是信徒们为了避免朝廷治罪而编造的谎言。不过，北朝的一些佛教徒，对这种建寺造像的做法也不完全赞成。《洛阳伽蓝记》卷二记一个僧人叫慧嶷，死后七日复活，据说见了阎罗王，见阎罗王讯问五个僧人，一个生前诵经，一个生前坐禅，都升了天堂；一个专事讲经，一个“造作经像”，都受到处罚。故事中说“讲经者心怀彼我，以骄凌物，比丘中第一粗行”；“虽造作经像，正欲得他人财物”。前者正是针对谈论佛理而言；后者则指北朝流行的塑造佛像。北朝的佛教徒也喜宣扬地狱、果报之说，这大约是佛教徒传教常用的一种手段，《洛阳伽蓝记》中故事和南方的《幽明录》、《冥祥记》中所载赵泰、程道慧等人入冥故事十分类似。这是佛教本身的传统。我们在敦煌壁画中所见的宗教故事，也是如此。这些手段大约在印度和西域也是经常使用的。不过，佛教徒很会掌握各种人物的心理，正如《高僧传》卷十五云：“如为出家五众，则须切语无常，苦陈忏悔；若为君王长者，则须兼引俗典，绮综成辞；若为悠悠凡庶，则须指事造形，直谈闻见；若为山民野处，则须近局言辞，陈斥罪目。凡此变态，与事而兴。可谓知时众，又能善说。”这个手法，南北的佛教徒都掌握得很灵活。北朝僧人从僧肇以后，就很少人能写文章，论玄理；而南朝的诗僧却代不乏人，许多僧人都能写出比较优美的文章。这正是针对南朝统治者和北朝统治者文化层次的不同而发。

同样地，南北的学风不同，也表现在道教方面。南方的道教，似乎派别较为复杂，例如东晋末年的天师道中，孙恩、卢循等人的起兵，是利用了"天师道"，而当时王凝之也信奉天师道，却想求"鬼兵"去抵御孙恩、卢循。至于道教的信徒则人数颇多。上层士大夫中如谢灵运出生后寄养在"杜治"；王羲之一家都信仰天师道；"北府兵"出身的梁武帝，早年亦信道教，后来才改信佛教。所以他在《舍道事佛疏文》中自称"弟子经迟迷荒，耽事老子，历叶相承，染此邪法"。并且表示："宁可在正法中，长沦恶道；不乐依老子教，暂得生天。"不过这些弃道事佛的人，有时仍不免对道教有所迷恋，如作家沈约，按他自己在《宋书・自序》中说，吴兴沈氏本是信天师道的，有些人曾参加孙恩、卢循的起义。他本人后来也曾表示皈依佛教，而在临死前，却又因梦见齐和帝用剑割他的舌头，"召巫视之，巫言如梦。乃呼道士奏赤章于天，称禅代之事，不由己出"，因此触怒梁武帝（见《梁书・沈约传》）。大约当时人请道士向上天奏章，要求忏悔以及请道士禳灾袪邪等等事情，在当时是比较普遍的。不论民间或士大夫中都有。这在《异苑》等小说中也常有记载。不过，从当时的志怪小说看来，往往写到道士法术不如佛教威力大，这也曲折地反映出佛教的势力逐步战胜了道教。

南朝的道教徒还有一些人专讲炼丹、练气以求长生不死。这些主张以葛洪等人最为有名，当时颇受士大夫们重视的《黄庭内景经》、《黄庭外景经》等，也是讲求长生之术。这种说法在北朝则影响甚小，几乎不大有人提倡。据《魏书・释老志》，北魏早年曾有几个皇帝信过神仙方士之说，想叫他们炼金丹以求长生，这和秦始皇、汉武帝一样，还不像南方士大夫那样有人去著书立说，加以探讨。北方的道教较有影响的则为寇谦之一派。寇谦之早年也曾从事炼丹求仙,历年无效。据说后来遇到仙人,说他“未便得仙,政可为帝王师耳”。最后,他自称在嵩山遇到了“太上老君”,赐给他《云中音诵新科之诫》20卷,并对他说:“吾此经诫,自天地开辟已来,不传于世,今运数应出。汝宣吾《新科》,清整道教,除去三张伪法,租米钱税,及男女合气之术。大道清虚,岂有斯事。专以礼度为首,而加之以服食闭练。”(《魏书·释老志》)寇谦之的道教得到了崔浩的尊信。据《魏书·崔浩传》载,寇谦之非常欣赏崔浩,曾对崔浩说:“吾行道隐居,不营世务,忽受神中之诀,当兼修儒教,辅助泰平真君,继千载之绝统。而学不稽古,临事闇昧。卿为吾撰列王者治典,并论其大要。”于是,崔浩“乃著书二十余篇,上推太初,下尽秦汉变弊之迹,大旨先以复五等为本”。崔浩后遭人反对,失职以公爵闲居,“因欲修服食养性之术,而寇谦之有《神中录图新经》,浩因师之”。崔浩是一个激烈反对道家学说的人,却又信仰道教,这说明寇谦之的道教已经吸收了许多儒学的成分。寇谦之的确是道教的一个改革者,他革去了早期道教中一些荒谬的秽行。但这个教派似乎带有强烈的政治色彩,对推动魏太武帝实行汉化起过一定的作用,太武帝所使用的“太平真君”年号,即与此教派有很大的关系;与太武帝的企图消灭佛教,更起着很大的作用。关于这个教派,佛教徒是很反感的。《高僧传·宋伪魏平城释玄高传》认为玄高之死,是由于崔浩、寇谦之对太武帝进了谗言。《高僧传》所载故事有很浓重的迷信色彩,但崔浩、寇谦之和佛教的矛盾恐怕确和汉化与反汉化的斗争有关。后来崔浩被杀以后,寇谦之已先死去,未受连累,但“太平真君”的年号也就被改为“正平”,从此北朝的道教,就不及佛教兴盛。以寇谦之所倡的新道教,和南方的葛洪、陆静修、陶弘景等人的道教学说相比，其中有一点差别十分令人注目，即南方的道教徒不论其主张有多大的不同，但中心思想都是求个人的修炼成仙，长生不死，和治国平天下的儒家学说似很少直接联系；寇谦之则要辅佐“太平真君”，“兼修儒教”，两者显然有不同。寇谦之这种思想，本来在道教中也曾存在，如《太平经》中，就强调要成仙不死，先要为天地立功，作为人臣，应该辅助君主平天下，上天就会把成仙的妙方赐予其君主，使君臣一同“得俱仙去”（见《太平经合校》第139页）。在这里存在着两种心态：一种是以个人为本位，追求个人的解脱和升仙，这是玄学家们追求个性解放的思想在道教中的反映，并且和魏晋的嵇康《养生论》等说法有着一脉相承的关系。这就是南方不少道教徒的特色。另一种是以“治国平天下”的儒家学说为“积善”、“立功”的手段，并以此为基础，求得上天的福佑以期成仙。这是寇谦之一派道教的宗旨。这两种道教的不同，与南方尚玄谈，北方尚礼法的思想确实是十分相似。这一切说明南北朝时代的各种社会意识都与当时的社会存在互相符合，不论儒学、佛教和道教都是这样。显然，反映在文学方面，这两种不同的世界观和人生观也很突出。这两种不同的思想意识，自然会对南北两地文学作品的内容和题材起很大的作用。对于文学来说，这两种思想都有其积极作用，也各有其消极作用。由于南北方的文学经历了各不相同的发展过程，在一个时期内，文学，特别是诗赋等纯文学作品的技巧，都是在南方发展得比较顺利，因此现存作品中，似乎传诵之作，大多出于南方，使人们产生了北方文人对文学几乎没有什么贡献的印象。但从历史发展的长河来看，恐怕就不能这样简单地看待。由于南方文学发展到后来，过分强调个人的“适性”，不免陷于狭小的生活天地，从而导致题材的过分狭窄和风格的偏于纤弱。如果不是经过南北文风的互相融合，引进北人的刚健清新之风，那么像唐代诗歌的繁荣，也是很难出现的。

第四节　北朝前期士人生活状况对文学的影响

西晋灭亡之初，北方陷入了各族混战的劫难之中，当时留在北方没有南迁的士人，一时处境是很困难的。其中一些人如卢谌、崔悦、裴宪等，开始时依附刘琨，后来又依附段匹磾，最后则被迫仕于后赵，其内心非常痛苦。也有些人像挚虞，甚至在兵乱和饥荒中饿死。这当然是最极端的例子。至于绝大多数的士人，则是留居在家乡和他们的宗族在一起，以聚众自保。在这样的条件下，外出交友，互相交流学术和文艺创作的条件是几乎不存在的。因此西晋时代一些著名作家如张载、张协回了家乡；左思避乱到了冀州，就此无声无息，连他们的卒年也无从考知，更不用说他们的创作了。这种生活的条件，使许多具有才华的人很难在学术和创作上有所成就，即使原来已在学术和文艺上取得了很大成就的人，也很难继续发挥他们的才能，就是他们还在著述或创作，也常常因为不能流传到社会上而成为孤本，在战火和其他灾害中散佚。

十六国和北朝初年的聚族而居和结成坞堡的生活条件处于极端的封闭状态中。人们活动的范围极为窄小，连生活资料的来源也限于本家族的耕织自给。尤其在前后赵纷争、燕魏相攻和前秦灭亡前夕这些混战最激烈时候，人们往往只能深居简出，离开家族聚居之区稍远，即有生命的危险。人们想要外出从师和结交朋友都是极端困难的。士大夫家中的经学、文学和其他学术文艺活动只能私门传授，父子相仍，很难有什么发展和进步。再加上当时的书籍流传极端困难，一部著作的传播全靠人们广泛的传抄。在这种极端封闭的条件下，人们有所著述，只能让自己的兄弟子侄们见到，外人一般是无法知道的；即使是西晋灭亡以前的学术著作和文学作品，人们也只好靠战乱发生以前家藏的本子，如果原先没有收藏的书，他们再也无法去访求和借抄。事实上在那种极端封闭的状态中，人们也仅能维持衣食等必不可少的生活资料的生产，要在每个家族内部都设立造纸的作坊，显然是不可能的。因此他们偶有机会发现一部家中没有收藏的书或同代人新著的书，也无从加以传抄。所以《隋书·牛弘传》说到刘裕灭后秦所得的图书，都是"文字古拙"的。显然，这些大多是西晋灭亡前的旧抄本。从《隋书·经籍志》中所记梁代诸书目著录情况看，即使在"侯景之乱"和萧绎焚书以前，南朝藏书中保存的十六国人作品亦殊寥寥。可见刘裕从后秦所缴获的图书中，绝大多数亦为西晋灭亡前的著作。后秦的藏书是继承前秦的，在十六国中，前秦疆域最广，文化也最具规模，但所能收藏到的书还是这样稀少，这多少能说明当时频繁的战乱中，人们缺乏必要的条件去潜心于学术和创作，所以产生的书籍本来就不多。以一个割据政权的条件，还不能收集到多少图书，那么退居乡里，很少出外求师访友的人，所能见到的书，更要少得可怜。在这种缺乏足够的图书作为依据、参考或借鉴的条件下，不论学术研究或文艺创作，都是很难提高的。在那种缺乏图书和互相交流的情况下，即使是很有声望的学术世家，也很难维持其长盛不衰，正像生物的近亲繁殖必然引起衰退一样，学术和文艺如果是父子相传，墨守成规，而没有相互的交流和争鸣，也同样要倒退和衰落。《魏书·崔浩传》记清河崔氏善于书法,“浩书体势及其先人,而巧妙不如也”。正是这个原因。至于文学创作,更是如此。文学的发展本来很少有离群索居而异军特起的大作家,一般都是存在着这种或那种文人的集体,互相唱和赠答,才能创造出一个文学繁荣的局面。例如汉末的建安、西晋的太康、刘宋的元嘉以及齐梁诸代,莫不如此。我们谈到建安,常说“三曹”、“七子”;太康则说“两潘二陆三张一左”。即使像陶渊明那样的隐士,也与“庞参军”、“郭主簿”等人相唱和,并且和颜延之也颇有交谊,绝无交游的作家实际上很难产生,也并无其例。这一点,我国的古人早已认识得很清楚。《礼记·学记》说:“独学而无友,则孤陋而寡闻。”学术如此,文艺创作更是如此。以诗歌为例,我们试看《文选》中选录的诗歌,其中“赠答”一类,所占的比重最大,在全书中,诗歌一共占12卷多,其中“赠答”独占约3卷左右(这数字是根据李善注或六臣注的60卷本计算)。《文选》的诗一类,共分二十多个子目,有些子目往往只选一二首或三四首,因此在一些卷中包含3个子目的现象也不少(如第21和22卷),而“赠答”却占了约3卷。此外,像“公讌”、“祖饯”也与朋友交游有关;其他子目中也还有唱和酬答之作。可见诗歌的发展,与作家的互相交往,互相切磋和唱和,有着密不可分的关系。只有通过交流,才能互相提高彼此的艺术技巧,也只有通过交流,作品才能为别人所知道,才能转相传抄而保存下来。我们试想同一个左思,在洛阳时作了《三都赋》就能出现“洛阳纸贵”的佳话;而当他一到冀州避难,就不见有一字留存于世。这当然和西晋末年的战乱有关。但他到了冀州就毫无事迹可查,而回到家乡安平以后的张载、张协兄弟竟也是这种情形,这就不能不说是河北一带的生活情况所造成的了。左思和张氏兄弟的事例，颇使人想起恩格斯在《费尔巴哈与德国古典哲学的终结》中认为费尔巴哈晚年的村居生活对他学说的发展起了很大的局限作用的论断。事实上在十九世纪的德国乡村虽然较之城市要闭塞，但比起西晋灭亡初期的中国北方乡村要好得多，至少还可以自由地活动，也多少可以和外界保持一定的联系。但在十六国和北朝初年聚族而居的坞堡中，连这点联系和活动也是十分困难的。在这种条件下，要使北方的文学取得卓越成就，自然也难以想象。

除了人际的交流以外，书籍的缺乏也是导致当时北方文学无法兴盛的一个重要原因。从来的文学艺术都是要从前人的文化遗产中吸取营养，得到借鉴。杜甫在论诗时强调“转益多师”，就是要广泛地阅读古人和同时人的作品，这个道理是大家所理解的。还有一个道理，其实也重要，那就是古人的学习创作，往往是从拟古入手，然后再创造自己独特的风格，陆机、鲍照、江淹等作家都作有许多拟古诗。尤其是江淹的《杂体诗三十首》，更是模仿了他以前的三十家诗作。这种拟古的功夫，尽管有不少人加以非议，但正如学习书法之必须经过一个临摹阶段一样，其实也无可厚非。在缺乏图书的条件下，这种通过阅读前人作品，吸取其创作经验的范围也往往很小，局限了人们“转益多师”的可能性，从而使北朝初期作品的辞汇、技巧和手法都显得拙稚和单调。

北朝文人还有一种风气，就是不欢迎别人对自己的作品提出意见。关于这一点，生长于南方而后来到了北方的颜之推，对此深有感受。在《颜氏家训·文章》中，他写道：“江南文制，欲人弹射，知有病累，随即改之，陈王（曹植）得之于丁廙也。山东（指华山以东，即北齐旧境）风俗，不通击难。吾初入邺，遂尝以此忤人，至今为悔；汝曹必无轻议也。”《颜氏家训》作于入隋之后，所以把河朔一带称为“山东”。从北方文学的发展来看,北齐旧境是比较具有传统的地区,关中则随着刘裕灭后秦,和赫连勃勃的再次攻入长安,文化已经衰落。后来关中文学的兴起,完全是西魏攻克江陵,得到了庾信、王褒等一批文人,在他们的影响下发展起来的。所以关中文人的创作,大抵取法庾信,并且感受了南方文人的习气。至于北齐旧地,则本来有其一定的文学传统,这个传统虽远不如南朝丰富,一些人却保留着当年聚居乡村时的习惯,较少来往和讨论。因此故步自封,不肯虚心接受别人的批评。这是因为在聚族而居的早年坞堡中,真正能传授儒学或文学的,常常只是个别的人,他们的意见成了这个集体中的权威,没有人敢于去批评,也没有人感到应该去批评。久而久之,就形成了一种拒绝批评的意见。这和江南文士的经常集会,共同评议彼此作品的风气是根本不同的。这种“故步自封”的态度,自然也会影响到北方文学的进展。《颜氏家训·文章》中还说道:“学问有利钝,文章有巧拙。钝学累功,不妨精熟;拙文研思,终归蚩鄙。但成学士,自足为人。必乏天才,勿强操笔。吾见世人,至无才思,自谓清华,流布丑拙,亦以众矣。江南号为诊痴符。近在并州,有一士族,好为可笑诗赋,诶撇邢、魏诸公,众共嘲弄,虚相赞说,便击牛酾酒,招延声誉。其妻,明鉴妇人也,泣而谏之。此人叹曰:‘才华不为妻子所容,何况行路。’至死不觉。”在颜之推看来,创作需要天分,不像学术可以用功力取得成功。这看法是否正确,可以讨论。但那位“并州士族”之“至死不觉”,不是别的,正是由于交游不广,读书不博,为识见所限,不但手低连眼界也卑陋。这种情况的产生,不能不说是长期的乡居生活所造成的结果。北朝初年文学的不发达,和当时士人的乡居生活的关系,于此可见一斑。这正说明了社会存在对意识的决定作用。

第九章 孝文帝迁洛与北朝文学的兴起

第一节 鲜卑拓跋氏汉化的历程

北朝文学的兴衰和鲜卑拓跋氏的汉化过程是有密切联系的。当拓跋氏入主中原之初,由于这个部族接受汉化的影响较浅,对学术和文艺很不重视。再加上他们进入汉族地区时,常以征服者自居,造成了汉人和鲜卑人之间在心理上的隔阂。最初出仕北魏的一些士人,大多出于被迫。至于鲜卑族人进入汉族地区以后,恃强凌弱,劫掠百姓的事更是在所难免。于是许多汉人只能聚族而居,靠宗族的力量以免受侵扰。这就造成了前面讲到的士大夫们大多过着村居生活,使学术和文艺处于停滞和倒退的情况。对鲜卑族一方面来说,他们的内部也存在着矛盾。鲜卑族的上层统治者既已入据汉族地区,对汉族高度的物质生产和文化水平显然是羡慕的。他们面对着人口众多的汉人,想要维持自己的统治,如果不实行一定程度的汉化,显然是困难的。但他们对汉化也有疑虑,因为长期的民族隔阂使鲜卑贵族们对汉族士大夫存有戒心,不愿和他们一起来分掌大权。再说鲜卑的统治者们所面临的敌对力量也不止一个南朝,还要算上北方的柔然。正如《魏书·崔浩传》所载,崔浩认为北魏的对付柔然,和汉代对付匈奴的情况不同,"夫以南人追之，则患其轻疾，于国兵则不然。何者？彼能远走，我亦能远逐，与之进退，非难制也”。迅速的汉化，容易使鲜卑人由游牧而转为农业生活，对制服柔然不利。随着凉州和黄河南北大片土地的并入北魏，又使北魏统治者不能不采取一些汉化的手段。这种情况，在太武帝拓跋焘时已很尖锐。太武帝一方面深知汉族士大夫们的作用，他曾对高车族首领们夸耀崔浩“其胸中所怀，乃逾于甲兵”；但当崔浩称赞王慧龙为“贵种”时，又听了长孙嵩的话加以指责（见《魏书·崔浩传》、《王慧龙传》）。在汉化与反汉化的斗争中，他经常处于左右摇摆的状态。太武帝在北魏不失为一个英明的帝王，然而在处理这个问题上，也限于具体形势不易作出果断的决定。这种局面经历了文成帝、献文帝两代直到孝文帝元宏时，才有了改变。这时北方的柔然已经被削弱，而南方的齐梁政权，军力也远不如刘宋初年，北魏的统治区域也已扩展到了淮河流域。在这种形势下，孝文帝不但产生了统一中国的愿望，而且在北魏统治区内，再实行鲜卑族原来的统治方式已经很困难，所以他的大力推行汉化也是势在必行的了。

魏孝文帝的实行汉化改革，虽然是顺应当时的形势，但也不是没有阻力的。其中一部分鲜卑贵族对于迁都和改制都不赞成，他有些做法甚至某些汉族官员也不很赞成。因为他有些做法至少操之过急，而且也未必很适当。《魏书·神元平文诸帝子孙传》载，当孝文帝提出迁洛意见时，群臣中如穆罴、于果、东阳王元丕等都表异议，孝文帝仅加说服，几个反对的人也并无激烈抗争。但矛盾远没有解决。同传载，“（元）丕雅爱本风，不达新式，至于变俗迁洛，改官制服，禁绝旧言，皆所不愿。高祖（孝文帝）知其如此，亦不逼之，但诱示大理。令其不生同异。至于衣冕已行，朱服列位，而丕犹常服列在坐隅。晚乃稍加弁带,而不能修饰容仪。高祖以丕年衰体重,亦不强责”。这些看来不太重要的细节,实际隐藏着严重的矛盾。后来竟发展到流血的事件。同传又称:“丕父子大意不乐迁洛。高祖之发平城,太子恂留于旧京,及将还洛,(丕子)隆与超等密谋留恂,因举兵断关,规据陉北。时丕以老居并州,虽不预其始计,而隆、超咸以告丕。丕外虑不成,口虽致难,心颇然之。”事情发觉后,孝文帝以穆泰为首谋,而元隆、元超都是党羽,全都处斩,元丕“听免死,仍为太原百姓”。《魏书·穆崇传》也记载此事,涉及的人更多:“(穆)泰自陈病久,乞为恒州,遂转陆睿为定州,以泰代焉。泰不愿迁都,睿未及发而泰已至,遂潜相扇诱,图为叛。乃与睿及安乐侯元隆,抚冥镇将、鲁郡侯元业,骁骑将军元超,阳平侯贺头,射声校尉元乐平,前彭城镇将元拔,代郡太守元珍,镇北将军、乐陵王思誉等谋推阳州刺史阳平王颐为主。颐不从,伪许以安之,密表其事。”于是孝文帝派任城王元澄带兵讨伐。穆泰等失败,党羽都被杀。接着,孝文帝的太子元恂又想回平城。《魏书·孝文五王传》:“(元)恂不好书学,体貌肥大,深忌河洛暑热,意每追乐北方。中庶子高道悦数苦言致谏,恂甚衔之。高祖幸嵩岳,恂留守金墉,于西掖门内与左右谋,欲召牧马轻骑奔代,手刃道悦于禁中。领军元俨勒门防遏,夜得宁静。厥明,尚书陆琇驰启高祖于南,高祖闻之骇惋,外寝其事,仍至汴口而还,引恂数罪,与咸阳王禧等亲杖恂,又令禧等更代,百余下,扶曳出外,不起者月余。”当时穆亮、李冲等人为元恂求情,孝文帝说:“此小儿今日不灭,乃是国家之大祸,脱待我无后,恐有永嘉之乱。”这说明孝文帝的推行汉化时,对鲜卑旧俗视为蛮荒之俗,非彻底改变不可。然而,这在事实上是不可能的,因为北方的柔然虽已削弱,但并未消灭,为了抵御柔然,北魏仍得在北部边境设置“六镇”，屯驻重兵。这些“六镇”军人，虽然不尽是鲜卑族，也有一部分汉族和其他种族的人员，但当地的自然条件决定了其生产和生活的方式仍以游牧为主，和内地很不一样。这就决定了这些留居边境的军人仍然保留着鲜卑族的语言和生活习惯。至于随着朝廷迁到洛阳的鲜卑人，则衣冠、语言和习俗都必须改变旧样，连籍贯也改为洛阳，死后也不返葬平城。《魏书·咸阳王禧传》载，孝文帝对其弟咸阳王元禧说：“自上古以来及诸经籍，焉有不先正名，而得行礼乎？今欲断诸北语，一从正音。年三十以上，习性已久，容或不可卒革；三十以下，见在朝廷之人，语音不听仍旧。若有故为，当降爵黜官，各宜深戒。如此渐习，风化可新。若仍旧俗，恐数世之后，伊洛之下复成被发之人。”又说：“朕尝与李冲论此。冲言：‘四方之语，竟知谁是？帝者言之，即为正矣，何必改旧从新。’冲之此言，应合死罪。”又对李冲说：“卿实负社稷，合令御史牵下。”李冲只得“免冠陈谢”。孝文帝又指责当时妇女服装还是“夹领小袖”的鲜卑族式样，也很不满意，指责元禧等人推行汉化不够有力。他的做法对推动汉族和鲜卑族的融合及北方经济的发展显然是有其积极意义的，但像语言、服饰这些问题，本不是一道命令所能实现的，所以像李冲这样的汉族官员，也持有不同看法。

在孝文帝迁洛和推行汉化之后，使洛阳成为了北方的政治中心和文化中心。他本人又是热心地提倡儒学和文学的君主，从此北方的儒生和文人渐渐聚向洛阳，“以文会友”的机会增加了，学者和文人们互相交流、切磋日渐频繁。从南方流入北方的典籍也逐渐多起来了。据《南齐书·王融传》，北魏曾派使者向南齐朝廷要求借抄典籍，被南齐多数大臣的意见否决了。然而《隋书·牛弘传》载，北魏确曾从南齐借抄到一些书。同时，北朝人也有通过边境贸易向南朝购求书籍的，如《魏书·崔光附崔鸿传》载，崔鸿撰《十六国春秋》因缺乏“常璩所撰李雄父子据蜀时书”，要求“敕缘边求采”即为一例。在这种情况下，北朝的文化开始兴盛起来，一部分迁洛的鲜卑族人很快地汉化，并且学起汉族士大夫的样子。他们开始学汉人的样子作起诗文来。孝文帝自己就擅长文学，能作诗文，还通经学，曾为群臣讲过丧服礼。《魏书·祖莹传》载，王肃入魏后，作过一首《悲平城》，孝文帝之弟元勰有一次讲话中误为“悲彭城”，王肃对此加以讥笑，祖莹临时作了一首《悲彭城》为元勰解围。于是元勰很高兴，对祖莹说：“卿定是神口，今日若不得卿，几为吴子所屈。”从这个例子，可以看出鲜卑族人南迁后，不愿在文化上落后于汉人的心理。《洛阳伽蓝记》卷二载，梁朝大将陈庆之攻占过洛阳，失败后回南，认为“昨至洛阳，始知衣冠士族并在中原，礼仪富盛，人物殷阜，目所不识，口不能传”，从此“羽仪服式悉如魏法，江表士庶竞相模楷，褒衣博带，被及秣陵”。这段话出自杨衒之之手，可能有夸耀之意，但洛阳自从孝文帝以后，的确已成为人文荟萃之地，迁洛的鲜卑人已经被汉化得和汉人很少区别了。然而，留在平城及“六镇”的鲜卑人，则仍保持着旧俗不改。这就为后来北魏的乱亡埋下祸根。

第二节　汉化和迁洛所引起的新矛盾

在北魏入主中原之初，当时主要的是汉族和鲜卑族之间的种族矛盾。汉族以“戎狄”看待鲜卑人而加以鄙视；鲜卑族也以被征服者看待汉族而加以蔑视。当时即使入仕北魏的汉族士大夫,心理上对鲜卑统治者仍怀有敌意。《宋书》卷五十九《张畅传》载,元嘉后期的宋魏战争中,张畅在彭城前线和北魏的李孝伯对话,李孝伯说:"长史,我是中州人,久处北国,自隔华风,相去步武,不得致尽,边皆是北人听我语者,长史当深得我。"在《宋书》中,有两篇《张畅传》,另一篇(见卷六十二)则录自《南史》,并无此语。从当时情况来看,像赵郡李氏这样的汉族高门,出仕鲜卑拓跋氏,恐怕是会有内心矛盾的。因为当时鲜卑贵族歧视汉人,就像崔浩说王慧龙为"贵种",就会引起鲜卑人的愤怒。孝文帝推行汉化以后,汉族士大夫的地位也因此提高。当北魏向南齐借抄典籍时,王融曾主张允许借抄。他想用这办法激起北魏统治阶级内部的种族矛盾。他说:"又虏前后奉使,不专汉人,必介以匈奴,备诸觇获。且设官分职,弥见其情,抑退旧苗,扶任种戚。师保则后族冯晋国,总录则邽姓直勒渴侯,台鼎则丘颓、苟仁端,执政则目凌、钳耳。至于东都羽仪、西京簪带,崔孝伯、程虞虬久在著作,李元和、郭季祐上于中书,李思冲饬虏清官,游明根泛居显职。今经典远被,诗史北流,冯、李之徒,必欲遵尚;直勒等类,居致乖阻。何则?匈奴以毡骑为帷床,驰射为餱粮,冠方帽则犯沙陵雪,服左衽则风骧鸟逝。若衣以朱裳,戴之玄颏,节其揖让,教以翔趋,必同艰桎梏,等惧冰渊,婆娑蹴蹶,困而不能前已。及夫春草水生,阻散马之适,秋风木落,绝驱禽之欢,息沸唇于桑墟,别醍乳于冀俗,听韶雅如聋聩,临方丈若爰居,冯、李之徒,固得志矣,虏之凶族,其如病何?于是风土之思深,愎戾之情动,拂衣者连裾,抽锋者比镞,部落争于下,酋渠危于上,我一举而兼吞,卞庄之势必也。"(《南齐书·王融传》)但他没有料到,南迁的多数鲜卑族人并没有起来反对,而是自愿地接受了汉化。这是因为这部分鲜卑的上层分子在南迁前已经接受了很多汉族文化，而汉族的许多士族，在和鲜卑人长期的接触之后，也逐渐消除了成见。魏孝文帝在处理汉族士大夫和南迁的鲜卑贵族的问题上，是处理得比较妥善的。他既优待汉族士大夫，也没有轻视南迁的鲜卑人。他在为几个弟弟议婚时就把鲜卑贵族和汉族高门一例看待。他下诏书说："将以此年为六弟娉室。长弟咸阳王禧可娉故颍川太守陇西李辅女，次弟河南王干可娉故中散代郡穆明乐女，次弟广陵王羽可娉骠骑咨议参军荥阳郑平城女，次弟颍川王雍可娉故中书博士范阳卢神宝女，次弟始平王勰可娉廷尉卿陇西李冲女，季弟北海王详可娉吏部郎中荥阳郑懿女。"（《魏书·咸阳王禧传》）这几个弟媳中，陇西李氏、范阳卢氏和荥阳郑氏都是汉族高门，代郡穆氏是鲜卑贵族。这就是说他把汉族士大夫和鲜卑贵族中南迁的人看成一样的高门，使之组成为一个汉族和鲜卑族合成的统治集团。他任用官员，也是这样，同传载："于时王国舍人应取八族及清修之门，禧取任城王隶户为之，深为高祖所责。"在用人问题上，魏孝文帝特别注重门第，这显然是有其用意的。因为高门大族在当时的势力大，影响广，团结他们，就可以在汉族地区巩固统治，与南朝相抗衡。《魏书·韩麒麟附显宗传》："高祖曾诏诸官曰：'自近代已来，高卑出身，恒有常分。朕意一以为可，复以为不可。宜相与量之。'李冲对曰：'未审上古已来，置官列位，为欲为膏粱儿地，为欲益治赞时？'高祖曰：'俱欲为治。'冲曰：'若欲为治，陛下今日何为专崇门品，不有拔才之诏？'高祖曰：'苟有殊人之伎，不患不知。然君子之门，假使无当世之用者，要自德行纯笃，朕是以用之。'冲曰：'傅岩、吕望，岂可以门见举？'高祖曰：'如此济世者希，旷代有一两人耳。'冲谓诸卿士曰：'适欲请诸贤救之。'秘书令李彪曰:'师旅寡少,未足为援,意有所怀,不敢尽言于圣日。陛下若专以门第,不审鲁之三卿,孰若四科?'高祖曰:'犹如向解。'显宗进曰:'陛下光宅洛邑,百礼唯新,国之兴否,指此一选。臣既学识浮浅,不能援引古今,以证此议,且以国事论之。不审中、秘书监令之子,必为秘书郎,顷来为监、令者,子皆可为不?'高祖曰:'卿何不论当世膏腴为监、令者?'显宗曰:'陛下以物不可类,不应以贵承贵,以贱袭贱。'高祖曰:'若有高明卓尔、才具俊出者,朕亦不拘此例。'"这场辩论看似关于人才选拔是否有真才实学的问题,其本质则是孝文帝在着重门第以拉拢汉族士大夫。对那些汉族士大夫,他有时不免有点迁就。《北史·薛辩附薛聪传》:"(孝文)帝曾与朝臣论海内姓地人物,戏谓聪曰:'世人谓卿诸薛是蜀人,定是蜀人不?'聪对曰:'臣远祖广德,世仕汉朝,时人呼为汉。臣九世祖永,随刘备入蜀,时人呼为蜀。臣今事陛下,是虏非蜀也。'帝抚掌笑曰:'卿幸可自明非蜀,何乃遂复苦朕。'聪因投戟而出。帝曰:'薛监醉耳。'其见知如此。"这本是半开玩笑的事,河东薛氏本来有人称之为"蜀薛",但他们对此很反感。不过皇帝问起此事,薛聪竟发起脾气来,而孝文帝对此竟能如此宽容。这并不是完全出于孝文帝的宠待薛聪,而是因为薛家在河东一带是很有势力的。同传载,薛家从十六国时薛强起就是强宗豪族,在前秦苻坚伐张平之际,就不肯归附苻坚,到苻坚失败后,薛强遂总宗室强兵,威振河辅,薛强死后由薛辩统率他的部众,姚兴、刘裕都曾拉拢他,委以官职,最后归北魏,曾屡次打败赫连氏的夏国。他家实际上就是一个坞堡的首领。孝文帝的优待他,其实也就是考虑到这种豪强在地方上的实力。

由于汉族和鲜卑贵族的合作,使南迁的鲜卑族很快地和汉族相融合，有些鲜卑贵族也和汉族士大夫一样流连诗酒，颇多风雅之气。此风在魏孝文帝迁洛后不久，就已经开始。《洛阳伽蓝记》卷三载，王肃入北后，与魏孝文帝及彭城王文勰等人的谈吐，已颇与南朝士大夫间的交往相近。卷四载北魏的河间王元琛、章武王元融、江阳王元继诸人，有的生活极为奢侈，但谈吐间引据书史，完全是汉族士人的作风。《魏书·郑道昭传》载孝文帝曾和元勰、郑道昭、郑懿、邢峦、宋弁等作诗联句。《北史·薛辩附薛孝通传》载，后来薛孝通与魏节闵帝元恭及鲜卑贵族元翌等一起作诗联句。这说明南迁的鲜卑人确实很快地汉化了。但这部分人的汉化远不等于北魏内部的种族矛盾已经消除，相反地，实际上却在酝酿着一场强烈的冲突。

原来，孝文帝在迁洛之后，为了团结汉族高门，在委任官职时很强调门第。被列入高门华胄的既有原来汉族的门阀世族，也有那些随着孝文帝南迁的一部分鲜卑贵族。这两部分人共同把持了朝廷中的官职，而留在北部地区抵御柔然等族的边防军人，在北魏初年，地位本很显赫，这时的社会地位却很快地下降，受到压制。这个矛盾在北魏后期就突出出来了。《北齐书·魏兰根传》载，魏兰根在北魏明帝时，随从李崇出征柔然，经历了北魏的北部边塞，就向李崇建议："缘边诸镇，控摄长远。昔时初置，地广人稀，或征发中原强宗子弟，或国之肺腑，寄以爪牙。中年以来，有司乖实，号曰府户，役同厮养，官婚班齿，致失清流。而本宗旧类，各各荣显，顾瞻彼此，理当愤怨。更张琴瑟，今也其时，静境宁边，事之大者。宜改镇立州，分置郡县，凡是府户，悉免为民，入仕次叙，一准其旧，文武兼用，威恩并施。此计若行，国家庶无北顾之虑矣。"魏兰根看到这个矛盾的尖锐性，李崇也同意上奏，但北魏朝廷未予采纳，结果就酿成了导致北魏乱亡的大祸。

北魏在孝文帝时代的汉化，虽然在中原地区推动了经济和文化的发展，也带来了不少消极的影响，其中有一点是从魏晋到南朝一直流行的士大夫们轻视士兵的偏见。例如：魏孝明帝时发生的一次羽林军士兵暴动就是由此引起的。《魏书·张彝传》："（彝）第二子仲瑀上封事，求铨别选格，排抑武人，不使预在清品。由是众口喧喧，谤讟盈路，立榜大巷，剋期会集，屠害其家。彝殊无畏避之意，父子安然。神龟二年二月，羽林虎贲几将千人，相率至尚书省诟骂，求其长子尚书郎始均，不获，以瓦石击打公门。上下畏惧，莫敢讨抑。遂便持火，虏掠道中薪蒿，以杖石为兵器，直造其第，曳彝堂下，捶辱极意，唱呼嗷嗷，焚其屋宇。始均、仲瑀当时逾北垣而走。始均回救其父，拜伏群小，以请父命。羽林等就加殴击，生投之于烟火之中。及得尸骸，不复可识，唯以髻中小钗为验。仲瑀伤重走免。彝仅有余命，沙门寺与其比邻，舆致于寺。远近闻见，莫不惋骇。"张彝是清河东武城人，也是汉族士大夫中的著姓，早年和卢渊、李安民等为友，生性"爱好知己，轻忽下流，非其意者，视之蔑尔"。这种处世态度，正是高门士族的故态复萌，受到羽林军士的报复，也是事出有因。这次事件，北魏朝廷对此也只能不了了之。因为这样众多的军人，很难追究其责任的。但洛阳的羽林军，毕竟只是北魏军队的少数，而且也不如北部边境的军人强悍善战，朝廷对此也控制不了，北边的六镇军人当然更看穿了朝廷的无能。再说从《北齐书·魏兰根传》看来，他们所受的歧视和压迫又更甚于洛阳的羽林军。当张彝被羽林军打死之时，有一个早年被流放到怀朔镇（今内蒙古固阳附近）的汉人高欢因事正在洛阳，眼见了一切，就看透了朝廷的虚实，回边地后就散财结交，准备着动乱的发生。高欢是一个鲜卑化了的汉人，早年也很穷，自然也希望发生变乱。果然，不久后就出现了沃野镇民破六韩拔陵的起义，朝廷派兵镇压屡战屡败。此后，又有柔玄镇民杜洛周、鲜于脩礼、葛荣等纷纷起兵反对朝廷。北魏政府在无可奈何的情况下，甚至借用柔然的力量来进行镇压，但也没有奏效。最后还是靠北部鲜卑贵族尔朱荣的力量消灭了葛荣等人的力量。但尔朱荣本人也是没有汉化的六镇军人，他部下的将领包括高欢等人都曾参与过杜洛周等人的军队，因此他对汉族士大夫及南迁后汉化了的鲜卑贵族也充满了仇恨。对于这一点，北魏朝廷也是比较清楚的，当魏孝明帝在时，尔朱荣曾提议派兵到今安阳、邺城一带捍卫朝廷，魏孝明帝就加以拒绝。因为孝明帝明知尔朱荣的军力远非朝廷所能制御。但不久孝明帝死去，尔朱荣借口孝明帝之死是由于被害，就长驱直入进了洛阳，控制朝政，镇压了葛荣等人的起义，成为北朝的实际统治者。他到洛阳后，发动了“河阴之难”，在黄河边上屠杀了大批汉化的鲜卑族和汉族士大夫。这显然是出于北部边境的驻军长期以来对洛阳的汉族和鲜卑族联合统治时长期压抑他们的报复。但尔朱荣的专横跋扈激起了他所拥立的孝庄帝的不满。孝庄帝用计诱杀了尔朱荣，但尔朱氏的力量仍然存在，尔朱兆、尔朱世隆等又起兵杀了孝庄帝。不久，高欢又起兵削平了尔朱氏，掌握了北魏政权。但高欢和北魏孝武帝元修也有激烈冲突。孝武帝便利用占据长安的将领宇文泰和高欢对抗。不久，矛盾激化，孝武帝逃到长安。从此北魏分裂为东魏和西魏。东魏占领着今山西、河北、山东和河南的大部分，而西魏只占有今陕西、甘肃等地。东魏的政权掌握在高欢及其儿子手中；西魏则掌握在宇文泰手中。不久，高洋取代东魏，成立北齐；宇文泰之子宇文觉也取代西魏成立北周，形成了东西对峙的局面。

高欢是鲜卑化了的汉人;宇文氏也是六镇军人出身,本属鲜卑人。从文化心理上说,他们都不赞成汉化。但双方的施政方针并不相同。在对峙开始之初,东魏力量大大超过西魏。因为高欢既拥有着大多数“六镇”军力,又占领了当时北方的富庶之区;宇文泰在军力上显然不及高欢强大,所占的关中地区也久经战乱,不免荒芜。但高齐的政策是一味为鲜卑族军人反对汉人和汉化的鲜卑人。所以侯景等人把高欢的儿子高澄称作“鲜卑小儿”。北齐统治者对汉族文化颇为轻视,尽管当时的汉族士大夫,大抵居住在北齐境内,但北齐朝廷对汉化很不重视,对他们也不很信任。《北齐书·高阿那肱传》:“尚书郎中源师尝咨肱云:‘龙见,当雩。’问师云:‘何处龙见?作何物颜色?’师云:‘此是龙星见,须雩祭,非是真龙见。’肱云:‘汉儿强知星宿!’”高阿那肱是善无(今山西左云附近)人,在北魏旧都平城附近,高姓颇似汉人,阿那肱又像鲜卑或其他种族的名字。不过,他是什么种族并不重要,重要的是在他心目中,源师竟成了“汉儿”。其实源氏本即秃发氏,乃河西鲜卑,是南凉秃发傉檀之后,到源贺归附北魏时,因“秃发”与“拓跋”音近,说是同出一源。所以改姓“源”。孝文帝迁洛,随之入洛阳,受了汉化,在高阿那肱心目中,他就成了“汉儿”。可见当时人心目中的汉人和鲜卑人,已不全根据血统,而是看这些人汉化的程度。北齐统治者所最信任的,全是留居北方的鲜卑或鲜卑化汉人。那时汉人仕进的道路,往往要投鲜卑族所好。《北齐书·祖珽传》载,祖珽的得到任用的原因之一,即在他“解鲜卑语”。他倚仗自己的聪明,“凡诸伎艺,莫不措怀,文章之外,又善音律,解四夷语及阴阳占候,医药之术尤是所长”。他又会“造胡桃油”,因此得用。这大约是当时汉人进身之阶。《颜氏家训·教子》:“齐朝有一士大夫,尝谓吾曰:‘我有一儿,年已十七,颇晓书疏,教其鲜卑语及弹琵琶,稍欲通解,以此伏事公卿,无不宠爱,亦要事也。’吾时俯而不答。异哉,此人之教子也。若由此业,自致卿相,亦不愿汝曹为之。”颜之推对这种现象自然是很看不惯的。但北齐统治者的任用官员,确是以此为标准。由这种方式入仕的人,有些也不全是无能之辈。如《颜氏家训》中讲到祖珽,在文学和政治上都颇有所肯定,说明有些人是无可奈何而采取的一种进身之阶。北齐朝廷对汉族士大夫是颇为轻视的。当齐文宣帝子废帝时,后来的孝昭、武成二帝发动政变,先从当时执政的杨愔身上下手。杨愔是高欢的女婿,但高氏政权对他也看得很轻。废帝对孝昭帝说:“天子亦不敢与叔惜,岂敢惜此汉辈?”娄太后(高欢妻,孝昭帝母)也只是说:“杨郎何所能,留使不好耶!”但她也十分歧视汉人,怕废帝在位文宣帝李后做太后,因此说:“岂可使我母子受汉老妪斟酌。”至于当时汉族士大夫如阳休之、邢劭却十分伤心(见《北齐书·杨愔传》)。当时汉族士大夫得罪了皇帝,可以受到各种酷刑,如《北齐书·崔季舒传》载,北齐文宣帝因兄高澄遇刺,前往晋阳,崔季舒和崔暹没有从行,就被鞭打两百,后来因为到藩王家宅去,对被打“马鞭数十”;《王晞传》,文宣帝时,孝昭帝进谏,文宣疑为王晞所教,故意当众将王晞杖打二十。《隋书·卢思道传》载,卢思道因诵读尚未公开的《魏书》,就“大被笞辱”。《北齐书·祖珽传》,祖珽因得罪武成帝,被流放光州,刺史李祖勋待祖珽很厚,别驾张奉礼因此进谗,最后,张奉礼“乃为深坑,置诸内,苦加防禁,桎梏不离其身,家人亲戚不得临视。夜中以芜菁子烛熏眼,因此失明”。这种刑罚简直残酷得离奇。汉族士大夫为了北齐安危计,提一些建议,也会受到猜忌,招致杀身之祸。《北齐书·崔季舒传》载，北齐后主的宠臣韩长鸾怀疑崔季舒为祖珽的同党，“属车驾将适晋阳，季舒与张雕议，以为寿春被围（按指被陈军所围），大军出拒，信使往还，须禀节度；兼道路小人，或相惊恐，云大驾向并，畏避南寇；若不谏启，必动人情。遂与从驾文官连名进谏。时贵臣赵彦深、唐邕、段孝言等初亦同心，临时疑贰，季舒与争未决。长鸾遂奏云：‘汉儿文官连名总署，声云谏止向并，其实未必不反，宜加诛戮。’帝召已署表官人集含章殿，以季舒、张雕、刘逖、封孝琰、裴泽、郭遵等为首，并斩之殿庭，长鸾令弃其尸于漳水。自外同署，将加鞭挞，赵彦深执谏获免”。这种屠杀和酷刑，当然有时也施诸“六镇”军人内部，但高齐统治者对汉族似怀有更大的戒心。《北齐书·杜弼传》：杜弼因当时官吏多贪污不法，曾向高欢提出，高欢说：“弼来，我语尔。天下浊乱，习俗已久。今督将家属多在关西，黑獭常相招诱，人情去留未定。江东复有一吴儿老翁萧衍者，专事衣冠礼乐，中原士大夫望之以为正朔所在。我若急作法网，不相饶借，恐督将尽投黑獭，士子悉奔萧衍，则人物流散，何以为国？”后来杜弼又提出这问题，高欢不答：“因令军人皆张弓挟矢，举刀按稍以夹道，使弼冒出其间，曰：‘必无伤也。’弼战栗汗流。高祖然后喻之曰：‘箭虽注，不射；刀虽举，不击；稍虽按，不刺。尔犹顿丧魂胆。诸勋人身触锋刃，百死一生，纵其贪鄙，所取处大，不可同之循常例也。’”这就是说，那些“六镇”军人尽管贪暴害民，只能置之不问，因为高欢要靠他们维持统治。高欢是北齐的创立者，他还较有识见，除了“六镇”的“勋贵”外，还想团结汉族士人。他的儿子们尤其是文宣帝高洋、武成帝高湛，都是昏暴之极，任意杀人。从《北齐书·文宣帝纪》看来，他所杀的朝臣，多数是汉人或汉化的鲜卑人。《杜弼传》载，杜弼被杀的原因，就因为他对高洋说了“鲜卑车马客，会须用中国人”，而高洋认为这话是讥笑他。在北齐的统治下，尤其是武成帝以后，正如魏征在《北齐书·幼主纪》末所论：“土木之功不息，嫔嫱之选无已，征税尽，人力殚，物产无以给其求，江海不能赡其欲。”在这种形势下，北齐在和南方的陈国交锋中也屡战屡败，不用说西边的北周了。北周自宇文泰创业，一直到武帝宇文邕，一直是励精图治，兵力日强，终于在武帝建德六年（577），一举灭齐，统一了北方。

北周的情况与北齐不同。北周的创立者宇文泰也是“六镇”军人出身，早年也参加过鲜于修礼、葛荣的起义，后归尔朱荣。他在北魏末年的“六镇”军人中地位较低，初起时正如《周书·文帝纪》中所说：“田无一成，众无一旅，驰驱戎马之际，蹑足行伍之间。”比起高欢的“籍甲兵之众，恃戎马之强”，确实力量颇为不如。他为了和高齐对抗，不能不实行团结当地汉人和汉化鲜卑人的政策，他的“八柱国”、“十二大将军”中，多为“六镇”军人，有鲜卑族，有鲜卑化的汉人，但也有一部分是早年南迁后已经汉化的鲜卑人。所任用的关中士大夫如苏绰等，则为他出了不少主意，如颁布《六条诏书》，作《大诰》等。苏绰的《大诰》在文体上是复古主义的，前人已讥其“虽属词有师古之美，矫枉非适时之用”（《周书·王褒庾信传论》），结果对文学并未起到积极作用。但《六条诏书》则有许多好的主张，如认为要强国富民，必须“尽地利”，使百姓“足其衣食”，使各级官吏能“劝课有方”，“然后可使农夫不废其业，蚕妇得就其功”。在官吏的任用方面，他主张任用贤良，并指出：“自昔以来，州郡大吏，但取门资，多不择贤良；末曹小吏，唯试刀笔，并不问志行。夫门资者，乃先世之爵禄，无妨子孙之愚瞽；刀笔者，乃身外之末材，不废性行之浇伪。若门资之中而得贤良，是则策骐骥而取千里也;若门资之中而得愚瞽,是则土牛木马,形似而用非,不可以涉道也。若刀笔之中而得志行,是则金相玉质,内外俱美,实为人宝也;若刀笔之中而得浇伪,是则饰画朽木,悦目一时,不可以充榱椽之用也。今之选举者,当不限资荫,唯在得人。苟得其人,自可起厮养而为卿相,伊尹、傅说是也,而况州郡之职乎。苟非其人,则丹朱、商均虽帝王之胤,不能守百里之封,而况于公卿之胄乎。”他又主张减省官吏,对官员政绩进行考察。他还主张减省刑狱,反对“深文巧劾”,主张“与杀无辜,宁赦有罪”。他又提出“均赋役”,要求“不舍豪强而征贫弱,不纵奸巧而困愚拙”。他说:“租税之时,虽有大式,至于斟酌贫富,差次先后,皆事起于正长,而系之于守令。若斟酌得所,则政和而民悦;若检理无方,则吏奸而民怨。又差发徭役,多不存意。致令贫弱者或重徭而远戍,富强者或轻使而近防。守令用怀如此,不存恤民之心,皆王政之罪人也。”在宇文泰采纳苏绰这些主张之后,北周的政治显然较北齐清明。于是国势日强,从南朝手中夺取了今四川之地,又派于谨于魏恭帝元年(554)攻克江陵,占领了今湖北西部大片土地,国势日盛。到周武帝宇文邕建德六年(577),就一举灭了北齐,重新统一北方,并为隋的统一中国奠定了基础。

北周统治者出身“六镇军人”,在用兵时自然也有其残暴的一面,如攻下江陵后,曾把很多人掠为奴隶;据卢思道《后周兴亡论》说,周武帝宇文邕在杀人方面也很残酷,但总的来说,在政治上毕竟比较清明,更没有像北齐那样对汉人和汉化的鲜卑人有所歧视,这就使人民在对齐、周两个政权之间无可避免地选择了北周,因此得到成功。

第三节　北齐文学与北周文学的不同

在北魏分裂为东魏与西魏及后来又为北齐和北周所替代之后，出现了一个很可注意的问题，那就是从政治上说，北周比北齐要清明得多；而在文学上却是北齐远比北周为发达。最明显的事实是《北齐书》中设有《文苑传》，而《周书》却只有一篇《王褒庾信传》讲到文学问题，王、庾二人又是从南方来到关中的，本非西魏、北周的土著。事实上北周一代也没有产生过什么在文学史上留下影响的北方作家。相反地，在北齐，则至少有邢劭、魏收等名家，又如隋代文人阳休之、卢思道、薛道衡等，也都由齐入隋。这种现象似乎有些奇怪，其实也不难解释。因为北魏一朝的政治、经济和文化中心始终在今河北、河南、山东、山西等地，至于甘肃、陕西两省，在后秦和北凉灭亡以后，大批文化人被迁到平城或南方。此后又频遭战乱，士人逃亡，文化早已衰落。魏孝文帝的迁都洛阳，推行汉化，对河朔一带的士大夫起了鼓舞作用。河朔文士在北魏后期文学的复兴上起了主导作用。东西分裂以后，这批文人大抵出身于今河北一带如邢劭为河间人，魏收为巨鹿人；后来入隋的卢思道为涿郡人，薛道衡则为汾阴人，都在东魏、北齐的疆域之内。关中在北魏时本来没有出什么文人，所以在北方文学复兴之际，暂时还没有出现什么作家。这现象不光表现在文学方面，其他文化部门也是如此，例如《周书・儒林传》所载的北周经学家，本来也都是河朔或江南人，他们中有的是江陵陷落时入周，有的是齐亡入周，有的则是随着当地将领或官员降周而到关中的，而关中土著的儒生则几乎没有一人。文学的情况基本上也是如此。《周书·王褒庾信传论》讲到北周文人，除王、庾外，举出的人物有苏亮、苏绰、卢柔、唐瑾、元伟和李昶。其中苏绰在文学上并无多大成就；苏亮和苏绰是堂兄弟，《周书》本传认为苏绰"文章少不逮亮"。又讲苏亮早年到洛阳，遇到常景，常景曾对人说："秦中才学可以抗山东者，将此人乎。"这说明"秦中"在文学上本来无足与"山东"相抗的人。苏亮作品现在亦无传诵的。卢柔本范阳涿人，从贺拔胜在荆州，曾奔梁，后归关中；李昶乃李彪孙，也曾奔梁，后来到关中；元伟是北魏宗室，本居洛阳，随孝武帝西迁；唐瑾据《北史·唐永传》本是北海平寿（今山东潍坊西南）人，祖上曾客居南朝，回魏后因唐永任东雍州刺史，经周文帝宇文泰致书唐永，要征召他两个儿子唐陵和唐瑾，才出仕西魏、北周，亦非关中土著。这些人中，只有李昶曾有一两首诗受人注意，其余都没有什么足称的成就。这说明北周地处关中这个文化上落后的地区，当魏孝文帝推行汉化，提倡文学之际，在当时所谓"山东"地区文化已经复兴之际，关中尚未起步，直到东西魏分裂，关中才开始有自己的文化中心，而从东西魏分裂（534），到北周灭齐（577）不过四十多年，其儒学和文学自然不能很快地赶上南方和潼关以东的各地。在这方面，苏绰作《大诰》，"糠粃魏晋，宪章虞夏"，还起了一定的阻碍作用，因此在文学上，北周还不足与北齐相比。但文学的风格，本来不是统治者的政令所能左右的。宇文泰和苏绰尽管反对华丽的文风，但并未收到实效。在宇文泰派于谨攻克江陵以后，南方的作家大批来到关中，文学的形势为之一变。《周书·王褒庾信传论》："既而革车电迈，渚宫云撤。尔其荆、衡杞梓，东南竹箭，备器用于庙堂者众矣。唯王褒、庾信奇才秀出，牢笼于一代。是时，世宗（明帝宇文毓）雅词云委，滕、赵二王雕章间发。咸筑宫虚馆，有如布衣之交。由是朝廷之人，闾阎之士，莫不忘味于遗韵，眩精于末光。犹丘陵之仰嵩、岱，川流之宗溟渤也。”的确，从王褒、庾信来到关中，对关中文化的影响是十分巨大的。因为在南北朝时代，南方的文化本来就高于北方，而在北方，东部的文化又远高于西部，在这种形势下，必然是关中政权在政治上征服南方，而在文化上却被南方所同化。这时关中人在文化上已经全面地模仿南朝、成了不可阻挡的形势。《周书·赵文深传》载，赵文深善于书法，“雅有锺、王之则，笔势可观”，但“及平江陵之后，王褒入关，贵游等翕然并学褒书。文深之书，遂被遐弃。文深惭恨，形于言色。后知好尚难反，亦攻习褒书，然竟无所成，转被讥议，谓之学步邯郸焉。至于碑榜，余人犹莫之逮。王褒亦每推先之。宫殿楼阁，皆其迹也”。这说明当时人崇拜南朝文化，好比西晋末东晋初人的羡慕中原文化一样，到了一切模仿的程度。这种现象在后人看来，未免盲目，而在当时，似乎只有少数人能有所认识，却难于扭转潮流。但在文学上说，我们也要对关中人的崇拜南方文风作具体分析。关中地区在攻克江陵以前，既没有产生过有成就的作家，而在攻克江陵以后，马上有庾信、王褒等这些在南方也属第一流的作家，因此他们的热心于学习南方作家是合乎情理的。应该承认，关中文人在学习庾信等作家后，在文学上确有其进步，如滕王宇文逌为庾信编文集，并作序，此序即一篇较好的骈文。入隋后，关中又出现了杨素、杨广等人的一些诗；这两个人在政治和人品上，颇为人们所非议，但他们那些诗却还是有其价值的。当然，文化的进步，不可能飞跃前进，所以在《隋书》的《儒林》和《文学》二传中所载人物，仍以“山东”和南方的人为多，然而事实证明，关中地区的经学、文学等也在逐渐地进步和繁荣起来，而真正要赶上东方和南方，那还要一段时间，直到唐代才得以实现。关于这一点，唐初的一些史学家对关中人的学习南朝文风的批评，不免有欠公允。如《周书·王褒庾信传论》认为："然则子山之文，发源于宋末，盛行于梁季。其体以淫放为本，其词以轻险为宗。故能夸目侈于红紫，荡心逾于郑卫。昔扬子云有言：'诗人之赋丽以则，词人之赋丽以淫。'若以庾氏方之，斯又词赋之罪人也。"这不但对庾信进行了全面否定，而且对南朝自宋末以后的文学似乎也颇有所非议。《隋书·文学传论》持论与《周书》略有不同，对梁代中期以前的文学并无批评，对梁后期文学则颇为反对。其辞云："梁自大同以后，雅道沦缺，渐乖典则，争驰新巧。简文、湘东，启其淫放，徐陵、庾信，分路扬镳。其意浅而繁，其文匿而彩，词尚轻险，情多哀思。格以延陵之听，盖亦亡国之音乎！周氏吞并梁、荆，此风扇于关右，狂简斐然成俗，流宕忘反，无所取裁。"这两段话，看起来有所不同，究其实质，其实都是反映了北方士大夫对南朝文学的看法。《隋书·文学传论》反映的是东部北齐旧地一些文人的观点，他们在文风上取法梁中叶以前的南朝作家，主要是颜延之、谢灵运和沈约、任昉。《魏书·温子升传》载魏济阴王元晖业提到南朝作家，就举出颜、谢和沈、任。其后北齐作家以邢劭、魏收为最著名，而邢劭仰慕沈约；魏收效法任昉。所以《隋书·文学传论》论到"永明、天监之际，太和天保之间"的南北文学，特别举出江淹、沈约、任昉、温子升、邢劭和魏收。这是因为邢、魏本以沈、任为榜样，否定沈、任，也等于否定了邢、魏。《隋书》的总主编是魏征，他本出巨鹿魏氏，在文学观方面，当然近于北齐文人的观点。但他们对"宫体"和徐陵、庾信等后起的南方流派，则很难接受。因为北方的士大夫比较重礼法，以杨播、卢渊式的家风为荣，自然很难接受像萧纲等人那种写妇女体态之作。至于《周书·王褒庾信传论》，其作者可能是唐初的岑文本。（《旧唐书·岑文本传》："与令德德棻撰《周史》，其史论多出文本。"）岑文本的祖父本是后梁萧詧的官员，应该说还是南方人的后裔。但入唐以后的南方文人，大抵对艳体诗也都取否定的态度。《唐会要》卷六十五载，唐太宗"尝戏作艳诗。（虞）世南进表谏曰：'圣作虽工，体制非雅，上之所好，下必随之。此文一行，恐致风靡，轻薄成俗，非为国之利。"他们大抵认为梁、陈和隋的亡，与帝王的好作艳诗有关。这种见解未必正确，但在当时比较普遍。《周书·王褒庾信传论》说庾信文风，"发源于宋末"，大约是指的以汤惠休为代表的一些受《子夜歌》影响的诗人，这些艳诗，确实是"宋末"就开始出现，齐梁也有不少人写过而最后发展为"宫体"。对于《子夜歌》一类诗，北朝人确实看不惯。《郑羲碑》载，郑羲出使刘宋，听到刘宋的音乐，就声称"其细已甚"。但这种艳诗大约在南朝，也不是所有的人都能接受的。《梁书·徐摛传》载，徐摛作新变体诗，梁武帝知道了很生气；昭明太子编《文选》，也不收这种作品。不过庾信入北以后的诗赋，已和在南朝时不很一样，这类艳体诗已为数不多。至于关中文人仿作这些艳体诗，现已基本没有留存，像杨素那样原出关中的人，其诗风似更近晋宋，与梁陈宫体相去甚远。或许唐时还有一些留存的作品，为岑文本等人所见到，现在已难考知。

和关中相对峙的北齐政权，情况和北周不同。这里的文化传统比之关中要雄厚得多。东晋南渡以后，留在北方的士族，大抵集中于今河北省一带，他们在"十六国"和北朝初年北方文化衰落之际，其家世相传的经学和文学传统，仍世代传授并未消失，只是当时的社会条件使之不能发扬光大。但在北魏灭北凉以后，大批凉州文人来到东部地区；又加上魏献文帝乘刘宋内乱，夺取了原属南朝的今山东一带，使许多“平齐民”来到河朔，使北魏的文化得以进一步提高，而孝文帝的迁洛和推行汉化，其影响所及，主要是在东部地区，对于洛阳以西各地，作用就较微弱，更不用说关中了。现今我们知道的北魏作家最早的一批如常景是凉州人后裔，温子升是南朝人后裔，而郑道昭祖上自西晋末已迁到冀州，邢劭、魏收的老家也在今河北省境内。这说明东部地区在当时是北方的文化中心。东部文人较多地保留其原有传统，也较早地接受南方文化。在他们的经学和文学已颇具规模之时，关中尚无人在文化方面作出令人注意的成绩。《隋书·文学传论》谈到南北文学时，盛称北朝“太和”、“天保”时代，“太和”是魏孝文帝年号，时代更早；“天保”是北齐文宣帝年号，相当于梁简文帝大宝元年（550）至陈武帝永定三年（559），而庾信、王褒到关中，是梁元帝承圣三年（554），这时北齐的邢劭、魏收早已成名，温子升已经死去。这时东部北齐疆域之内，已经逐步地由模仿而渐渐进入创造自己风格的阶段。《颜氏家训·文章》记载，梁朝的宗室萧悫，作《秋思》诗，北齐方面原籍南方的文人如颜之推、荀仲举、诸葛颖都很称赞；而北方籍文人卢思道、魏收并不称赏。梁文人王籍的《入若耶溪》诗，在南方深受萧纲、萧绎的称赞，但北朝的卢询祖、魏收都不欣赏，说是“此不成语，何事于能”。不管北朝人对萧悫、王籍的批评对不对，总之已经是他们独立的见解，已经不是完全照搬南人的见解。邢劭在为萧悫的文集作序时，也强调北方和南方的文风应该有所不同。后来北方文人确实写出了许多杰出的作品，如祖鸿勋的《与阳休之书》、卢思道的《劳生论》等骈文；卢思道的《听鸣蝉篇》、《从军行》以及薛道衡、孙万寿等人的一些诗，确实不在南方文人以下。但这些作品中，多数还产生在北周灭齐甚至入隋以后。至于在北齐初年，即使河朔地区作家的作品，也不能说是很成熟的。《颜氏家训·文章》："邢子才、魏收俱有重名，时俗准的，以为师匠。邢赏服沈约而轻任昉，魏爱慕任昉而毁沈约，每于谈燕，辞色以之。邺下纷纭，各有朋党。祖孝征尝谓吾曰：'任、沈之是非，乃邢、魏之优劣也。'"这段话应该说还是比较含蓄的。《北史·魏收传》载，邢、魏二人互相攻击，甚至到了说对方"偷窃"、"作贼"的程度。其实，邢、魏之学沈、任，也无非是竭力模仿而已。模仿，当然不是创作的正当途径，但在文学发展的一定阶段，人们总是先从模仿入手，然后才逐步得出经验而自辟门径的。东部地区的文学在其发展过程中，正和关中一样，也有过这样一个阶段。不过，在邢劭、魏收开始模仿南方文学之际，在南方还比较盛行的是沈约、任昉那种文体，还是以清丽典雅为主；不像关中文学在刚兴起时，正是"宫体"诗已经兴起，文风更趋轻艳。于是关中文学初起时的作品，可能更带有一些梁后期作品的色彩。这种文风，在唐代初年的史学家看来，是最不受欢迎的。这里既体现了唐初史家的某些正统礼教观点，却也说明梁后期至陈的文学确有严重缺陷，所以虞世南那样的南人，对此也有批评。

第十章　北朝文学的特点和得失

文学作为一种社会意识形态，归根结蒂毕竟是社会存在在人们头脑中的反映。它的发展总是和当时的社会现实息息相关的。但是，这种反映往往比较曲折和复杂，不能用一个简单的说法来加以解释；也不能表面化地只强调一时一地曾经出现过某些大作家，就断言某一个时代的文学，只存在于某个地区。事实上，一个国家或民族的文化，开始时总是在一个较小的范围内首先兴起，逐步向其邻近地区扩展开来。在这个扩展过程中，原来比较落后的地区不但逐步地赶上先进地区，而且其固有的，虽然是还不很发达的文化因素，也会在不同程度上影响到先进地区的文化。因此某一文化的传播和广被的过程，也是一个丰富和发展的过程。以我国古代文化而论，其发源地当然是在黄河沿岸的所谓“中原地区”。然而在中原文化向南扩展到江汉流域时，就出现了楚文化，反过来，楚文化也影响了中原文化；同时当中原文化向北推进到今山西、河北的北部时，也出现了赵武灵王的“胡服骑射”。当秦汉帝国的建立，使当时各地的居民正式融合成为一个汉民族的时候，其实已经不再是一个单纯的种族，而是融合着不少不同种族，并且吸收了这许多种族的文化而形成了一个统一的汉文化。当一个统一的民族和统一的文化形成以后，也并不是一成不变的。秦汉帝国的南平百越，北却匈奴和西通西域，又吸收了许多少数民族的和外国的文化因素。同样地，在西晋末年的各族入据中原时代，的确造成了军阀混战，使人民遭受灾难，典籍和文物遭到破坏，使文化受到损失。但从长远来看，这场战乱的影响，也不完全是消极的。首先，由于民族大迁徙的结果，使原来在经济和文化上比较落后的江南和凉州地区，迅速地发展起来，例如《宋书》卷五四《孔季恭羊玄保沈昙庆传论》所讲南方农业发展的盛况，若非大批劳动力的南下，是不可能这样迅速的。南方文学的繁荣，当然也和经济上的这种繁荣有一定的关系。至于北方的情况，人们似乎很少注意到当时的积极影响。这是因为史书中的《儒林传》，总是说各族入侵使经学如何荒废，《文学传》又说文学如何衰颓。于是造成了人们一种错觉，似乎东晋南渡后，北方就没有了文化，原有的文化都被南迁的士人带往江南了。如果我们表面地看问题，那么南北朝时代传诵之作，绝大部分出现在南方，连唐朝所定的“五经正义”，也完全采用了南朝的学说。但作为史的研究来说，除了应该注意到显而易见的现象以外，还应该注意一些“伏流”，这些因素确实是存在的，后来在历史上起了很大的作用，而在当时，却常常不易察觉。例如北朝家世相传的经学传统和北朝的散文传统及经学，都是这种“伏流”。如果忽视了这些“伏流”，许多历史现象就很难说清楚。

第一节　北朝文学的特点

长期以来，我们的文学史研究工作，常常着眼于作家和作品的分析和评述。这当然是很必要的，而且在这一学科开始兴起的时候，也不免要有一定的探索过程。在这个过程中，人们首先看到的总是一些历来传诵的作品及其作者,再加上我国古代的“正史”,往往设有“文学传”或“文苑传”,因此当人们开始把文学的发展作为一门独立学科来研究时,总不免从作家、作品论着手。事实上我国的文学史编著工作,历时并不久,从第一部中国文学史出现起,至今也不过百年左右,但在这段时间里,人们的文学概念本身就发生了剧烈的变化。例如在长期的封建社会中,人们对文学的理解和我们今天就有很大的不同。像今天我们认为是文学中非常重要的戏剧、小说这些作品,在古人却很不重视;古代人视为文学中重要部分的一些应用文如诏令、奏议等,在今天看来,又未必都能算文学作品。这些关于“文学”本身应该包含什么内容的问题,在很长一个时期内,还没有得到较圆满的共识。因此关于文学史研究究应包括哪些问题,尚待我们进一步探索。在笔者看来,文学的发展正像其他意识形态一样,并不是直线上升的,总有许多曲折、停滞甚至倒退。但从整个历史的发展过程来看,这样的曲折过程,却只是前进中的一个环节,有时在某些看来是停滞或倒退的现象后面,却酝酿着后来繁荣的枢机。研究者的目光不能局限在某些传诵之作,或名气极大的作家身上,还应注意到某些产生作家和作品较少的时代,研究和探索其衰落的原因,及这个时代在整个历史发展中的作用。即以北朝文学为例,如果研究者把眼光局限在几个作家或传诵的作品来看,似乎只能看到几首民歌和两部学术性著作,相对于南朝的一系列著名作家来说,就显得无足轻重。但那是一个民族大融合的时代,即以北朝的乐府民歌而论,其中至少包括了氐、羌、鲜卑等族的歌谣,据现在一些研究者说,著名的《敕勒歌》,还是现在维吾尔族的祖先,即铁勒(高车)族的歌谣。那么当时流传于北方的歌谣,可能还不限于组成过政权的五个种族。这些乐曲不光流行于北方，还传到了南方，受到南方各阶层人士的喜爱。《南齐书·柳世隆传》载，宋末萧道成与沈攸之作战时，萧道成的大将黄回"军至西阳，乘三层舰，作羌胡伎，溯流而进"。同书《东昏侯纪》："高障之内，设部伍羽仪，复有数部，皆奏鼓吹、羌胡伎、鼓角横吹。"这两段记载，前一段发生在宋末；后一段发生在齐末。这说明这些北方乐曲，至少在宋末以前已传到南方。这些"羌胡伎"是什么内容，已无法详考。但有一个现象很值得注意，即《乐府诗集》中的所谓《汉横吹曲》，基本上没有汉代的歌辞，而这一曲种，在沈约的《宋书·乐志》中，根本不提；唐修《晋书》的《乐志》则曾经提到而认为是汉武帝时李延年根据西域乐曲所造。这些乐曲不见于沈约《宋书》而著录于唐修《晋书》，是一个疑问。是否在西晋盛时，本有此曲，经"永嘉之乱"以后，在北方还保存着，而南方则已经亡佚，现在很难判断。至于保存在北方的这部分乐曲，是否经过了"十六国"和北魏乐官改造，因此杂有"羌胡之音"，也很难说。奇怪的是这种《汉横吹曲》的歌辞中，现存最早的南朝人作品是鲍照的《梅花落》。这种曲调据说是"笛曲"，而笛这种乐器，据《宋书·乐志》说，本来出自羌中。鲍照卒于刘宋泰始二年（466），而萧道成和沈攸之的战争，发生在宋顺帝升明元年末（478 年初），二者相距不过十多年。那么鲍照所仿作的《梅花落》的曲调，是否即所奏"羌胡伎"的一种？至于《汉横吹曲》的曲名，有不少和《梁鼓角横吹曲》相同，其间应有一定的联系。值得注意的是，南朝人大量地拟作《横吹曲》如《出塞》、《入塞》等战争题材的诗，则始于齐梁间的吴均（卒于公元 520 年）。这正是"羌胡伎"在南方盛行之时。这说明北方的音乐曾经影响了南方的诗歌。但这种诗歌在南朝虽曾经成为一种较流行的题材，并未成为文学的主流。因为那些诗歌中所反映的边塞生活是南方人所不可能亲身经历的。因此他们也只能从《汉书》等古书中去找寻典故,凑合成篇,毕竟缺乏真实的生活体验。但这些题材,到了北方人笔下就不同了。北朝的疆域和柔然、吐谷浑甚至西域的一些政权相连,经常发生战争。有些北方文人曾随军到过边塞,写来就感到真切。同样地,北朝由于许多种族的入居中原,和汉人杂居,互相影响,其文化和心理素质,也会影响汉族人民。于是粗犷、刚健之气,也不可避免地反映在文学作品中。试看北方的民歌,其内容和风格和南方的"吴声"、"西曲"是何等的不同。同样写战争,在南朝的《丁督护歌》中,写的只是思妇相送之情,如:"闻欢去北征,相送直渎浦。只有泪可出,无复情可吐。"这当然很真实,确实写出了军人妻子对丈夫的依依惜别之情。但北方民歌中写战争,则更显示了战争的残暴性,如《企喻歌》:"男儿可怜虫,出门怀死忧。尸丧狭谷中,白骨无人收。"《隔谷歌》:"兄在城中弟在外。弓无弦,箭无栝。食粮乏尽若为活?救我来!救我来!"这完全是两种不同的情景,如果说南方民歌的缠绵悱恻之情颇能动人的话,北方民歌那种毫无雕琢的绝望呼喊,也同样使人惊心动魄。同样写爱情,《子夜歌》的"宿昔不梳头,丝发被两肩。婉伸郎膝上,何处不可怜",写女子娇媚之态,呼之欲出;而北方民歌的《捉搦歌》"谁家女子能行步,反著夹禅后裙露。天生男女共一处,愿得两人成翁妪",也很坦率和真诚,也难分高下。同样是写景之作,像《敕勒歌》那样的塞外风光,也自有其魅力;而南方的《子夜四时歌》中"春林花多媚,春鸟意多哀"或"青荷盖渌水,芙蓉鲜红葩"与此风格截然不同,我们也只能说各有所长,大可不必"论甘而忌辛,好丹而非素"。文人作品,其实也是这样。由于南北文人的生活条件十分不同,反映的生活也就不可能一样。文学的技巧和手法,总是决定于它的内容的。内容不同,手法也不可能一样。北朝文人大多取法南朝,这是事实,然而北朝人的效法南朝,应该说是有选择的,而不是机械地照搬。例如:在形式方面,北朝人对南方文学用典、讲对仗、调声律等技巧,都是比较注意学习的,但在学习的时候,他们也常有所选择。即以我们经常提到的邢劭、魏收模仿沈约、任昉为例,邢劭之爱慕沈约,是取其平易和流畅,用典使人不觉等长处。他并没有去学沈约作《郊居赋》那种雕琢堆砌,并无多少艺术价值的大赋,也没有去学他作那些《杂咏》、《十咏》之类的咏物之作;对于任昉他认为"文体本疏",也不是单纯地出于攻击魏收,而是不满意任昉之竞须新事。魏收之学任昉,也不是无批判地学习。我们现在所见的魏收之文,也并不和任昉相同。任昉的骈文尽管辞藻华丽,却又说理透辟,有时委婉曲折,善于辞令,把别人所难于措辞的话说得有条有理(如《为范始兴作求立太宰碑表》)。魏收的骈文虽在北朝很有名,却没有留下可以与任昉一些名作媲美之文;但他的诗,似不在任昉之下,现存魏收的诗,显然不是单纯地仿任昉,而更多地受到"永明体"以后作家如何逊、刘孝绰甚至萧纲的影响,更注意色彩的绚丽、对仗的工整和平仄声的调和。这说明北朝作家之模仿南朝,已经不是单纯地模仿,而是吸收众家之长,多少能有一些自己的风格。至于入隋前后北方诗人的一些名篇,如卢思道的《听鸣蝉篇》、杨素的《山斋独坐赠薛内史》和孙万寿的《远戍江南寄京邑亲友》等,都各具其清刚的特色,其笔力和气势在南朝后期实在很少有能与之相比的。当然,南朝后期之作,也有其细致、绮丽的长处,但这些作品也不免有题材狭窄、笔力纤弱的短处。过去的研究者长期以来从地域上说重南轻北,从时间上说重宋齐而轻梁陈。现在有些研究的人看到了梁陈作品的某些长处,却过于强调这个方面,又忽视了风格上与此不同的北朝作家,这看法都未免有其片面性。

第二节 北朝文学的长处和短处

一个时代文学的兴衰,其原因往往十分复杂,很难用同一个理由来加以解释。再说一个具体历史阶段中所谓的“兴”和“衰”,往往离不开对许多作家的评价问题。在这个问题上,人人都会有不同的偏好,很难强求一致。例如南北朝后期的文学,究竟是北方那些清刚而较少雕润之作更好,还是南方那些纤弱但更显细腻的作品为胜?这个问题就存在着分歧。其实文学既然是反映人们社会生活的一种意识形态,它必然会反映出各种不同的社会生活方面;而读者对这些作品的评价,也会由各人的经历和处境而各有不同。因此要对一个时代的文学作出一致公认的评价是几乎很难做到的。其实,不光对一个时代,即使对某个具体的作家,人们的看法也很难一致;甚至每个具体的读者,在不同的情况下,也会对同一作家作出不同的评价。然而,这并不等于说文学批评没有标准。我们如果用题材相近的作家,作一些比较,那么有些问题就可以看得比较清楚。以南朝文学而论,南朝后期的诗歌确以梁陈“宫体”为最著,对于“宫体”诗的评价,可以有不同看法,我们暂置勿论;而重要的问题是把“宫体诗”的前后作家来进行对比,那么以陈叔宝和萧纲相比,两人的地位相近,萧纲在“侯景之乱”以前的生活,也与陈叔宝相类似。但在文学上的成就显然远过于陈叔宝。这种个别的比较也许还不完全能说明问题,那么我们不妨把聚集在萧纲周围的文人和陈叔宝周围的文人作一番对比，就可以证明聚集在陈叔宝周围的那些“狎客”，也远不及萧纲周围的学士。同样地，以陈代作家中最有成就的徐陵、阴铿而论，较之梁代那些较著名的文人，似也见逊色。这样的对比，可以说明，在南北朝后期，南朝文学确实不是处于上升的阶段而是趋于衰退的阶段。但北方文学的情况，则与此不同。尽管我们不能机械地去把北方文学和南方的“宫体诗”比个高下，因为不同的题材总是各具不同的风格，很难作比较。但把北朝前后期诗歌作一定的比较，还是可以看出其发展、进步的。例如：韩显宗《赠李彪诗》，是较早的抒情述怀之作，这首诗确实有些真情实感，但在艺术技巧上还欠成熟；稍后的李骞作《赠亲友诗》，在技巧上就有一定的进步；而到邢劭作《冬夜酬魏少傅直史馆诗》、《冬日伤志篇》，其进步的迹象尤为明显。到了周、隋间，卢思道、孙万寿一些作品在艺术上更臻完美，这些诗较之南朝人的作品，更是不见逊色。同样地，在写景诗方面，郑道昭的《登云峰山观海岛诗》，设想比较奇特，用了不少道教方术的辞藻，但读起来总觉得是有意识地模仿郭璞的《游仙诗》，而且总觉得有些生硬，不太流畅。至于刘逖的《对雨诗》、《秋朝野望诗》就明显地受到了南朝齐梁诗的影响，显得圆转流畅，较郑诗大有进步。后来元行恭的《秋游昆明池诗》，系入隋后与江总同作，较之江作，更未必有何高下。他的《过故宅》和江总的《南还寻草市宅诗》，诗调相近，艺术成就也足相匹敌。通过这个比较，我们至少可以说，在南北朝后期，北朝文学是处于上升阶段而南朝文学则多少处于下降阶段。过去的学者从陈旧的礼法观念出发，全盘否定“宫体诗”的艺术成就，同时也轻视北朝后期作家所取得的巨大进展，从而把南北朝后期的文学说得一无可取，这显然是不对的。现在一些研究者看到了以萧纲为代表的宫体诗人的一些长处，这无疑是一种进步；但不少人对北朝后期在文学上的长足进步，似乎还没有给予充分的注意。其实评价一个时代或一个流派时，我们不仅要着眼于几个成就最高的代表性人物，还得通观这个流派或这一阶段整个文学的发展趋向。即以“宫体”诗人来说，萧纲和他周围的文人如徐、庾父子等，还是有才华的。同时他们本来都有很高的文学修养，也有着一定的社会实践，所以在诗歌上确实创造了一个有特色的流派。然而，在萧纲以后，这个流派就渐见衰落。即以萧绎而论，文学修养应该说也是较高的，但在个人才华上就不如萧纲。因此“宫体”诗发展到萧绎时代，已不如萧纲等人。到了陈代，陈叔宝的文学修养，也未必比之梁代文人低多少，但这个生于深宫之中，长于阿保之手的皇帝，毕竟只能写一些平庸的作品。因为在他的一生中，根本谈不上什么社会实践，自然也写不出什么好作品。

北朝文学的情况与此不同，它是在经历“十六国”和北魏初年的“冬眠”状态中苏醒过来，渐渐地在洛阳形成一个文化中心，文人们得到了“以文会友”的机会，又得到了南方文学的借鉴。在以洛阳这个政治文化中心形成以后，文人们对书籍的需求也易于满足。《北周书·刘昼传》：“恨下里少坟籍，便杖策入都。知太府少卿宋世良家多书，乃造焉。世良纳之。恣意披览，昼夜不息。”这种条件，在“十六国”和北魏初年，显然是不具备的。当时的士人不但无法到家乡以外去看书，甚至也无法知道哪里有藏书家。更重要的是在北魏早期，统治者既未提倡，而士大夫在当时的社会地位，也并不受到优待。他们中有些人出仕北魏，多由于朝廷征召，不能不去赴任。但即使做了官，也如同《魏书·高允传》所说，并无俸禄，还得“樵苏自给”，稍有不慎，还可能招致杀身之祸。因此士人们对做官既不热衷,而且对精通学术和文艺也不很热衷。他们中不少人也在私门中父子相传地从事某些经学和文学的研习,这正如《南齐书·王融传》所说:"前中原士庶,虽沦慑殊俗,至于婚葬之晨,犹巾褠为礼。"这只是一个民族处于被征服状态下对本民族文化的一种思恋。但正是这种感情,维系着北方一些私门传授的学术文化传统,在百余年中得以不绝如缕地继承下来。当魏孝文帝在历史的大势推动下不得不大力推行汉化时,北方的士大夫们对南方文化那种由衷的羡慕之情是十分明显的。《南齐书·王融传》载,王融作《三月三日曲水诗序》,北魏使者房景高、宋弁要求阅读,认为王融此文胜于颜延之所作,而且读了此文后,甚至赞叹说:"昔观相如《封禅》,以知汉武之德;今览王生《诗序》,用见齐王之盛。"这种赞叹之词,说明北方士人不但很熟悉南方的文坛,而且对南齐政权也表示仰慕。《北齐书·元文遥传》:"(元)晖业尝大会宾客,有人将《何逊集》初入洛,诸贤皆赞赏之。河间邢劭试命文遥,诵之几遍可得?文遥一览便诵,时年十余岁。济阴王曰:'我家千里驹,今定如何?'邢云:'此殆古来未有。'"元文遥是鲜卑族,本传称魏昭成皇帝六世孙,他也和汉族士大夫们一样,醉心于南朝文学。这说明自从孝文帝迁洛以后,一心向南朝学习的,不光是原来北方的士人,还有很多汉化了的鲜卑人,所以高阿那肱把源师叫作"汉儿"。这些汉人和汉化的鲜卑人,在尔朱荣入洛掌权和高欢取代尔朱氏以后,处境并不很好。因为尔朱荣和高齐这些"六镇"军人出身的人在孝文帝迁洛后,曾在仕途上受到压抑,因此不免有敌视他们的情绪。北魏宗室元晖业曾作诗云:"昔居王道泰,济济富群英;今逢世路阻,狐兔郁纵横。"他们对那些"六镇"军人出身的统治者既很反感又无力反抗。在北齐,汉人备受歧视。《北齐书·高德政传》

载，齐文宣帝杀高德政时，曾对群臣说："高德政常言宜用汉，除鲜卑，此即合死。"又《崔暹传》载，文宣帝初立，许多朝臣都说他坏话，文宣帝派都督陈山提等搜查崔家，发现崔很穷，并无劣迹，很称赏。"仍不免众口，乃流暹于马城，昼则负土供役，夜则置地牢。岁余，奴告暹谋反，锁赴晋阳，无实，释而劳之。"又同书《高乾附高昂传》载，汉族将领高昂和鲜卑将领刘贵有忿争，高昂集合兵众要向他进攻。刘贵是秀容阳曲人，本尔朱荣部下，是"六镇"军人。这种冲突正是汉族和"六镇军人"的矛盾。《高昂传》又说："于时，鲜卑共轻中华朝士，惟惮服于昂。高祖（高欢）每申令三军，常鲜卑语，昂若在列，则为华言。"早年南迁的鲜卑族人，因为汉化较深，也很受猜忌。《北齐书·元韶传》："文宣帝剃韶须髯，加以粉黛，衣妇人服以自随，曰：'我以彭城为嫔御。'讥元氏微弱，比之妇女。"同传又载，文宣帝对元韶说："汉光武何故中兴？"元韶说："为诛诸刘不尽。"于是杀了元姓二十五家，禁止十九家，元韶也被关进地牢，"啖衣袖而死"。接着又大杀元氏，连婴儿也不能免。《北齐书》所载元姓人物除元景安、元文遥等少数人外，大抵不免于难。这些汉人和汉化的鲜卑人，在这种处境下，自然不可能有流连诗酒的闲情逸致，因此创作较少。同时，他们的条件也不可能像萧纲、萧绎和后来的陈叔宝那样广置声伎。因此，在北朝文化中较有基础的北齐，不可能有人去写类似"宫体诗"那样的作品。至于北周，汉人士大夫的处境相对地比较好些，宇文氏的几个王公对庾信等文人还比较优待，有时也会参加王公们的一些宴会，观看伎乐。所以庾信集中有着《奉和赵王看妓》等诗。这只是个别的代表作，当时写这个题材的作品数量大约不少，但多半散失了，如赵王宇文招那首诗，现在已经亡佚。这些诗，在隋唐之间，可能还有不少尚存，所以《周书》和

《隋书》都作出了关中文风受“宫体”影响的结论。文学上任何形式和技巧，都是为它的内容服务的。技巧上的进步，并不是孤立的，总是由于要突出地表现一定的内容或题材，而这种内容和题材的盛行，总和当时的社会生活有着这样那样的关系。如果认为某一时代的作品在技巧上有某些独特的创造，那也是某种社会生活或其他原因所引起的文学题材的变化所必然要求的结果。正如我们不能要求北朝作家写出谢灵运式的山水诗和要求南朝文人唱出《敕勒歌》一样，也很难设想北朝文士能去写萧纲的《美人晨妆》这样的诗歌。任何一种艺术创作所以成功的原因，归根结蒂在于作者对生活的熟悉程度，所谓“技巧”毕竟是人们借以表现和反映生活的一种手段或技能。如果作者对某种生活不熟悉，他就不会去写这种题材，或写不好这种题材。清末王闿运评鲍照的《登庐山》诗说：“观此二篇，方知颜、谢为不可及。”王闿运如果单说谢灵运“为不可及”，一般还不难理解，因为鲍、谢优劣本难论定，古人多有以为“鲍不及谢”的。至于颜延之则就有些费解。从总的成就来说，颜延之无论如何不足以望鲍照的项背，哪能有“不可及”之理？但如果从陪同达官贵人，应他们之命去写作诗歌，要求典重裔皇，确非鲍照所长。颜延之的门第较鲍照为高，官做得大，他在这种场合，经历得多，手法较熟练；鲍照则一生基本上是幕僚或小官，对这种内容的作品就缺乏经验，所以他的长处并不在此。同样地，像萧纲等人在诗歌方面的贡献，我们既应该实事求是地给予恰当的评价，也应当看到它是一定的社会条件的产物。试想如果没有魏晋名士的蔑弃礼法的传统，没有《子夜歌》等民歌的影响和沈约的《六忆》诗等作品为其先导，再加上从东晋至梁，朝廷的“优借士大夫”，使之能纵情声色，萧纲及其周围的文人也很难创作这些作品。至于北朝文人既缺乏这种传统,也没有这种生活,他们所能写作的自然是另一种诗歌。北方文人的诗歌,存留的较少,其原因比较复杂,除了北方文学兴起时间短、书籍的收藏和整理工作做得差之外,北方没有出现像萧统《文选》、徐陵《玉台新咏》这样的总集也是一个原因。这些原因,归根结蒂还在于当时的社会现实使人们对这些工作无暇顾及也不感兴趣。但北朝人在务实事方面,确实比南朝人为胜。《颜氏家训·涉务》中讲到北方士人对农务等事,就比南方人精通,持家节俭,能够耐劳;办政事也较南朝的高门士族要强得多。像北周的苏绰在政治上是较有见地的;北齐方面,据《颜氏家训·涉务》记载,杨愔、祖珽二人也都有较高的政治才能。这一点,南朝的士大夫们就远为不及,梁武帝在生活上尽量照顾士大夫,政治上却并不任用他们而宁可使用一些寒门出身的人。此风其实在宋、齐时代已经如此。由于南朝士大夫们过着比较悠闲的生活,经常在一起"吟风月,弄花草",自然作诗的数量会远远超过北朝。北朝士人则大抵关心现实,较之南人具有较多的政治眼光。他们的文章多为议政、议礼之作。《隋书·文学传论》说:"河朔""辞义贞刚","便于时用";"江左""宫商发越","宜于咏歌",是很有道理的。因为北方士人毕竟有较多的社会实践,正如卢思道在《劳生论》中所说自己在北齐时"耳听恶来之谗,足践龙逢之血",在北周末,仍是"敛笏升阶,汗流浃背"。他的一生曾在"羊肠、句注之道,据鞍振策;武落鸡田之外,栉风沐雨。三旬九食,不敢称弊,此之为役,盖其小小者耳"。卢思道只是个比较典型的例子。一般来说,北朝后期士人处境都不像南朝那样优越,但他们却能有较多的社会实践,像卢思道那样驰驱奔命,经历险阻的人,毕竟对社会现实有较深的理解,对各方面生活有较多的知识。像《水经注》和《齐民要术》这样的著作，并不是南方文士所能问津的。因此北方文人写的诗尽管数量较少，在技巧方面也可能不这样丰富和成熟，但他们很少为了作诗，硬凑成篇写什么“赋得××”或咏一些身边杂物如《咏幔》、《镜台》、《领边绣》、《脚下履》等内容空洞，只靠摆弄辞藻的作品。相反地，他们的诗歌另有一种风格，如温子升的《白鼻騧》、《凉州乐歌》等首，表现了一些北方生活中特有的题材；裴让之的《从北征诗》几乎全不用典，而笔力清刚；高延宗《经兰陵王高肃墓》诗，在北齐面临灭亡前夕，经过当年著名战将的坟墓，想起高齐的自坏长城，以陷于覆亡，感情真挚，别具一种特色。这些诗绝无矫揉造作，都是真实性情的流露。诗歌这种文学形式，归根结蒂不外乎作者的真实思想和情绪。我国古人所说的“饥者歌其食，劳者歌其事”确是诗歌最本质的方面。至于技巧问题，虽然也很重要，但它是在诗歌的长期发展中积累经验，逐步地提高和丰富起来的。同时，技巧问题还相当复杂，某些技巧也许适应的范围较广，也有些技巧，可能只适用于表现某些题材和内容。以庾信为例，他现存的诗歌，大部分作于入北以后，而在南朝时所作，存者已为数不多。现在我们读庾信的作品，就可以感到入北前后有一定的差别。如他的《奉和泛江》、《奉和山池》等诗看来，其实和徐陵、萧纲等南朝诗人区别不大；《拟咏怀》和《同卢记室从军诗》则和入北以前之作有明显差别。《奉和赵王美人春日诗》、《和赵王看伎诗》又与南朝时期作品很类似；《郊行值雪诗》一类作品在技巧方面，还保存不少“宫体诗”的特点，但所体现的情调和风格，却又和“宫体诗”不同，带有北方的苍凉之气。他的辞赋也是这样，他早年在南方的辞赋，体制轻短，一般多五七言句；到北方后的赋却多少夹有散文化句式，有的篇幅还较长。这些形式上的变化，是由内容决定的，内容变了，形式随之发生变化，所使用的技巧也不能不变。因此用南方文学的成就去要求北方文学，执此非彼，并非公允之论。南北朝时代，南方和北方就其社会性质来看，自然都属于封建社会。但长期的分裂，种族的迁徙及因此造成的种种不同的生活方式及由此产生的种种不同的社会心理都互相不同。正因为有不同，才能通过比较，各取他方之长，以补本身之短，才能更快地发展进步。在这方面，北朝文人中不少人就较能虚心地吸收南朝文学之长来丰富自己，从而很快地得到提高。《隋书·卢思道传》："周武帝平齐，授仪同三司，追赴长安，与同辈阳休之等数人作《听鸣蝉篇》。思道所为，词意清切，为时人所重。新野庾信遍览诸同作者，而深叹美之。"阳休之等人之作，今已不存，只有颜之推同题之作尚存。现在看来，颜作前半似有意在模拟萧综的《听鸣钟》，后半则显得笔力不足。颜之推是入北的南人，但在这次唱和时，显然较北人卢思道逊色。至于入隋以后的诗人，由南入北者似亦不在少数，但被历来读者所喜爱的，大约以杨素、薛道衡几篇唱和的诗为最。这些都是北人。初唐作家中，较为传诵的名篇，亦出北人之手。至于南方文人，有时不免有轻视北人的心理。唐刘餗《隋唐嘉话》卷下："梁常侍徐陵聘于齐，时魏收文学北朝之秀，收录其文以遗陵，令传之江左。陵还，济江而沉之，从者以问，陵曰：'吾为魏公藏拙。'"唐人笔记记六朝文人轶事，多不可全信，但这些传闻，多少能反映一些当时的风气，因为唐人毕竟离梁陈时代不远，对六朝人的情况有所了解。这种南人看轻北方文学的风气也阻碍了南朝文学的进展。其实北朝的诗歌数量虽然远较南朝为少，但在散文方面，北朝也有其长处。以魏收为例，他所作《魏书》的文章，决不是全无可取。后来一些选家很少收录魏收之文（如李兆洛《骈体文钞》），大抵是因为《魏书》被人称作“秽史”，鄙其人遂废其文，然而《魏书》事实上也不是这样一无是处。这一点，周一良先生在《论魏收之史学》（《魏晋南北朝史论集》）和钱锺书先生的《管锥编》中，对他的史学和文学都作了较好的评价。所以唐代的文学的兴盛，应该是南北文风融合的贡献，而决非仅仅是南方文学单方面的影响。也许，北方文学在技巧方面有它的弱点，然而笔力的刚劲，反映生活的面较宽，毕竟也是长处。唐初史家过多地否定“宫体”诗，确有失当；但现在有些人过于看重“宫体”等南朝后期作家而贬低北朝文人的贡献，甚至因此过多地贬低陈子昂在唐代文学史上的地位，恐怕亦不免偏颇。

结束语

南北朝时代是一个民族大迁徙、大融合的时代，在文学上也是一个文风发生变化，并为唐代文学的高度繁荣奠定基础的时代。关于南北朝时代的文学情况，由于长期的南北对峙，人们的生活状况产生了很大的差异。北方各族的入居中原，其历史作用颇为复杂，从一个短期内来看，显然以消极作用为主，因为大量的人在战争中死亡，或流离失所，土地荒废，生产倒退，大量文物和典籍的毁灭，再加上种族矛盾所造成的种种盲目性的仇杀和压迫，对各种文化，其中包括文学，都只能起破坏作用。但这种种现象的起因，又往往由于汉魏以来朝廷对其他种族的歧视和压迫。但当这些种族入居中原以后，其上层分子为了维持其统治，面对着人数众多和文化较高的汉族，不能不逐步地采用汉族的制度来进行统治；其普通百姓和汉族人民之间更没有根本的利害冲突，因此互相影响和融合，实系不可避免的趋势。这样，其他种族在接受汉化的同时，也把他们优秀的文化传统带给了汉族。这种融合，只能是双向的相互学习的过程，而不是单向的一个同化另一个的过程。唐代辉煌灿烂的文化正是这种融合的结果。这个文化上的繁荣昌盛，不能简单地说成只是汉民族文化本身发展的结果，其他各族人民也作出了各自的贡献，不能轻易地加以否定。同样地，南北朝的统一于隋及其后又变为唐，这个统一，也是一个融合的过程。在这个融合中，一般常说，在政治上是北方征服南方，而在文化上则是南方同化北方。这种说法并非一无是处，因为从一些事例看来，如经学上的“五经正义”是南朝流行的经学；在文学上许多作家的诗文也多模仿齐梁；书法上以唐太宗为首，就最重视王羲之的法帖。但我们也要估计到，北方的文化成分在唐代仍有一定的影响。如郑玄等人的《易注》、《尚书注》、服虔的《左传注》等，在唐代还存在，并有人引用；唐初书家据一些书法研究者说，最著名的如虞世南、欧阳询、褚遂良和薛稷四家除虞世南外，也都兼受北魏碑刻的影响。欧、褚均属南人，可见也不是单一的南风。在文学上，人们往往只看到“四杰”、“沈宋”等人所受南方文风的影响；而没有注意到像隋唐间的王绩，还有唐太宗本人和魏征等人也写了不完全是齐梁文风的作品；就是“四杰”的作品，也是兼采南北的，只是所得力于南朝的较多而已。明王世贞《艺苑卮言》说：“卢、骆、王、杨，号称四杰。遣词华靡，固沿陈隋之遗，骨气翩翩，意象老境，故超然胜之。五言遂为律家正始。内子安稍近乐府，杨卢尚宗汉魏，宾王长歌，虽极浮靡，亦有微瑕，而缀锦贯珠，滔滔洪远，故是千秋绝艺。”这里所谓“骨气”、“老境”和“宗汉魏”都和北朝后期的诗歌相近，而与南朝后期所谓“梁陈宫体”相去甚远。这说明即使是“初唐四杰”，也不是和北朝文风绝无继承关系，仅仅是南朝文风的发展。现在有些研究者对古人的评论，往往好提不同的看法，这当然是很好的。墨守成规，不敢对古人的看法稍持异议，只能使学术停滞不前，丧失发展变化的可能。但全盘地否定古人的看法，也未必可取。任何真理只要强调得过了头，哪怕稍稍地偏离适当的分寸，有时也会走向谬误。任何科学的发展，总是以前人积累的成果为基础。所以墨守成规是错误的，对前人的成果取虚无主义态度也同样不足取。何况在文学史研究中只强调南朝文风而完全忽视北朝文风，其实也未必是跳出了古人的偏见，这就是一切以汉族文化为中心，不承认其他民族或种族的贡献。我们试想杜甫的《草堂》诗中“旧犬”、“邻里”、“大官”、“城郭”等句，显然是从《木兰诗》中“爷娘”、“阿妹”、“小弟”诸句得到启发。《木兰诗》的写定年代，虽有各种说法，但这种民歌从出现到写定往往要经过很长的口头流传时间，而《木兰诗》中屡见“可汗”字样，当属燕魏之际的鲜卑歌。这仅仅是一个例子，事实上唐诗的繁荣，也不可能和“十六国”、北朝时期入迁中原的各族文化绝无关系。

文学艺术的题材和手法必须是多样的。各种各样的生活反映为各种各样的题材，各种不同的题材又使作者不得不采用种种不同的手法。处境各不相同的作者，写出的作品自然不一样，生活经历不同的读者也会对各种作品作出许多不同的选择。即使同一个作者，由于处境和地位的变化，在各个时间既可能创作出内容和风格全不相同的作品，同一个读者也会在一定的时间里偏爱某一种作品，而在另一段时间更偏爱另一种作品。这里可以有种种不同的原因，而人们今天的爱好不同于昨天，明天的爱好又不同于今天，也不一定都是毫无理由的任意变化。因为人们的生活是多方面的，需要也是多种多样的。当庾肩吾写作《乱后行经吴御亭》时，不可能再有闲情逸致去作《咏美人自看画应令》那样的诗，即使勉强去作，也未必写得好。同一个徐陵的《玉台新咏序》和《在齐与仆射杨遵彦书》都是传诵的名文，但情调迥异，手法也完全不同，两者的优劣也很难比较。后来的读者也同样地可以在一种情况下，喜爱《咏美人自看画应令》和《玉台新咏序》，在另一种情况下更喜爱《乱后行经吴御亭》和《在齐与仆射杨遵彦书》。因为内容不同，题材有别，很难强作比较。不能说那些有闲情逸致时的作品一定是细致精美的，而在流离颠沛中的激愤之辞就都不足取。我们过去曾经过于强调反映民生疾苦之作，这自然失于偏颇；但反其道而行之，其实也不过是另一种形式的“题材决定论”，而从社会效果而论，后者恐怕比前者所起的作用更为有害。

研究古代文学的问题，其任务并不仅限于评骘某些作品的优劣，而在于从当时的历史条件下，探索出为什么这个时期出现了这一流派和作品；那一时期又出现了那一流派的作品；甚至在同一个时间里会出现几种不同题材、不同风格的作家和作品。因为文学史的事实是客观存在着的。某些作品的流传已超过了一千多年，有些作品尽管有它的缺点，但它仍然保留到今天，总有它的原因。古代作家的作品对我们今天来说，主要在于它的借鉴作用。所谓“借鉴”，应该包括着成功的经验和失败的教训。其中成功的经验要总结，却未必就能照搬；失败的教训同样可以总结，也不能简单地抛弃。即以南北朝作家说，从来的论者多认为颜延之的诗不如谢灵运和鲍照，这当然是对的。但这不等于说文学史的研究者就只要研究鲍、谢之作，而可以置颜于不顾。因为如果这样做就会使我们对刘宋一代的诗歌缺乏全面的了解。再说历史上确也有人认为颜延之优于鲍、谢。这种意见我们完全可以不赞成，但这也是一种历史现象，有其产生的根源，探索这个原因，有时还能理解到制约文学发展的种种因素。这里既和当时的社会状况有关，也和某些与文学相互影响的其他意识形态有关。如果从这些角度来进行多方面的研探，其作用也未必小于仅仅对几个大作家的赏析。同时每一种文学的传统，也往往包涵着无数人的努力，比较次要的作家在历史上也有其贡献，不能加以抹杀。正如哲学上的绝对真理是无数相对真理的总和一样，我们丰富和优秀的文学传统也是多少代人无数作家的经验一点一滴地积累起来的。这些具体的流派或个人都是构成文学历史长河的各个大小不同的环节。在这里并不能说只有某几个环节是应该研究的，某些环节就根本不必研究。当然，对每个人来说，都可以根据自己不同的情况，着眼于这一问题或那一问题，不可能“无所不通”。正如《庄子》所说的“吾生也有涯而知也无涯”，但断不可以一得之见，以为“天下之美尽在于己”。尤其是科学发展到今天，已经兴起了各种学科的交叉，产生许多边缘学科。我们每个研究者既不可能使自己的研究领域无所不包，也不应该对别人的研究范围划定禁区，只能择其性之所近，各尽所能。我们不能否认从东晋到梁陈，南方产生了许多著名的作家，相对来说，在同一时期中，北方出现的作家就要少得多。但当时的南方产生这许多作家有其历史原因，北方产生的作家较少也有其历史原因。这种区别本身就是研究文学史的人不能回避的问题。再说，出现作家较少，也不等于全无贡献。文学史研究是一门科学，如果研究得好，对当代的创作是可以有裨益的；但它又是一门独立的科学，其作用不仅限于为作家们提供参照和借鉴；为了弄清历史发展的脉络，诸如作家的生卒年、作品的真伪等一系列问题都是可以而且应该弄清的。这些问题对于本专业以外的人，大抵很少能引起他们的兴趣。这不等于说这些问题没有研究的必要。一般来说，当我们对某个时期的文学情况研究得越少，这方面悬而未决的问题往往越多。因此研究者对各种不同的研究对象，往往要采取各不相同的方法。大体上说，人们如果对一部作品的文字训诂还没有弄清，对作者的生平还不了解以前，对这些作家和作品的思想内容、艺术成就都很难作出适当的评价。因此研究者们对一些过去不大有人研究的作家、作品,大多先从具体问题的考证入手。这是无可非议的。不过,这些考证问题本身也无法穷尽,即以历来研究最多的《诗经》而论,其中许多训诂和考释的问题,至今还没有完全解决。如果要彻底解决这些问题以后,再来从事作品内容和艺术成就的分析,势必遥遥无期,也不利于学术的进展。于是,当一部分研究者还在训释和考订方面下工夫时,另一些人已经开始了对作家、作品的分析和评价。这两种工作是可以并行不悖而且还可以相互促进的。一般来说,对于南北朝文学,我们对东晋初期和末期以及南朝宋齐和梁初文学研究,还较有成果;而对东晋中期及南朝梁中叶以后的文学,还有十六国和北朝的文学,还研究得很少。例如北齐、北周两代,有不少作家已经入隋,陈代作家中有些人也是这样。以江总的《南还寻草市宅诗》中"见桐犹识井,看柳尚知门"和元行恭的《过故宅诗》中"唯余一废井,尚夹两株桐"为例,都用了曹睿《猛虎行》中"双桐生枯井"句的典故。曹睿《猛虎行》并非名篇,为什么两人同用此典,就很可思考。这也许是巧合,但也可能其中有一人受了另一个人的启发。但江总此诗大约作于开皇十二三年(592—593)间,而元行恭的诗就无法考知,只知他"开皇中"流放瓜州而卒,究竟在江总前,或江总后,很难确定。但江总入隋在开皇九年(589),前后不过五六个年头,已和北方文人有互相交流(如同有昆明池诗等),说明南北文风相互影响是在隋初甚至北朝以前已经在进行。关于南朝文风的影响北朝,前人已有很多论述;至于北方文风对南方文人究竟有没有影响,有多大影响?我们至今还几乎没有进行什么研究。然而历史的事实是否只有南风北渐,没有北风南渐?这就很值得怀疑。至少我个人认为并不如此。例如庾信的《哀江南赋》中有"乘渍水以胶船,驭奔驹以朽索”两句，这和李骞《释情赋》中“延胶船而越水，若朽索而乘奔”，二者都以同样两个典故作对仗，而李骞的时代比庾信要早，他死于北齐文宣帝取代东魏年（550）以前，而庾信入北却在梁元帝承圣三年（554），作《哀江南赋》更在其后。这说明在这问题上只能是庾信取法李骞，不可能是李骞学习庾信。在文学史上，二三流作家影响第一流作家是常有的事，杜甫自己就说“颇学阴（铿）、何（逊）”，还说李白的诗“似阴铿”。我们总不能认为这是杜甫“谦虚”或“有意贬抑李白”。文学史研究者的任务，正如其他科学一样，应当尊重事实，不能任意抹杀事实。对于南北朝文学史上许多重要的问题，我们现在还没有作过比较详细的调查考察，更谈不上深入的研究。我们似不必去划定禁区，认为这不是文学，那不需研究。这对研究工作是不利的。

最后，笔者认为在文学史的研究中，对各种不同题材和风格的作家作品，应该力求公允，不可凭个人的好恶任意抑扬；更不能追随时尚，故作惊世骇俗之论，以期哗众取宠，取得所谓“轰动效应”。学术史的事实证明所谓“轰动效应”的取得并不很难，有些名噪一时的著作，经时不久就烟消云散，被历史证明只是信口开河。这对科学的进展并无好处。例如：有人为了证明北朝文学不发达的原因，是因为士人们把精力都投入了“经学”，据云《隋书·经籍志》所载北人经学著作，不少于南人。对于这样的结论，笔者实在不敢置一辞。因为孤陋寡闻，不知道提出此论的人，是否家藏唐人墨宝或其他珍本秘籍？至于现在流行的各本《隋书·经籍志》，都不是这样著录的。是否今本《隋书》都不可信，那就只有天知道了！

后　　记

这本小书虽然写得比较仓促，有些意见还不够成熟，但在笔者来说，却在头脑中盘旋甚久。早在八十年代初，当文学所古代室的同志正在酝酿多卷本《中国文学史》的编著工作时，我就想到了一个问题：即历来的评论家和许多文学史著作中讲到南北朝文学时，往往只谈南朝，不谈北朝，于是在那些著作中关于北朝文学大抵很少涉及，除了《水经注》、《洛阳伽蓝记》等少数学术著作外，几乎是一片空白。在这种情况下，我开始对“十六国”和北朝的文学作了一些初步的探讨。当时所形成的某些看法，除了写成一些拙文以外，大多数见解后来都写进了《南北朝文学史》中。但在编写那部《南北朝文学史》时，由于我既担负了全部北朝文学的章节，也担负了一些南朝文学的章节。在这个过程中，逐渐地感到南朝文学和北朝文学所以会形成这样悬殊的差别，必有其原因。这些原因显然很复杂，必须对当时的历史和其他学术部门的情况进一步作深入的研究。于是我又一次通读了南北朝的史籍及有关材料，也再一次阅读了陈寅恪、唐长孺、周一良等前辈先生的著作，得到了很多启发，开始形成了一些初步的见解。但限于那部文学史的篇幅和体例，这些看法就很难全部吸收进去。所以早在《南北朝文学史》脱稿之初，我就颇觉意有未尽，应该把自己的那些浅见提出来向大家请教。但限于自己的水平，又觉得“兹事体大”，要涉及文学、史学、经学、哲学以至宗教的广泛领域，同时还要上溯先秦汉魏，下及唐代。对这些知识领域来说，我的学力就显得很不够了。因此多年以来，迟迟不敢下笔。直到最近，由于我对南北朝文学又作了一些探索，自己觉得有一得之见，或尚有可取，因此敢冒“敝帚自珍”之讥，把它写出来求正于方家。

在探讨南北朝文学的特点及其区别时，笔者认为其根本的原因还应该从当时的社会存在，即人们的生产和生活的方式中去探求。因为文学本身归根结蒂是一种社会意识形态。马克思主义关于社会存在决定社会意识的原理，毕竟是颠扑不破的真理。不管我们过去曾经对此作过什么狭隘的或片面的理解，但那是我们自己的问题，不应归咎于这原理。“人虽欲自绝，其能伤于日月乎？”我国古人的这句名言，看来还是适用的。只是在文学和社会存在的关系问题上，应该注意到许多复杂和曲折的问题。至于说什么北朝文学不发达是由于中原士人在“永嘉之乱”中都已南渡，或者说南北文学的不同是由于地理环境，甚至有人说北朝文学不发达是由于北朝人“致力于经学”，那都不过是任意的猜想，并无任何根据。事实证明，北方的崔、卢、李、郑等高门士族，在“永嘉之乱”中仍留居家乡；北方也有许多风景胜地，不然就不会有后来王维的许多山水诗名篇；“燕赵多佳人，美者颜如玉”，可见北方亦绝非没有美女，其所以没有产生“宫体诗”，更不是由于地理条件；至于北朝的经学著作，据《隋书·经籍志》所载，也极稀少，当然绝不可能把文学的衰落归罪于经学发达。

在评价南北朝文学及其兴衰时，笔者认为首先应该注意到的是南北双方的种种不同的社会情况。在这里，人们过去比较注意的是一个民族迁徙的问题。这当然是一个很重要的事实。过去的研究者，往往从汉族本位出发来看待这个问题。对西晋灭亡以后入居中原的匈奴、羯、氐、羌、鲜卑五族的历史作用估价不足，总是只强调其消极的作用，而忽视了其积极的作用。其实这些民族的入居中原尽管造成过一些战乱，对生产有很大破坏作用，但在他们这种行为往往是汉魏以来汉族官僚、地主对他们的压迫所造成的；而当他们建立政权以后，有不少有识的君主，也曾采取过某些措施，推动生产和文化的发展。更重要的，是这些民族入居中原以后，和汉人长期杂居，互相交融，给汉族带来了新的血液，也带来了各自的文化成就。例如著名的北朝乐府民歌，就是这种历史条件的产物。但各族入居中原以后所造成的影响，主要还在于人们的生活状况。在战乱频仍的年代里，北方各地居民为了避免侵掠，于是聚族而居，结成“坞堡”，在这种“坞堡”中，不但强化了人们的宗族观念，使汉以来的礼法进一步加强，而且在某种程度上真有点像《老子》说的“民至老死不相往来”的情形。关于这问题，陈寅恪先生在《桃花源记旁证》中论之已详，而当我重读《颜氏家训·涉务》篇讲到北朝人自给自足的情况，和《宋书·王懿传》、《魏书·杨播传》所述北人的家族观念及家庭生活状况时更使我对这个看法有了更大的信心。同样地，关于南朝人的生活状况，我也是从万绳楠先生的《陈寅恪魏晋南北朝史讲演录》和唐长孺先生的《读〈抱朴子〉推论南北学风的异同》等论著中得到启发，进而重读《世说新语》、《抱朴子》、《颜氏家训》及南朝五史中有关材料之后，才逐渐地形成了这些看法。在论述南北方人们生活方式的不同及其对文学的影响时，我觉得应该采取辩证的方法来看待问题，即南朝的士大夫们的生活方式，在很多方面确实有利于文学的繁荣，在宋、齐及梁中叶以前，他们确实也作出了不少令人注目的贡献。但是这种生活方式毕竟包含着不利于文学发展的因素，那就是局限了作家们的生活天地，使他们对现实生活的接触越来越少，纵使在写作的技巧方面仍不断有所创新，但其成就总使人感到有点像杜甫说的“或看翡翠兰苕上，未掣鲸鳌碧海中”的情况。相反地，北朝人的生活情况，尤其是十六国和北魏初年的情况，确实对文学以至史学、哲学及经学等部门都十分不利，那时的人们也并没有写出过多少值得注意的文学作品。但是正如颜之推所记载的，他们对社会生活和生产劳动的理解却要比南朝人多得多。所以即使他们在一个时期里并没有写出过多少作品，但当魏孝文帝迁都洛阳，大力推行汉化，并吸收凉州和南朝的文化成果以后，其进步却是很迅速的。文学史的事实证明，到了隋代，北方诗人的作品已足与南方并驾齐驱；到了初唐，较有成就的作家其籍贯却以北人为多。这是千余年来人们一贯的看法，我们并无任何理由去加以改变，也不必要改变。如果承认这样一个事实的话，那么我自以为说北朝自魏孝文帝以后，文学创作呈上升的趋势，而南朝在梁中叶以后却呈下降的趋势之说，还是能够成立的。

在对待南北朝后期文学的评价问题上，我的看法和现在有些研究者存在着不同，那就是关于“宫体诗”的评价。无可否认的事实是，我们过去对“宫体诗”的评价确实失之偏颇，只是看到了其中个别不健康的内容，而用来否定其全部，完全抹杀了萧纲等人对诗歌技巧的贡献，这是应当纠正的。但是在重新评价“宫体诗”的同时，也不必走向另一个极端，从而去否定北朝诗人的一些其他题材的作品。因为“宫体诗”的产生有它特定的历史条件。不论萧纲、萧绎或陈叔宝周围的那些文人，大抵都有较优裕的生活条件，可以诗酒留连，有的甚至还可以由此得到赏赐。至于北朝的后期，不论北齐或北周，都是在较少汉化的鲜卑人或鲜卑化的汉人统治之下，两个政权又忙于火并厮杀，并没有余暇来给那些“文会之友”提供条件。但那里的文人却有的曾经从军出塞，有的饱经离乱，写出一些边塞战歌或感叹身世之作。这些作品在技巧上也许还不如南朝人的作品细腻精巧，却另有一种苍凉悲壮之气。由于题材的不同，其艺术成就也就很难机械地作比较。艺术上的风格本来是多样的，从来研究的人对此都有所论及，不论是西方美学家说的“崇高”与“优美”也好，我国词学家说的“豪放”与“婉约”也好，散文家说的“阳刚之美”与“阴柔之美”也好，都不必“论甘而忌辛，好丹而非素”。何况文学作品归根结蒂总是人们生活的反映，作家所最喜描写的，大抵是他所熟悉的生活。如果他们在生活中很少接触某些方面，也就很难要求他们去写好这些内容。在这个问题上，前几年的一些人非常强调人的“主体性”。当然，“主体性”是应该强调的。因为文学作品的反映现实，总要经过作家的头脑。但是，这只是就一个作家能否正确地理解生活，反映生活的问题。至于他究竟反映什么生活，那就不完全能决定于他的“主体意识”了。对此我们不妨作个比喻，例如一面镜子，它的反映事物可以有正确与不正确，清晰与模糊之分。但它即使是一面“哈哈镜”，那么如果照镜子的是一个人，它也不过把胖子映成了瘦子，长脸映成了圆脸，断不能把一个人映成一棵树或一只狗。南北朝文学的区别也正是这样。在西晋灭亡后到隋的统一，中间经过了两百多年的南北分裂，南北两地的社会状况、地理环境、生活习惯以至某些心理素质都有很大的不同。因此要以南朝文学的条件来衡量北朝文学，符合的就肯定，不同的就否定，这显然是不现实的。其实文学史研究的目的，本在于说明某些历史现象及其产生的原因。至于对这个或那个作家的评价,各个时代和各个研究者往往有所不同,未可执此非彼,也不是研究者的主要任务。

在关于南北朝后期文学的评价问题上,还涉及笔者对待一些历史事实的态度和有些研究者不完全相同。在笔者看来,历史的发展虽然是曲折的、复杂的,但它总是呈螺旋形地不断前进着,历史上的许多重大的变革的出现,都有其深刻的社会原因;尤其是千百年来一直被人们所肯定的历史现象,在本质上总多少有其合理性。例如:唐代陈子昂所提倡的"复古"运动,从李白、杜甫、韩愈等人起,就一直加以肯定。但到了这几年来,有些研究者对陈子昂的态度却发生了变化。这显然和人们对"宫体诗"的评价有关。有一些研究者为了肯定"宫体诗",就不免对某些不同的流派进行批评甚至贬抑。无可否认的是:这种以一个极端来反对另一个极端的现象,在历史上数见不鲜,陈子昂本人在反对齐梁文学的时候,有不少论点也未免过火,后来的韩愈和白居易也有这情况。但我们今天来评价古人,似乎应该采取历史唯物主义的态度,尽量要求客观公正。因为历来人一致的看法,已经延续了千年以上,虽然不一定就是不可动摇的定论,但大抵总有它的历史原因,才能被千百年来的人们所接受。否则就等于把历史上的一切看成了人类错误的总和,那么社会的不断发展和进步,也就无法理解了。根据同样的理由,我在追溯汉代经学的变迁时对于古文家之战胜今文家,以及魏晋玄学之战胜儒学,也采取了同样的态度。因为从学术的角度来评价《毛诗》和"三家诗"或《左传》与《公羊传》、《穀梁传》的争论,其实最终毕竟是符合于优胜劣败这个历史规律。关于后来的儒、玄之争,其结果也是这样。试想在西汉末年和东汉时代,国家所设立的学官都是"今文经学",朝廷策试士人当然也用"今文家"

的学说，但“今文经学”还是免不了节节败退，其著作亦大部散佚。那些在野的古文经学既无政府的支持，也不能为士子们开什么禄利之途，却日益在学术上得势，这说明我们的祖先毕竟也是有理智，能够分清是非优劣的。同样地，生活在武后时代的陈子昂，在朝廷中弥漫着绮艳文风之际，他以一个官位卑微的人物，开启了文风丕变的先声。这个事业又是他以前的苏绰、李谔等达官贵人以至宇文泰、杨坚这样的帝王所想做而不能做到的。这种“成败异势而功业相反”的史实，也很值得我们在评价这位历史人物时加以深思。对一位作家的成就作出这样或那样的评价，本来免不了主观的成分，因此还是比较容易的；但要凭历史事实来说明某些现象的社会根源，则要从大量的材料出发，不能随意褒贬。

在追溯到两汉和魏晋之间学风的变化时，笔者比较强调的是魏晋的学风和文学对两汉的继承关系，认为魏晋玄风的兴起是两汉以来学术思想发展演变的结果，崇尚老庄的风气，其起源几乎与今文经学的衰微及古文经学的兴起是同步的。这一看法在笔者头脑中形成较早。原因是在我看来，魏晋清谈之风和汉代的学风确实有很大的区别，但这种区别究竟是怎样产生的？如果说是黄巾起义或曹操的一些改革措施的结果，总觉不大圆满。因为黄巾起义只是一场农民暴动，而曹操的一些措施，也仅仅涉及某些政治改革。两者都不可能另行创造出一套学术观点。直到阅读了余嘉锡先生的《世说新语笺疏》，见到余先生说的“盖魏晋人一切风气，无不自后汉开之”（中华书局版，第21页）时，才受到了启发。拙作的《〈风俗通义〉与魏晋六朝小说》（《文学遗产》1988年第三期）和《略论〈两都赋〉和〈二京赋〉》（《文学评论》1992年第三期）二文，都是在这种看法下写成的。尤其是后一篇文章，笔者原想再写一篇专论张衡《二京赋》和老庄思想的关系的论文，但后来由于其他工作较忙，没有来得及动笔。但那些想法在这本小书中，已经谈到。总之，在这本小书中所涉及的一些问题，大抵是笔者多年来在学习汉魏六朝文学史时所形成的一些不成熟的想法，有些虽经过较长时间的酝酿，但限于水平，未敢自以为必是，还请专家和读者们指正。

在本书完稿之际，最使我感到遗憾的是这个问题涉及的知识范围很广，有些领域对我来说虽还有一定的基础，而对另一些领域，则平时很少涉猎。例如关于哲学史和宗教史的问题就是这样。对待这些平时不太熟悉的东西，我又有一个习惯，就是不敢随便去采用别人已有的成果，总想在自己已经阅读了较多的第一手材料之后，才敢作出判断。因此对有些问题，虽有一定的想法，但在掌握大量材料以前，就只能浅尝辄止。例如关于汉人《易》学和道教的关系。当我在阅读道教典籍《太平经》时，深感其中思想和汉代的《易》学颇有关系。后来读了宋人朱震的《汉上易传》和近人尚秉和的《焦氏易诂》二书后，更加深了这种印象。但像这样的问题，涉及的领域既广，而我自己对这些问题又不甚熟悉，所以只能不加深论了。

从这本小书的性质来看，它和《南北朝文学史》中一些论述，虽然在绝大部分上是一致的，但个别的结论也可能有所出入，这是因为本书的成书在该书完稿之后七八年，在此期间，我对有些问题又作过一些探讨，并且又读到了不少别的同志的论著，使自己的看法有所改变。这大约也是正常的现象。本书中有不少论点，其实在写作《南北朝文学史》时已在逐步形成，有的甚至已经形成，但该书的性质和本书不同，不少问题，我认为还是在本书中来论述比较适当。

在写完这部小书以后,笔者的心情老实说是很不轻松而且有些沉重的。回顾我自己这几年来虽然写了几本专著和若干篇论文,但是就我自己看来,还很难满意,而汉魏六朝文学史中尚待进一步解决的问题又是这样多,真使人有庄子说的“吾生也有涯而知也无涯”之感。像我这样的人,岁月蹉跎,悬车之年,忽焉将至,少而志学,白首无成。这使我想起了《世说新语》中记慧远和尚的一句话:“桑榆之光,理无久照。”魏晋六朝有不少人信佛,也很尊敬慧远。我这人并无宗教信仰,对慧远也不怀什么敬意。但他老来那种“锲而不舍”的治学态度,倒很可钦佩。我愿意继续努力,争取在业务上再取得一些进展。

在本书的写作过程中,曾参考了当代许多史学家、文学史家和思想家们的著作,谨在此一并致谢。在写作的过程中,又得到了徐公恃先生和《文学遗产》编辑部其他先生还有江苏古籍出版社吴小平先生的大力支持和鼓励,在此谨表示衷心的感谢!

曹道衡

一九九五年四月于中国社会科学院文学研究所

曹道衡先生学术年表*

1928 年

8 月,生于上海中医世家。字文诠,祖籍江苏苏州。

1940 年

秋,就读南方中学。

1942 年

居家读私塾。开始专注于“国学”。

1946 年

9 月,考入无锡国学专修学校。

1949 年

6 月,从无锡国学专修学校历史组毕业。

1950 年

夏,报考北京大学插班生。

8 月,考入北京大学中文系插班读三年级。

1951 年

10 月至次年 5 月,参加“土改”。

1952 年

7 月,分配到中央文学研究所工作。

---

* 本年表由编辑部据曹道衡《困学纪程》和刘跃进《曹道衡论著目录》整理,有删节。

1953 年

夏，分配到北京大学文学研究所工作。

1954 年

12 月 19 日，《从明末清初科举制度看〈儒林外史〉》发表于《光明日报》“文学遗产”34 期。

1956 年

文学研究所改属中国科学院，开始计划写作“大文学史”，被分到“先秦至宋”组，确定了魏晋南北朝文学为今后的研究方向。

1957 年

《论黄宗羲的〈原君〉》发表于《语文学习》1957 年第 10 期；《关于黄宗羲、顾炎武、王夫之等人的思想及其与〈红楼梦〉的关系》发表于《文学研究集刊》第 5 册。《关于陶渊明思想的几个问题》发表于《文学遗产增刊》第 5 辑。

1959 年

5 月 10 日，《再论陶渊明的思想及其创作》发表于《光明日报》“文学遗产”259 期。

9 月 20 日，《试论谢灵运及其山水诗》发表于《光明日报》“文学遗产”279 期。

1960 年

冬，参加文学史第一卷编写。

《试论中国文学史的分期问题》发表于《文学评论》1960 年第 1 期。

1961 年

3 月 19 日，《江淹及其作品》发表于《光明日报》“文学遗产”355 期。

4月16日,《刘勰的世界观和文学观初探》发表于《光明日报》“文学遗产”359期。

《也谈山水诗的形成与发展》发表于《文学评论》1961年第2期。

1962年

9月16日,《漫谈〈洛阳伽蓝记〉》发表于《光明日报》“文学遗产”432期。

《关于〈文心雕龙·风骨篇〉的“骨”字》发表于《文学遗产增刊》第11辑。

1963年

5月19日,《论〈左传〉的人物评述和描写》发表于《光明日报》“文学遗产”462期。

夏,在青岛结婚。

1964年

9月,参加“四清”运动。

1969年—1972年

在干校参加劳动。

1977年

工作单位中国科学院哲学社会学部改组为中国社会科学院。

1979年

《试论汉赋和魏晋南北朝的抒情小赋》发表于《文学评论丛刊》第3辑;《关于古典文学研究工作的几个问题》发表于《文学评论》1979年第5期;《略论西晋的讽刺散文》发表于《语言文学》1979年第5期;《关于鲍照的家世和籍贯》发表于《文史》第7辑。

1980年

夏,参加《中国大百科全书·文学卷》编写研讨会。

《略论南北朝文学的评价问题》发表于《文学遗产》1980年第2期;《关于魏晋南北朝的骈文和散文》发表于《文学评论丛刊》第7辑;《庾信〈哀江南赋〉四解》发表于《中华文史论丛》第15辑;《魏晋南北朝文学史札记》陆续发表于《中华文史论丛》第16辑(本年),第17、20辑(1981年),第23、24辑(1982年)。

1981年

《关于鲍照诗歌的几个问题》发表于《社会科学战线》1981年第2期;《曹丕和刘勰论作家的个性特点与风格》发表于《社会科学研究》1981年第5期;《〈相和歌〉与〈清商三调〉》发表于《文学评论丛刊》第9辑。

1982年

秋,随古典文学研究者友好访问团访问日本。

11月30日,《再论南北朝文学的几个问题》发表于《光明日报》。

《关于王褒的生卒问题》发表于《文学遗产》1982年第1期;《关于北朝乐府民歌》发表于《学习与思考》1982年第1期;《试论北朝文学》发表于《文学评论》1982年第2期;《十六国文学家考略》(上、下)分别发表于《文史》第13、14辑;《陆凯〈赠范晔诗〉志疑》发表于《文史》第14辑;《论江淹诗歌的几个问题》发表于《文学遗产增刊》第14辑;《鲍照几篇诗文的写作时间》发表于《文史》第16辑。

1983年

《郭璞和〈游仙诗〉》发表于《社会科学战线》1983年第1期;《〈晋书·郭璞传〉志疑》发表于《苏州大学学报》1983年第2期;

《〈典论·论文〉"齐气"试释》发表于《文学评论》1983年第5期；《晋代作家六考》发表于《文史》第20辑；《何逊三题》发表于《中华文史论丛》第28辑。

1984年

8月28日，《论南北朝诗中的边塞题材》发表于《光明日报》。

《江淹的拟古诗及其它》发表于《中国古典文学论丛》第1辑；《关于裴子野诗文的几个问题》发表于《文学遗产》1984年第2期；《从魏国政权看曹丕曹植之争》发表于《辽宁大学学报》1984年第3期；《文学研究与"经学"》发表于《文史知识》1984年第8期；《〈世说新语笺疏〉的特色》发表于《读书》1984年第12期。

1985年

《再论北朝诗赋》发表于《社会科学战线》1985年第1期；《关于〈玉台新咏〉的版本及编者问题》发表于《中国古典文学论丛》第2辑；《从〈雪赋〉〈月赋〉看南朝文风之流变》发表于《文学遗产》1985年第2期；《江淹作品写作年代考》、《陆机籍贯问题》发表于《艺文志》第3辑；《东晋南北朝时代的凉州文化》发表于《敦煌语言文学通讯》第9卷；《何逊生卒年问题试探》发表于《文史》第24辑。

1986年

《中古文学史论文集》由中华书局出版。

《江淹、沈约和南齐诗风》发表于《河北师院学报》1986年第2期；《释"北乐府"》发表于《文学遗产》1986年第2期；《谈南朝乐府民歌》发表于《文史知识》1986年第4期；《论颜延之的思想和创作》发表于《古典文学论丛》第4辑；《〈陆机集〉志疑》发表于《文史》第26辑。

1987 年

《山林隐逸与山水诗的兴起》发表于《中国古典文学论丛》第 5 辑。

1988 年

秋,招收第一批博士生。

《"苏李诗"和五言文人诗的起源》发表于《文史知识》1988 年第 2 期;《南朝政局与"吴声歌"、"西曲歌"的兴盛》发表于《社会科学战线》1988 年第 2 期;《〈风俗通义〉和魏晋六朝小说》发表于《文学遗产》1988 年第 3 期;《魏晋南北朝文学家五考》发表于《文史》第 28 辑;《从〈文苑英华〉看古代诗文主名的误乱问题》发表于《文史》第 28 辑。

1989 年

退休。

《汉魏六朝辞赋》由上海古籍出版社出版。

《试论陆机陆云的〈为顾彦先赠妇〉》发表于《河北师院学报》1989 年第 1 期。

1990 年

《论崔浩的历史地位及其死因》发表于《阴山学刊》1990 年第 1 期;《关于〈刘子〉的作者问题》发表于《中国社会科学院研究生院学报》1990 年第 2 期;《桓谭生卒年问题质疑》发表于《辽宁大学学报》1990 年第 3 期;《论北魏诗歌的发展》发表于《文史知识》1990 年第 3 期。

1991 年

《略论北朝辞赋及其与南朝辞赋的异同》发表于《文史哲》1991 年第 6 期;《鲍照和江淹》发表于《齐鲁学刊》1991 年第 6 期。

1992 年

当选《文选》研究会会长。

《王琰和他的〈冥祥记〉》发表于《文学遗产》1992 年第 1 期；《略论晋宋之际的江州文人集团》发表于《中国文学研究》1992 年第 2 期；《论袁宏的创作及其〈后汉纪〉》发表于《辽宁大学学报》1992 年第 2 期；《陶渊明诗浅谈》发表于《古典文学知识》1992 年第 2 期；《略论〈两都赋〉和〈二京赋〉》发表于《文学评论》1992 年第 3 期；《论北齐诗歌的历史地位》发表于《社会科学战线》1992 年第 3 期；《刘勰卒年问题的再探讨》发表于《古籍整理与研究》第 5 辑；《从〈切韵序〉推论隋代文人的几个问题》发表于《文史》第 35 辑。

1993 年

秋，招收第二批博士生。

《从文学角度看〈文选〉所收齐梁应用文》发表于《文学遗产》1993 年第 3 期；《论任昉在文学史上的地位》发表于《齐鲁学刊》1993 年第 4 期。

1994 年

《中古文学史论文集续编》由台北文津出版社出版。

《昭明太子和梁武帝的建储问题》发表于《郑州大学学报》1994 年第 1 期；《试论〈毛诗序〉》发表于《文学遗产》1994 年第 2 期；《关于乐府诗的几个问题》发表于《齐鲁学刊》1994 年第 3 期；《试论"铙歌"的演变》发表于《中国社会科学院研究生院学报》1994 年第 3 期；《〈盐铁论〉和西汉〈诗经〉学》发表于《河北师范学院》1994 年第 3 期；《从乐府诗的选录看〈文选〉》发表于《文学遗产》1994 年第 4 期；《关于乐府民歌的产生和写定》发表于《文史知识》1994 年第 9 期。

1995 年

《魏晋南北朝辞赋与骈文》由时代文艺出版社出版。

《乐府诗二题》发表于《齐鲁学刊》1995 年第 1 期;《略论〈文选〉与“选学”》发表于《古典文学知识》1995 年第 1 期;《从两首〈折扬柳行〉看两晋文人心态的变化》发表于《文学遗产》1995 年第 3 期;《梁武帝和“竟陵八友”》发表于《齐鲁学刊》1995 年第 5 期;《南朝文风和〈文选〉》发表于《文学遗产》1995 年第 5 期;《关于萧统和〈文选〉的几个问题》发表于《社会科学战线》1995 年第 5 期;《关于南北朝文学研究问题之我见》发表于《文学遗产》1995 年第 6 期;《论〈文选〉中乐府诗的几个问题》发表于《国学研究》第三卷。

1996 年

《陆机的思想及其诗歌》发表于《中国社会科学院研究生院学报》1996 年第 1 期;《关于〈文选〉中六篇作品的写作年代》发表于《文学遗产》1996 年第 2 期;《论〈文选〉的李善注和五臣注》发表于《江海学刊》1996 年第 2 期;《关于〈文选〉的篇目次第及六体分类》发表于《齐鲁学刊》1996 年第 3 期;《关于〈文选〉的李善注和五臣注》发表于《江海学刊》1996 年第 4 期;《陶渊明〈述酒〉诗臆解》发表于《古籍研究》1996 年第 4 期;《永明文学研究断想》发表于《文学遗产》1996 年第 6 期。

1997 年

《试论东晋文学的几个问题》发表于《社会科学战线》1997 年第 2 期;《论隋代诗歌》发表于《齐鲁学刊》1997 年第 2 期;《〈北山移文〉新证》发表于《古籍研究》1997 年第 2 期;《文学史研究之我见》发表于《江海学刊》1997 年第 4 期;《再论丘迟〈侍宴乐游苑送张徐州应诏诗〉》发表于《文学遗产》1997 年第 6 期;《“五凉文化”

及其历史地位》发表于《文史知识》1997年第6期。

1998 年

秋,招收韩国留学生。

《南朝文学与北朝文学研究》由江苏古籍出版社出版。

《步履维艰的北朝文学》发表于《文史知识》1998年第2期;《南朝文学的衰落》发表于《文史知识》1998年第12期;《北朝文学六考》发表于《文史》第46辑;《〈文选〉和辞赋》发表于《〈文学遗产〉纪念文集》;《从〈文选〉和〈玉台新咏〉看萧统和萧纲的文学思想》发表于《燕京学报》新四期。

1999 年

《汉魏六朝文学论文集》由广西师范大学出版社出版。

《南北文风之融合和唐代文选学之兴盛》发表于《文学遗产》1999年第1期;《读贾岱宗〈大狗赋〉兼论伪〈古文尚书〉流行北朝时间》发表于《文史》1999年第4期。

2000 年

《〈文选〉对魏晋以来文学传统的继承和发展》发表于《文学遗产》2000年第1期;《南朝文学史上的王谢二族》发表于《文史知识》2000年第1期;《读〈文选〉札记》发表于《长春师范学院学报》2000年第3期。

2001 年

《困学纪程》由辽宁教育出版社出版。《魏晋文学》由安徽教育出版社出版。

《关于杨衒之〈洛阳伽蓝记〉的几个问题》发表于《文学遗产》2001年第3期;《关于应旸事迹的臆测》发表于《文史》第54辑。

2002年

《魏太武帝和鲜卑拓跋氏的汉化》发表于《齐鲁学刊》2002年第1期;《关中地区与汉代文学》发表于《文学遗产》2002年第1期;《潘岳陆机的高下分别》发表于《文史知识》2002年第2期;《北朝黄河以南地区的学术与文化》发表于《福州大学学报》2002年第2期;《西魏北周时代的关陇学术与文化》发表于《文学遗产》2002年第3期;《读战国楚竹书〈孔子诗论〉》发表于《北京大学学报》2002年第3期;《略论南朝学术文艺的地域差别》发表于《南京师范大学文学院学报》2002年第3期;《"五经"的排列次第及其形成过程》发表于《文史知识》2002年第8期;《陆机事迹杂考》发表于《文史》第59辑;《试论北朝河朔地区的学术和文艺》发表于《燕京学报》新十三期。

2003年

《中古文史丛稿》由河北大学出版社出版。

《"河表七州"和北朝文化》发表于《齐鲁学刊》2003年第1期;《试论〈文选〉对作家顺序的编排》发表于《文学遗产》2003年第2期;《试论梁代学术文艺与〈文选〉》发表于《南京师范大学文学院学报》2003年第3期;《论东晋南朝政权与士族的关系及其对文学的影响》发表于《文学遗产》2003年第5期;《试论〈春秋〉三传异同及其地域原因》发表于《文史》第64辑;《关于〈诗经〉研究的几个问题》发表于《中国诗歌研究》;《从〈文选〉看齐梁文学思潮和演变》发表于《文选与文选学》。

2004年

《兰陵萧氏与南朝文学》由中华书局出版。

《黄淮流域和中古学术文化》发表于《文史哲》2004年第3期;

《萧统的文学观和〈文选〉》发表于《文学遗产》2004 年第 4 期;《略论南北朝学风的异同及其原因》发表于《河南大学学报》2004 年第 4 期;《从〈文选〉看中古作家的地域分布》发表于《齐鲁学刊》2004 年第 6 期。

2005 年

5 月,病逝于北京,享年 77 岁。

《北朝社会环境对学术与文艺的影响》发表于《周口师范学院学报》2005 年第 1 期;《东汉文化中心的东移及东晋南北朝学术文艺的差别》发表于《文学遗产》2005 年第 5 期;《关于〈文选〉研究的几个问题》发表于《文史》第 72 辑。

(2006 年,《北朝时期河朔的〈公羊〉之学》发表于《学林漫录》第 15 辑。2011 年,《江汉流域与东晋南朝文化》发表于《汉学研究通讯》2011 年第 3 期,《曹道衡先生读书丛札》发表于《中国典籍与文化论丛》第 13 辑。)

曹道衡先生文学史研究的成就与启示*

傅刚　蔡丹君

曹道衡先生从事文学史研究五十余年,撰著了四部文学史:《中国文学史》的魏晋南北朝部分、《南北朝文学史》、《南朝文学与北朝文学研究》、《南北朝文学编年史》。这四部文学史,都以史料整理为起点,以大量具有填补空白意义的专题研究为根基,并在体例上有所创新,代表了曹道衡先生在不同时期对文学史研究的思考、创新和实践。曹道衡先生的文学史研究,具有独到的研究方法和学术成就,在促成文学史学科走向成熟的这条道路上,具有里程碑的意义。本文略谈其概,并希望从中获得一些有益于文学史研究的启示。

一、 将史料整理作为文学史研究的起点

什么是文学史? 文学史撰著的起点是什么? 曹道衡先生解释说:"文学史研究的任务在于正确地叙述文学的发展过程并探索其规律。"①中古文学史的研究,资料并不算丰富,且"这一阶段的文

---

* 本文原载于《中国典籍与文化》2012 年第 4 期,收入本书时略有改动。

① 《尝试与探索——略谈我的南朝文学与北朝文学研究》,《古典文学知识》1999 年第 3 期,第 10 页。

学史料问题很多，不经细致的考辨，很难据以立论"①。常常存在"前一朝的史籍和后一朝的史籍的互相矛盾"等问题，因此必须在进行文学史研究之前，去做大量的辨伪和考证工作，夯实史料的根基。曹道衡先生是带着害怕"游根浮谈"会"贻误读者"②的敬畏心，来做这项工作的。他认为："真正有价值的研究，必须既有作者的独到之见，又能掌握丰富而确切的论据，能为多数研究者和读者们所接受。"③

恰在1984年初冬，曹道衡、沈玉成二位先生接受了撰写《中国文学家大辞典·先秦汉魏晋南北朝卷》的任务。他们将这项繁重的工作视作整理史料的重要契机，对从先秦至隋共1 500名文学家的基本情况进行了精心的梳理。他们在注意吸收学术界已有成果的同时，坚持"每一条都自己动手而不再假手于人……要求自己尽可能对原始材料搜集得齐备一些，以便让条目中的说明叙述建立在相对牢固的基础上，而不是直抄史传"④。这过程异常艰辛，前后历时八年，耗费了大量精力。因此，与此同期完成的《南北朝文学史》，是"第一手的材料整理"所带来的"第一手的文学史著作"，建立在可靠的知识结构基础之上。为准备撰写文学史而做规模如此庞大的基础性资料整理工作，这在建国以来的文学史编写工作中并不多见，其中心血，可以想见。

由于"大辞典"文字考证内容，较之最后出版的字数多出两倍

① 《真诚的合作，难忘的岁月》，《沈玉成文存》，中华书局2006年版，第531页。

② 《材料、考证与古典文学研究》，《中古文学史论文集》，中华书局1986年版，第493页。

③ 《昭明文选研究·序》，中国社会科学出版社2000年版，第1页。

④ 《中古文学史论文集·沈玉成序》，第6页。

以上，曹、沈两位先生遂将其余部分置于《中古文学史料论丛》和《中古文学史料丛考》两部著作中。所涉范围极广的这两部著作如今成为从事中古文学研究者的工具书。

曹道衡先生处理史料的方法是以“通读”获得“通识”。他强调全面地占有史料，反复通读，从史料中发现问题，又依靠史料解决问题。在开始准备撰写《南北朝文学史》的1978年，曹道衡先生已是年过半百，学养深厚，却仍要求自己反复通读“南北八书”等第一手材料。他说：“当我通读完这些史籍之后，总觉得读过一遍，尽管得益不少，但毕竟印象还浅，所以又反复阅读，大抵把这几部史书都通读了三遍，才觉得对这个阶段的历史有所认识。接着我又通读了《华阳国志》、《建康实录》、《高僧传》等有关的典籍。”[①]诚如沈玉成先生所说，这段文学史中并没有什么“珍秘材料”，所能见到的都是常见之书，材料在面前摆着，“需要的第一是勤奋的积累，即旧时所说的学力；第二是思维能力，即旧时所谓‘识力’”[②]。这是需要长期和史料打交道才能获得的能力。

进入20世纪90年代之后，曹道衡先生对文学史料学的认识在不断加深，他与刘跃进先生先后合作编写了《南北朝文学编年史》和《先秦两汉文学史料学》。这两部著作，与他之前的史料学著作一起构成了中古文学史料学的基本框架。他深刻揭示了这些常人眼中的“琐屑米盐”与文学史研究之间的关系：“这种考订，其实并非钻牛角尖地把注意集中于琐碎问题上，而是要考出那些作家的经历，把他放在当时社会背景和文学潮流中来考察其创作道路的

① 《尝试与探索——略谈我的南朝文学与北朝文学研究》，《古典文学知识》1999年第3期，第12页。

② 《中古文学史论文集·沈玉成序》，第6页。

形成。”[①]“这些考证工作本属编写文学史工作的一部分，要弄清近二百年中文学发展的轨迹，不对现存的史料作一次整理和鉴别，是难于弄清历史真相的。”[②]在曹道衡先生的眼中，文学史的性质是史学，而史学的根本是它的“科学性”，即所有的论点必须经过严密的论证。

《南北朝文学编年史》被誉为具有“首创意义”[③]，这不唯是因为当时学界缺少有分量的、全面系统的南北朝文学编年史成果，而且也因为它不是简单地按年代顺序排列资料而已。它将南北朝文学划分为“十六国文学时期”、“晋宋文学的转变”、“从元嘉体到永明体”、“南朝文学的分化、北朝文学的复苏”、“南北朝文学的分庭抗礼”、“南衰北盛格局的形成”、“南北融合时期”等多个阶段，清晰呈现了南北朝文学发展的历史潮流。同时，这部著作涉及的史料整理已经扩大到佛经和道教著作等，对当时的僧道文学作出了客观的定位。例如在“十六国文学”这章列出一些名僧在长安的活动，让读者能够从中体会虽然时逢丧乱、国家分裂，但佛事不绝，影响了当时的文化士人及文学。《南北朝文学编年史》通过这样精心的史料编排，让史料“说话”，直接清晰呈现出文学史发展特征，进一步深化了文学史研究和文学史料学之间相互依存的关系。“编撰这样一部综合性的文学编年史，必须有深入的专题研究作基础。同时，还必须对于学术界的研究状况有比较充分的了解。”[④]

曹道衡先生长期从事中古文学史料学工作，以此获得了文学

① 《困学纪程》，辽宁教育出版社2003年版，第162页。

② 《困学纪程》，第175、176页。

③ 《南北朝文学编年史·附陈铁民推荐书》，人民文学出版社2000年版，第669页。

④ 《南北朝文学编年史·附陈铁民推荐书》，第669页。

史研究的基本依据和宽阔的史家视野。他客观对待每个细小材料,关注它们对文学史命运转关、发展规律的作用。他说:“一部文学史,即使是十分相近的文学史著作,所能论述的亦仅限于一些在历史上有过重大影响并为历来人们所传颂的名作;史料学研究的范围似乎比这要广泛得多。正如我们要认识高峰有时不能不涉及群山,认识长江、黄河,有时不能不涉及其他支流一样。研究一个大作家或杰出作品,也必须对其同时的创作有所了解。尽管有些作品并不一定写进文学史著作。……甚至某些并无文字的出土文物,对文学史的研究亦不可谓无所裨益。”①故而,后来在《先秦两汉文学史料学》中,曹道衡、刘跃进两位先生专设“秦汉石刻简帛文献”和“文字、训诂之学与文学史研究”这两个章节,并指出:“例如当我们研究《诗经》中的‘雅’、‘颂’部分时,如果能结合两周的某些铜器铭文、秦代的《石鼓文》和《仪礼·士冠礼》中的‘祝辞’和‘醮辞’,显然是有益的。”曹道衡先生对此有过实践,在他的《东晋南北朝时代的凉州文化》一文中,提到了亲眼所见的武威县博物馆所藏的前凉碑志和在甘肃省博物馆所见的北凉碑志,比较之后发现前者书法风格似西晋,而后者的已经近似于北魏,以此推论凉州地区的文化在当时是不断向前发展、变化的。曹道衡先生对于任何有益于研究的知识,总是都抱着极大的热忱。这种吸纳知识、善于学习的胸怀,是他拥有更高层次学术境界的根由。

曹道衡先生毕生秉持“一切从材料中来”、“言之有据”的研究理念,所付出的艰辛劳动也是常人无法想象的,“为了查找一个资

① 《先秦两汉文学史料学》,中华书局2005年版,第7页。

料、一个出处，常常废寝忘食，孜孜以求”[①]。故而经过他整理的史料和考证，往往十分精良。同时他也强调，“我们不应该把这项工作估计过高，认为考证就是一切”，而是强调学习清代桐城派，做到“义理、辞章和考据三者并重不可偏废”，即统一材料与观点之间的关系。[②] 尊重文学史学科的史学特性，以科学的态度和方法对待文学史料学与文学史研究，使得他拥有了经得起历史考验的研究成果。

二、以专题研究带动文学史研究

将什么内容写入文学史？是所谓的从宏观出发，泛论知名作家和作品，还是简单地对一个时代的文学研究成果进行归纳总结？这些方式，曹道衡先生从未采用。他在文学史著作中写入的，是亲手完成的专题研究成果。

曹道衡先生几乎对中古文学史上所有著名的作家、作品和关键的文学现象，对辞赋、骈文、乐府、六朝小说和史传文学等各类文体，都作过专题研究。这些研究主要存在于他的单篇论文中，所涉甚广。邓绍基先生评论说：“他的研究成果，如果单独地看，是在论述各类具体问题，汇总起来，却又给人以开阔拓展领域的感觉。”[③]曹先生的文学史著作中存在一个“点—线—面”的结构：点，就是具体的问题；线，

① 《中古文学史论文集·许觉民序》，第1页。

② 《材料、考证与古典文学研究》，《中古文学史论文集》，第493页。

③ 《中古文学史论文集续编·邓绍基序》，台湾文津出版社1993年版，第9页。

就是专题研究的成果;面,指的是最后成书的文学史。

曹道衡先生以专题的形式,研究了中古文学史上的主要作家。傅璇琮先生说:“从东汉末及建安,依次而下,如桓谭、曹丕、曹植、陆机、陆云、干宝、郭璞、鲍照、江淹、裴子野、王琰、何逊、王褒、邢劭、任昉等等,有关他们的生平、行迹、交游、著作,都有精细的考证。”①从一个作家到一群作家,再到他们身后的社会现象,是曹先生作家专题研究的路线。例如他多次论及陶渊明,从其本人的思想、文风开始,继而考察到陶渊明身后有一个晋宋之际的江州文人集团的存在,并发现他们与长江下游及浙江地区的高门大族文人有明显的不同等等。对于一些相对而言不太受关注的作家,他也不会放弃考察其文学史意义。例如为了讨论陈代诗风变化,他专门写过《论江总及其作品》。对于入隋之后的诗人,他从《切韵序》中透露的八位参与者入手,探讨其中卢思道、薛道衡等作家的文学成就,专门写了《从〈切韵序〉推论隋代文人的几个问题》。

曹道衡先生对中古文学作品的专题研究也很丰富。例如《略论〈两都赋〉和〈二京赋〉》一文,从两赋所引古文经学之不同,来推论从班固写《两都赋》到张衡写《二京赋》之间的二十多年中东汉学术发生的变化,反映的不同写作态度和艺术特征。再如《从〈雪赋〉〈月赋〉看南朝文风之流变》,既“能与作者身世遭遇及政治变故联系起来,分析二者风格差异”,又能够呈现南朝文风在这段短暂的时间中所发生的文风变化。他还比较不同类型、不同时代的作品,发现他们之间的联系。例如《〈风俗通义〉和魏晋六朝小

① 《中古文学史论文集续编·傅璇琮序》,第3页。

说》,是从应劭关于东汉末年社会风习记录的作品中,看到了时人狂狷的作风以及事鬼神之事,都是后来魏晋六朝文学中得到充分发展的特征,由此详细论证了前人关于“魏晋一切风气自东汉开之”的观点。他甚至能够做到从一篇作品中看到一段文学史的特征。他在《关于魏晋南北朝的骈文和散文》中提到:“崔浩的文章多数散体,只有一篇册封北凉沮渠蒙逊为凉王的文章,用骈体来写。这是因为甘肃一带从十六国以来,由于前凉张氏统治比较安定,在那里聚集了一些文人,文化较高。……北凉的文化,高于北魏统治区。所以崔浩写这篇文章,不得不用辞藻华美的文字。”①从一篇册文中发现北魏与北凉之间文化地位的高低有别,可谓是见微知著。《从两首〈折杨柳行〉看两晋间文人心态的变化》也采用了同样的研究方法。邓绍基先生说:“道衡先生治中古文学,还不限于具体问题的考证,而还在达识。他往往把某一作家或作品与社会历史、学术文化贯通联系,从而使人们对此问题的认识进入一个新的境界。”②

曹道衡先生还对辞赋、乐府等文体有过长期、深入的研究。1986 年他出版了《魏晋南北朝赋选》这一选本,取精用宏,展现了他对赋体的认识。他还撰写了《试论汉赋和魏晋南北朝的抒情小赋》、《庾信〈哀江南赋〉四解》、《再论北朝诗赋》等专文,对赋体的流变和艺术特征进行深入探讨。乐府是一个情况复杂、难度很大的课题,曹道衡先生细致的材料梳理和细密的考察、论证,取得了突出的成就,在当代乐府研究中,成为重要一家。例如《〈相和歌〉

① 《中古文学史论文集》,第 49 页。
② 《中古文学史论文集续编 · 邓绍基序》,第 9、10 页。

与〈清商三调〉》一文，通过大量的材料调查，论证了相和歌与清商三调并非一事的观点。论证材料的丰富和他对材料得心应手的使用，使得他的观点坚固可信。他讨论问题的能力是如此之强，令人叹为观止。这篇乐府研究的范文给人的启发非常多。

在以专题研究带动文学史研究的道路上，曹道衡先生的另一个重大突破在于他专门研究了南北朝文学的两部总集：《玉台新咏》和《文选》，涉及这两部总集的产生时代、历史评价、目录设置、所收作品的内容风格等诸多问题。特别是对于《文选》，曹先生的研究很深，与沈玉成先生合作点校了高步瀛的《文选李注义疏》，并撰写了十万余字的相关论文，如《昭明太子和梁武帝的建储问题》、《从〈文选〉看中古作家的地域分布》、《从乐府诗的选录看〈文选〉》等。基于这些专题研究，《南北朝文学史》第一次专门为这两部重要的总集设立章节，介绍了它们的基本情况，尤其是加入了一般的文学史略去的版本文献方面的问题。而这两个章节又是相互呼应的，书中将《文选》、《玉台新咏》的目录进行对比，来讨论梁代前后文学思想的变化。此举正是以文献来证文学的典范。

这种踏实耕耘的方式，使得曹道衡先生的文学史著作从来都不是对前人成果的简单综合或空洞的高谈阔论。他用精博的知识、科学的论证，全面掌握了南北朝文学的整体概貌与细枝末节，以专题研究来带动文学史研究，保证了文学史著作的原创性，从而真正促进了文学史学科的进步。诚如刘跃进先生评价：“《南北朝文学史》就是这样一部以若干专题作基础，全面系统地评价这个时期重要作家和作品以及文学流派的重要成果。就其横断面而言，这是目前最为详尽的一部学术专著。学术界盛称这种‘在平实中创新’的精深研究是曹道衡先生对中古文学研究的重要贡献。”①

三、 对文学史体例的创新与探索

体例虽然仅是文学史的外在形式，却能影响到文学史内容的表述。它在文学史撰著工作中具有举足轻重的地位。较为常见的文学史体例是“时代概论+著名作家生平+著名作品介绍”这种模式，造成文学史的写作受限，既不能在以往文学史的研究上加入新鲜的材料，也无法真正清晰流畅地呈现“史”的整体脉络。文学史应该具有多样化的体例、不同的写法。曹道衡先生在这方面作了自觉的思考和有益的尝试。

曹道衡先生的文学史著作开创了两种体例：一种是正文与以第一手考证内容为主的注释相结合的体例。经统计，在全部的299条注释中，直接引用的不过58条，其余的241条皆是他们亲自考证的内容，这些考证性内容，与正文一起构成文学史著作的有机整体。另一种体例是抛开“时代概论+著名作家生平+著名作品介绍”的写作模式，选择从“史”的角度来呈现文学史发展的环节、脉络和关键节点，以文学史各阶段的总体情况为讨论对象。这是《南朝文学与北朝文学研究》所作的尝试和探索。以下详细分析之。

注释是一种常见的形式，一般用来标注文献的出处。但是，《南北朝文学史》扩大了注释体例的功能：它并不是为注明文献的

① 刘跃进：《中古文学领域的开拓者——试述曹道衡先生的学术历程及其成就》，《文学评论》1999年第3期，第150页。

卷数、页码而存在，而是包含了丰富的文献考证内容，甚至本身就是文学史的小片断，学术价值不低于正文。

《南北朝文学史》中的注释，内容特别丰富，种类也很多。有纠正史书上的某一个字的，有讨论作家的生卒或生平的（如在僧肇生卒年下作注，称关于他的死，严可均根据《传灯录》，谓系姚兴所杀，其说不足据，而举汤用彤《汉魏两晋南北朝佛教史》第 329 页有驳正[①]）。或提及一个历史细节（如南朝人为何畏马如虎，注释引证说是因为马在当时有政治野心的寓意[②]），或以现实经验来推敲文本（如鲍照的诗中提到在广陵故城遇到老虎，注释云：南北朝时在江苏一带有虎，本不足怪。但当时的广陵是个重要城市，而且地处平原，即便兵燹残破，也不至于出现老虎[③]）等等。再如，胡太后这个人物，一般的文学史都不会提到她。但是《南北朝文学史》在《洛阳伽蓝记》一节，讲到胡太后所造的永宁寺中九十丈高的木塔时，在注释中介绍了她："胡太后，宣武帝皇后，孝明帝母，是类似于汉代吕后、武则天式的人物。曾临朝听政，自称曰朕，群臣尊称为陛下。魏文成帝天安元年（466）在平城造永宁寺，洛阳的永宁寺则建于孝明帝熙平中（公元 516 年左右），均见《魏书·释老志》。至于九十丈，当然是夸大之辞。"[④]这个颇有趣味的"胡太后小传"，能够让读者真切感受到当时的社会现实，也能更容易了解杨衒之对洛阳寺观之奢侈抱批评态度的缘由。这些都是十分细碎的知识点，但对这些知识点的捋清，是有利于加深对南北朝文学发展的认识的。

---

① 《南北朝文学史》，人民文学出版社 1991 年版，第 344 页。

② 《南北朝文学史》，第 385 页。

③ 《南北朝文学史》，第 96 页。

④ 《南北朝文学史》，第 384 页。

《南北朝文学史》还利用注释详细交待某个论点的学术研究史。例如，对于南北朝文学史上关于《木兰诗》产生时代和地域的争议，以及其中所涉及的鲜卑兵制等问题，该书在注释中作了千余字的长篇总结，对四种不同的说法作了充分的考证，最后证明得出它是北朝作品。因此，对于年轻的读者来说，在注释体例中呈现考证的过程，能够帮助他们学到治学的门径和前辈们踏实严谨的学风。

此外，在《南北朝文学史》中，很多注释的内容与正文是相互依存的，构成有机整体。例如关于北朝小说《异苑》，正文中谈到的是它的艺术特征和对后世的影响，而在注释中，作者却用八百字的篇幅，详细考证了这本书的成书时间以及之后的传播情况。两部分内容相结合，便是关于《异苑》的完整介绍①。这部文学史所具有的史料学根基和专题研究的源头活水，在注释中可略见其概貌。

曹道衡先生在写完《南北朝文学史》之后，一直感到它在体例上仍然存在局限：虽然它在史料和专题两个方面都有诸多可以称道之处，但是在“史”的脉络上，其实并不流畅，也不利于完整地呈现文学史的发展进程。因此，1995 年脱稿的《南朝文学与北朝文学研究》建立在这种反思的基础上，寄意于更清晰地展现文学史的各因素及其相互关联。

越到后来，曹道衡先生“史”的观念也就越强烈。他说：“长期以来，我们的文学史研究工作，常常着眼于作家和作品的分析和评述。这当然是很有必要的，而且在这一学科开始兴起的时候，也不免要有一定的探索过程。……在笔者看来，文学的发展正像其他

① 参见《南北朝文学史》，第 454 页。

意识形态一样，并不是直线上升的，总有许多曲折、停滞甚至倒退。但从整个历史的发展过程来看，这样的曲折过程，却只是前进中的一个环节，有时在某些看来是停滞或倒退的现象后面，却酝酿着后来繁荣的枢机。研究者的目光不能局限在某些传诵之作，或名气极大的作家身上，还应注意到某些产生作家和作品较少的时代，研究和探索其衰落的原因，及这个时代在整个历史发展中的作用。”①

因此，在这部著作中，曹道衡先生以历史过程为讨论对象，以探究社会存在对社会意识的决定性影响为目的，分析影响文学史发展的多个因素——尤其是社会经济生活、地域和学术思潮之变迁，与文学发展之间的关系，最终完整地呈现了南北文化传统的形成、变迁、对比以及相互融合的过程。这本书设置了十个章节，包括“绪论”、“历史的回顾”、“汉魏学术思想的变迁与南北文风”、“南方的文化传统”、“南方文学发展的社会原因”、“南方文学的几个主要题材”、“河朔的文化传统”、“北方的生活情况及文化的衰落”、“孝文帝的迁洛与北魏文学的兴起”、“北朝文学的特点和得失”。虽然它并非以“文学史”命名，但从其体例和内容实质上看，都是真正意义的“文学之史”。他借历史叙述的方式，深刻讨论了过去“作家+作品”模式的文学史所无法展开的重要话题，比如时代的思想史发展脉络、文学现象产生原因的最早追溯、社会经济生活的变化等等，真正找到影响文学史发展的各种“伏流”，并实现了一种“通观”。正如曹先生自己所说：“如果我们站在‘史’的角度来考察南北朝文学，便不能把眼光局限于盛衰的现象，而更要着眼

① 本书第267、268页。

于盛衰的原因。”①

使用这种体例的研究者，必须要有极为深厚的学术积累，方能做到调动各方面的知识，进行游刃有余的论述。曹先生本人都是酝酿了十余年之后方才下笔：“早在《南北朝文学史》脱稿之初，我就颇觉意有未尽，应该把自己的那些浅见提出来向大家请教。但限于自己的水平，又觉得‘兹事体大’，要涉及文学、史学、经学、哲学以至宗教的广泛领域，同时还要上溯先秦汉魏，下及唐代。对这些知识领域来说，我的学力就显得很不够了。因此多年以来，迟迟不敢下笔。”②其中涉及的很多问题，也来源于曹道衡先生多年的思考和酝酿。如关于其中探讨的汉人《易》学与道教的关系：“当我在阅读道教典籍《太平经》时，深感其中思想和汉代的《易》学颇有关系。后来读了宋人朱震的《汉上易传》和近人尚秉和的《焦氏易诂》，更加深了这种印象。”再如“坞堡”与文学关系的解读，是曹先生发前人所未发的一个论题。曹先生自称受到多年前看陈寅恪先生《〈桃花源记〉旁证》的启发，之后通过阅读《宋书·王懿传》、《魏书·王播传》才加深了解决这个问题的信心③。这些讨论，都是需要靠长期的知识积累和学术锻炼才能实现，绝非得自于一朝一夕。正由于建立在如此深厚的积累之上，《南朝文学与北朝文学研究》在体例上的尝试和探索是十分成功的，是一部将汉魏文风的转变、南北文风的异同展现得十分清晰的文学史。

① 本书第 27 页。

② 本书第 289、290 页。

③ 《中国文学家大辞典·先秦汉魏晋南北朝卷·后记》，中华书局 1996 年版，第 288 页。

四、曹道衡先生文学史研究的主要成就

曹道衡先生在中古文学史研究领域精心耕耘，拥有十分丰富的成就，本文拟就曹先生在填补北朝文学研究空白、北朝文学与南朝文学发展阶段的研究，以及文学与地域关系之研究这三个主要的方面，作简要的概括。

1982年秋，曹道衡先生访问日本，在京都大学和日本朋友座谈时，有人向他提问："南北朝时代，南北方文人间有没有交流？北方文学对南方文学有没有影响？"[①]这一问，对曹道衡先生触动很大。因为在那之前，国内关于北朝文学的研究尚是一片空白。早在1960年编写三卷本文学史的魏晋南北朝部分时，北朝文学是没有多少篇幅的。关于北朝文学的研究，当时是一片荒芜。

曹道衡先生回忆道："'十六国'时代有没有文学家、有些什么人，我原先的确一无所知，过去的研究者也绝少谈到，因此我只能把他们的事迹一个个地从史籍中辑录出来。又如北朝的作家除了郦道元、杨衒之和温子升、邢劭、魏收以外，过去的文学史著作均未提到，而且像郑道昭、常景和甄深等人在史籍中又都是单独立传，没有归入《文苑传》中，所以过去对他们几乎没有什么印象，只有通读《魏书》、《洛阳伽蓝记》和《文镜秘府论》等书，才能对他们的文学活动有所了解。"[②]

① 《中古文学史论文集·后记》，第497页。

② 《尝试与探索——略谈我的南朝文学与北朝文学研究》，《古典文学知识》1999年第3期，第15页。

曹道衡先生钩稽史料、多方考证，进行一系列北朝文学的专题研究：《关于魏晋南北朝的骈文和散文》、《略论南北朝文学的评价问题》、《试论北朝文学》、《东晋南北朝时代北方文化对南方文学的影响》、《关于北朝乐府民歌》、《十六国文学家考略》等多篇论文，构建出了北朝文学的研究框架，清晰地呈现了北方地区的文学概况。《十六国文学家考略》收录了这段史料残缺时期的文学家共六十九位，钩沉索隐，十分详尽，沈玉成先生说它可看作《补十六国文苑传》，填补了北朝文学研究的空白。① 傅璇琮先生评价曹先生此举的意义时说："他对整个北朝（包括十六国）文学的研究，从搜集零散的材料到整理成系统的脉络，使我们对北朝的辞赋、诗歌，以及整个学术文化，有一个清晰的合乎历史发展实际的认识。这是很不容易做到的，而只有做到这一点，才能对当时整个南北朝文学有整体的把握。"②

1991 年曹道衡先生指导博士生吴先宁完成了《北朝文化特质与文学进程》。这本书虽然出版于 1997 年，但从成书时间来看，实际上是我国第一部专门以北朝文学为研究对象的理论专著。它论述了自鲜卑拓跋氏纵兵中原、统一北方以后，中经东魏西魏分裂、北周和北齐对峙，至 589 年隋灭陈和后梁而统一全国这一历史时期的文学发展过程及其特征，论据丰富、观点鲜明。吴先宁先生以"门第士族"为"中间环节"，"把这一时期的政治、经济、思想意识和社会习俗、心态与文学联系起来，从而提纲挈领，找出纷纭复杂的现象中带根本性的东西"③。他论证了北朝的世家大族，长期处

① 《中古文学史论文集·沈玉成序》，第 4 页。
② 《中古文学史论文集续编·傅璇琮序》，第 4 页。
③ 《北朝文化特质与文学进程》，东方出版社 1996 年版，第 3 页。

于与汉族文化异质的、以代北贵族为代表的西北少数民族文化的对立、冲突和融合关系中。同时还犀利地指出北朝长期以来的汉族士人和代北贵族政治、文化上的冲突，是在西魏时期接近尾声。而胡汉矛盾让位于南北文化冲突和融合，意味着文学史上一个新阶段的到来。其中，吴先宁先生讨论北朝人聚族而居的生活方式、北朝儒学的传统、南风北渐和北人的接受及选择等问题时，都深受曹道衡先生的影响。曹先生通过学术知识的传承，使得原来荒芜的北朝文学研究，渐渐后继有人，其育人之功，推进了整个领域的研究进程。

南北朝文学的研究一般集中在北方的北齐和南朝的齐梁时期，因为这两个时期作品比较丰富。但是，曹道衡先生关心文学史发展脉络的始末和源流，对南北朝后期文学发展的状况，有了诸多新颖的发问："关于南朝宋齐梁陈四代的文学风貌发生了好几次变化，这种变化与作家的家庭出身及出生和活动地区，有无关系？又是什么样的关系？这些都有待于进一步的探索。例如南朝作家的出身问题，我曾经进行过初步的考察，发现琅玡王氏的兴起虽早于陈郡谢氏，而在东晋至宋齐间，大作家的人数却不如谢氏多。到了梁代，刘、萧二氏的作家人数已大大超过王、谢二氏，但是到了陈代，不论王、谢还是刘、萧，在文坛上都不再占什么重要地位。"①同时，关于北朝文学后期的发展状况，他也作了很多专题研究，如《论北魏诗歌的发展》《论北齐诗歌的历史地位》、《从〈切韵序〉推论隋代文人的几个问题》等，摸索北朝文学发展的规律性和阶段性。

积年之后，他形成了一个观点：北朝文学在逐步兴起，而南朝

① 《困学纪程》，第180页。

文学却又趋向衰落。“北朝后期至隋代，北方文人的创作水平已经赶上甚至在某种程度上超过了南方文人”①。这个见解是十分独到的，对了解南北朝后期的文学发展概况，仿佛廓清了历史遗留在人们认识中的“迷雾”。大家向来笼统地看待南北文学之间的高下，认为南朝在任何时候都是繁荣的、高于北方的，从未细心关注过这种暗中发生的变迁。曹道衡先生则检括史料，指出“到了南北朝后期，情况又有所不同。北朝温子升的作品传到南方，得到了梁武帝的赞赏，比之为曹植、陆机；邢劭的文学才能也颇为南方人所知。……至于南方人到北方的，如王褒、庾信、颜之推、诸葛颍、萧悫等人，都无不有作品传世，像庾信最有名的作品，大抵都产生在入北以后，并且他的文集还是以北周藩王宇文逌所编的本子为基础。这种情况说明了北方的创作环境不但不同于南北分裂之初，也比魏孝文帝迁洛前后有重大的改善。”②而且，北方文学在后期对南方所引起的反响越来越大，北朝卢询祖、魏收发表对于梁代文人王籍《入若耶诗》的批评，这显示北方文人有“独立的见解，已经不是完全照搬南人的见解。”③而且，“后来北方文人确实写出了许多杰出的作品，如祖鸿勋的《与阳休之书》、卢思道的《劳生论》等骈文；卢思道的《听鸣蝉篇》、《从军行》以及薛道衡、孙万寿等人的一些诗，确实不在南方文人以下”④。根据这些论证，他总结道：“所以唐代的文学的兴盛，应该是南北文风融合的贡献，而决非仅仅是南方文学单方面的影响。也许，北方文学在技巧方面有它的弱点，然

① 《步履维艰的北朝文学》，《文史知识》1998 年第 2 期，第 25 页。

② 本书第 15 页。

③ 本书第 264 页。

④ 同上。

而笔力的刚劲，反映生活的面较宽，毕竟也是长处。"①

曹先生认为，发生这种变化，从文学发展内部的原因来讲，是因为北朝文人采取了南朝诗的形式和技巧，而在内容方面却跟梁中叶以后的南朝诗人不太一样。北方人吸收了南方的长处，但是没有失去自我，仍然保留着北方文学特有的"质"。而从文学外部的因素来说，"侯景之乱"对南方的冲击很大，这是南方文化受到摧毁的重要原因。他说："王、谢、刘、萧的衰落，又与'侯景之乱'有密切关系。我又把'侯景之乱'后南方的高门士族的情况和尔朱荣的'河阴之难'后北方高门士族的情况作了比较，就知道'河阴之乱'对北方士族的打击远比'侯景之乱'要轻，这和北方士族多乡居而南方士族多城居自然有很大关系。另外，尔朱荣发动的'河阴之难'，矛头似乎主要是指向那些移居洛阳而汉化了的鲜卑贵族，而对汉族士大夫的打击则很小。至于'侯景之乱'，则对长江下游的破坏要大得多，因此其影响所及亦非'河阴之难'所可比拟。"②这些成果和识见，对南北朝文学研究产生了深刻的影响。

曹道衡先生一直关注文学的地域问题，到了晚年更是渐臻圆融境界。他不但对南北学术文化地域格局的总体演变作了研究，也对一些关键的文化地带如吴越、"河表七州"、关陇、凉州、黄淮流域、黄河以南等地区的文化现象及其历史变迁作了重点研究③。曹先生的地域文化研究，绝非简单地交待地理因素和文学之间的关联，而是十分精细地阐述了各种文化是如何在这个地域产生、发展

① 本书第281页。

② 《困学纪程》，第181页。

③ 此类论文包括《试论北朝河朔地区的学术和文艺》、《"河表七州"和北朝文化》、《北朝黄河以南地区的学术与文化》、《西魏北周时代的关陇学术与文化》等。

和嬗变的,是十分宏大的文学史命题。举例而言,凉州文化的研究就颇见其精雕细琢之力。《东晋南北朝时代的凉州文化》一文即讲述凉州境内的河西五郡(张掖、敦煌、金城、武威和酒泉)等地区的变迁,从凉州张轨政权开始,到北朝末年西魏在凉州的文化遗留,论述得极为详细。在《南朝文学与北朝文学研究》中,曹先生总结道:"北魏灭北凉,对北中国的经学、佛学、文学、艺术和自然科学都起了极大的推动作用。使河朔地区的文化传统也得到刺激而进一步发扬光大。"①可以说,凉州文化的地位在自陈寅恪先生在《隋唐制度渊源略考》中提出之后,第一次得到了如此详尽的论述和客观的评价。

总之,在中古文学研究领域,曹道衡先生筚路蓝缕,填补了北朝文学的空白,也以敏锐的目光捕捉到南北朝文学史发展的规律,对地域角度的南北朝文学研究卓有贡献,对后学影响深远。

五、 曹道衡先生的学养和学术品格对研究者的启示

一部文学史,应该让什么样的研究者来撰写?或者说,我们应该成为什么样的文学史撰写者?文学史是一门特殊的学科,具有教材和研究论著的双重性质。如果撰写工作所选非其人,那么不但要贻误读者,也会浪费研究资源。学养和品格,是考验文学史撰写者是否合格的重要标准。而曹道衡先生的经史学养和学术品格,能够给后学很多启示。

① 本书第205页。

“一切从材料中来”是曹道衡先生的学术信仰。他一生秉持实事求是、谦虚谨慎的态度和勤勉不辍的精神，默默在文学史研究的领域耕耘了五十多年。这漫长的学术生涯中，曹先生好比是学界永不枯涸的一汪泉水，一直在源源不断地贡献着新鲜的、高水平的研究成果。这与他以经史学养为主的知识结构，以及充满责任感、焦虑感的学术良知，紧密相关。

曹道衡先生出身于中医世家，早年家庭条件比较优越，童年时代接受的是传统的私塾教育。他受姨丈顾起潜、舅父潘景郑二位先生的影响，幼年时期就从《说文》、《尔雅》入手，习读经部群籍。后来顾先生创办上海图书馆，他能够读到一些珍藏的文献版本。所以自然就耳濡目染，颇受熏陶。家里人希望他成为中医，多背汤药方子，传承祖业，他却私下背诵了很多经史方面的经典，最后考取无锡国专历史系，立志要当史学家。从无锡国专毕业后，他考入了北京大学中文系，转入对古典文学的研究。在“文革”之前，曹道衡先生主要从事的是明清文学研究，1954年，他发表的第一篇文章是《从明末清初科举制度看〈儒林外史〉》。之后的十年间，他参与了何其芳先生主持的《红楼梦》研究。《关于黄宗羲、顾炎武、王夫之等人的思想及其与〈红楼梦〉的关系》是这个时期比较有代表性的论文。“文革”结束后，由于工作的需要，他方才开始专注于当时非常寂寥的中古文学研究领域，成为一名拓荒者。

虽然从事的是文学研究，但他看待文学史的问题，往往能够拥有史家的眼光，能够从琐碎中发现宏大，从平淡中看到神奇。这种史学家的风格，终其一生，都不曾改变过。而早年的经史知识结构，仿佛是一把万能钥匙，让从明清文学研究中走出来的曹先生，同样能够凭借它开启中古文学领域陌生的大门①。

拥有史家之心的曹先生，具备的是以历史、文献研究为基础的“大文学史”观念。他往往围绕“史之脉络”展开文学史研究，以一种科学的、客观的态度，寻找文学史中每一个曾经被遗漏的环节。他说，“研究者的目光不能局限在某些传诵之作，或名气极大的作家身上，还应注意到某些产生作家和作品较少的时代，研究和探索其衰落的原因，及这个时代在整个历史发展中的作用。”②这是他能够在一项研究结束之后，进入更深领域的原因所在。曹道衡先生一生从来没有重复过自己的研究，他的论文永远充满新的信息、新的观点和“新”的史料。比如，曹先生发现北朝碑志作品发达，南朝则情况相反，是因为一项不起眼的制度导致的。他在李善《文选注》中发现：“《晋令》曰：诸葬者不得作祠堂碑石兽。”“又引《陈留志》曰：‘阮略字德规，为齐国内史，为政表贤黜恶，化风大行，卒于郡。……齐人思略不已。遂共冒禁树碑，然后诣阙待罪。朝廷闻之，尤叹其惠。’”③原来，自晋以来，朝廷都是规定不可私自树碑的。这条规定直接造成了南北朝之间很大的一个文学差别。如果没有心细如发的研究能力，这种材料就很容易被忽略。

曹道衡先生自小就先读经史之书，故对经史极为精熟，这在他这一代的文学史研究者中也不多见。他写过很多关于经学的论著、论文，如《关于〈诗经〉研究的几个问题》、《读战国楚竹书〈孔子诗论〉》、《〈盐铁论〉与西汉〈诗经〉学》、《“五经”的排列次第及其形成过程》、《北朝社会环境对学术与文艺的影响》、《略论南北朝

① 内容根据《困学纪程》整理。

② 本书第268页。

③ 本书第22页。

学风的异同及其原因》等，还专门写过成一系列的《孔门弟子》。他在《南朝文学与北朝文学研究》中谈及了汉魏以来南北地区学术的交流情况，从包咸关于《论语》的著作曾被中原的何晏所引用，到从王充的例子推论当时吴越之地的儒生到中原求学的已不在少数等等细节，都加以了充分的论述。对于长期被忽视的三国时期吴国的经学、文学及其与汉代文化传统的关系，也作了开辟式的研究。不但列出了吴国文人典籍的要目，也指出了这个南方学术群体兼蓄今、古文经的特点等等。《读贾岱宗〈大狗赋〉兼论伪〈古文尚书〉流行北朝时间》是曹先生经学根底发挥得很充分的一篇文章，傅璇琮先生评价说："著者对经学素有根柢，正因为此，书中对《大狗赋》作者贾岱宗的时代，才能纠前代典籍之失，并进一步讨论伪《古文尚书》流行北朝的时间，由此还解决了南北学术交流的一个大问题。"①曹道衡先生曾说："我想，研究文学史的人，注意思想史和文学的关系是很有必要的。但既然要探讨这些问题，就真得对思想史下一番功夫，如果只是浮光掠影地从别人写的几本思想史概论中搬一些内容来，那是解决不了问题的。"②所以，他在研究南北朝文学时，是真正去探讨了包括佛教、道教等思想史方面的问题。

纵观以往中古文学的研究历程，凡是在这一领域作出较大成就的，无不兼具文学、史学、经学的传统根底，能够将一个个具体的问题，升华到在更为广阔的历史文化背景下作整体的观照，"如刘师培、鲁迅、陈寅恪、唐长孺等，无不如此。在当今，我认为曹道衡

① 《中古文学史论文集续编·傅璇琮序》，第3页。

② 曹道衡、罗宗强、徐公持：《分期、评价及其相关问题——魏晋南北朝文学三人谈》，《文学遗产》1999年第2期，第13页。

先生即是继这些前辈学者,在中古文学研究中创获最多、最有代表性的一位",傅璇琮先生如是说①。我们今天学习曹道衡先生,要学习他热爱知识的性情和"十年磨一剑"的精神,不断健全知识结构,培养驾驭经、史问题的能力。

曹道衡先生是一个有责任感的研究者,时刻对自身的学术品格保持自省的习惯。他曾说:"学问之道没有底止,任何诚实的劳动都是为学术殿堂的修建添砖加瓦。"②每当一个阶段的学术研究结束,他就会对自己的研究方法、研究内容和特点进行反思和总结,从不讳言过去存在的问题。自省的习惯,源于曹道衡先生焦虑的治学心情。《南朝文学与北朝文学研究》的后记中,他说完成这本"小书"时,心情沉重而非轻松,因为对过去的研究不满意,尚待解决的问题又很多,在年岁的紧迫感之下,觉得自己是"白首无成";在《中古文学史论文集·后记》中他甚至说自己"惶惑"、"惭愧":"在茫茫学海中,自己年虽老大,而在学问上却仍然是这样幼稚,所知甚少。今年提出的看法,说不定明年又觉需要修正。这虽然是合乎认识发展规律的现象,但这种情况很多,却也说明自己的幼稚和不成熟。惭愧的是自己从事古典文学研究工作以来,已经三十多年,而成绩却是这样微不足道。"③这些话,有人将之定义为曹先生的朴实、谦逊,其实,其中反映的是曹先生毕生对文史研究的责任担当。他的全部焦虑,都起因于他的学术良心,即研究者应贡献有价值的学术研究。也正是这种学术良心,在引导着他不断

① 《中古文学史论文集续编·傅璇琮序》,第4页。
② 《中国文学家大辞典·先秦汉魏晋南北朝卷·后记》,第286页。
③ 《中古文学史论文集·后记》,第499页。

超越自己，让他在《南北朝文学史》后，在又一个十年里，凭借《南朝文学与北朝文学研究》登上另一个学术高峰。在曹道衡先生留给我们的文学史撰著思想遗产中，这种反思习惯和来源于学术良心的焦虑感，是最为珍贵的。

曹道衡先生追求实事求是，敢于"存疑"做到"知之为知之，不知为不知"。例如，对于小诗"寒鸦千万点，流水绕孤村。斜阳欲落处，一望黯销魂"，一般被认为是隋炀帝的作品，但是曹道衡先生认为，"炀帝此诗，意境词语均不似唐以前作品，也有可能是宋人据秦观词改作。故存疑。"[①]傅璇琮先生发现："道衡先生的考证，既精细，又通达。他的有些推论，应当说是有充分根据的，如《论王琰和他的〈冥祥记〉》，援引《隋书·经籍志》等书，推论王曼颖为王琰之子，又从证实王琰生活的年代，甚富新见，且极有论据，但他还是作为推论看待，仍不作为结论。"[②]文学史的研究无论发展了哪个时代，研究者有多么先进的工具和方法，都不能脱离这种实事求是的作风。曹道衡先生的著作基本上是论文集，可见他更重视单篇论文的写作，而不是去建构文学史的"空中楼阁"，因而能在解决具体问题的基础上去揭示文学史现象，这是一种真诚的学术态度。

以上本文简述曹道衡先生的文学史研究成就以及它给后学的启示，我们从中获得的认识是：其一，文学史的撰著，必须以史料整理为起点，全面地占有材料，才能揭示文学史的真相，正确、科学地叙述这一门历史；其二，文学史的写作，必须由作者本人的专题研

---

① 《南北朝文学史》，第484页。
② 《中古文学史论文续编·傅璇琮序》，第4页。

究来带动,而不是空泛地综合他人论述、陈陈相因,只有专题研究才能为文学史研究注入活力、带来进步;其三,需要对文学史的体例不断进行探索和创新,寻找最能反映时代需求的撰著体例;其四,文学史研究者应该具有创新意识,不回避一些艰难、生僻的领域,以踏实耕耘的态度,促进文学史研究的进步;其五,文学史研究者应该具有全面完整的知识结构和高尚的学术品格,而不是困守于文学一角,或者沦为经不起历史淘汰的功利的研究者。我们认为,曹道衡先生对文学史研究的贡献,对于这一学科而言是具有里程碑意义的。